中公文庫

「グレート・ギャツビー」を追え

ジョン・グリシャム
村上春樹訳

中央公論新社

目次

主な登場人物

マーサー・マン……スランプに悩む新進女性作家
ブルース・ケーブル……独立系書店「ベイ・ブックス」経営者
マーク・ドリスコル……美術工芸品を狙う窃盗のプロ
デニー（デニス）・アレン・ダーバン……元陸軍レンジャー部隊隊員
トレイ（ティム）・マルダナード……二度の脱獄犯
ジェリー（ジェラルド）・スティーンガーデン……保釈中の美術品窃盗犯
アーメド・マンスール……ＣＩＡで訓練を受けたハッカー
イレイン・シェルビー……調査会社で盗難美術品を担当
グレアム……イレインの部下
リック……イレインの部下
テッサ・マグルーダー……マーサーの母方の祖母

ヒルディー……マーサーの母
ノエル・ボネット……アンティーク家具のショップを経営
マイラ・ベックウィズ……多数のペンネームでロマンス小説を執筆
リー・トレイン……マイラのパートナーで共同執筆者
ジェイ・アークルルード……売れている作家に反感を抱く詩人
アンディー・アダム……犯罪小説の人気作家
エイミー・スレイター……吸血鬼ものがヒット中の主婦作家
ボブ・コブ……服役経験を生かし企業スパイ小説を執筆
モート・ギャスパー……大手出版社社主で業界の伝説的存在
ラマー・ブラッドショー……ＦＢＩ捜査官
デリー・ヴァンノ……ＦＢＩ捜査官

「グレート・ギャツビー」を追え

第一章――「強奪」

1

その男はネヴィル・マンチンという名の人物になりすましていた。本物のマンチンはポートランド州立大学でアメリカ文学を教えており、ほどなくスタンフォード大学で博士号を取得する課程に入ることになっている。大学の名前入りの便箋（完全な偽造品だ）を用いた手紙には、「マンチン教授」はＦ・スコット・フィッツジェラルドの新進の研究者であり、近々東海岸に旅行することになっているのだが、それにあわせてその偉大な作家の「直筆原稿と書類」を拝見させてもらえればと切に希望している、と書かれてあった。手紙はプリンストン大学のファイアストーン図書館、希覯本及び特別蒐集品課、直筆原稿管理部門の部長であるドクター・ジェフリー・ブラウン宛てになっていた。手紙は他の数通の手紙と共にしかるべく仕分けされ、いろんな人の手を経て、最終的にエド・フォークのデスクにたどり着いた。彼は専門訓練を受けた司書補であり、与えられたいくつかの単調な職務のうちには、手紙を寄越した人物の身分経歴を確認するというものもあった。

　エドは毎週、何通かそのような手紙を受け取っていた。中身は似たり寄ったりのものだ。全員が自称フィッツジェラルドの熱心なファンか専門家で、中にはたまに本格的な研究者もいた。前の一年間にエドは百九十人の身元をチェックし、図書館に迎えた。彼らは世界中からやってきて、大きく目を見開きつつ恭《うやうや》しくそこを訪れた。まるで神殿に詣でる巡礼みたいに。同じデスクで三十四年間仕事をして、エドはそういう人々にすべて対処してきたが、その数が減るような傾向はまったく見受けられなかった。Ｆ・スコット・フィッツジェラルドは変わることなく人々を魅了し続けた。三十年前も今も同じように、人々はそこに押し寄せてきた。しかし最近エドは思うのだが、その偉大なる作家の人生に関して、未だ発掘されておらず、未だ詳細に検証されておらず、未だものされていないような事実がどこかに残されているのだろうか？　少し前のことだが、ある本物の研究者がエドに語ったところによれば、今までに人物としての、あるいは作家としてのフィッツジェラルドに関して、その作品に関して、また彼のクレイジーな妻に関して、少なくとも百冊の本が出版され、一万を超える数の学術論文が発表されたということである。

そしてフィッツジェラルドは酒を飲みすぎて四十四歳で死んだのだ！　もし彼がもっと長生きして書き続けていたらどんなことになっただろう？　たぶんエドは助手を必要とすることになっただろう。二人は必要かも。あるいは専用の部門が必要になったかもしれない。しかしやがて、早すぎる死がしばしば後世の称賛を受けるひとつの要因に（そして言うまでもなくより多くの印税の要因に）なっていることに、エドは思い当たった。

　数日してからエドはようやくマンチン教授の調査にとりかかった。図書館の登録簿をざっと調べて、それがこの人物の初めての来館であり、初めての要請であることが判明した。何人かのベテランの中にはプリンストンを何度となく訪れていて、エドのところに直接電話をかけてきて、「やあ、エド、今度の火曜日にそっちに行くよ」と告げるだけという人々もいた。エドの方はそれでかまわない。しかしマンチンの場合はそうはいかない。エドはポートランド州立大学のウェブサイトを調べて、該当者を見つけた。オレゴン大学のアメリカ文学科で学部生としての学位をとり、ＵＣＬＡの大学院で修士号をとり、これまで三年間非常勤講師をつとめていた。写真を見ると、あまりぱっとしない顔立ちの若い男だった。おそらく三十五歳くらいだろう。顎鬚《あごひげ》はその生え具合から見て、一時的なもののようだ。そして縁のない細身の眼鏡をかけている。

その手紙の中でマンチン教授は、ｅメールでお返事をいただくときには、Ｇメールの個人的なアドレスにお願いしたい、大学のアドレスをチェックすることはほとんどないもので、と書いていた。エドは思った、「それはあんたが地位の低い非常勤講師で、おそらくまともなオフィスも与えられていないからだろう」と。彼はしばしばそんなことを思いなしたが、もちろん一人のプロフェッショナルとして、それを誰かの前で口にしたりはしなかった。用心のために翌日、彼は返事をポートランド州立大学のサーバーを通して送った。マンチン教授の手紙に対する礼を述べ、どうぞプリンストン・キャンパスにお越しくださいと書いた。だいたいいつ頃こちらに来られるのだろうと尋ね、フィッツジェラルド・コレクションに関する基本的なルールを二、三書き記した。そして他にも数多くのルールがあるので、図書館のウェブサイトで前もってチェックしてこられるといいでしょうとマンチン教授に勧めた。

自動返信があり、マンチンは数日間不在であるということだった。マンチンの仲間の一人がポートランド州立大学のディレクトリーに入り込んで、英文科のｅメール・サーバーを改変できるように細工していたのだ。優秀なハッカーにとっては実に朝飯前の仕事だ。彼と詐称者は、エドが返事を寄越したことを即座に知った。

やれやれまったく、とエドは思った。翌日彼は同じ文面のメールをマンチンのＧメール個人アドレスに送った。一時間後にマンチンは熱意溢れるお礼の返事を寄越した。

そちらに伺うのが待ちきれない思いです、とかそんな文面だ。自分がいかに熱心に図書館のウェブサイトを読み込み、フィッツジェラルドのディジタル・アーカイブで何時間も過ごしたか、またその作家の手書きの初稿原稿の複写版を含む全集を何年も前から所有している、といったことが情熱的な調子で書き連ねられていた。そして自分はとりわけ、彼の最初の長編小説『楽園のこちら側』に対する批評に興味を持っているのだと述べていた。

それは何より、とエドは口にした。彼はその手の文面をこれまでいやというほど目にしてきた。この男はここにやってくる前から既に、彼に自分を印象づけようと試みているのだ。それは決して珍しいことではなかった。

2

F・スコット・フィッツジェラルドは一九一三年の秋にプリンストン大学に入学した。十六歳にして彼は既に「偉大なアメリカ小説」を書くことを夢見ており、『楽園のこちら側』の初期のヴァージョンを書き始めていた。四年後、戦争に行くべく陸軍に入隊し、大学をドロップアウトしたのだが、戦場に送られる前に戦争は終結してしまった。『グレート・ギャツビー』は一九二五年に発表されたが、彼の存命中はそれほどの人気は出なかった。彼はそのキャリアを通して財政的に苦境に置かれ、一九四〇年にはハリウッドに渡って、そこで出来の悪い脚本を量産するようになっていた。肉体の面でも創作の面でも、すっかり凋落していたわけだ。そして十二月二十一日に心臓発作で亡くなった。それは長年にわたる深酒によってもたらされたものだ。

一九五〇年に、ただ一人の遺児である娘のスコッティーが、彼のオリジナルの原稿とメモと手紙とを――いわゆるフィッツジェラルド「文書」だ――プリンストン大学ファイアストーン図書館に寄贈した。五冊の長編小説は安物の紙に肉筆で書かれており、そのせいで年月の経過による傷みが激しかった。図書館はすぐに、閲覧者にじかにそれに手を触れさせることは適切ではないと判断した。高画質のコピーが制作され、オリジナルの原稿は地下室の堅牢な金庫に仕舞い込まれた。そこでは空気や明かりや温度が注意深くコントロールされていた。長い歳月にわたって、原稿がそこから持ち出されたのはほんの数回に過ぎなかった。

3

ネヴィル・マンチンを騙《かた》った男は、十月の初めの美しい秋の日に、プリンストン大学を訪れた。彼は「希覯本及び特別蒐集品課」に案内され、そこでエド・フォークに会った。フォークは別の司書補に彼を預け、オレゴン州の運転免許証をチェックさせ、それをコピーさせた。それはもちろん偽造されたものだが、出来はどこまでも完璧だった。偽造者は――彼はまたハッカーでもあったのだが――CIAで訓練を受けており、その後私的諜報といういかがわしい世界において長い経歴を重ねていた。大学のセキュリティーをこじ開けるくらい、赤子の手をひねるようなものだ。

マンチン教授は写真を撮られ、身分証をつくられた――彼は常時それを示していなくてはならない。彼は司書補のあとをついて二階に行った。そこの大きな部屋には長いテーブルが二つ置かれて、壁には可動式のスチールの書類棚が並び、すべてに鍵がかけられていた。部屋の四隅の高いところに少なくとも四つの監視カメラがあることを、マンチンは目に留めた。それらは誰の目にもつくように設置されていた。他にもきっと巧妙に隠されたカメラがあるのだろう。彼は司書補とおしゃべりをしようと試みたのだが、あまりうまくいかなかった。冗談まじりに、『楽園のこちら側』のオリジナル原稿を見たいのだが、と持ちかけてみた。司書補はしたり顔の笑みを浮かべ、それはできかねると言った。

「あなたはそれを目にしたことがありますか？」とマンチンは尋ねた。

「ただ一度だけ」

マンチンは次の言葉を待って一息置いたが、それから尋ねた。「それはどのような場合だったのですか？」

「ある高名な学者が見たがったのです。私たちは一緒に地下金庫室まで降りていって、それを彼に見せました。でも文書そのものに触れることはできません。できるのは館長だけで、それも特別な手袋をはめてのことです」

「当然ですね。さあ、仕事に取りかかりましょう」

司書補は『楽園のこちら側』というラベルのついた二つの大きな抽斗《ひきだし》を開け、分厚い大型ノートブックを何冊か取り出した。「ここには、『楽園のこちら側』が最初に出版されたときに出た批評が集められています。後日出た批評のサンプルも同じような形でたくさん揃っています」

「素晴らしい」とマンチンはにっこり微笑《ほほえ》んで言った。そして持参したブリーフケースを開け、ノートパッドを取り出し、テーブルに並べられたすべてのものに挑みかかる準備を整えた。図書館員は半時間ばかり、作業に熱中するマンチンと共にいたが、やがて「ちょっと失礼します」と言って姿を消した。カメラに映されないために、マンチンは一度も顔を上げなかった。やがて洗面所に行く必要が生じて、机からゆっくりと離れた。彼は角を間違った方に曲がり、なおもまた間違った方に曲がって、わざと違う方に迷い込んだ。そして多くのコレクションの間をふらふらと抜けていった。

誰かと出会わないように注意しながら。至るところに監視カメラが設置されていた。今現在、誰かがその画像を見ているようなことはたぶんあるまい。しかし必要に応じてその部分を探し出し、再生することは間違いなく可能だ。エレベーターを見つけたが、それは利用せず、近くにあった階段を使った。一階下は地上階と同じ造りになっていた。階段はその下のB2（地下二階）で行き止まりになっていた。大きな分厚いドアが行く手を遮り、そこには「緊急時のみ」と太い字で記されていた。ドアの横にはキーパッドがあり、そこには「適切な手続き」を踏まない限り、ドアが開けられた瞬間に警報が鳴るという警告が掲げられていた。二台の監視カメラがドアとその周辺を睨んでいた。

マンチンは回れ右をして引き返した。元の部屋に戻ったとき、図書館員が彼を待っていた。「何か問題はありますでしょうか、マンチン教授？」と館員は尋ねた。

「ええ、どうも風邪のせいで腹の具合がよくないみたいで。伝染性のものでないといいのですが」。司書補はすぐに部屋を出て行った。そしてマンチンはそこで一日を過ごした。スチール製の抽斗の中身を隈なく漁《あさ》り、収められた古い批評に目を通した。そんなものには実際、何の興味も惹かれなかったのだが。何度か彼は席を離れ、あちこち探索し、目を配り、長さを測って記憶に留めた。

4

マンチンは三週間後に戻ってきたが、今度は教授を装ってはいなかった。髭は剃り落とされ、髪は明るい茶色に染められていた。赤いフレームの偽装用眼鏡をかけ、写真付きの偽造学生証を持っていた。もし誰かに尋ねられたら（そんなことはたぶん起こるまいが）、自分はアイオワ出身の大学院生だという作り話をするつもりだった。実生活においては彼の名前はマークで、職業は――もしそれを職業と呼べればだが――プロの泥棒だった。高額の仕事をするワールドクラスの泥棒だ。入念に計画を立て、素速くウィンドウを破って強奪する。盗むのは美術品か珍しい工芸品だけ。盗られた人々が真っ青になり、金を払って買い戻したいと思うような物品だ。一味は五人だった。デニーは陸軍レンジャー部隊の元隊員で、軍隊を放逐されてから犯罪の道に入った。今までのところデニーは逮捕されたことはなかったし、前科もなかった。マークもそれは同じだ。しかし他のメンバーのうちの二人には前科があった。トレイは二度有罪判決を受け、二度脱獄していた。この前はオハイオ州の連邦刑務所から逃亡した。彼はそこでジェリーに出会った。けちな美術品泥棒で、今は保釈中の身だ。ジェリーはまた別の美術品泥棒と一度同じ監房に入れられたことがあり、その男は長い刑期をつとめていたのだが、彼の口からフィッツジェラルドの原稿の話を聞かされたのだ。

実においしい話だった。原稿は五つしかない。すべて直筆で、一ヶ所にまとめられている。そしてそれらはプリンストン大学にとっては値のつけようもない、貴重きわまりないものなのだ。

五人目のメンバーは自宅で仕事をすることを好んだ。アーメドはハッカーであり、偽造者であり、すべての目くらましをこしらえる役だった。しかし拳銃を持ち歩いたり、そういう荒っぽいことは苦手だ。彼はバッファローにある自宅の地下室で仕事をした。これまで捕まったり逮捕されたりしたこともなかった。彼はまったく痕跡を残さないのだ。アーメドは儲けの五パーセントをとり、あとの四人が、残りの金額を平等に分ける。

火曜日の夜の九時までに、デニーとマークとジェリーは大学院生を装ってファイアストーン図書館の中にいて、時計を睨んでいた。彼らの偽造IDは完璧に機能し、誰も眉ひとつ動かさなかった。デニーは三階の女子用洗面所に隠れ場所を見つけた。トイレの天井のパネルを外し、学生風のバックパックを投げ上げ、そこに身を落ち着けた。暑くて、筋肉が痛む待機の数時間だった。マークは地下一階の機械室のドアのロックを解除した。そして警報が鳴るのを待ったが、何も聞こえなかった。アーメドにもそれは聞こえなかった。アーメドはそのときにはもう、大学のセキュリティー・システムに簡単に侵入していた。マークは図書館のバックアップ用発電機の、燃料インジェクターを取り外しにかかった。ジェリーは、もう何十年も手に取られたこともないような書物の並ぶ棚に囲まれた、人目につかないカレル〔仕切り付き勉強机〕に身を潜めた。

トレイは学生のような格好をし、重いバックパックを背負ってキャンパスの中をぶらぶら歩きまわり、爆弾を仕掛けるのに適した場所を物色した。

図書館は真夜中に閉館した。四人のチームのメンバーは、バッファローの地下室にいるアーメドも含めて、無線で連絡をとりあった。リーダーであるデニーは十二時十五分に、すべては予定通りに進行していると一同に告げた。十二時二十分に学生の格好をしたトレイは重いバックパックをかついで、キャンパスの中心にあるマッカレン学寮に入っていった。先週目にしたのと同じ何台かの監視カメラがそこにあることを、彼は目に留めた。彼はカメラに映らない階段から二階に上がった。それから男女共用のトイレに入って、個室の内側からロックした。十二時四十分に彼はバックパックを手に取り、十二オンス入りのソーダ瓶くらいのサイズの金属缶を取りだした。時限装置をセットし、便器の陰に隠した。洗面所を出て三階に上がり、無人のシャワー室に別の爆弾をセットした。十二時四十五分に、寄宿舎の二階に薄暗い廊下をみつけ、十連の大型ブラックキャット爆竹を無造作に投げ込んだ。階段を急いで駆け下りると、激しい爆発音があたりを切り裂いた。数分後に二個の発煙爆弾が破裂し、嫌な臭いのする分厚い煙が、霧のように廊下に垂れ込めた。トレイがその建物から出る頃に、人々の取り乱した声がようやく耳に届いた。彼は寄宿舎の近くの茂みの陰に隠れて、ポケットから使い捨ての携帯電話を取りだし、プリンストンの緊急番号に電話をかけ、恐るべきニュースを伝えた。「マッカレン学寮の二階に銃を持った男がいます。発砲しています」

二階の窓から煙が洩れていた。図書館の暗いカレルに隠れていたジェリーも、やはり使い捨てのプリペイド携帯を使って、同様の電話をかけた。やがてキャンパスはパニック状態となり、通報が山のように警察に押し寄せた。

すべてのアメリカの大学は、「銃の乱射」をも含めた危機的な状況に対する入念な策を用意している。しかしそれらを即座に実行に移したいと思うものなど一人もいない。当直担当者は何秒か茫然自失の状態に陥り、それからようやく定められたいくつかのボタンを押した。そして彼女がそうしたとき、サイレンが鳴り響き始めた。すべてのプリンストン大学の学生たち、教授たち、管理者たち、職員たちは、通知とｅメールによる警報を受け取った。すべてのドアは閉じられ、ロックされるように指示された。すべての建物はしっかり門戸を閉ざした。

ジェリーはもう一度通報の電話をかけ、二人の学生が銃で撃たれたと告げた。マッカレン学寮から煙がもうもうと吹き出てきた。トレイはあと三個の発煙爆弾をゴミ缶の中に放り込んだ。数人の学生たちが煙の中を、建物から建物へと走り回っていた。どこが安全な場所なのかわからないのだ。大学の警備員たちと、プリンストン市警察の警察官たちが現場に駆けつけた。そのあとに半ダースばかりの消防車が、そして何台かの救急車が続いた。数多くのニュージャージー州警察パトロールカーの、最初の一台が到着した。

トレイはオフィスの建物の戸口にバックパックを置いて、警察に電話をかけ、そこに不審な荷物が置かれていると通報した。バックパックの中の最後の発煙爆弾は、タイマーによって十分後に破裂することになっていた。爆発物処理班が遠くからじっとそれを見守っているであろう目の前で。

一時五分にトレイは仲間たちに無線で連絡した。「こっちは大騒ぎになっている。いたるところ煙だらけだ。警官がわんさと集まっている。実行に移れ」

デニーが返答した。「電源を切れ」

バッファローで濃いお茶を飲みながら合図を待っていたアーメドは、大学のセキュリティーのパネルを漁り、電気のグリッドに侵入して電源をカットした。ファイアストーン図書館だけではなく、その近辺にある半ダースほどの建物に通じる電源を全部切った。夜間可視ゴーグルをつけたマークが、機械室のメイン・スイッチを切り、じっと息を凝らして待った。そして非常用予備発電機が作動しないのを確認し、ほっと一息ついた。停電になったことでキャンパス警備本部の、中央モニタリング室の警報が鳴り出した。しかし誰もそんなものには注意を払わなかった。銃を持った男が野放しになっているのだ。それ以外の警報に関わっているような余裕はない。

ジェリーはその前の週、二夜をファイアストーン図書館の内部で過ごした。そして図書館が閉館している時刻には、建物の内部に守衛がいないことに確信を持っていた。夜の間に、制服を着た一人の警備員が建物の周囲を一度か二度巡回する。懐中電灯でドアを照らし、そのまま歩いて行ってしまう。パトロール・カーが一台キャンパス内を巡回しているが、主に酔っ払った学生を取り締まるためだ。おおむねのところ大学のキャンパスはどこでも似たようなもので、夜の一時から朝の八時までは死んでいるも同然だ。

しかしながらその夜は、アメリカ最良の若者たちが銃撃されたということで、プリンストンは上を下への大騒ぎになっていた。トレイは仲間たちに、一帯はまったくの混沌状態に陥っていると報告した。警官たちは錯綜し、ＳＷＡＴの連中は押っ取り刀で装備を身につけ、サイレンがところ構わず鳴り響き、無線がきいきいがなり立て、数え切れないほどの赤と青の緊急ライトが眩しく点滅している。煙が霧のように樹木にかかって、すぐ近くでヘリコプターがホバリングしている音が聞こえる。完全な混沌だ。

デニーとジェリーとマークは暗闇を急いで抜け、階段を降りて特別蒐集品室の下にある地下室に向かった。全員が夜間可視ゴーグルをつけ、坑夫の使うライトを額に装着し、それぞれ重いバックパックを背負っていた。ジェリーは二日前に図書館に隠しておいた小型の軍用ダッフルバッグを担いでいた。三階ぶん階段を降りて最下段に達したところで、分厚い金属製のドアに行く手を阻まれた。彼らは監視カメラを黒く塗りつぶし、アーメドが魔法を起こすのを待ち受けた。アーメドは慌てず騒がず図書館の警報システムの内部を分け進み、ドアについている四つのセンサーを全部解除した。かちんという大きな音が聞こえた。デニーがハンドルを下に押して手前に引くと、ドアが開いた。内部には狭い方形の空間があり、更にあとふたつ金属ドアがあった。懐中電灯を使ってマークが天井をチェックし、監視カメラを見つけた。「あそこに一個だけある」。六フィート三インチ〔一フィートは約三十センチ 一インチは約二・五センチ〕ある、最も長身のジェリーが黒いペイントの小さな缶を取りだし、カメラのレンズに吹きかけた。

デニーは二つのドアを見ながら言った、「コインでも投げるか?」

「何が見える?」とバッファローからアーメドが尋ねた。

「金属ドアがふたつ。まったく同じ形だ」とデニーが答えた。

「こちらには何も見当たらない」とアーメドが答えた。「システムの中には、最初のドアについての情報しかない。そいつは焼き切るしかないな」

ダッフルバッグからジェリーは十八インチの金属缶を二つ取りだした。ひとつは酸素で満たされており、もうひとつはアセチレンで満たされていた。デニーは左側のドアの前に位置を占め、点火器で切断トーチに火をつけた。そして鍵穴と掛けがねの六インチ上の一点を集中して熱した。数秒のうちに火花が飛んだ。

一方、トレイはマッカレン学寮付近の混乱から速やかに逃げ去り、図書館から通りを隔てた向かい側で、暗闇の中に姿を隠した。更に多くの緊急車両が到着し、サイレンが金切り声を上げていた。ヘリコプターが何機もキャンパスの上空で、ばさばさとうるさく空気を切り裂いていたが、その姿は目にできなかった。彼のまわりでは街灯さえ消えていた。図書館の周囲には彼以外にまったく人影がない。あらゆる人手は他の場所で必要とされているのだ。

「図書館の周りは静まりかえっている」と彼は報告した。「うまくいっているか?」

「切断しているところだ」、簡潔な返事がマークから返ってきた。無駄なおしゃべりは控えなくてはならないと、五人のメンバー全員が承知していた。デニーは落ち着いた手つきで、酸素を燃焼して華氏八百度〔約摂氏四百二十七度〕の熱を噴射するブロートーチの先端で、ゆっくり金属をカットしていった。溶けた金属が床にしたたり落ち、赤と黄色の火花がドアから散り、そうして一刻一刻が過ぎていった。ある時点でデニーが言った、「一インチの厚みがある」。彼は四角形の上辺を終え、そこから下に向かってカットしていった。作業は緩慢にしか進まず、緊張が高まっていったが、彼らは冷静を保っていた。ジェリーとマークはデニーの背後にうずくまり、その一挙一動を見守っていた。底辺を焼き切ってしまうと、デニーは掛けがねをカチャカチャと言わせ、それは緩んだ。しかし何かがひっかかっていた。「ボルトだ」と彼は言った。「こいつもカットする」

五分後にドアはさっと開いた。アーメドはじっとラップトップを睨んでいたが、図書館の警備システムには何の変化も認められなかった。「何ごともなし」と彼は言った。デニーとマークとジェリーが中に入ると、部屋はそれで一杯になった。そこには幅はせいぜい二フィート、長さ十フィートほどの細長いテーブルが置かれていた。木製の大きな抽斗付きのケースが一方の壁に四つ並び、まったく同じものがやはり四つ、向かい側の壁に並んでいた。錠前開けが専門のマークが、ゴーグルを外してヘッドライトをあて、鍵の一つを調べた。そして首を振って言った。「思った通りコンビネーション・ロックだ。暗証番号はおそらくコンピュータ制御になっていて、数字は毎日変更される。解錠するのは不可能だ。ドリルを使うしかない」

「始めてくれ」とデニーは言った。「穴を開けているあいだ、おれはもう一つのドアをカットする」

ジェリーは両側にハンドルのついた四分の三インチのドライバーを装着したバッテリー駆動のドリルを取りだした。そして鍵に刃先を合わせ、マークと二人で力の限りにそれを押し込んだ。ドリルは悲鳴を上げ、真鍮《しんちゅう》の上をつるりと滑った。最初のうちそれはとても歯が立たないように見えた。しかし一枚の削り滓《かす》が飛び、それからもう一枚飛んだ。二人の男がハンドルを思い切り押すと、ドリルの先端は鍵の中により深く入り込んで行った。鍵は貫通したが、それでもまだ抽斗は開かなかった。マークは薄手のバールを苦労して鍵の上の隙間に差し込み、力任せに押し下げた。木製のフレームが割れ、抽斗が開いた。中には文書を保管する箱がひとつ入っていた。黒い金属製の縁がついていて、縦横十七インチと二十二インチ、高さは三インチだ。

「気をつけてな」とジェリーは言った。マークは蓋を開け、薄いハードカバーの本を取り上げた。マークはゆっくりと読んだ。「ドルフ・マッケンジー／詩選集。いいね、こいつをずっと探していたんだ」

「誰だそれ？」

「知るものか。しかしとにかく俺たちが探しているのは詩じゃない」

デニーが彼らの背後から入ってきて言った。「オーケー、作業を続けろ。ここにはあと七つ抽斗がある。もう少しで向こうの部屋にも入れそうだ」

彼らは銘々の作業に戻った。そのあいだトレイは公園のベンチに座って、のんびり煙草を一本吸った。そして何度も腕時計に目をやった。キャンパスの奥の方の派手な騒ぎは収まる気配を見せなかったが、永遠に続くものではあるまい。

二番目と三番目の抽斗にはやはり希覯本が収められていたが、どれも知らない著者たちの書物だった。第二の部屋に通じるドアをカットしてしまうと、デニーはジェリーとマークにそちらにドリルを持ってくるように言った。その部屋にもやはり八つの大きな抽斗付き書類ケースが並んでいた。最初の部屋とまったく同じように。二時十五分にトレイは連絡を入れ、キャンパスは今も封鎖状態にあるが、好奇心に駆られた学生たちがショーを見物するために、マッカレン学寮の前の芝生に集まり始めていると報告した。拡声器を持った警官が彼らに部屋に戻るように命じていた。しかし学生たちの数が多すぎて始末に負えなかった。少なくとも二機の報道関係のヘリコプターが上空でホバリングしており、それが事態を余計にややこしくしていた。彼はスマートフォンでＣＮＮを観ていたが、プリンストンの事件が現在最大のニュースになっていた。興奮したレポーターが「現場から」報道しており、「被害者の数は未だ不明です」と何度も繰り返していた。そして「少なくとも一名の銃撃犯」によって多数の学生たちが撃たれたという印象を与えようとつとめていた。

「少なくとも一名の銃撃犯だって？」とトレイはぶつぶつ呟いた。銃撃があったのなら、少なくとも一名の銃撃犯がいて当然だろう。

デニーとマークとジェリーはトーチで鍵を焼き切ることも考慮したが、少なくとも今しばらくそれは避けようということになった。火事になるリスクが大きいからだ。そしてもし損傷を受けたら、原稿には何の値打ちもなくなってしまう。デニーは小型の四分の一インチ・ドライバーのドリルを取り出し、ドリリングを始めた。マークとジェリーは大型のドリルを使って穴をうがった。二番目の部屋の最初の抽斗には繊細な紙の束が収めてあり、それは別の詩人の直筆原稿だった。遥か昔に忘却された詩人だ。彼らはその名前を耳にしたことはなかったが、いずれにせよそれを目にして怒りを感じずにはいられなかった。

二時三十分にＣＮＮは二人の学生が死亡し、少なくとも二人が負傷したと報じた。「殺戮《さつりく》」という言葉が使われるようになった。

5

マッカレン学寮の二階が制圧されたとき、警官たちはそこに爆竹らしきものの燃え滓があるのを目に留めた。洗面所とシャワー室から発煙爆弾の空き缶が見つかった。トレイが残していったバックパックが爆弾処理班によって開けられ、使用済みの発煙爆弾が取り除かれた。三時十分に指揮官が初めて「いたずら」という言葉を持ち出した。しかし未だにアドレナリンが体内を勢いよく駆け回っていたので、誰も「めくらまし」という言葉までは思いつかなかった。

マッカレン学寮の残りの部分もほどなく制圧され、学生たち全員の無事も確認された。しかしキャンパスはまだ封鎖されており、近辺の建物の捜索が終了するまでその状態は何時間か継続されることになっていた。

6

三時三十分にトレイが報告をおこなった。「騒ぎは鎮静化しているようだ。三時間が経過したが、ドリリングはうまくいってるか？」

「ゆっくり《スロー》だ」、デニーからの返事はただの一言だった。

金庫室内での作業は実際にゆっくりとしか進まなかった。しかしひるむことなく続けられていた。最初に開けた四つの抽斗には重要な作家たちの肉筆の、あるいはタイプされた古い原稿が収められていたが、それらは彼らにとってとりあえず用のないものだった。五つ目の抽斗で彼らは金脈を掘り当てた。そこに入っていた同じ形の文書保管ボックスを開けたのはデニーだった。彼が注意深く箱を開けると、図書館が入れた目録ページがあり、そこには「F・スコット・フィッツジェラルド著『美しく呪われしもの』オリジナル直筆原稿」と書かれていた。

「やったぜ」とデニーが静かに言った。彼は同じ形をしたボックスを二つ、五つ目の抽斗から取り出し、細長いテーブルの上にそっと置いた。中には『夜はやさし』と『最後の大君』のオリジナル原稿が収められていた。

なおもラップトップにしがみついていたアーメドは、カフェインがたっぷり入ったエナジー・ドリンクを飲みながら、その美しい言葉を耳にしていた。「それで五つのうち三つが手に入った。その近辺に『ギャツビー』と『楽園』があるはずだ」

トレイが尋ねた。「あとどれくらいかかる?」

「二十分」とデニーが言った。「ヴァンを用意してくれ」

トレイは大股で歩いてさりげなくキャンパスを横切り、野次馬に混じって、雲霞《うんか》のごとく参集した警官たちをしばし見物した。彼らはもう装塡した銃を手に身を屈めたり、どこかに身を潜めたり、走り回ったり、車の陰に駆け込んだりしてはいなかった。非常事態は既に明らかに終了していたが、あたりではまだライトが派手に点滅していた。トレイはそこをゆっくりと離れ、半マイルほど歩いてキャンパスを出て、ジョン・ストリートで歩を止めた。そしてそこで白い商業用ヴァンに乗り込んだ。両面のフロントドアには「プリンストン大学印刷所」とステンシルで記されていた。12という番号も記されていたが、それが何を意味するのかは不明だ。それは一週間前にトレイが写真に収めていたヴァンに酷似していた。彼はその車を運転してキャンパスに入り、マッカレン学寮の付近の騒ぎを迂回し、図書館裏の荷物積み卸しスロープに駐《と》めた。「ヴァンの準備完了」と彼は報告した。

「六つ目の抽斗を開けにかかったところだ」とデニーは返事をした。

ジェリーとマークはゴーグルを額に上げ、ライトをテーブルに近づけた。デニーはそっと文書保管ボックスを開けた。目録ページには「F・スコット・フィッツジェラルド著『グレート・ギャツビー』オリジナル直筆原稿」とあった。

「やったぜ」と彼は言った。「お目当てのギャツビーが手に入った」

「やっほお」とマークは言った。しかし彼らの興奮はどこまでも抑制されたものだった。ジェリーは抽斗にひとつ残ったボックスを取り上げた。それは『楽園のこちら側』の原稿だった。一九二〇年に出版された、フィッツジェラルドにとっての最初の長編小説だ。

「これで五つ全部を手に入れた」とデニーが落ち着いた声で言った。「さっさと引き上げようぜ」

ジェリーはドリルを二つと、カッティング・トーチと、酸素とアセチレンの缶と、釘抜きをもとに仕舞った。そのダッフルバッグを担ごうと身を屈めたとき、三つ目の抽斗の割れた木材のかけらが、左の手首の上あたりに突き刺さった。しかし興奮していたせいで、それにほとんど気づかなかった。バックパックを外すときに、一瞬そこを指でこすっただけだ。デニーとマークは五つの貴重な原稿を、彼らの学生風バックパックに注意深く仕舞った。泥棒たちは急いで金庫室から退出した。収奪した品と工具とを背負って、階段を地上階までぞんざいに駆け上がった。そして荷物積み卸しスロープの近くの通用口から図書館の外に出た。そこは長く続く密生した生け垣によって人目から隠されていた。彼らが後部ドアからヴァンに飛び乗ると、トレイはスロープから車を出した。途中でキャンパス警察の警備員を二人乗せたパトロール・カーとすれ違った。トレイは軽く手を振ったが、相手は反応を示さなかった。

時刻が三時四十二分であることをトレイは確認した。「すべてクリア。ミスタ・ギャツビーと友人たちと共にキャンパスをあとにする」と彼は報告した。

7

停電になったいくつかの建物の警報が、今もなお鳴り続けていた。一人の電気技師が午前四時までに学校のコンピュータ・グリッドを調べ上げ、問題を見つけ出した。図書館を除くすべての建物の電気が復旧した。警備主任が三人の警備員を図書館に送った。彼らはそこの警報が鳴り続けている原因を十分もしないうちに発見した。

一味はその頃にはフィラデルフィアに近い、州間高速道路295号線から少し入ったところにある安いモーテルに投宿していた。トレイは、駐車場をカバーしている一台だけの監視カメラに映らないように、十八本のタイヤがついた大型トレイラーの隣にヴァンを駐めた。マークは白いスプレーペンキ缶を出して、ヴァンの両側のドアに書かれた「プリンストン大学印刷所」という文字を消した。マークとトレイが前夜泊まった部屋で男たちは素速くハンティング用の服装に着替えた。そして仕事用に着ていた衣服をすべて、もうひとつのダッフルバッグに詰め込んだ。ジーンズ、スニーカー、スエットシャツ、黒い手袋、そんなものを。バスルームでジェリーは、左手首の上の小さな傷にあらためて目をとめた。車に乗っているあいだ彼はそこにずっと親指を押し当てていたのだ。そして思っていたより出血が多かったことを知った。彼は洗面所のタオルでその血をきれいに拭いた。そしてそのことを他のみんなに知らせるべきかどうか自問した。いや、今はやめよう、もっとあとでいい。

彼らは静かにすべての品物を部屋から撤収し、灯りを消し、そこをあとにした。マークとジェリーはピックアップ・トラックに乗り込んだ。デニーがリースで借りて運転する、洒落たＳＵＶ風トラックだった。彼らはトレイの運転するヴァンのあとをついて駐車場を離れ、道路に出て、それから州間高速道路に戻った。そして州のハイウェイを使ってフィラデルフィア郊外の北部周縁を回り込み、ペンシルヴェニアの田園地帯に入っていった。クエーカータウンの近くに彼らは、前もって選んでおいた一本の田舎道を見つけ、路面が砂利敷きになるところまで一マイル〔約一・六キロメートル〕ばかりその道を進んだ。付近には家は一軒もなかった。トレイは浅い谷間にヴァンを駐めた。盗品のライセンス・プレートを取り外し、工具や携帯電話や無線機材や衣服の詰まったいくつかのバッグの上に一ガロン〔約三・八リットル〕ガソリンを撒き、マッチを擦った。すべては一瞬にして炎に包まれた。証拠になりそうな物件が残らず破壊されたことを確かめてから、彼らはピックアップに乗ってそこを離れた。原稿はピックアップの後部席の、トレイとマークとの間に安全にしっかり挟み込まれていた。

朝の光が山肌をゆっくりと這っていった。彼らは道中ずっと黙っていた。四人ともまわりにあるすべてのものを観察していた。観察するべきものなどろくになかったのだが。時折逆方向に進んでいく車とすれ違った。一人の農夫が大納屋に向かって歩いていたが、道路には目もくれなかった。年取った女が玄関ポーチから猫を中に入れていた。ベツレヘムの近くで彼らは州間高速道路78号線に入り、西に進んだ。デニーは制限速度を越えないように注意を払っていた。プリンストンのキャンパスを離れてから、一台の警察車両も見かけていなかった。ドライブスルーで車を停《と》め、チキン・ビスケットとコーヒーを買い求めた。それから州間高速道路81号線を、スクラントン周辺を目指して北に進んだ。

8

ＦＢＩ捜査官の最初のペアがファイアストーン図書館に到着したのは、七時を少し回った頃だった。彼らはキャンパス警備員と、プリンストン市警察から状況説明を受けた。そして犯行現場を見て回り、図書館は無期限に閉館しておくように強く助言した。トレントン支部の調査員と技術班が大学に向けて急行していた。

プリンストンの学長は、ずいぶん長い夜を過ごしたあと、キャンパスにある自宅に戻ったばかりだったが、そこで貴重品のいくつかが盗難にあったという報告を受けた。彼は図書館に急行し、図書館長とＦＢＩ職員と地元警察の警察官と話をした。可能な限り、できるだけ長い間その話は世間に公表しないでおくということで彼らの意見は一致した。ＦＢＩの〈希少資産回収班〉の指揮者がワシントンＤＣからその地に向かっていた。窃盗団は早急に大学に連絡をしてきて、取引を持ちかけるかもしれないというのが彼の意見だった。そんなことが報道されたらおそらく大騒ぎになるだろうし、事態は複雑化するばかりだ。

9

ポコノス山地の奥深くにあるキャビンに、四人のハンターが無事到着するまで、祝賀会はお預けになっていた。デニーはそのA字型の小さなキャビンを、狩猟シーズンを通して借りていた。そのような準備資金は金が入ったときに返済されることになっている。そして彼はそこで二ヶ月間暮らしていた。四人のうちで定まった住所を持っているのはジェリーひとりだけだった。彼はニューヨーク州ロチェスターに小さなアパートメントを借りて、ガールフレンドと一緒に暮らしていた。脱獄犯であるトレイは、成人してこのかた人生の大半を逃げ隠れして過ごしていた。マークはボルティモアの近くで時に応じて元妻のところに身を寄せていたが、それを証明する公的記録はない。

四人は全員いくつかの偽造の身分証明書を持っており、そこにはどんな入国審査官の目も欺《あざむ》けるパスポートも含まれていた。

安物のシャンパンが三本、冷蔵庫に冷やされていた。デニーはその一本を開け、四つの不揃いなコーヒーカップに注ぎ、晴れやかな声で言った。「乾杯だ、みんな。おめでとう。おれたちはやったんだ！」。半時間のうちに三本のボトルが空になった。

そしてぐったり疲れ切ったハンターたちは長いうたた寝に落ちた。

同じ形の文書保存ボックスにまだ入れられたままの原稿は、倉庫の銃器保管庫に金塊よろしく積み上げられていた。それはこれからの数日のあいだ、デニーとトレイの監視下に置かれる。翌日、ジェリーとマークはのんびり帰宅することになっていた。長い一週間、森で鹿を追ってくたびれ果てた身で。

10

ジェリーがぐっすり眠り込んでいる間に、連邦政府は総力をあげて彼の身辺に急迫していた。ＦＢＩの専門捜査官が、図書館の金庫室に通じる階段の一段目に、小さな染みがひとつあるのを目に留めた。それは血痕だと彼女は正しく推測した。まだ新しいものらしく、暗紫色にも黒にも変色していない。彼女はそれを採集して上司に報告し、サンプルは急遽《きゅうきょ》フィラデルフィアにあるＦＢＩの研究室に送られた。ＤＮＡ検査が即刻おこなわれ、その結果は全米データバンクに送られた。一時間を経ずして、それと一致するものがマサチューセッツで見つかった。名前はジェラルド・Ａ・スティーンガーデン、保釈中の重罪犯で、七年前にボストンの美術商から絵画を盗んだ容疑で有罪判決を受けている。一群の分析官が必死にスティーンガーデン氏の居場所を探し求めた。合衆国だけで少なくとも五人のスティーンガーデンが見つかったが、うちの四人は即座に除外された。五人目のスティーンガーデン氏のアパートメントの捜索、そしてまた携帯電話の通話記録、クレジット・カードの記録を閲覧する許可が降りた。ジェリーがポコノスの山奥で長い昼寝から目覚めたとき、ＦＢＩは既に彼のロチェスターのアパートメントを監視下に置いていた。捜索令状は取っていたが、あえて中に踏み込むことはせず、ただ監視して待ち受けることになった。うまくいけば、あくまでうまくいけばだが、スティーンガーデン氏が仲間のところへ導いてくれるかもしれない。

プリンストン大学では、その前の週に図書館を利用したすべての学生のリストが作られていた。学内の図書館を利用したすべての学生はＩＤカードを記録されるが、そこでの偽造ＩＤの使用はとても目立つ。偽造ＩＤは主に未成年者が酒を買うためのものであり、図書館に忍び込むためにはまず使用されないからだ。それらが使われた時刻は正確に特定できるし、図書館の監視カメラのビデオ映像と照合することができる。正午までにＦＢＩは、デニーとジェリーとマークの姿を鮮明に捉えていた。しかしそれはその段階においては、現実的な役にはほとんど立たなかった。全員がしっかり変装していたからだ。

希覯本及び特別蒐集品課では、ベテランのエド・フォークがこの数十年間で初めて、真剣に頭脳を働かせていた。ＦＢＩの捜査官たちにまわりを囲まれ、彼は最近の入館者名簿と、セキュリティーの写真を順番に点検していった。一人一人が身元を洗われた。ポートランド州立大学のネヴィル・マンチン非常勤講師はＦＢＩの捜査官との会話で、「自分はこれまでプリンストン大学のキャンパスに近づいたことは一度もない」と断言した。そうしてＦＢＩはマークの鮮明な写真を手に入れた。しかしその男の本名はわからないままだった。

強奪が成功裏に終わってから十二時間を経ずして、四十名に及ぶＦＢＩ捜査官たちはビデオを検証しデータを分析し、じりじりと前進を続けていた。

11

午後遅く、四人のハンターたちはカードテーブルのまわりに集まってビールの栓を開けた。デニーは長広舌をふるい、みんながこれまで何度となく話し合ってきたことを、あらためて確認した。強奪は成功裏に終わったが、どんな犯罪においても手がかりは必ずあとに残される。常に過ちはあるし、その半分でも思い当たることができたら天才だ。偽造ＩＤはすぐにばれるし、徹底的に調べ上げられるだろう。強奪の前に何日もかけて彼らが図書館の下調べをしていることを、警察は知るだろう。どれだけ多くのビデオ映像が彼らの手にあるか、それは誰にもわからない。衣服の糸くずがどこかに落ちているかもしれないし、スニーカーの足跡を辿られるかもしれない。指紋を残していないことには確信が持てるが、それでも可能性が皆無というわけではない。四人とも年季を積んだ泥棒であり、それくらいは百も承知していた。

ジェリーの左手首の上に貼られたバンドエイドは誰の注意も引かなかった。だから彼自身も気にしないことにした。おそらく何ごともなく終わるだろう、自分にそう言い聞かせた。

マークはｉＰｈｏｎｅ５とそっくりの格好をした端末を四つ取り出した。会社のロゴまでついている。しかしそれらは電話ではなかった。サットトラックと呼ばれるもので、衛星システムに繋がったトラッキングのための端末だ。世界中どこにいても瞬時に通信することができる。携帯電話のネットワークには繋がっていないし、警察にはその位置を特定したり、傍聴したりすることはまったくできない。マークはその端末について再度説明した。この四人、それに加えてアーメドはこれからの数週間、常時連絡を取り合わなくてはならない。アーメドはそれらの端末を、あまたある彼の関係筋のひとつから入手していた。オン・オフのスイッチはついていないが、三桁のコードでサットトラックを起動させることができる。端末が立ち上がると、それぞれの持ち主は各自決めた五桁のパスワードを打ち込んでアクセスをおこなう。一日に二度、ぴったり午前八時と午後八時に、五人はその端末を立ち上げ、「クリア（異常なし）」という一言を発信する。少しでも遅れることは許されず、それは壊滅的な結果をもたらすことになる。遅延はサットトラックが、そして何よりその所有者が、何らかのかたちで危機にさらされたことを意味する。十五分の遅れは非常事態措置を発動させる。つまりデニーとトレイは原稿を持って、第二の隠れ家に移動する。もしデニーかトレイが連絡を怠ったなら作戦そのものが、あるいはその残された部分が、そっくり消滅する。ジェリーとマークとアーメドは即刻、外国に逃亡しなくてはならない。悪いニュースはただ一言「レッド（赤）」というメッセージで伝えられる。「レッド」が意味するのは、（1）まずいことになった、（2）可能であれば原稿は第三の隠れ家に移す、（3）何はともあれ可能な限り速やかに国外に退去せよ（質問はなし、一刻を争う）、ということだ。

　もし誰かが警察に拘束されたら、沈黙を続けなくてはならない。五人はそれぞれのメンバーの家族の名前と、その住所を暗記していた。それは、大義に対して、また仲間たちに対して完全な忠誠を尽くすための保証だった。報復は必ず実行される。誰も口を割ってはならない。何があろうと。

　そのような不吉な取り決めがあったにもかかわらず、全体のムードはまだ明るく、祝賀気分に満ちてさえいた。彼らは輝かしい犯罪をうまくやってのけ、見事に逃げおおせたのだ。

連続脱獄の経験を持つトレイは、楽しげに経験談を話して聴かせた。脱獄がうまくいったのは、彼の場合、脱獄したあとの計画をしっかり立てていたからだった。一方、たいていの人間は脱獄することばかりに頭が行ってしまう。犯罪についても同じことが言える。犯罪計画や手口の考案には何週間も時間をかける。ところが犯罪がなされたあと、それから何をすればいいのかわからなくなってしまう。必要なのは計画なのだ。

しかしただ一点で、彼らは意見の一致を見なかった。デニーとマークは素速く次の一手に移りたいと望んだ。一週間以内にプリンストン大学に連絡をとり、身代金を要求するのだ。そうすれば原稿を早く手放せるし、その保管や移動に細かい神経を使わないで済む。そしてまた現金を手にすることもできる。

より多くの経験を持つジェリーとトレイは、じっくりと攻めることを好んだ。土埃が収まるのを待った方がいい。ブラック・マーケットにじわじわと噂が広まり、話がより現実性を帯びるのを待つんだ。自分たちが容疑者になっていないことが確かになるまで、しばらく時間を置くんだ。なにもプリンストンだけが買い手と決まったわけじゃない。他にも買い手は見つかるはずだ。

その議論は延々と続き、緊迫する場面もしばしばあった。しかしところどころに冗談や笑いが混じり、またビールに不足することもなかった。最終的に彼らはとりあえずの合意に達した。ジェリーとマークは翌日、家に帰る。ジェリーはロチェスターに、マークは途中ロチェスターに立ち寄ってからボルティモアに。彼らは目立った行動はとらず、一週間はテレビのニュースを注意深く見守る。そしてもちろん一日に二回チームと連絡を取り合う。デニーとトレイは原稿を保管し、一週間かそこらあとで第二の隠れ家に移動する。ペンシルヴェニア州アレンタウンのさびれた地域にある安アパートだ。十日後にジェリーとマークがその隠れ家にやってきて、四人は再び合流する。そして全員で最終的な計画を練り上げる。その一方でマークは昔からの彼の知人である、仲介人として有望なある人物と接触を持つ。盗難絵画及び美術工芸品の闇世界における実力者だ。その種の取引にたずさわる人間に通じる暗号のような言葉を使って彼は、「自分はフィッツジェラルドの原稿について何かを知っている」と相手に伝える。しかし四人が再会する前に、それ以上が口にされることはない。

12

ジェリーのアパートメントに同居しているキャロルは、四時三十分に一人で家を出た。数ブロック先にある食料品店まで彼女は尾行された。その時点では家宅捜索はおこないという決定が即座になされた。近所にはあまりにたくさんの人が住んでいた。誰かが一言告げるだけで、張り込みは台無しになってしまいかねない。キャロルはどれくらい厳しい監視下に自分が置かれているか、まだ気づいてはいなかった。彼女が買い物をしている間に、捜査官たちが彼女の車のバンパーの内側に二個の追跡装置を取り付けた。あと二人の捜査官たち——ジョギングの格好をした二人の女性——が彼女の買ったものをチェックした（とくに興味を惹かれるものはない）。彼女が母親にメールを送ったとき、そのメールは読まれ、記録された。友だちにかけた電話は一語一語聞き耳を立てられた。彼女がバーに立ち寄ると、ジーンズ姿の捜査官が彼女に酒をごちそうしようと持ちかけた。九時に帰宅したとき、彼女のすべての挙動は監視され、録画され、録音されていた。

13

その一方、彼女のボーイフレンドは裏のポーチで、ハンモックに横になってビールを飲みながら、『グレート・ギャツビー』を読んでいた。数フィート先には美しい池が広がっていた。マークとトレイはその池にボートを浮かべて静かにブリーム〔コイ科の淡水魚〕を釣っていた。デニーはグリルでステーキを焼いていた。日暮れと共に冷たい風が吹き始め、四人のハンターたちは暖炉の火が燃える小部屋に集まった。八時ぴったりに四人は新しいサットトラックを取り出し、それぞれのコードを入力し、バッファローにいるアーメドも含めた全員が「クリア」という一語を打ち込んだ。そのようにして人生はこともなく過ぎていった。

人生は間違いなくうまく運んでいた。二十四時間足らず前には彼らは大学のキャンパスで暗闇の中に潜み、極度の緊張に震えながら、それでも同時に何かを追い求めるスリルを味わっていた。彼らの立てた計画は見事に実行され、貴重きわまりない原稿が彼らの手に落ちた。そして間もなく現金を手にすることになる。取引は簡単ではないだろう。しかしそのことはまた後日ゆっくり検討すればいい。

14

酒はある程度助けにはなったものの、四人全員にとって眠るのは難しかった。翌朝早くデニーがベーコンエッグを作り、大量のブラック・コーヒーを飲んでいると、マークがラップトップを手にカウンターに座った。そして東海岸のニュースのヘッドラインを北から南までチェックした。「何も書かれていない」と彼は言った。「キャンパスの騒ぎのことはいっぱい書いてある。公式には悪戯ということになっている。しかし原稿のことは一切触れられていない」

「そのことは伏せておきたいのだろう」とデニーは言った。

「ああ。しかしどれくらい長く？」

「それほど長くはないさ。この手の事件からマスコミを遠ざけておくのは至難の業だからな。今日か明日のうちにリークがあるだろう」

「それが良いのか悪いのかはわからないが」

「どちらでもあるまい」

トレイが台所に入ってきた。頭はきれいに剃り上げられていた。彼は誇らしげにそれを撫でて言った。「どう思うね？」

「ゴージャスだ」とマークは言った。

「見事だ」とデニーが言った。

四人とも二十四時間前とはがらりと外見を変えていた。トレイとマークはすべてを剃り落としていた。髭も髪も眉毛も。デニーとジェリーは髭を剃っただけだったが、髪の色を変えていた。デニーは砂色がかった金髪から濃い茶色に、ジェリーは柔らかな赤毛に。四人とも帽子をかぶり、眼鏡をかけ、日々それらを取り替えることになっていた。彼らは自分たちの姿がビデオに収められたことを知っていたし、ＦＢＩの顔認証技術とその精度に関しても承知していた。彼らはいくつかの過ちを犯していたが、それらを思い出そうとする努力は急速に消え失せていった。次の段階に取りかかる時期に来ていた。

そのような完璧な犯罪を成功させたあとに当然訪れる慢心も、そこにはあった。彼らが最初に出会ったのは一年前だった。最も経験を積んだ二人の重罪犯、トレイとジェリーがデニーに紹介された。デニーはマークを知っており、マークがアーメドを知っていた。彼らは集まって、何時間もかけて計画を立て、策を練った。誰が何をして、いつが一番良い時期で、そのあとどこに行くか？　百もの部分が詰められた。大きな部分があり、細かい部分があった。しかしどれもきわめて重要だった。今では強奪も終わり、すべては歴史になった。彼らの前に控えているのは、現金を回収するという作業だけだ。

木曜日の午前八時に、彼らはそれぞれがサットトラックの儀式をおこなうのを目にしていた。アーメドにも異常はなかった。全員が揃っており、所在も明らかだった。ジェリーとマークは別れを告げ、車でキャビンをあとにした。ポコノスを離れ、四時間後にはロチェスターの郊外に入っていた。ＦＢＩ捜査官の大軍が、三ヶ月前にリースされたトヨタの２０１０年型ピックアップ・トラックを我慢強く待ち受けているとは、彼らは思いもしなかった。ジェリーがその車を自分のアパートメントの近くに駐車したとき、隠されたカメラが彼とマークの顔をズームで捉えた。二人は何も知らず歩いて駐車場を横切り、階段を三階まで上がった。

ディジタル写真は即座にトレントンのＦＢＩラボに転送された。ジェリーがキャロルにただいまのキスをしているときには既に、その写真はプリンストンの図書館で撮られたビデオカメラの静止画と照合され、一致していた。ＦＢＩの画像技術は、ジェリーを、つまりジェラルド・Ａ・スティーンガーデン氏を特定し、マークをネヴィル・マンチン教授の名を騙った人物に間違いないと判断した。マークには犯罪歴がなかったので、全米犯罪ネットワークには彼のデータは見当たらなかった。ＦＢＩは彼が図書館にいたことを知っていた。わからないのは彼の名前だけだった。

しかしそれも時間の問題だろう。

監視を続けるという決定がなされた。ジェリーは既にマークを連れてきてくれた。もしかしたら別の仲間も連れてきてくれるかもしれない。昼食のあとで二人はアパートメントを出て、トヨタに戻った。マークは安物のナイロンのジムバッグを持っていた。ジェリーは手ぶらだ。彼らはダウンタウンに向かい、ジェリーはのんびりと運転した。すべての交通法規を守り、警察とは一切関わりを持たないように。

15

彼らはすべてを視野に収めていた。すべての車、すべての顔、新聞に顔を隠すようにして公園のベンチに座っているすべての老人。自分たちが尾行されていないという確信はあったが、彼らのような職業に携わっていれば、気を休める余裕はない。しかし二人は自分たちの遥か上空で、ヘリコプターが柔らかなホバリングを続けている姿を目にすることもなく、またその音を耳にすることもなかった。それは三千フィート上空から彼らをずっと追尾していたのだ。

アムトラックの駅で、マークは無言でトラックから降り、後部席のバッグを手に取り、入り口に向けて歩道を歩いた。そして駅に入ると、二時十三分発マンハッタンのペンシルヴェニア駅行きの普通切符を買った。列車を待ちながら、ペーパーバック版の『最後の大君』を読んだ。彼はとくに読書家ではないが、突然なぜかフィッツジェラルドに取り憑かれてしまったのだ。直筆原稿のことを考え、それが今どこに隠されているかを思ったとき、彼は浮かびかけた笑みを押し隠した。

ジェリーは酒屋に寄ってウォッカを一本買った。彼が店を出るとき、ダークスーツを着た三人の大柄な男が彼の前に立ちはだかった。「こんにちは」と言い、バッジをちらつかせ、「お話があるのですが」と言った。話などしたくない。するべきことがあるので、とジェリーは言った。彼らにもまたするべきことがあった。一人が手錠を取り出し、一人がウォッカの瓶を取り上げ、一人がジェリーのポケットを調べて、財布と鍵とサットトラックを取り上げた。ジェリーは黒くて長いサバーバンまで連行され、四ブロックも離れていない市の留置場まで運ばれた。短い道中、誰一人口をきかなかった。そしてやはり全員が無言のうちに、空っぽの檻の中に入れられた。彼は質問をしなかったし、彼らも何も教えなかった。市職員の看守がやってきて「やあ」と声をかけたとき、ジェリーは言った。「なあ、いったいこれはどういうことなんだね？」

看守は廊下の前後をざっと見渡してから、鉄格子に近寄って言った。「どういうことかはわからんが、あんたはまず間違いなく、お偉いさんたちを怒らせてしまったみたいだな」。ジェリーは薄暗い監房の棚寝台に横になり、汚れた天井を見上げながら、自らに問いかけた。これは本当に起こっていることなのだろうか？　いったいどうなっちまったんだ？　何がいけなかったんだ？

彼のまわりで部屋がぐるぐると回っている一方で、キャロルは玄関のベルに応えてドアを開けた。そこには半ダースほどのFBI捜査官がいた。一人が捜索令状を見せた。あなたはアパートメントを出て、自分の車の中に待機していてください、と一人の捜査官が彼女に言った。しかしエンジンはかけないように。

マークは二時に列車に乗り込み、席に着いた。二時十三分にドアが閉まった。しかし列車は出発しなかった。二時半に再びドアが開いて、揃いのネイビーのトレンチコートを着た二人の男が乗車して、厳しい目で彼を見た。その恐ろしい一瞬にマークは悟った。まずいことになった、と。

彼らは静かな声で身分を名乗り、列車から降りるように彼に要請した。一人が彼の肘を取り、もう一人が頭上の網棚からバッグを降ろした。留置場までの道中、誰も口をきかなかった。沈黙が退屈だったので、マークは尋ねてみた。「で、おれは逮捕されたということなのかな？」

後ろを振り向くこともなく運転している男が言った。「我々は一般市民に片端から手錠をかけてまわったりはしない」

「それはいいが、おれの逮捕理由はなんだね？」

「留置場で説明がある」

「おれの権利を読み上げるときに、容疑を告げる義務があるはずだが」

「あんたは手練《てだ》れの犯罪者ではないようだな。尋問を始めるまでは、権利を読み上げる義務はないんだ。今のところ我々は、平和と静けさを楽しもうとしているだけだ」

マークはそれ以上何も言わず、交通の流れを目で追っていた。彼らはジェリーを逮捕したのだろうと彼は確信した。そうでなければ、自分が駅にいることは誰にもわからなかったはずだ。彼らはジェリーを締め上げて洗いざらい吐かせ、司法取引をしたのだろうか？　いや、それはない。

ジェリーは一言も喋らなかったし、またそんな機会も与えられなかった。五時十五分に彼は監房から出され、数ブロック離れたＦＢＩのオフィスに連れて行かれた。取調室に入れられ、机の前に座らされた。手錠が外され、コーヒーが与えられた。マグレガーという名の捜査官が入ってきてジャケットを脱ぎ、着席して軽い調子で話し始めた。彼はフレンドリーなタイプで、そのうちに「ミランダ警告」の話になった。

「前に逮捕されたことはあるかね？」とマグレガーは尋ねた。

ジェリーは逮捕歴があったし、経験的に言って、このマグレガーは自分の前科記録をしっかりおさえているはずだとわかっていた。「イエス」と彼は言った。

「何度だ？」

「いいかい、捜査官さん。おれには沈黙をまもる権利があるとあんたはさっき告知した。おれは一言も喋らないし、即刻弁護士を要求する。わかったか？」

マグレガーは「いいとも」と言った。そして部屋を出て行った。

角を曲がったところにある別の部屋に、マークが入れられていた。マグレガーはそこに入っていって、さっきと同じ儀式を繰り返した。二人はコーヒーを飲みながら「ミランダ権利」について話をした。捜索令状のもとに、捜査員たちはマークのバッグの中身を調べあげ、興味深い数多くの物品を発見していた。マグレガーは大型の封筒を開け、中から何枚かのプラスチック・カードを取り出し、机の上に並べていった。

「これらは君の財布に入っていたものだよ、マーク・ドリスコルさん。メリーランド州発行の運転免許証。まずい写真だが、髪がふさふさしていて、眉毛もちゃんと生えている。二枚の有効なクレジット・カード、ペンシルヴェニア州が発行した期間限定の狩猟許可証」、更に何枚かのカードが並べられた。「そしてこれらは君のバッグから見つかったものだ。ケンタッキー州発行の運転免許証で、名前はアーノルド・ソイヤーになっている。こちらもやはり髪はふさふさしている。そして偽造クレジット・カードが一枚」、彼はゆっくりと他のカードも取り出した。「偽造のフロリダ州運転免許証、眼鏡と顎髭。名前はミスタ・ルーサー・バナハン。そしてこの高品質のパスポートはヒューストンで発行され、名前はクライド・D・メイジーとなっている。それに見合った運転免許証と、三枚の偽物のクレジット・カードも揃っている」

テーブルの上はいっぱいになった。マークは吐きたい気分だったが、歯を食いしばってこらえ、なんとか肩をすくめようとした。それがどうした？

マグレガーは言った。「なかなか見事なものだ。我々はこれらを調査し、君の本当の名前がミスタ・ドリスコルであることが判明した。住所はわからん。というのは君は定住をしていないから」

「それは質問なのか？」

「いいや。まだ質問じゃない」

「けっこうだ。というのは、おれには何も答えるつもりはないから。おれには弁護士をつける権利がある。だから誰か見つけてきてくれ」

「いいとも。しかしそれらのどの写真でも髪がふさふさしているのが奇妙だな。髭が生えているのだってあるし、どれにも眉毛はちゃんとついている。ところが今では何ひとつなくなっている。何かから君は隠れているのかね、マーク？」

「弁護士をつけてくれ」

「わかったよ。なあ、マーク、我々はポートランド州立大学が発行したネヴィル・マンチン教授の書類をまだ見つけてはいないんだが、その名前は君の内なるベルを鳴らさないかね？」

ベルを鳴らさないか？　まるでハンマーで頭をどやされたようなものだ。

片側が鏡になっているガラスの向こうで、解像度の高いカメラがマークに向けられていた。もうひとつの部屋では、二人の尋問専門家（どちらも信用のできない容疑者及び証人を看破するトレーニングを受けている）が目の瞳孔や、上唇や、顎の筋肉や、頭の位置を子細に見守っていた。ネヴィル・マンチンの名前が口にされると、容疑者は動揺した。マークが「いや、何も話さない。弁護士をつけてくれ」と弱々しく言ったとき、二人の専門家は肯いて笑みを浮かべた。尻尾を摑んだぞ。

マグレガーは部屋を出て仲間と談笑した。それからジェリーの部屋に入った。彼は腰を下ろし、微笑み、長いあいだじっと待っていた。そして言った。「どうだね、ジェリー、まだ話す気にはなれないのかな？」

「弁護士をつけてくれ」

「ああ、いいとも、一人見つけてやろう。しかし君はかなり無口なようだね」

「弁護士をつけてくれ」

「君の仲間のマークは君よりもずっと協力的だぜ」

ジェリーは生唾を呑み込んだ。マークがアムトラックに乗って無事に街を出たことを希望していたのだが、どうやらそうはいかなかったようだ。いったい何が起こったんだ？　どうしてこんなに早く捕まってしまったのだろう？　昨日の今頃は、キャビンでみんなでビールを飲み、完全犯罪の余韻にひたりつつ、のんびりカード遊びをしていたというのに。

マークが自白しているはずはない。

マグレガーはジェリーの左手を指さして言った。「そこにバンドエイドが貼ってあるが、怪我をしたのかね？」

「弁護士をつけてくれ」

「医者は必要ないか？」

「弁護士だ」

「オーケー、いいとも、弁護士を見つけてくる」

出て行くとき、彼はドアをばたんと閉めていった。ジェリーは自分の手首を見た。

いや、そんなはずはない。

16

池一面に暗い影が落ちた。デニーは釣り糸を引き上げ、キャビンに向けてボートを漕いだ。冷気が薄手の上着を貫き、彼はトレイのことを考えた。はっきり言って、彼がどれくらい当てにならないかということを。トレイは四十一歳で、これまで盗品と共に二度捕まっている。最初は脱獄する前に四年服役し、二度目は壁を乗り越える前に二年服役している。トレイに関していちばん気にかかるのは、どちらの場合も刑期を短くするために、彼が寝返り、自白し、仲間の名を明かしていることだった。プロとしてそれは許しがたい過ちだった。

デニーから見れば、五人の仲間のうちでトレイが最も脆弱な部分だった。レンジャー部隊の一員としてデニーはこれまで戦争へ行き、銃撃戦を生き抜いてきた。友人たちを失い、多くを殺してきた。彼は恐怖というものを理解していた。彼が憎むのは弱さだった。

17

木曜日の夜の八時、デニーとトレイはビールを飲みながら、ジンラミーをやっていた。彼らは途中でその手を休めてサットトラックを取り出し、自分たちの数字を指で叩いた。そして待ち受けた。数秒の後にアーメドがバッファローから「クリア」の連絡を寄越した。マークとジェリーからの連絡はなかった。マークは今ごろ列車に乗って、ロチェスターからペン・ステーションまでの六時間の旅に耐えているはずだ。そしてジェリーは自分のアパートメントに落ち着いているはずだ。

それからの五分間はゆっくりと過ぎていった。あるいは慌ただしく過ぎていったのかもしれない。わけがわからない。機械はきちんと動いているはずだ。それはＣＩＡが用いるほど高精度なものであり、眼の玉が飛び出るほど高価だった。二人が同時に連絡を寄越さないというのはつまり……いったいどういうことなのだ？　八時六分にデニーが立ち上がって言った。「最初の行動に移ろう。荷造りをして、さっさとここを引き払う準備をするんだ。いいな？」

「わかった」とトレイは返事した。見るからに不安そうだった。彼らは部屋に戻り、衣服をダッフルバッグに詰め始めた。数分あとでデニーが言った。「今は八時十一分だ。そうだな、八時二十分までにここを引き払う。いいな？」

「了解だ」とトレイは言いながら、もう一度サットトラックをチェックした。やはり連絡はない。八時二十分にデニーは倉庫に入り、銃保管庫の鍵を開けた。二人は五つの原稿を二個の緑色の陸軍のダッフルバッグに入れ、まわりを衣服でしっかりくるみ、それをデニーのトラックに運んだ。灯りを消すためにキャビンに戻り、必死に最後の点検をおこなった。

「燃やしてしまうか？」とトレイが尋ねた。

「まさか」とデニーが、その愚かしさにあきれながらぴしゃりと言った。「そんなことをしたら注意を引くだけだ。おれたちがここにいたことがわかっても、たいしたことじゃない。そのころにはおれたちはとっくにいなくなってるし、原稿はもうどこにもないんだから」

彼らは灯りを消し、両方のドアに鍵をかけた。ポーチに出たとき、デニーはほんの一瞬足を止め、トレイがそのぶん一歩前に出た。そうしてデニーは飛びかかった。両手でトレイの首をしっかりと押さえつけ、両方の親指を頸動脈の止血点にめり込ませた。トレイはデニーより歳をとっており、身体も小さく、鍛えあげてもいない。また攻撃されることを予期してもいなかった。だから元レンジャー隊員に首を絞められたら、その死のグリップに抵抗できるはずはなかった。彼は数秒間ぴくぴくと身をくねらせていたが、やがてぐったりとなった。デニーは彼を地面に投げ出し、ベルトを抜いた。

18

彼はスクラントンの近くでガソリンを入れ、コーヒーを飲んだ。そして州間高速道路80号線を西に向かった。制限速度は時速七十マイルだった。彼はクルーズ・コントロールを六十八マイルにセットしていた。この日の夜の早い時間に数本のビールを飲んでいたが、酔いはもうすっかり消えている。彼のサットトラックはコンソールの上に置かれており、一マイルほど進む間に一度は、ちらりとそちらに目をやった。そのときまでにはもう、スクリーンがずっと暗いままだろうということは予測できた。誰ももう連絡してくるまい。マークとジェリーは既に逮捕され、彼らのサットトラックは、どこかのよく頭の働く人々が分解しているだろう。トレイのその端末は、持ち主と共に池の底に沈んでいる。双方とも水を吸い込み、今ごろはもう朽ち始めていることだろう。

もしデニーがこれからの二十四時間を生き延び、国外に出られたなら、この財産は彼のものに、彼一人だけのものになる。

オールナイトのパンケーキ・ハウスに入り、正面入り口の近くに車を駐め、トラックが視野に収められるところに席を取った。ラップトップを開き、コーヒーを注文し、ワイファイが使えるかどうか尋ねた。もちろんとウェイトレスは言って、パスワードを教えてくれた。しばらくそこに腰を据えることに決め、ワッフルとベーコンを注文した。オンラインでピッツバーグからの飛行機便をチェックし、シカゴまでの便を予約した。そこからノンストップでメキシコ・シティーまで飛ぶことになる。彼はまた温度コントロールのきく貸倉庫を探し、リストを作った。ゆっくり食事をし、コーヒーのお代わりを頼んだ。そしてできるだけ長く時間を潰した。「ニューヨーク・タイムズ」のページにアクセスし、そのトップ記事を目にして彼は仰天した。記事は四時間前にアップされたばかりで、その見出しは「プリンストン、フィッツジェラルドの原稿盗難を認める」となっていた。

丸一日、ノー・コメントと煮え切らない否定を繰り返したあとで、大学当局はとうとう噂を認める声明を発表したわけだ。火曜日の夜、銃撃犯がいるという通報が警察に入り、キャンパスがそれを受けて大騒ぎになっている間に、強盗団がファイアストーン図書館に押し入った。騒ぎは明らかに陽動作戦であり、それは見事に功を奏した。大学はフィッツジェラルド・コレクションのどの程度が盗まれたかは明らかにしていない。「相当量」と発表されただけだ。FBIが捜索にあたっている。具体的なことはほとんど書かれていない。

マークとジェリーに関する言及はない。デニーは急に不安になり、今すぐ出発したいという気持ちになった。勘定を済ませレストランを出て行くときに、サットトラックを入り口の外にあるゴミ箱に棄てた。これで過去と繋がりを持つものはなくなった。彼は一人きりで自由で、物事の展開ぶりに興奮していた。しかし事件が明らかになったことでナーバスにもなっていた。いずれにせよ国外に出なくては。それは彼が前もって計画したことではなかったが、事態はこれ以上望めないほど申し分ない方向に進んでいた。計画というのはまず思い通りには進まないものであり、臨機応変に対応できるものだけが生き残るのだ。

トレイは厄介者だった。彼はすぐに悩みの種になっただろうし、最後には始末に負えないお荷物になったことだろう。デニーは今ではもう彼のことを終わった出来事としてしか見ていなかった。夜が明け始め、ピッツバーグの北側の郊外に入って行くにつれて、デニーはトレイの記憶に通じるドアをぴったり閉じてしまった。それもまた完全犯罪のひとつだ。

午前九時に彼は、ピッツバーグ郊外のオークモントにあるイースト・ミルズ保管倉庫会社のオフィスに入っていった。そして担当者に説明した。上等なワインを何本か数ヶ月にわたって保管してもらう必要がある。だから温度と湿度が正確に制御され、モニターされる小さな空間がほしいのだと。担当者は地上階にある縦横十二フィート×十二フィートのユニットを見せた。料金は月額二百五十ドル、一年が最短の契約期間だった。じゃあやめにするとデニーは言った。彼はそのスペースをそれほど長い期間必要とはしなかった。彼らは交渉の末、半年契約、月額三百ドルという条件で合意に達した。彼はポール・ラファティー名義のニュージャージー州の運転免許証を出し、契約書にサインし、現金で支払いを済ませた。彼は鍵を持って保管室に戻り、鍵を開け、温度を華氏五十五度〔約摂氏十三度〕、湿度を四十パーセントにセットして灯りを消した。彼は監視カメラに注意しながら廊下を歩いて戻り、結局担当者に目撃されることなくそこを退去した。

午前十時に安売りのワイン卸売り店が開き、デニーがその日最初の客になった。四ケースの安物のシャルドネを買い、現金で支払った。そして店員に交渉して空の段ボール箱を二つもらい、店を出た。それから半時間ばかり車を走らせ、身を隠せる場所を探した。大きな通りから離れていて、監視カメラもないところだ。彼は安いカーウォッシュに車を通し、バキュームクリーナーの隣にトラックを駐めた。『楽園のこちら側』と『美しく呪われしもの』がワインの空箱にうまく収まった。『夜はやさし』と『最後の大君』がもう一つの箱に収まった。一つの箱から十二本の瓶が出されて、後部席に置かれ、『グレート・ギャツビー』は単体でその空いた箱に入れられた。

十一時までにデニーは、その六つの箱をイースト・ミルズの保管庫に運び入れた。出るときに彼は担当者に出くわし、明日またもう少し追加のワインを持って来るからと言った。いいですよ、どうぞ、と担当者はどうでもよさそうに言った。車で立ち去るとき、彼はずらりと建ち並ぶ倉庫の前を通り過ぎ、それらのドアの奥にどれほどの盗品が眠っているのだろうと考えた。おそらく山ほどあるだろう。しかし自分のものほど価値のあるものはないはずだ。

彼はピッツバーグのダウンタウンをぶらぶら運転して抜け、やっと荒廃した地域に出た。窓に頑丈な鉄格子のはまっている薬局の前に彼は車を駐めた。窓を下げ、イグニション・キーを差したままにして、十二本の安物ワインを後部のウィンドウ・フロアに並べ、荷物を持って車を離れた。もう正午に近く、良く晴れた明るい秋の日だった。自分がこれでかなり安全になったように思えた。公衆電話を探してタクシーを呼び、ソウルフード・カフェの前でタクシーが来るのを待った。四十五分後にそのタクシーは彼をピッツバーグ国際空港の出発口で降ろした。彼はカウンターでチケットを受け取り、セキュリティーを何ごともなく抜け、ゲート近くのコーヒーショップに入った。雑誌売り場で「ニューヨーク・タイムズ」と「ワシントン・ポスト」を買った。「ポスト」の第一面の折り返しの下のところに、大きな見出しが躍っていた。「プリンストンの強奪犯、二名逮捕」と。写真も氏名も出ていなかった。プリンストン大学とFBIが情報を小出しにしているのは間違いない。短い記事によれば、前日にロチェスターで二人は拘束されたということだった。

捜査はその「大胆不敵な押し入り強盗」に関わった他のメンバーに関しても進行中である。

19

デニーがシカゴへの便を待っている間、アーメドはバッファローからトロントへの便に乗っていた。そしてそこでアムステルダムに向かう便の片道切符を購入した。四時間を潰すために、彼は空港のラウンジでバーに入り、メニューで顔を隠すようにして酒を飲んだ。

20

翌週の月曜日、マーク・ドリスコルとジェラルド・スティーンガーデンは犯人引き渡しに異議を唱えることなく、ニュージャージー州トレントンに移送された。彼らは連邦判事の前で、一切の財産を持たないことを文書で宣誓し、官選弁護人を割り当てられた。偽造のパスポートを所持していたため、国外逃亡の恐れがあるという理由で、保釈は認められなかった。

更に一週間が経過し、一ヶ月が経過し、捜査は熱気を失っていった。最初は前途有望に見えたものが、次第に先行きの暗いものになっていった。一滴の血痕と、入念に変装した泥棒たちの写真の他には、そしてもちろん紛失した原稿の他には、証拠らしきものは何ひとつ存在しなかった。彼らの逃走車である焼け焦げになったヴァンは発見されたが、その出所は遂にわからなかった。デニーのレンタルしたピックアップは盗まれ、解体屋でばらばらにされ、そっくり食い尽くされた。デニーはメキシコ・シティーからパナマに飛んだ。そこには友人たちがいて、隠れ家を手配してくれた。

ジェリーとマークが偽造の学生証を所持し、何度か図書館に出入りしていたことには明らかな証拠があった。マークはフィッツジェラルド研究者になりすますことさえしていた。盗難があった夜に二人が、もう一人の共犯者と共に図書館に入館したことも明白だった。しかしいつ、どのようにして彼らがそこを退出したかを示すものがなかった。

盗難にあった物品が見つからないために、連邦検事局は訴追を遅らせた。ジェリーとマークを担当した弁護士は告訴の棄却を求めたが、判事がそれを却下した。二人は留置場に留められ、保釈も認められず、一言も喋らなかった。沈黙は保たれた。強盗事件の三ヶ月後、連邦検事局はとっておきの取引をマークに持ちかけてきた。すべてを自白したなら、罪は一切問わない。前科もないし、現場からＤＮＡも発見されていないし、マークは取引する相手としてはより良い選択だった。洗いざらいぶちまけて、自由の身になれる。

彼は二つの理由でその申し出を拒否した。ひとつには、政府が裁判で彼の有罪を立証するのは困難だし、訴追をかわしつづけられるだろうと、弁護士が保証してくれたからだ。二つ目の理由はより重みを持つものだった。デニーとトレイは外の世界にいる。それが意味するのは原稿はうまく隠匿されているということであり、また報復がなされるだろうということだった。それにたとえマークがデニーとトレイのフルネームを教えたとしても、ＦＢＩには簡単に彼らを見つけ出すことはできまい。だいたいマークは原稿が今どこにあるのか、まったく知らないのだから。彼は第二、第三の隠れ家の場所を知っていた。しかしそれらがおそらく使用されていないであろうことも、わかっていた。

21

すべての手がかりは袋小路に追い込まれた。最初重要に見えた手がかりは徐々に色褪せていった。そして持久戦が始まった。誰が原稿を所持しているにせよ、金がほしいはずだ。それも大金だ。彼らはやがて水面に顔を出すだろう。しかしいつ、どこで？　そしてどれほどの金額を彼らは要求するのか？

第二章――「仲介」

1

ブルース・ケーブルが二十三歳で、まだアラバマ州オーバーン大学の三年生だったときに、父親が急逝した。父子の間では、ブルースの学業が思わしくないことで諍《いさか》いが絶えなかった。その不和は、父親が息子を一度ならず「おまえを遺産の受取人から外してやる」と脅すところまできていた。遠い祖先の誰かが砂利商売で一財産作っていたが、法律家の不適切な助言に従って、複雑なばかりで要領を得ない信託がこしらえられ、おかげで何世代にもわたって、見当違いな親族に金がばらまかれることになった。彼ら一族は長年にわたり、裕福な生活を送っているように世間に見せかけつつ、富がゆっくりと手からこぼれ落ちていくのを見守ってきた。遺言と信託を書き換えてやると脅すのは、年長者が若者に対して好んで使う手口だったが、それが効果を発揮したためしはない。

しかし父親のケーブル氏が弁護士事務所に足を運ぶ前に亡くなったため、ブルースはある朝目を覚まして、三十万ドルを労なく手にすることになった。まさにたなぼたというところだが、一生遊んで暮らせるほどの額ではない。それを投資に回すことを考えてみた。手堅い投資に回せば、年に五パーセントから十パーセントの利回りがあるかもしれない。しかしそれは、ブルースがここのところ急に望むようになったライフスタイルを支えるには、あまりに不十分な額だ。もっと大胆な投資をおこなうのはリスクが大きすぎるし、ブルースとしては何があってもその虎の子を失いたくなかった。金は彼に奇妙な作用を及ぼした。おそらく最も奇妙なことは、彼が五年間を過ごしたオーバーン大学を離れよう、もう二度と後ろを振り返るまいと決心したことだろう。

結局、一人の娘がフロリダ州カミーノ・アイランドのビーチに彼を導いた。ジャクソンヴィルの少し北に位置する、十マイルに及ぶ沿岸洲の島だ。彼女が金を払って借りた素敵なコンドで一ヶ月を過ごした。よく眠り、ビールを飲み、波打ち際を散歩し、何時間も大西洋を眺め、『戦争と平和』を読んだ。彼は英文学専攻で、まだ読んだことのない偉大な本があると思うと落ち着かなかった。

元金をしっかり保持しながら、それをうまく増やしていくつかの方法を、海岸を散歩しながらあれこれ思案した。彼は賢明にも、自分がまとまった金を手にしたことを誰にも言わないようにしていた。結局のところ、その金は何十年かの間ずっと人目につかず埋もれていたものなのだ。だから彼は友人たちからあれこれアドバイスを受けたり、借金の申し込みをされたり、そういうことで悩まされずに済んだ。交際している娘もその金のことはまったく知らなかった。一週間を共に過ごしたあと、彼女とはほどなく別れることになるだろうと彼は見切りをつけた。彼は取り留めもなくいろんな投資先を思いついた。チキン・サンドイッチ・フランチャイズ、フロリダのどこかの未開地、近くの高層のコンド、立ち上げられたばかりのいくつかのシリコン・ヴァレーの企業、ナッシュヴィルの小規模ショッピング・センター、などなど。投資雑誌を何十冊も読み込んだが、研究すればするほど、自分が投資に必要な忍耐力を持ち合わせていないことがわかってきた。それは要するに、数字と戦略の希望なき迷路でしかない。彼が経済学ではなく英文学を専攻したのには、それなりの必然性があったのだ。

二日に一度、彼とその娘は古風な趣のあるサンタ・ローザの町を散策した。カフェで昼食をとり、メイン・ストリートのバーで酒を飲んだ。コーヒーショップを兼ねたまともな書店があった。二人はそこに腰を据えてラテを飲み、「ニューヨーク・タイムズ」を読むのがいつしか習慣のようになった。コーヒーをつくるのは書店の主人でもあるティムという年配の男で、ティムはなかなかの話し好きでもあった。ある日彼はふとこう洩らした、「実はこの店を売って、キーラーゴに移ることを考えているんだ」と。翌日ブルースは娘をうまく振り切って、一人でそこにラテを飲みに来た。そしてコーヒー・バーに座り、ティムが書店をどうするかという話に持っていった。

本を売るのは厳しい商売なんだよとティムは言った。大きな書店チェーンはすべてのベストセラー本で、大幅な割引販売をする。ときには半額で売ったりもする。そして今では人はインターネットやアマゾンを使って、自宅から本を注文する。この五年間で七百もの独立系書店が店仕舞いをした。儲けを出しているのはほんの一握りの店だけだ。話をすればするほど、彼の顔は暗くなっていった。「小売商はもう負け戦状態になっている」と少なくとも三度は口にした。「たとえ今日、何か工夫をしたところで、明日になればまた一からやり直し、みたいなことになるんだ」

ブルースは彼の正直さに感心したものの、同時にまた売り込み意識の欠如に対して疑義を呈した。もう少し買い手の気持ちが明るくなるような話はないのかいと。

自分はこの店でまず悪くない稼ぎを得ているとティムは言った。この島には文学的コミュニティーができている。現役の作家が何人か在住し、ブック・フェスティバルが開かれ、図書館も充実している。引退した人たちはよく読書するし、本に金も使う。

島には四万人が年間を通じて暮らしているし、それに加えて毎年百万ものツーリストが訪れる。人の行き来は相当なものだ。売値はいくらなんだね、とブルースは最後に尋ねた。キャッシュで十五万ドルほしいな、ローンはつけない、建物のリースは肩代わりするということで。そこでいくぶんおずおずとブルースは切り出した。店の財務状況を見せてもらえないかな。基本的なバランスシートと損益の報告だけでいい、面倒なものは必要ない。ティムはその話には乗ってこなかった。ブルースのことをまだよく知らないし、彼の目から見れば、親の金でふらふら遊んでいるそのへんの二十代の若者の一人に過ぎなかった。ティムは言った。「オーケー、まずあんたの財務状況を見せてくれ。そうすればうちのも見せようじゃないか」

「まっとうな条件だ」とブルースは言った。また戻ってくるからと言って彼はそこを離れた。しかし一方でそれとは別に、車で長旅をしたいという思いに急に取り憑かれることになった。三日後に彼はその娘に別れを告げ、ジャクソンヴィルまで車を運転して行って、新しい車を購入することにした。ぴかぴかのポルシェ911カレラの新車がほしくてたまらなかった。そして小切手を一枚書きさえすればそれが自分のものになるという事実が、誘惑を痛切なものにした。しかし彼はなんとか思いとどまり、一日かけて念入りな値引き交渉をおこなった末に、長く使い込んだジープ・チェロキーを下取りに出し、同じものの新車を購入した。荷物を運ぶためのスペースが必要になるかもしれない。ポルシェは自分で稼いだ金ができたときに、またいつか買えばいいさ。

新しい車を手に入れたし、銀行には金があるし、ブルースは意気揚々とフロリダをあとにして、文学的冒険の旅に出た。そして一マイル進むごとにその期待はますます膨らんでいった。とくに計画はなかった。西に向かって進み、太平洋に出たら北に向きを変え、それから東に戻り、最終的に南下する。どれだけ時間がかかってもかまわない。何か期限があるわけではない。行く先々で独立系の書店を探し求め、見つかるとその地に一日か二日留まり、店をざっと検分した。コーヒーを飲み、本を読み、カフェがついていればそこで昼食を取ったりもした。多くの場合店主を見つけて、穏やかにいろんな情報を聞き出した。自分は書店を買いたいと考えており、助言を必要としていると率直に語った。反応は様々だった。大抵の店主は、先行きに不安を感じている人々でさえ、自分の仕事を愛しているようだった。確かにその商売は将来の見通しがうまくたたなかった。チェーン店が拡大し、インターネットが未知の領域に手を伸ばしていた。伝統ある立派な書店が、すぐ近所に大きなディスカウント店ができたおかげで、あっという間に廃業に追い込まれたというような怖い話が流布していた。いくつかの独立系書店、とくに大規模チェーンが進出するには小さすぎるような大学町にある書店は、それなりに繁盛しているようだった。他の書店は、たとえ大きな街中にあるものでも、客足は遠のいていた。その一方で意気軒昂にトレンドに逆らっている、新規に登場した書店もいくつかあった。助言は実にまちまちで幅広いものだった。お馴染みの「小売商は負け戦状態にある」というものから、「ひとつやってみろよ。あんたはまだ二十三歳なんだから」というものまで。しかしそれらの助言を与えてくれた人々にひとつ共通して言えるのは、みんなその商売を楽しんでいるということだった。彼らは本を愛し、文学を、作家たちを、文芸世界全体を愛し、進んで長時間を仕事に注ぎ込み、客の応対にあたっていた。それというのも、自分の職業を誇らしいものと考えていたからだった。

二ヶ月にわたってブルースは国中をあてもなくさすらった。次なる独立系書店を求めて、気の向くままジグザグに進んだ。ある町の書店主は、その州にある他の三つの書店を紹介してくれたりした。ブルースは何ガロンもの濃いコーヒーを飲み、ツアーをしている途中の作家と付き合い、サイン入りの本を何十冊も買い求め、安モーテルに宿泊し、ときどきはたまたま巡り会った同じような本好きと一緒に泊まり、知識を分かち合い、助言を与えてくれる書店主たちと何時間かを過ごし、一握りの客しか集まらないサイン会でたくさんのまずいワインを飲み、店の外装と内装の写真を何百枚も撮り、多くの事項をメモし、日々の行動を記録した。その冒険旅行が終了し、これ以上運転して回るのはもううんざりだと思ったときには、七十四日かけて、八千マイル近くを走破し、六十一の独立系書店を訪ねていた。そのひとつひとつが、他のどの店ともまるで似ていなかった。自分には計画ができていると彼は思った。

彼はカミーノ・アイランドに戻り、ティムが別れたときと同じ格好でコーヒー・バーにいて、エスプレッソを飲みながら新聞を読んでいるのを目にした。前よりも更にやつれているように見えた。最初ティムは彼のことが思い出せなかった。しかしブルースはこう言った。「二ヶ月前にこの店を買う話を持ちかけたね。そしてあなたは十五万ほしいと言った」

「そのとおり」、ティムは少しばかり興味を示して言った。「金が工面できたのかね？」

「うちのいくらかはね。今日十万ドルの小切手を書くことができる。残りの二万五千は今から一年後に支払う」

「いいね。しかし私の計算では、二万五千足りないことになる」

「こちらが用意できるのはそれだけだよ、ティム。それを受けるか受けないか、どちらかだ。他にも売りに出ている店はあるから」

ティムはそれについて一秒ほど考えたが、やがてゆっくりと右手を差し出した。彼らは握手をして話をまとめた。ティムは自分の弁護士に連絡し、早急に話を進めてくれるように言った。三日後に契約書が交わされ、現金が払い込まれた。ブルースは店を改装のために一ヶ月閉め、その休止期間を書店経営の短期集中コースにあてた。ティムはそれに喜んでつきあい、書店経営の細かいノウハウを残らず彼に教示してくれた。顧客や、ダウンタウン近隣の大方の商店主のゴシップまで。彼はあらゆることにたっぷり意見を持っていた。二週間の後にはブルースは十分独り立ちできるまでになっていた。

一九九六年八月一日に店は派手な鳴り物入りで新装開店した。ブルースは精一杯趣向を凝らした。多くの人々が集まってシャンパンやビールを啜り、レゲエやジャズに耳を傾けた。ブルースはその瞬間を心ゆくまで楽しんだ。大いなる冒険が始まったのだ。そのようにして「ベイ・ブックス――新刊及び希覯本」が船出をした。

2

希覯本に関する彼の関心は、ふとした成り行きの産物だった。父親が心臓発作で急死したという驚くべき知らせを受けると、ブルースはアトランタの実家に急行した。そこは本当には彼の家《ホーム》というわけではなかったが――そこに長く留まったことは一度もなかった――彼の父親にとっての現在の、そして最終の住まいだった。父親はしばしば引っ越しをし、そのたびに恐ろしい女性を共に引き連れていった。ケーブル氏は二度結婚をしていたが、どちらの結婚生活も破綻し、結婚という制度そのものを嫌悪していた。それでも自分の人生を複雑なものにしてくれる、いやな感じの女性を一人そばに置いておかないことには、うまく人生を送れないらしかった。女たちが彼に惹きつけられるのは裕福に見えるせいだった。しかし時間が経つと、彼が二度のおぞましい離婚によって救いようもなく傷つけられていることが、誰の目にも明らかになった。少なくともブルースにとっては幸運なことに、最新のガールフレンドは少し前にそこを出て行ったばかりで、その家は誰かの詮索好きな視線も浴びず、手も届かない状態にあった。ブルースがやってくるまでは、ということだが。

　それはダウンタウンのヒップな地区に建てられた、流行最先端の鋼鉄とガラスの寄せ集めのような家屋で、実に言葉を失わせる代物だった。三階には大きなスタジオがあり、ケーブル氏は投資をおこなっていないときにはそこで絵を描くことを好んだ。彼は生涯を通じて職に就いたことは一度もなかった。遺産で食っていたのだが、常に自らを「投資家」と称していた。後年は画作に向かったが、彼の描く油絵はあまりにおぞましいものだったので、アトランタのすべての画廊から締め出しを食らっていた。スタジオの一方の壁は書物で覆われていた。何百という数の本だ。最初ブルースはそのコレクションにほとんど関心を払わなかった。どうせただのお飾りだろうと思ったからだ。単なる見せかけ、自分を深くて複雑な人間に見せたい、読書家だと思われたいという浅薄な努力のひとつなのだろうと。しかしよく見てみると、二つの棚にはよく知られた書物の古い版が並んでいることにブルースは気づいた。彼はそれらを高いところの棚から、一冊一冊引っ張り出して点検してみた。そして彼の関心は急速にかき立てられていった。

それらはすべて初版本で、うちのいくつかには著者の署名も入っていた。ジョーゼフ・ヘラーの『キャッチ22』（１９６１）、ノーマン・メイラーの『裸者と死者』（１９４８）、ジョン・アプダイクの『走れウサギ』（１９６０）、ラルフ・エリソンの『見えない人間』（１９５２）、ウォーカー・パーシーの『映画狂時代』（１９６１）、フィリップ・ロスの『さようならコロンバス』（１９５９）、ウィリアム・スタイロンの『ナット・ターナーの告白』（１９６７）、ダシール・ハメットの『マルタの鷹』（１９２９）、トルーマン・カポーティの『冷血』（１９６５）、Ｊ・Ｄ・サリンジャーの『キャッチャー・イン・ザ・ライ』（１９５１）。

最初の一ダースほどを見たあと、ブルースは抜き出した本を棚には戻さず、テーブルの上に載せていった。彼の最初の好奇心はやがて波打つ興奮の陶酔に、そしてまた物欲に圧倒されていった。下の方の棚には書名に覚えがない本や、聞いたことのない著者のものが並んでいたが、やがて彼は更に驚くべき発見をすることになった。分厚い三巻本のチャーチルの伝記の背後に、四冊の本が隠されていたのだ。ウィリアム・フォークナーの『響きと怒り』（１９２９）、スタインベックの『黄金の杯』（１９２９）、スコット・フィッツジェラルドの『楽園のこちら側』（１９２０）、アーネスト・ヘミングウェイの『武器よさらば』（１９２９）だった。どれも初版本で極上の状態にあり、著者の署名も入っていた。

ブルースは更に捜索を続けたが、それ以上の興味深い発見はなかった。それから父親の古いリクライニング・チェアに腰を下ろし、壁に並んだ書物を眺めた。ほとんど住んだことのない家の中で、そこに座って明らかに才能に欠けた画家の手になるお粗末な油絵を見ていると、これらの本がいったいどこからどうやってもたらされたのか、さっぱりわけがわからなかった。それから、姉のモリーがここにやってきて、二人で葬儀の手配をすることになったとき、自分は何をすればいいのだろうと思いを巡らせた。亡くなった父親について自分がいかに知識を持たなかったか、まさに驚くばかりだ。しかし知らなくて当然ではないか？　父親が自分と一緒に時間を過ごしてくれたことなど一度もなかったというのに。ブルースが十四歳になると、ケーブル氏は彼を寄宿学校に送った。夏休みには六週間ヨットスクールに送られ、さらに三週間観光牧場に送られた。彼を家から遠ざけておくためにあらゆる手段が用いられた。一連の不愉快な女性たち以外に父親が何かを蒐集していたなんて、ブルースには知るすべもない。ケーブル氏はゴルフとテニスをし、旅行をした。しかしブルースや彼の姉を伴うことはなかった。同伴するのは常に最新のガールフレンドだった。

じゃあ、それらの本はどこからやって来たのだ？　どれくらい長く彼は本の蒐集を続けていたのか？　古い納品書とか、コレクションが存在することを示す記録とかは残されているのだろうか？　父親の遺産の遺言執行人はそれらを他の資産と合わせ、ほとんど丸ごとエモリー大学に寄贈するように指示されているのだろうか？　財産の大部分をエモリー大学に寄贈するというのは、それはそれでブルースを苛立たせることだった。彼の父親はそのことを、細部まではいちいち語らなかったが、ことあるごとに口にしていた。ケーブル氏は自分の財産は、子供たちに遺して無駄に浪費されるより、教育機関に託されるべきだという高邁《こうまい》な考えを持っていたのだ。何度かブルースは父親に面と向かって、「そんな偉そうなことを言っても、あんたはその生涯を通して、他人が稼いだお金を使って生きてきただけじゃないか」と言ってやりたくなることがあった。しかしそんなことで言い争っても自分のためにはならないと思い、なんとかこらえてきた。

そのとき彼は、それらの書物を何があっても手に入れたいと思った。その中から最良の十八冊だけを選び、あとは残していくことにした。もし欲を出してごっそりと持ち出したら、本の数が減っていることに誰かが気づくかもしれない。かつてワインが入っていた段ボール箱に、それらの本はぴたりと収まった。父親は長年にわたって酒瓶と戦ってきたのだが、最終的に毎晩赤ワインを数杯たしなむに留めるというところで、なんとか休戦の折り合いをつけていた。そしてガレージにはいくつかの空箱が転がっていた。ブルースは何時間もかけて本棚を入念に並べ替え、本が抜き去られていないように見せかけた。しかし誰がそんなことに気づくだろう? 彼の知る限り、モリーは本というものを一切読まなかったし、それにも増して父親には可能な限り近寄らないようにしていた。父のガールフレンドたちのことが、モリーは大嫌いだったからだ。ブルースの与《あずか》り知るところでは、姉はこの家で一晩たりとも過ごしたことはないし、父親の所有物について何ひとつ知識を持たないはずだ(それでも二ヶ月後に彼女は電話で、「父さんの古い本」について何か知らないかと彼に尋ねることになる。何も知らないねとブルースはきっぱり答えた)。

暗くなるのを待って、彼はその段ボール箱を自分のジープに移した。少なくとも三台の監視カメラがパティオとドライブウェイとガレージを映していた。もし誰かに訊かれたら、自分の私物をいくつか持ち出していただけだと言えばいい。ビデオとかCDとか、そんなものを。もしあとで遺言執行人に何冊かの初版本が紛失していることについて尋ねられたら、もちろん「そんなことは何も知らない」と答えるつもりだった。ハウスキーパーを問い詰めてみたらどうですか、と。

事態の展開からすればそれは完全犯罪だった——もし犯罪と呼べればの話だが。しかしブルースはそれを犯罪とは見なさなかった。自分はもっとずっと多くを手にしていいはずだ、というのが彼の見解だった。分厚い遺言書と専属の弁護士たちのおかげで、父親の遺産は要領よくひとまとめにされ、蔵書がとくに話題に上るようなことはなかった。

希覯本の世界へのブルース・ケーブルの思いもよらぬ入門は、このように幸運なスタートを切った。彼は古書取引の研究に没頭し、最初のコレクション——父親の家から持ち帰った十八冊——の価値が二十万ドル前後に達することを知った。しかし怖くてそれを売却はできなかった。目を留める者がいて、何か質問してくるかもしれない。父親がどうやってそれらを手に入れたのかも不明だし、時間を置くに越したことはない。然《しか》るべき時間をかけて人々の記憶が薄れるのを待つのだ。彼が素速く学習したところによれば、このビジネスにおいては忍耐が何より欠かせぬ要素なのだ。

3

その建物はサンタ・ローザの中心の、三番通りとメイン・ストリートの角に建っていた。築百年に達しており、もともとは町のいちばん大きな銀行を入れるために建てられたのだが、大恐慌時代に銀行は破産した。それから薬局が入り、別の銀行が入り、あとは書店になった。二階には箱やトランクや書類キャビネットが置かれていたが、すべては埃をかぶったままの状態で、まったく無価値だった。ブルースはそこを私用スペースとし、一部分を整えて二つばかり壁を作り、ベッドを運び込み、アパートメントと称した。ベイ・ブックスが営業を始めてから最初の十年、彼はそこで生活した。階下で本を売っていないときには、彼は二階を片付け、掃除し、ペンキを塗り、改装し、最後には装飾も施した。

　書店の最初の月は一九九六年の八月だった。ワインとチーズが振る舞われたオープニングから数日、店は賑わっていた。しかし目新しさがなくなるとそのあとぱったり暇になった。人の出入りは目に見えてまばらになっていった。開店して三週間経ったとき、自分はとんでもないへまをしでかしたのではないかとブルースは思い始めた。八月の純利益は二千ドルに留まり、ブルースはパニックに襲われそうになった。八月はなんといっても、カミーノ・アイランドが観光客で最も賑わう時期なのだ。彼は値引きをすることにした。それは独立系の書店主のほとんどが「よした方がいい」と忠告してくれたことだったが。鳴り物入りの新刊とベストセラーは二十五パーセント値引きした。閉店時刻を七時から九時にずらし、一日に十五時間店を開けることにした。彼は政治家のように店頭で熱心に立ち働き、常連客の名前を覚え、彼らが何を買うかを記憶に留めた。コーヒーを淹れる技術にもすぐに習熟した。エスプレッソを作りながら、レジに飛んでいって客の相手をし、勘定を済ませることもできた。

古書の棚を取り払い（どかされたのは主にあまり人気のない古典作品だ）、そのあとを小さなカフェに変えた。閉店時刻は九時から十時に延ばされた。手書きの短い手紙をたくさん用意し、それを顧客や、大陸横断冒険旅行で知り合った作家たちや書店主たちに片端から送った。真夜中にしばしばコンピュータに向かい、「ベイ・ブックス・ニューズレター」を更新した。日曜日も開けるかどうか、ずいぶん頭を悩ませた。それは大抵の独立系書店がやっていることだが、できれば避けたくもあった。彼は休みを必要としていたからだし、また世間の反感を買うことをも怖れていた。カミーノ・アイランドはバイブル・ベルトにあり、書店から歩いて行ける距離に一ダースもの教会があったからだ。しかし同時に有数のヴァケーション・スポットであり、ツーリストの大半は日曜日の礼拝になど興味を持ってはいないみたいだった。彼は九月になって、「もうどうでもいいや」という気になり、日曜日の午前九時に店を開けることにした。届いたばかりの「ニューヨーク・タイムズ」と「ワシントン・ポスト」と「シカゴ・トリビューン」を棚に並べ、三軒先のカフェから取り寄せたできたてほかほかのチキン・ビスケットを提供した。三週目の日曜日には店は満員になっていた。

九月と十月の店の純利益は四千ドルに達し、半年後にはその二倍になった。そこでブルースは心配するのをやめた。一年のうちにベイ・ブックスはダウンタウンの要となり、目下最も賑わっている店になった。出版社や販売代理店は、彼の度重なる要請に屈して、カミーノ・アイランドを著者ツアーの一部に組み込むようになった。ブルースはＡＢＡ〔全米書店協会〕に加入し、その利益や課題や運営に熱心に関わった。一九九七年の冬に開かれたＡＢＡの会合で彼はスティーブン・キングに出会い、ブック・パーティーに立ち寄ってくれるように頼み込んだ。キング氏は九時間にわたって自著にサインをし、ファンの列はブロックを取り囲んだ。店は二千二百冊にわたる様々なタイトルの彼の本を販売し、売り上げは七万ドルに達した。それはベイ・ブックスが業界地図に載せられた記念すべき輝かしい日となった。三年後にその店はフロリダにおける「最も優れた独立系書店」に選出され、二〇〇四年の「パブリッシャーズ・ウィークリー」では「ブックストア・オブ・ザ・イヤー」を獲得した。二〇〇五年には九年間にわたる激しいせめぎあいの末に、ブルース・ケーブルはＡＢＡの理事に選ばれた。

4

その頃にはブルースは町でも指折りの有名人になっていた。彼は一ダースのシアサッカーのスーツを所有し、ひとつひとつ濃さや色合いが異なっていた。彼はそれらを毎日順番に着替え、糊のきいたスプレッド・カラーの白いシャツに、派手な色合いのボウタイを締めた。通常は赤か黄色だ。アンサンブルの仕上げはベージュのバックスキンの靴で、ソックスはなし。気温が華氏四十度〔約摂氏四度〕台まで下がる一月でも、決して靴下をはかなかった。髪の量は豊かでウェーブがかかり、ほとんど肩の辺りまで長く伸びていた。髭は週に一度、日曜日の朝に剃られた。三十歳になったときには、既に白いものがそこに加わり始めていた。頬髭にもちらほら、長い髪にも幾筋かの白髪が見受けられた。それがまた実によく似合っていた。

日々、店が少し暇になると、ブルースは表に出て行った。郵便局まで歩いて行って、局員たちと楽しくおしゃべりをした。銀行に入って、行員たちと楽しくおしゃべりをした。新しい店ができると、ブルースはオープニングの集まりに顔を出し、そのあとすぐにまた再訪し、売り子の女の子たちと楽しくおしゃべりをした。ランチはブルースにとって主要な催しだった。彼は週に六日は外食したが、いつも誰かと一緒だった。

そうすれば仕事の必要経費として落とせるからだ。新しいカフェがオープンすると、ブルースは一番乗りの客となり、メニューにあるすべてのものをいちおう試食し、ウェイトレスたちと楽しくおしゃべりをした。彼はだいたいにおいて、昼食時にワインをボトルで注文し、二階のアパートメントで短く午睡をとった。

　ブルースにとって、楽しいおしゃべりとストーキングの間の区別は、しばしば微妙なものになった。彼は女性たちに目がなかったし、女性たちの方も彼に引き寄せられた。彼はとても優雅にゲームを楽しんだ。そしてベイ・ブックスが著者ツアーの人気の立ち寄り地になったとき、彼は金脈を掘り当てることができた。そこを訪れる作家の半数は女性であり、大半は四十歳以下で、家を遠く離れていた。多くは独身で、一人旅で、お楽しみを求めていた。いったん書店に来て、彼の世界に足を踏み入れれば、彼女たちは自ら進んで容易《たやす》い標的となった。朗読とサイン会のあと、また長い夕食のあと、彼女たちはブルースと共に「人間の情動のより深い追求」に従事するべく、しばしば二階の彼のアパートメントに引きこもった。彼のお気に入りはとくに、エロティック・ミステリーで成功を収めている二人の若い女性作家だった。そして彼女たちは年に一冊は本を出していた！

　本人としては「読書家のプレイボーイ」というイメージを作り出そうと念入りに努めていたわけだが、ブルースはその本質においては野心的なビジネスマンだった。店は順調に収益を上げていたが、それは偶然の所産ではなかった。どれほど前の晩が遅くとも、彼は毎朝七時前にはショートパンツにTシャツという格好で店に出て、箱から本を出し、棚に並べ、目録を作り、時には床掃除までした。彼は箱から出したばかりの新しい本の手触りと匂いを愛した。そしてそれぞれの新刊に最も相応《ふさわ》しい場所を見つけた。店に入荷するすべての本に彼は手を触れた。また悲しいことだが、出版社に返品されるために再び箱に詰められるすべての本にも。彼は本を返品するのがいやだったし、そのひとつひとつを失敗と見なし、損われた機会と見なした。売れない本を在庫から一掃し、おかげで数年の後には一万二千ほどのタイトル数に落ち着いた。店の売り場は狭く窮屈で、古い書棚は重みでたわみ、本は溢れて床に積み上げられていたが、それでもブルースはどこに何があるかちゃんと承知していた。何はともあれ、彼はすべての本をそれが置かれるべき場所に置いていたのだ。毎朝八時四十五分に彼は急いで二階に上がり、その日のシアサッカー・スーツに着替え、九時きっかりに店の扉を開け、にこやかに客を迎え入れた。

彼は希《まれ》にしか休みを取らなかった。ブルースにとっての休暇とはニューイングランドに旅行して、埃だらけの書店の店先で古書籍を扱う店主たちと、マーケットについて膝をまじえて語り合うことだった。彼は希覯本を愛した。とりわけ二十世紀のアメリカ作家たちのものを。彼は情熱を込めてそれらを蒐集し、コレクションはどんどん増大していった。その主な理由として、まずたくさん買い込んだということがあるが、それと同時に、何によらずそれらを売るのが彼には苦痛だったということがある。彼はもちろん仲買人だったが、実際には買い込むばかりで、ほとんど何ひとつ売ろうとはしなかったのだ。彼がくすねた「父親の十八冊の古書」が最初の素晴らしい土台になった。そして四十歳を迎えたとき、ブルースは自分の希覯本コレクションの価値を総額二百万ドルと査定した。

5

ＡＢＡの理事を務めている時期に、建物の所有者が亡くなった。ブルースは相続人からそれを買い取り、店の拡張を始めた。自分の居住部分の規模を縮小し、コーヒー・バーとカフェを二階に移した。壁をひとつ壊して、子供用書籍の売り場を二倍に広げた。土曜日の朝、店は子供たちで溢れた。子供たちは本を買ったり、「お話の時間」に耳を澄ませたりして、そのあいだ若い母親たちは二階のカフェで、フレンドリーな店主の怠りない視線を浴びながらラテを飲んでいた。彼の希覯本コーナーには細かく気が配られていた。一階の壁をもうひとつ壊して「初版本ルーム」が設けられた。書棚とパネルは美しいオーク材で、床には高価な絨毯が敷かれた。そして地下には最も希少な書籍を収納するための保管庫が設置された。

十年間アパートメントで暮らしたあと、ブルースはもう少し立派なところで暮らしたくなった。サンタ・ローザのダウンタウンの旧市街にある、ヴィクトリア風のいくつかの旧《ふる》い屋敷に彼は目をつけており、そのうちの二つに購入の申し込みまでした。しかしどちらの場合も、彼の示した金額では話はまとまらなかった。それらはすぐに他の人たちに買われてしまった。二十世紀初頭に、鉄道の大立て者や、海運業者や、医師や、政治家などによって建てられた堂々たる邸宅で、どれも優美に保存され、時の経過をものともせず、オークの古木やスパニッシュ・モスの落とす影に彩られながら通りに軒を連ねていた。マーチバンクス夫人が百三歳で亡くなったとき、ブルースはテキサスに住む、八十一歳になる彼女の娘に連絡を取った。彼は相場以上の金額を支払ったが、そのときには彼はしっかり決意を固めていたのだ。この三つ目の屋敷は何があっても逃すまいと。

店から二ブロック北、三ブロック東にあるマーチバンクス邸は、一八九〇年にある医師によって、彼の美しい新妻のために建築された。そして以来ずっとマーチバンクス一族によって所有されてきた。総面積八千平方フィートを越す大きな屋敷で、四層にわたって広がり、南側には塔が堂々と聳《そび》え、北側には小塔《タレット》が配され、地上階は見晴らしの良いベランダにぐるりを囲まれている。ルーフデッキがあり、様々な破風があり、鱗形《うろこがた》のこけら板があり、出窓があり、窓の多くはステンドグラスで飾られていた。家は白い柵を巡らせた小さな角地に建っており、三本のオークの古木とスパニッシュ・モスが影を落としていた。

内装は気が滅入るとブルースは思った。暗い色合いの板張りの床、それよりもっと暗い色合いに塗られた壁、擦り切れた絨毯、重々しく垂れた埃っぽいカーテン、茶色い煉瓦造りの暖炉がいくつもある。家具の多くは家屋に付属していたが、そんなものはすぐに売りに出した。まだ擦り切れていない絨毯は書店に運ばれ、その雰囲気により古風な味わいを添えた。古いカーテンは厚地のものも薄地のものも、使い途《みち》がなくて棄てられた。家内が空っぽになると彼はペンキ屋を雇い、二ヶ月かけて内側の壁を明るい色に塗り直させた。塗装が終わると、今度は地元の職人を雇って更に二ヶ月をかけ、床を隅々までオークと大王松《ハートパイン》材で張り直させた。

彼がその家屋を購入したのは、既存設備がまともに機能したからだった。配管も電気も水道も暖房も空調も。大がかりな改築をするほどの忍耐心も、またその余裕も彼にはなかった。そんなことを始めたら、買い手はあっという間に破産の憂き目に遭う。彼には大工仕事をする才能はなかったし、それよりはもっと大事なことに時間を使いたかった。その一年、彼は店の二階のアパートメントで生活し、屋敷の内装とデコレーションについてあれこれ考えを巡らせた。家はがらんどうのまま、明るく美しく控えていた。しかし一方で、それを居住可能なスペースに変えていく作業は、実に頭の痛いものだった。家屋はヴィクトリア風建築の堂々たる見本のごときものであり、彼の好むモダンでミニマリスト的装飾にはまったくそぐわなかった。かといって古典調の家具はうるさくて装飾過剰で、彼の趣味には合わない。

古い豪壮な屋敷を少なくとも外見だけはオリジナル通りに保ち、現代風の家具と芸術品で内装を仕上げるという目論見に誤りはないはずだ。しかしそれがどうにもうまくいかない。装飾をどのように進めればいいか、彼は途方に暮れてしまった。

彼は毎日その家まで歩いて行って、すべての部屋の中に立った。そして当惑し、自信が持てなくなった。彼は愚かしいことをしてしまったのだろうか？　不確かな趣味に基づいて購入した、あまりに巨大で複雑ながらんどうの家屋。

6

救いはノエル・ボネットによってもたらされた。彼女はニューオーリンズのアンティークのディーラーで、新刊書と共にツアーをおこなっていた。コーヒーテーブルに置くのに向いた大判の本で、価格は五十ドル。彼はその何ヶ月か前にノエルの出版社のカタログを見て、彼女の写真に魅せられていた。例のごとく彼は怠りなく下調べをした。彼女は三十七歳、離婚しており子供はいない。ニューオーリンズの生まれで、フランス人の母親を持ち、プロヴァンス地方のアンティークの専門家として名を知られている。彼女の店はフレンチ・クォーター地区のロイヤル・ストリートにあり、経歴を見ると一年の半分はフランスの南部や南西部で暮らし、古い家具を探しまわっているということだ。そのテーマで既に二冊の本を出版しており、ブルースはその二冊両方に目を通した。

　義務とまではいえないにせよ、それは彼にとってひとつの習慣になっていた。ベイ・ブックスは週に二回、ときには三回サイン会を催していたが、その著者が来店する前に、彼または彼女がこれまでに出版した本を、ブルースは残らず読んだ。彼は実に貪欲に本を読んだ。彼の好みは現存する著者——実際に会って、販売促進を手伝え、親しくなり、後日まで付き合えるような相手——の書いた小説だったが、小説には限らず、伝記や自己啓発《セルフ・ヘルプ》本や料理本や歴史書や、とにかく何もかもを貪るように読みまくった。それが彼にできる最低限のことだった。彼はあらゆる著者を敬愛したし、もし彼の店をわざわざ訪れて、一緒に食事をしたり酒を飲んだり、そんなことをしてくれる作家がいるなら、相手の作品について意見を交わせるだけの準備をしておこうと心を決めていた。

　彼は夜遅くまで本を読み、しばしばベッドの中で、本のページを開いたまま眠り込んだりもした。朝の早い時刻、もし荷ほどきや荷造りをしていなければということだが、開店前の店で一人、濃いコーヒーを飲みながら本を読んだ。昼間も休むことなく本を読んだ。そして歳月を経て、そこには興味深い慣習が生まれた。彼は正面のウィンドウの脇、伝記本セクションの近くの決まった一点に立ち、ティムクア・インディアンの族長の等身大木像にさりげなくもたれ、ノンストップでエスプレッソを啜《すす》り、片目を本のページにやり、片目で正面のドアをちらちらと見るようになった。客が入ってくると歓迎し、彼らのために本を見つけてやり、おしゃべりをしたい人がいれば相手が誰であれそれに付き合い、ときどき店が忙しくなるとコーヒー・バーを手伝ったり、正面のレジを手伝ったりした。しかしそのうちにまたずるずると族長のもとに戻り、本を取り上げ、読書を再開するのだった。平均して週に四冊の本を読むと彼は主張したが、その言葉を疑う者はいなかった。店員になりたいというものがいても、週に最低二冊の本を読まないようであれば採用されなかった。

何はともあれノエル・ボネットの来店は大成功のうちに終わった。おかげで売り上げが伸びたというばかりではなく、それがブルースとベイ・ブックスにその後、永続的なインパクトを与え続けたことが何にも増して重要だった。二人は会ったとたん即座に、そして強烈にお互いに心を惹かれ合った。素速い、というか適当に端折《はしょ》られた夕食のあと、二人は二階のアパートメントに籠もり、盛大な交わりを楽しんだ。体調を崩したという口実で、彼女はツアーの残りをそっくりキャンセルし、それからの一週間をその町で過ごした。三日目にブルースは彼女をマーチバンクス邸に案内し、彼の戦利品を誇らしげに披露した。ノエルは息を呑んだ。世界的に有名なデザイナー／デコレーター／ディーラーにとって、かくも見事なヴィクトリア風外見の内側に広がる八千平方フィートのがらんどうの床と壁は、まさに垂涎《すいぜん》の的だった。部屋から部屋へと二人で移りながら、彼女の頭には休む暇もなくヴィジョンが浮かんできた。それぞれの部屋はどのように塗られ、どのような壁紙が貼られ、そこにはどのような家具が配置されるべきか。

ブルースもいくつかのささやかな提案をした。どこに大型スクリーンのテレビを置き、どこに玉撞き台を置くかみたいなことを。しかしそんな提案は適当に受け流された。芸術家は自らの仕事に取りかかっていた。枠組みも何もないキャンバスに出し抜けに絵が描かれていった。ノエルは翌日、一人で一日その家の中にいた。寸法を測り、写真を撮り、あるいはただ空っぽの空間の中にぼんやり腰を下ろしていた。ブルースは店で仕事をし、彼女にとことん夢中になりながらも、前に控える財政的悪夢に対して最初の身震いをした。

彼女は彼をうまく口説いて週末に休暇を取り、二人で飛行機でニューオーリンズに飛ぶことを承知させた。彼女は商品が乱雑に置かれているがあくまでスタイリッシュな自分の店に彼を案内した。そこにあるすべてのテーブルやランプや、四本の柱つき寝台や、チェストや長椅子や、トランクや絨毯や脚付きダンス《コモード》や衣装ダンス《アーモワール》が、本来プロヴァンスのどこかの村の豊かな伝統を引き継いだものでありながら、マーチバンクス邸にも嘘のようにぴったり似合うことがわかった。二人はフレンチ・クォーターをそぞろ歩き、彼女の贔屓《ひいき》の地元のビストロで夕食をとり、彼女の友だちと付き合い、ベッドで長い時間を過ごし、三日後にブルースは一人で飛行機に乗って帰宅した。疲れ果ててはいたが、同時に自分が生まれて初めて恋に落ちたことを認めないわけにはいかなかった。もう費用なんてどうでもいいさ。ノエル・ボネットという女なくしては生きていけないのだから。

7

一週間後に一台のトラックがサンタ・ローザに到着し、マーチバンクス邸の正面に停まった。翌日ノエルがやって来て、引っ越し業者に指示を与えた。ブルースは家と店との間を忙しく行き来し、その作業を大いなる興味と幾ばくかのおののきをもって見守った。アーティストは自らの世界に没頭し、部屋から部屋へと忙しく飛び回り、ひとつひとつの家具を最低三度は移動させた。そしてより多くの家具が必要だということが判明した。二台目のトラックは、一台目が去って行ってから時を経ずして到着した。ブルースは書店に戻りながらこう思った。これじゃ、ロイヤル・ストリートの彼女の店にはもうほとんど商品が残っていないんじゃないだろうか、と。当夜、夕食の席で彼女は、まさにそのとおりであることを認めた。そして彼に懇願した。数日後に一緒にフランスに足を運んでもらえまいか。家具を更に仕入れる旅をしなくてはならないから。それは無理だと彼は言った。何人かの重要な作家が来店することになっているし、店を留守にはできない。その夜、二人は初めてその家で寝た。彼女がアヴィニョン（彼女はそこに小さなアパートメントを持っていた）の近郊で見つけた錬鉄製のいささか風変わりなベッドで。すべての家具が、すべてのアクセサリーが、すべての絨毯が鍋が絵画が、それぞれの歴史を有していた。そしてそれらの品物に対する彼女の愛は伝染性を持っていた。

翌朝早く、二人は裏のポーチでコーヒーを飲みながら、将来について語り合った。その時点においては、二人の将来は定かなものではなかった。彼女はニューオーリンズに生活の場を持っており、彼はこの島に生活の場を持っていた。今の居場所を引き払ってまで、長く永続的な関係を結ぼうというつもりは、どちらにもないようだった。会話は気まずく、二人はすぐに話題を変えた。ブルースはまだフランスに行ったことがなかったので、一緒にそこで休暇を過ごす計画を二人は立て始めた。

ノエルが町を離れてからほどなく、最初の納品書が届いた。そこには美しい書体で、彼女の手書きのメモが添えられていた。彼女は説明していた。私の通常の商売のやり方ではなく、これらの値段は基本的に原価になっています。ああ神様、それはささやかな奇跡だ、と彼はぶつぶつ言った。そして今、彼女は更なる品物を求めてフランスに向かっている！

彼女がアヴィニョンからニューオーリンズに戻ったのは、ハリケーン・カトリーナが街を襲う三日前のことだった。フレンチ・クォーターの彼女の店も、ガーデン・ディストリクトにある彼女のアパートメントも幸い被害は受けなかった。しかし市全体は致命的な損害を被った。彼女はしっかり戸締まりをして、カミーノ・アイランドに避難してきた。ブルースはそこに彼女を迎え入れ、優しくなだめ慰めた。それからの数日、二人はテレビですさまじい映像を見守っていた。水浸しになった市街、水面を漂う死体、油に汚れた水、住民の半数は必死の思いで街から脱出し、救助隊員たちはどこから手をつけていいかわからず、政治家たちはおろおろとなすすべを知らなかった。

もうあの街には戻れないかもしれないとノエルは思った。自分がそこに戻りたいのかどうかもよくわからなかった。

彼女は徐々に場所替えについて語るようになった。顧客たちの半数はニューオーリンズ在住の人々であり、彼らの多くが他の場所での生活を余儀なくされている今、商売がなりたつものかどうか疑問だった。顧客のあと半分は全国に散らばっている。彼女の評判は高く、名前はよく知られているし、アンティークはどこにでも配送できる。また彼女のウェブサイトは成功を収めていた。彼女の本は人気があり、ファンの多くは真剣なコレクターだった。ブルースの優しい口添えもあり、ビジネスをその島に移すのも悪くないかもしれないと、彼女は考えるようになった。失ったものを再建するだけではなく、そこでより大きな成功を収めればいいのだ。

嵐から六週間が経過したときノエルは、サンタ・ローザのメイン・ストリートにある小さな店を借りる契約を結んだ。店はベイ・ブックスから三軒離れたところにあった。彼女はロイヤル・ストリートの店を閉め、残っていた在庫品を新しい店「ノエルズ・プロヴァンス」に移した。そしてフランスから新しい荷が届いたとき、店開きをして、シャンパンとキャビアのパーティーを催した。ブルースは彼女が人々を呼び込む手伝いをした。

そして彼女は次なる本の素晴らしいアイデアを思いついた。マーチバンクス邸をどのように改装するか、それを一冊の本にまとめるのだ。その屋敷はプロヴァンス風のアンティークで埋められることになる。彼女はがらんどうの家の内部の写真を撮りまくり、今ではその輝かしい改装のドキュメントに取りかかっていた。果たしてそれだけの経費がカバーできるほど本が売れるものか、ブルースは疑問に思っていた。でもかまうものか。とにかくそれがノエルの求めていることなのだから。

ある時点で、納品書がぱったり舞い込まなくなってしまった。彼はおずおずとそのことを持ち出した。彼女は芝居がかった口調で説明した。あなたは究極のディスカウントを手にしているのよ、と。それはつまり彼女のことだった！　家は彼のものかもしれない。しかしその中身はすべて二人の共同のものになる。

8

二〇〇六年四月、二人は南フランスで二週間を過ごした。アヴィニョンにある彼女のアパートメントを本拠地にして、彼らは村から村へと、市《いち》から市へと移動し、ブルースがこれまで写真でしか見たことのなかったような料理を食べ、アメリカでは手に入らない素晴らしい地元のワインを飲み、趣のあるホテルに泊まり、名所を巡り、彼女の知り合いたちと旧交を温め、そしてまた言うまでもなく、彼女の店に送る物件のリストを膨らませていった。そして常に研究の人であるブルースは、フランスの田舎風家具及び工芸品の世界に没頭し、すぐにいっぱしの目利きとなった。

ニースにいるときに二人は心を決めた。今すぐここで結婚しようと。

第三章——「勧誘」

1

四月後半のある素敵な春の朝、マーサー・マンはノース・カロライナ大学チャペル・ヒルのキャンパスを、一抹の不安を胸に歩いていた。彼女はまだ会ったことのない人と簡単な昼食をとる約束しており、それは新しい職に関するものだった。彼女の現在の職は新入生に文学を教える非常勤講師だったが、減税と支出削減で頭がいっぱいになった州議会議員が推し進める予算削減策のせいで、契約は二週間後には打ち切られることになっていた。契約延長のために懸命にロビー活動に励んだのだが、それも効を奏さなかった。おかげでほどなく職を失うことになっている。借金を抱えた身で、住む家もなく、本は絶版になっている。三十一歳でしっかり独り身で、そう、その人生は思い通りには進んでいなかった。

その未知の人物からの二通のeメールの最初のものは、ドナ・ワトソンという女性から前日に届いたもので、内容はどこまでも漠然としたものだった。ミズ・ワトソンは、自分はさる私立学校に雇われているコンサルタントであり、ハイスクールの最上級生のための創作講座の新しい教師を探していると書いていた。ちょうど今この近辺に滞在しているので、コーヒーでも飲みながら話を聞いてもらえまいか。ハイスクール側の提示している年間のサラリーは七万五千ドル前後で比較的高額だが、校長は文学愛好家で、長編小説を実際に一冊か二冊出版している現役の作家を強く希望している。

マーサーは長編小説を一冊、短編小説集も一冊出していた。報酬にはとても心を惹かれたし、実際今のサラリーよりも高額だった。それ以上の細かい説明はなかった。マーサーは前向きな返事を書き、その学校についていくつかの質問をした。とりわけ学校の名前と、所在地について。

二通目のeメールは一通目に負けず劣らず漠然とした内容のものだったが、それでも学校がニューイングランドに所在していることは明かされていた。そして「コーヒーでも飲みながら」というのは、「簡単な昼食をとりながら」に格上げされていた。大学キャンパスのはずれの、フランクリン・ストリートにある「スパンキーズ」で正午に会えないかと。

認めるのは恥ずかしいことだが、目下のマーサーにとっては、名門ハイスクールの最上級生たち相手に教鞭をとることよりは、上等な昼食を食べることの方がもっと魅力的だった。いくらサラリーがよくても、その仕事は明らかにステップダウンだった。三年前に、しばらくは教職に身を投じようと思ってチャペル・ヒルにやって来たとき、彼女にはずっと重要な目標があった。書きかけの新しい長編小説を仕上げることだ。三年後に彼女は解雇され、小説はチャペル・ヒルにやって来た時点から一歩も前進することなく、未完成のままだった。

彼女がレストランに足を踏み入れるや否や、五十歳前後の身なりの良い、隙なくメイクアップした女性が彼女に手を振り、握手の手を差し出した。「私がドナ・ワトソン、よろしくね」と言った。マーサーは彼女の向かいの席に腰を下ろし、食事に誘ってくれた礼を言った。ウェイターがテーブルにメニューをぽんと放り出していった。

時間をいっときも無駄にすることなく、ドナ・ワトソンは別人に変身した。彼女は言った、「ひとつ打ち明けなくてはならないんだけど、私は偽の身分をかたってここにいるの。わかる？ 私の名前はドナ・ワトソンじゃなくてイレイン・シェルビー。ベセスダ〔メリーランド州〕に本拠地を持つある企業のために働いている」

マーサーはぽかんとした顔でそれを聞いていた。目をちらりとそらせ、また元に戻した。そしてどのような返事をするのが適切なのか、果敢に思いを巡らせた。

イレインはなおも畳みかけた。「つまり嘘をついたわけ。それについては謝るし、この先もう嘘はつかない。とはいえランチに関しては本気だし、お勘定はちゃんと持ちます。だから話をきちんと聞いてもらいたいの」

「嘘をつくからにはそれなりの理由があるのでしょうね?」とマーサーは用心深く言った。

「ええ、とてもしっかり理由がある。もし嘘をついたことを許してくれるなら、そして私の話を最後まで聞いてくれるなら、その理由を余すところなく説明できる」

マーサーは肩をすくめた。「私、お腹がすいているの。だからお腹がいっぱいになるまではお話を聞きます。そしてもしそのときまでに話が納得できないようであれば、そこで失礼します」

イレインは微笑んだ。誰もが心を許してしまうような微笑みだった。黒い瞳と浅黒い肌の彼女は中東の血筋を引いているように見えた。あるいはギリシャ系とかイタリア系とか、とマーサーは思った。しかし彼女のアクセントは中西部の北の方、明らかにアメリカ人のものだった。彼女の白髪混じりの髪はすらりととても美しくカットされ、二人ばかりの男が既に二度彼女の方に目をやっていた。彼女は美しい女性で、着こなしはまさに完璧だし、カジュアルな身なりの大学関係者の間にあっては飛び抜けて人目を惹いた。

彼女は言った。「でもね、職があるという話は嘘じゃないのよ。私がここに来たのは、あなたに仕事を引き受けてもらうよう説得するためなの。eメールに書いたよりも更に良い条件でね」

「何をすればいいんですか？」

「書くのよ。あなたの長編小説を仕上げる」

「どれを？」

ウェイターが戻ってきたので、二人は素速く同じものを注文した。グリルド・チキンのサラダとスパークリング・ウォーター。ウェイターはメニューをひっつかんで去って行った。一息置いてマーサーは言った。「それでお話は？」

「長い話なの」

「まず最初の問題から始めましょう——あなたのことから」

「オーケー、私は警備と調査を専門とする企業のために働いている。間違いのない会社だけど、あなたはその名前を耳にしたことはないと思う。というのは宣伝を一切しないところだから。ウェブサイトも持っていないし」

「何の説明にもなっていないわ」

「まあちょっと我慢して。少しずつ明らかにしていくから。六ヶ月前に強盗団が、プリンストン大学のファイアストーン図書館から、フィッツジェラルドの直筆原稿を盗み出した。そのうちの二人は捕まって監獄に入れられ、そこに留められている。他の連中は姿をくらましていて、原稿はまだ見つかっていない」

マーサーは肯いた。「有名なニュースね」

「その通り。その五つの原稿については、私たちのクライアントが保険を引き受けていた。芸術品、貴重品、希少物件の保険を扱う、ある大きな私企業だけど、その会社の名前もあなたはたぶん耳にしたことがないと思う」

「保険会社とは縁がないわ」

「それは何より。いずれにせよ、私たちは六ヶ月間捜索を続けていた。ＦＢＩやその〈希少資産回収班〉と緊密に協力し合ってね。上からの圧力はずいぶんきつい。というのは私たちのクライアントは、今から六ヶ月後にはプリンストン大学に、二千五百万ドルの小切手を支払わなくてはならないからよ。大学側はべつにお金がほしいわけじゃない。彼らがほしいのは原稿なの。おわかりのようにそれは値のつけようもないものだから。私たちはいくつかの糸口を摑んだけど、今までのところそれは大したものじゃなかった。ありがたいことに、盗まれた書籍や原稿を取引する闇世界で蠢《うごめ》いている人の数は、それほど多いものじゃない。そして私たちは、ある一人の仲買人の尻尾を摑んだかもしれないと考えている」

ウェイターがペレグリーノの丈の高い瓶を二人の間に置き、レモンと氷を入れたグラスを二つ置いた。

彼が去ったとき、イレインは話を続けた。「それはひょっとしてあなたが知っている人かもしれない」

マーサーは彼女をじっと見た。軽いうなり声を出し、肩をすくめた。そして言った。

「それはきっとショックでしょうね」

「あなたとカミーノ・アイランドとの結びつきは長い。子供の頃あそこでおばあさんと一緒に、よく夏を過ごしていた。彼女の持っていた海辺のコテージでね」

「どうしてそんなことを知っているの？」

「あなたはそのことを本に書いている」

マーサーはため息をついて、瓶に手を伸ばした。彼女は二つのグラスに水を注ぎながら、頭を忙しく働かせた。「つまりこういうこと？　あなたは私の書いたものをすべて読んだ」

「いいえ、あなたの出版したものをすべて読んだということよ。私にとって必要な予習だったし、それはずいぶん楽しい作業だったわ」

「ありがとう。本の数が少なくて気の毒だったけど」

「あなたは若くて才能があって、ものごとはまだ始まったばかりよ」

「聞かせて。あなたがどれくらい予習をすませてきたか」

「喜んで。あなたの最初の小説『十月の雨』は二〇〇八年に、ニューカム・プレスから出版された。あなたはそのときまだ二十四歳だった。売り上げはなかなかのものだった。ハードカバーで八千部、ペーパーバックでその二倍。eブックでは少々。ベストセラーにはならなかったけど、批評家受けはした」

「死の接吻ね」

「全米図書賞の候補になり、ペン／フォークナー賞の最終リストに残った」

「そしてどちらも獲れなかった」

「たしかに。しかしそれほど高い評価を受けた処女長編小説は、他にまず見当たらない。とくにそれほど年若い作家が書いたものではね。『ニューヨーク・タイムズ』はその年の最も優れた十冊の本のひとつに選んだ。そのあとにあなたは短編小説集を出した。『波の音楽』、これも批評家たちは絶賛した。しかしご存じのように、短編集というのはあまり売れない」

「ええ、そのとおりよ」

「そのあとあなたはエージェントと出版社を替えた。そして、そう、世界はあなたの新しい長編小説を待ち受けている。一方であなたは三つの短編小説を文芸誌に発表している。そのうちのひとつは、あなたのおばあさんのテッサと一緒に、海岸のウミガメの卵を護《まも》る話よね」

「それであなたはテッサのことを知っている」

「いいこと、マーサー、私たちは知るべきことは残らず知っている。でも私たちの情報源はすべて公開されているものよ。ええ、私たちは秘密裏に多くのことを調査してきた。しかしあなたの私生活を掘り返したりはしていない。誰にでも手に入る情報を集めただけよ。今はインターネットの時代だから、個人のプライバシーなんてものはたいして残されていないの」

サラダが運ばれてきて、マーサーはナイフとフォークを手に取った。彼女が何口か食べるあいだ、イレインは水を飲み、彼女を見ていた。とうとうマーサーは尋ねた。

「食べないの？」

「食べるわ」

「テッサについてあなたは何を知っているのかしら？」

「あなたの母方の祖母。彼女とその夫が一九八〇年に、カミーノ・アイランドに海辺のコテージを建てた。彼らはメンフィスの住民で、夏をそこで過ごした。あなたもメンフィスで生まれた。彼は、あなたの祖父は一九八五年に亡くなって、おばあさんのテッサはそのあとメンフィスを離れ、海辺に引っ越した。子供の頃、そして十代の頃、あなたは彼女と一緒に長い夏をそこで送った。繰り返すけど、それはあなたが自分で書いたことよ」

「その通りね」

「テッサは二〇〇五年にヨットの事故で亡くなった。遺体は嵐の二日後に海岸に打ち上げられていた。一緒に乗っていた人も、ヨットも結局見つからなかった。そのことはすべて新聞に載っている。主にジャクソンヴィルの『タイムズ・ユニオン』紙に。公的な記録によれば、テッサはその遺言で、財産のすべてを——コテージも含めて——三人の子供たちに遺した。その一人はあなたのお母さん。コテージはまだファミリーの持ち物になっている」

「そうよ。私の持ち分は三分の一の、そのまた半分というわけ。でも彼女が亡くなってから、一度もそのコテージを目にしていない。私としては売り払ってしまいたいんだけど、ファミリー内で意見が合うことってまずないから」

「誰かがそれを使っている？」

「ええ、叔母が冬を過ごしているわ」

「ジェーンね」

「そうよ。私の姉はそこで夏の休暇を過ごす。好奇心で訊くけど、姉についてどれほど知っているのかしら？」

「コニーはナッシュヴィルに住んでいる。夫と二人の十代の娘たちと一緒に。四十歳で、ファミリー・ビジネスを手伝っている。夫はフローズン・ヨーグルトのチェーン店を持っていて、それは繁盛している。コニーはＳＭＵ〔南メソジスト大学。テキサス州ダラスにある〕で心理学の学位を取っている。その大学でご主人と出会ったみたいね」

「私の父については？」

「ハーバート・マン。かつてはメンフィス地域で大きなフォードの販売店を所有していた。当時お金はたっぷりあって、コニーのＳＭＵの学費も払うことができた。借金もなし。ところが商売がなぜか急に左前になり、ハーバートはそれを手放すことになった。そしてこの十年ばかりは、ボルティモア・オリオールズ球団の臨時雇いスカウトとして働いてきた。今はテキサスで暮らしている」

マーサーはナイフとフォークをテーブルに置いて、深いため息をついた。「申し訳ないけど、気分はあまり良くないわ。なんだかストーキングされているみたいな感じ。あなたは私にいったい何を求めているの？」

「お願い、マーサー。私たちの得た情報はみんな、昔ながらの調査活動によって積み上げられたものよ。見るべきでないものは何ひとつ見ていない」

「でもとにかく気味悪いのよ。職業的スパイが私の過去を洗いざらい掘り返している。現在のことはどうなの？　私の雇用状況についてどのへんまで知っているのかしら？」

「あなたの雇用契約は終了した」

「だから私は新しい職を必要としていると？」

「そういうことね」

「でもそれは公開された情報じゃない。ノース・カロライナ大学で誰が雇用され、誰が解雇されたか、どうしてあなたにわかるのかしら？」

「私たちには情報源があるの」

マーサーは眉をひそめ、サラダを一インチか二インチ遠くに押しやった。まるでもう食べ終えたみたいに。そして胸の前で腕組みし、ミズ・シェルビーを睨んだ。「自分の中に土足で踏み込まれたような気がしてならない」

「お願い、マーサー、最後まで話を聞いてちょうだい。可能な限りの情報を集めるのは、私たちにとって必要不可欠なことなの」

「何のために？」

「私たちが申し出ている仕事にとってよ。もしあなたがノーと言えば、私たちはそのまま引きさがり、あなたについてのファイルは破棄する。絶対に情報を外に漏らしたりはしない」

「仕事って何なの？」

イレインは小さく一口食べて、それを長いあいだ噛んでいた。水を飲み、そして言った。「フィッツジェラルドの原稿の話に戻りましょう。それがカミーノ・アイランドに隠されていると私たちは踏んでいるの」

「そして誰がそれを隠しているのかしら?」

「ここから私たちが話し合うことは、どこまでも極秘事項であることを認識してもらいたいの。そこにはとても微妙な問題があって、一言でも不用意に世間に漏れたら、取り返しのつかないことになるかもしれない。私たちのクライアントにとってばかりではなく、プリンストン大学にとってばかりでもなく、その原稿そのものにとってもね」

「私が誰にそんなことを話さなくちゃならないわけ?」

「いいから、ただ誓約してほしいのよ」

「秘密というのは信頼の上に成り立つものよ。どうして私があなたを信頼しなくてはならないの? 今の時点では、あなたもあなたの会社もとても胡散臭いとしか思えないんだけど」

「もっともだと思う。でもどうか話の残りも聞いてちょうだい」

「オーケー、聞きましょう。でも私はもう空腹ではない。だからできるだけ手短に話した方がいいわよ」

「わかった。あなたはダウンタウンにあるベイ・ブックスという書店に行ったことがあるでしょう? ブルース・ケーブルという人物がその書店を所有している」

マーサーは肩をすくめて言った。「たぶん。子供の頃、テッサと一緒にその店に何度か行ったことはある。でも繰り返すようだけど、彼女が亡くなってから私は一度もあの島に行っていない。この十一年間」

「店は成功し、全米でも有数の独立系書店に数えられている。ケーブルは業界では有名人だし、また相当なやり手でもある。広い人脈があって、ツアー中の作家を大勢自分の店に呼んでいる」

「私は『十月の雨』のツアーでその書店に行くことになっていたんだけど、でもそれはまた別の話ね」

「ええ、そうね、そしてケーブルはまた、現代文学の初版本の熱心なコレクターでもある。多くの売買をおこなっているし、そちらのビジネスでも相当な金額を手にしていると私たちは推測している。彼はまた、盗まれた書籍の取引に手を染めていることでも知られている。かなりきわどいダークサイドにも足を踏み入れている、数人の業者の一人だと目されている。二ヶ月前に私たちは別のコレクターに近い筋からの情報によって、彼の痕跡を掴んだの。ケーブルがフィッツジェラルドの原稿を所有していると私たちは睨んでいる。それを一刻も早く手放したいと望む仲介業者から、現金で買い取ったのよ」

「食欲はまったく消え失せたわ」

「私たちはその男の近くに寄れないの。この一ヶ月私たちは人々をその店に送り込んだ。観察したり、嗅ぎ回ったり、こっそり写真やビデオを撮影したり。でも結局煉瓦の壁にどすんとぶち当たった。彼は一階に小ぎれいな大きな部屋を持っていて、そこには希覯本を集めた棚がある。主に二十世紀のアメリカ作家の作品を集めており、真剣な買い手には喜んでそれを見せてくれる。私たちは彼に希覯本を売り込もうとさえしたわ。フォークナーの処女長編小説『兵士の給与』の個人名入り署名本。それが世界中に数冊しか存在しないものだということを、ケーブルは知っていた。そのうちの三冊はミズーリの大学の図書館にあり、一冊はあるフォークナー研究者が所蔵し、一冊はフォークナーの子孫が今でも大事に持っている。市場取引価格は四万ドル前後、そして私たちは二万五千ドルでどうかと持ちかけてみた。最初彼は興味を示したようだった。しかしやがてその本の出所についてあれこれ細かく質問をしてきた。実に的確な質問だった。最終的に、彼の返事は冷ややかなノーだった。その時点で彼は既にすっかり警戒の度を高めており、それで私たちの疑念はより確かなものになった。私たちは結局、彼の世界にほとんど近づくことができず、内部に潜り込める誰かを必要としているわけ」

「私のことかしら？」

「そう、あなたよ。ご存じのように、作家はしばしばサバティカル〔長期休暇〕をとり、どこかに引き籠もって自分の仕事に集中する。それは申し分のない隠れ蓑《みの》になる。あなたはあの島で育ったようなものだし、今でもコテージの権利の一部を所有している。そして文学的な評価も高い。そういう触れ込みは誰が見ても筋が通っている。あなたは本を完成させるために六ヶ月海岸に戻るの。誰もが待ち望んでいるその本を」

「待ち望んでいるのはたぶん三人くらいだと思うけど」

「六ヶ月の仕事に、私たちは十万ドルを支払うつもりでいる」

一瞬マーサーは言葉を失った。彼女は首を振り、サラダをもっと遠くに押しやった。そして水を一口飲んだ。「悪いけど、私はスパイじゃない」

「あなたにスパイをしてくれと頼んでいるわけじゃないのよ。ただ観察してもらいたいだけ。あなたはただ自然に、当たり前に振る舞っていればいいの。ケーブルは作家が大好きなの。作家たちにワインを振るまい、食事をご馳走し、支援をする。店を訪問した作家の多くは彼の家に宿泊するんだけど、言い添えると、これがまたとびっきり豪勢な屋敷なわけ。彼と奥さんは友人たちや作家たちと長い夕食をとり、ゲストを大いに歓待する」

「そして私はそこに入り込んで行って、彼の信頼を勝ち取り、『ところでフィッツジェラルドの原稿はどこに隠してあるんですか』と尋ねる」

イレインは微笑んだだけで、それについては何も言わなかった。「上からずいぶん圧力がかかっているのよ。わかるでしょ？　あなたがそこで何を掴むか、私には見当がつかない。しかし今の時点では、どんなことでも私たちの役に立つの。ケーブル夫妻があなたに接近してくる可能性は大いにある。友だちになりたいと思うかもしれない。あなたは時間をかけて彼らの仲間内に入っていけばいい。彼はお酒をたくさん飲む。口が滑ることもあるかもしれない。お友だちの一人が店の地下の保管庫について何か話してくれるかもしれない」

「保管庫？」

「それはただの噂に留まっている。しかし私たちとしてはふらりと訪ねていって、彼にそんな質問をするわけにはいかない」

「たくさんお酒を飲むって、どうしてわかるの？」

「多くの作家たちがその店を訪れている。そして作家というのはなにしろ、とびっきりゴシップ好きなの。いろんな話が飛び交う。ご存じのように、出版界というのは狭い世界だから」

　マーサーは両手を上げ、両方の手のひらを見せた。そして椅子を後ろに引いた。

「申し訳ないけど、その仕事は私向きじゃない。私にもいくつか欠点はあるけれど、人を騙《だま》すことはその中に入っていない。嘘をつくのが苦手だし、そんな具合に誰かを欺き通すなんてとてもできっこないわ。あなたは人選を間違っている」

「お願い」

マーサーは立ち上がって帰る素振りを見せた。そして言った。「ランチをどうもごちそうさま」

「お願い、マーサー」

しかし彼女はそのまま立ち去った。

2

短縮された昼食のどこかの時点で、太陽が姿を消して風が立ち始めた。春の夕立が近づいていた。いかなるときにも傘を持たないマーサーは、できるだけ足早に帰宅した。彼女が住んでいるのはそこから半マイルばかり離れた、チャペル・ヒルの歴史保存区域に位置している、キャンパス近くの小さな貸家だった。立派な旧家の裏側、陰になった未舗装の小路の奥に位置している。家主である旧家の持ち主は、その家屋を大学院生か、あるいはテニュア〔終身雇用契約〕をとっていない貧乏な教員に限って貸していた。

彼女が狭い玄関ポーチに足を踏み入れたところで、まさに完璧なタイミングで雨の最初の一滴がトタン張りの屋根を激しく叩いた。彼女は周りをぐるりと見回さないわけにはいかなかった。誰かに監視されていないかと。あれはいったいどういう人たちなのだろう? そんなことはもう忘れてしまおう、と彼女は自分に言い聞かせた。中に入ると、彼女は靴を蹴るように脱ぎ捨て、お茶をつくり、ソファに長いあいだ座り込んでいた。深く呼吸をし、雨音の音楽に耳を澄ませ、昼食時の会話を頭の中に再現しながら。

　自分が監視されているという最初のショックは次第に薄らいでいった。イレインの言っていたことは正しい。インターネットやらソーシャル・メディアやらが幅をきかせ、いたるところにハッカーがいて、情報公開が声高に語られるこの時代にあっては、個人のプライバシーなんてないも同然なのだ。その計画はなかなか巧妙だと、マーサーも認めないわけにはいかなかった。彼女はたしかに完璧な起用《リクルート》だった。その島とは長年にわたって関わりのある作家だ。コテージの部分的な持ち主でもある。締め切りがとっくに過ぎた未完の長編小説を抱えてもいる。新しい友人を探している淋しい独り身。ブルース・ケーブルが彼女を回し者じゃないかと疑うようなことはまずあるまい。

　彼女はその男のことをよく覚えていた。クールなスーツを着て、ボウタイを締め、決して靴下をはかないハンサムな男性だ。ウェーブのかかった髪は長く、肌は長年にわたって浴びてきたフロリダの陽光にこんがりと焼けていた。正面ドアの近くに立っていつも本を手に、コーヒーを飲み読書をしながら、同時に周囲をしっかり視野に収めていた。何らかの理由でテッサは彼のことが好きではなく、ほとんど店に立ち寄らなかった。彼女はまた本を買わない人だった。無料で図書館の本が読めるのに、どうして本なんて買うのよ？

本のサイン会とブック・ツアー。プロモートするべき長編小説の新刊があればいいんだけど、とマーサーは思った。

『十月の雨』が二〇〇八年に出版されたとき、ニューコム・プレスには宣伝やツアーに回す資金の余裕がなかった。その出版社は三年後に倒産した。しかし「タイムズ」紙に絶賛の書評が出たあと、何軒かの書店がツアーを行う可能性について彼女に問い合わせてきた。それで急遽日程が組まれ、マーサーの九つ目の立ち寄り先がベイ・ブックスになった。ところが最初のワシントンDCでのサイン会に十一人しか人が集まらず、五冊しか本が売れなかったときから、ツアーは調子を狂わせ始めた。そしてそれが彼女の集めた最大の人数になったのだ！　次のフィラデルフィアのサイン会では四人しか人が来なくて、マーサーは残りの一時間を書店員たちとおしゃべりをして潰した。結局、最後のサイン会場となったのは、ハートフォードにある大型書店だった。その書店の通りの向かい側にあるバーで、二杯のマティーニを飲みながら、人が集まるのを待った。しかし人は集まらなかった。彼女がようやく通りを横切って書店に戻ったとき、待ち受けていた全員が書店員であることを知って、彼女はすっかり落ち込んでしまった。一人の読者も姿を見せなかったのだ。ゼロだ。

屈辱は圧倒的だった。もう二度とそんな思いを味わいたくはない。綺麗な新刊が積み上げられた人気《ひとけ》のないテーブルの前に座り、そこには近寄るまいと努めるお客たちとできるだけ視線を合わせないようにしているなんて……。彼女は何人かの他の作家たちを知っており、彼らからいくつものぞっとする話を聞かされていた。書店を訪れたら、書店員たちや駆り集められた客たちにフレンドリーに迎えられ、どれだけが本物の読者なのか、実際に本を買う人なのかも定かではないまま、彼らが真正のファンらしき人の姿を求めて、落ち着かない視線であたりをちらちら見回している様子を目にする。そしてその愛すべき作家は当て外れだった――とびっきりの当て外れだった――らしいと判明し、みんながそそくさと離れていくのを目にすることになる。

いずれにせよ、彼女はそのツアーの残りをすべてキャンセルした。だいたいカミーノ・アイランドに戻るということにもあまり気乗りがしなかった。彼女はその土地の素晴らしい思い出をたくさん持っていたが、祖母の死の恐怖と悲劇性が常にそこに暗い影を落としていた。

雨が眠気を誘い、彼女は長い午睡に落ちた。

3

足音が彼女の目を覚ました。判で押したようにきっかり午後三時に、郵便配達人が軋《きし》むポーチを踏みしめてやって来て、玄関ドアの脇にある郵便受けに郵便を突っ込んでいくのだ。少し間を置き、配達人が行ってしまうのを待ってから、外に出てその日の郵便を回収した。入っているのはだいたい気の滅入るジャンク・メールか請求書ばかりだ。ジャンク・メールをコーヒーテーブルの上に落とし、ノース・カロライナ大学からの郵便の封を開けた。英文学部の学部長からの手紙で、その内容は、耳に心地よく回りくどい語法を用いながらも、彼女の職が失われたことを公式に通達するものだった。彼女は当学にとって「貴重な人材」であり、「同僚たちに高く評価され」てきた「有能な教師」であり、「学生たちからも慕われていた」などなど。学部全体として彼女の残留を望んでいたし、彼女のことを「優秀な追加戦力」として見ていたが、まことに残念なことに、予算の関係でどうしてもその地位が確保できなかった。彼は彼女の幸運を祈り、また来年の予算割り当てが「通常の財政状態」に戻ったら、「別のポジション」を提供できるかもしれないと言って、微かな希望を残し、門戸をぴしゃりと閉めたという印象を与えないようにしていた。

そこに書かれているのは概ね真実だった。学部長とは仲が良かったし、彼はときには彼女のメンターでさえあった。そしてマーサーはテニュアを持っている教職員たちとはできるだけ交際をしないように留意し、余計な口はきかないことによって、学究世界の地雷原を踏むことなく、うまく生き延びられるように努めてきた。

しかし彼女は作家であって、教師ではない。そして彼女にとっては先に進むべき時期にあたっていた。どこに行けばいいのかはよくわからない。しかし三年間教室で教えたあと、彼女は自由を切望していた。長編小説や短編小説を書くこと以外、何も考えなくていい生活を。

二つ目の封筒にはクレジット・カードの明細が入っていた。そこに見えるのはつつましい生活スタイルと、経費を少しでも切り詰めようとする日々の努力だった。そうすることで彼女は月々の支払い請求をなんとかクリアし、借り越し分に対して銀行が熱心に賦課《ふか》する高利を回避することができるのだ。彼女のサラリーはそれらの請求の支払いをし、それに加えて家賃と、車の保険料と修理代、とことん中身を切り詰めた健康保険の支払い（毎月その小切手を書くたびに、そんな保険はもうやめてしまおうかと思う）をするだけでかつかつだった。でももし三つ目の封筒の中身さえなければ、彼女の財政状態はいちおう安定したものになり、もう少しましな衣服も購入でき、おそらくは多少の楽しみも追求できるくらいの金銭の余裕はできたことだろう。

それは「全国学資ローン会社」からの郵便だった。そのおぞましい団体は、過去八年間にわたって猟犬のように彼女を執拗に追いかけ回していた。彼女の父親はシウォーニーのザ・サウス大学〔テネシー州の私立大学。文学系の学位を出している〕の一年目の学費はなんとか出してくれたが、突然の倒産があり、父親の気持ちの挫折があり、彼女はすっかり見捨てられた状態に置かれた。マーサーは学資ローンと奨学金と、アルバイトとテッサのささやかな遺産分けとで、なんとか残りの三年間を乗り切った。『十月の雨』と『波の音楽』の少額の印税は学生ローンの利息の支払いにあてられたが、元金はほとんど手つかずの状態で残されていた。

失業しているとき、彼女はローンの再融資を受け、再編成をおこなった。そしてそういう新たな組み替えをおこなうたびに、借金の総額は恐ろしいまでに膨らんでいった。たとえ必死の思いで二つか三つの仕事を掛け持ちしたとしてもだ。そんなことは他の誰にも洩らさなかったが、真実を言えば、そのような借金の山に押しつぶされながら、創作行為に気持ちを集中させるのはまず不可能なことだった。毎朝、白紙のページが約束するのは、偉大なる小説の新たな一章ではなく、借金取りを満足させる何かしらを生み出すための冴えない努力なのだ。

彼女は弁護士の友人に自己破産について相談までした。しかしわかったのは、銀行と学資ローン会社は議会を説得し、その結果、このような負債は特別な保護措置を与えられ、免除は適用されないようになっているという事実だった。彼女は彼がこう言ったのを覚えている。「参ったね。ギャンブラーでさえ破産申告をして、借金からうまく逃げ出せるというのにな」

私のストーカーたちはその学資ローンのことを承知しているのだろうか？　それはすべて個人情報であり、公にはされていない。しかし何かが彼女に告げていた。プロというのはほとんどどんな情報だって必要とあらば掘り起こせるのだ、と。彼女はいくつもの恐ろしい話を読んでいた。厳重に秘匿されるべき医療記録でさえ、不適切な人々に漏れてしまうという話を。そしてクレジット・カード会社は、顧客に関する情報を外部に売ることで悪名を馳せている。安全に保護されている個人情報など、いったいどこにあるだろう？

彼女はジャンク・メールを取り上げてゴミ箱に捨て、大学からの最後の手紙をファイルし、二通の請求書をトースターの隣のラックに入れた。もう一杯紅茶をつくり、小説を読んでいるところに携帯電話の着信音が鳴った。

イレインが戻ってきたのだ。

4

彼女はこう切り出した。「ねえ、ランチのときはごめんなさいね。あなたに不意打ちを食らわせるつもりはなかった。でもそうする以外に話を持ち出す手段がなかったのよ。どうすればよかった？　キャンパスであなたをつかまえて、正直に打ち明ければよかった？」

マーサーは目を閉じて台所のカウンターに寄りかかった。「いいのよ。何とも思っていない。でもわかるでしょうけど、思いもしない展開だったから」

「ええ、もちろんわかるわよ。すまないと思っている。それでね、マーサー、私は明日の朝までこの街にいるの。それから飛行機でワシントンに戻る。それで、夕食を食べながらさっきのお話の続きをできればと思うんだけど」

「お断りするわ。あなたは勧誘する相手を間違えている」

「マーサー、私たちはまさにパーフェクトな相手を手にしているの。そして正直に打ち明ければ、他には誰もいないの。全部を説明する時間を私に与えてくれない？　あなたはまだすべてを耳にしていないし、前にも言ったように、私たちは今とっても厳しい立場に置かれている。私たちは盗まれた原稿が損傷を受ける前に、あるいはもっとまずいことに外国のコレクターにばらばらに売られて、どこかに永遠に姿を消してしまう前に、それをなんとか回収しようと努めているの。お願い。もう一度だけチャンスを与えてちょうだい」

報酬のことが頭になかったと、少なくとも自分自身に向けて言い切ることは、マーサーにはできなかった。それはとても大きな問題だ。彼女は少し迷ってから言った。

「で、どういう話の続きがあるの？」

「それを説明するには少し時間がかかる。私には運転手付きの車があって、それで七時にあなたを迎えに行くわ。私はこの街のことはよく知らないけど、『ザ・ランタン』という店がいちばん良いという話を聞いた。そこに行ったことはある？」

マーサーはその店を知っていたが、そんなところに行くような余裕はない。「私がどこに住んでいるか知っているの？」と彼女は尋ねた。そしてすぐ、自分の口にしたことがいかに純朴に響くかに思い当たって、恥ずかしくなった。

「ええ、もちろん。七時に迎えに行く」

5

車はもちろん黒塗りのセダンで、彼女の住んでいる街の区域では、それはどこまでも場違いに見えた。それがドライブウェイに停まっているのを目にして、彼女は急いで後部席に飛び乗った。隣にはイレインがいた。車が出て行くとき、マーサーは姿勢を低くしてあたりをちらちらと見回し、誰にも見られていないことを確かめた。でもどうしてそんなことを気にしなくちゃならないのだ？　あと三週間で家の賃貸の契約も切れ、自分はここから永遠に姿を消すというのに。彼女のあわれな撤退計画には、チャールストンに住む昔の女友だちが暮らしている、ガレージ上のアパートメントにとりあえず厄介になるという項目が含まれていた。

今はジーンズにネイビーのブレザー、高価そうなパンプスというカジュアルな格好をしたイレインは、にっこりと微笑んで言った。「私の同僚の一人がここの学校を出ているんだけど、なにしろ学校の話しかしないの。とりわけバスケットボール・シーズンの間はね」

「みんなすごく夢中になっている。でも私はバスケットボールには興味ないし、だいたいここは私の学校でもないし」

「ここでの生活は楽しくなかった？」

彼らはフランクリン・ストリートにいて、歴史的保存地区では車はゆっくりとしか進まなかった。小ぎれいに手入れされた芝生の庭のある、美しい家々の前をゆっくりと通り過ぎていった。それからギリシャ文字の地区〔学生寮の名前には通常ギリシャ文字がつけられる〕に入った。

そこでは家屋は増築されて、女子寮や男子寮に作り替えられていた。雨は上がって、ポーチや前庭はビールを飲んだり、音楽を聴いたりしている学生たちで溢れていた。

「悪くはなかった」とマーサーはノスタルジーの響きもなく言った。「でも私はアカデミズムに向いた人間じゃない。教えれば教えるほど、自分のものが書きたくなってくる」

「あなたは大学新聞のインタビューで、チャペル・ヒルにいるうちに新しい長編小説を書き上げたいと言っていた。進展はあったの？」

「どうやってそんなものを見つけたの？　それは三年前のことよ。私がここに来たばかりの頃」

　イレインは微笑んで窓の外を見た。「私たちは大抵のことを見逃さない」。彼女は物静かでリラックスしており、自信が滲《にじ》み出た深い声で話をした。彼女と彼女の謎の会社がすべての切り札を握っていた。イレインはそのキャリアの中で、どれほどの数のこのような極秘任務を企画し、指揮してきたのだろうと、マーサーは思いを巡らさないわけにはいかなかった。間違いなく彼女は、小さな町の書店主なんかより遥かに複雑で危険な敵を相手にしてきたはずだ。

「ザ・ランタン」はフランクリン・ストリートにあった。学生の活動中心地より数ブロック進んだところだ。ドライバーは店の入り口の前で二人を下ろし、二人は中に入った。こぢんまりとしたダイニング・ルームはほとんど空っぽだった。二人のテーブルは窓際にあり、歩道と通りはほんの数フィート先にあった。この三年の間、マーサーはこの店の高い評判を、地元雑誌でいやというほど目にしてきた。たくさんの賞が店に与えられてきた。マーサーはインターネットでメニューを点検してきたのだが、それを見ているだけでずいぶんお腹がすいてきた。ウェイトレスが二人を歓迎し、ピッチャーの水をグラスに注いでくれた。

「何かお飲みになりますか?」と彼女は尋ねた。

イレインはマーサーの方を見た。マーサーは間を置かずに言った。「マティーニがほしい。ジンをきかせたダーティーなやつ〔「ダーティー・マティーニ」はオリーブが漬かっている塩水を混ぜたもの〕」

「私はマンハッタン」とイレインが言った。

ウェイトレスが行ってしまうと、マーサーが言った。「あなたはきっとたくさん旅行をするのでしょうね」

「ええ、たくさんすぎるくらいね。私には大学に通っている子供が二人いる。夫はエネルギー省に勤務していて、週に五日は飛行機に乗っている。私は空っぽの家の中に一人でいることに飽きてしまった」

「そしてそれがあなたの仕事なわけ? 盗難にあった貴重品をつきとめることが」

「私たちは多くのことをしている。でもそうね、それが私の専門分野なの。私はこれまでの人生でずっと芸術を学んできたし、その手の仕事に関わることになった。私たちが手がけるのは大方が盗まれた絵画、あるいは偽造された絵画ということになる。ときには彫刻も手がけるけど、こちらは絵画に比べると盗むのが大変だから。最近では書籍や原稿や古代の地図みたいなものの盗難が多くなった。でもこのフィッツジェラルドのケースみたいなのは前代未聞ね。私たちは全力を注ぎ込んでいるけど、それには明らかにわけがある」

「私にはたっぷり質問がある」とマーサー。

イレインは肩をすくめて言った。「私にはたっぷり時間がある」

「そしてその質問は順序だっていない。こういう事件で、どうしてFBIが先に立って動いていないわけ？」

「彼らは実際に先に立って行動している。その〈希少資産回収班〉はとても熱心に際だった仕事をしている。FBIは最初の二十四時間のうちに、事件をほとんど解決しかけた。泥棒の一人であるミスタ・スティーンガーデンが事件現場に一滴の血痕を残していたの。金庫室のすぐ外にね。FBIは彼ともう一人の仲間、マーク・ドリスコルを捕まえて収監した。他の仲間たちはそれを知って警戒態勢に入り、原稿と一緒にどこかに姿を消してしまった――というのが私たちの推測。正直言って、FBIは先を急ぎすぎたと私たちは考えている。彼らは二人をもっと長く泳がせておくべきだったのよ。数週間、しっかりと監視の目を光らせてね。そうすれば二人は、残りの仲間たちのところにＦＢＩを導いてくれたかもしれない。もちろん結果を見てから『こうすればよかったのに』と批判するのは簡単なわけだけど」

「ＦＢＩはあなたたちが私を勧誘していることを知っているの？」

「ノー」

「ＦＢＩはブルース・ケーブルを疑っているの？」

「ノー。少なくとも私はそうは思わない」

「つまり、捜査は別々に進んでいるということね。あなた方のと、彼らのと」

「あるところまではということだけど、私たちはすべての情報を分かち合っているわけではない。ということはつまり、そう、私たちはしばしば別々の路線を進んでいることになる」

「でも、どうして？」

飲み物が運ばれてきて、ウェイトレスは何か質問はあるかと尋ねた。まだどちらもメニューには手を触れていなかったので、二人は彼女をにこやかに追い払った。店は急速に混み始めていた。マーサーは誰か知り合いはいないかと周りを見回してみたが、知った顔は見当たらなかった。

イレインは飲み物を口にし、微笑み、グラスをテーブルに置いた。そしてどう答えるか考えた。「ある泥棒が盗まれた絵画なり書籍なり地図なりを持っているのではないかと疑うとき、それを確かめるいくつかの方法がある。私たちは最新のテクノロジー、洗練された装置、最良の頭脳を使う。うちの技術者の何人かは、かつて諜報部員の仕事に就いていた。もし盗品の存在が確かになったら、ＦＢＩに通報するか、あるいは自分たちで踏み込む。それは場合によるし、状況はそれぞれに大きく異なっている」

「あなたも踏み込む？」

「ええ。頭に入れておいてね、マーサー。私たちはきわめて価値のあるものを、私たちのクライアントが高額の保険をかけているものを隠匿している泥棒を相手にしているのよ。それは彼のものではないし、彼はそれを売却するつてを必死に探し、一刻も早く大金を手に入れようとしている。おかげでどのケースもかなり緊迫したものになる。一刻を争うぎりぎりの状況なんだけど、なおかつ大いに忍耐が必要とされる」、また飲み物を小さく一口。彼女は言葉を用心深く選んだ。「警察とＦＢＩは確実な根拠と捜索令状を必要とする。しかし私たちは、そのような憲法で義務付けられた手続きに常に束縛されるとは限らない」

「つまりブレーク・アンド・エンターをすると」

「私たちは破壊《ブレーク》は絶対にしないけど、ときとして侵入《エンター》はする。それも盗品の有無を確かめることと、それを回収することだけを目的としてね。私たちがこっそりと忍び込めない建物はほとんどない。そして盗品の隠し場所となると、大抵の泥棒は自分たちが思っているほど頭が切れるわけじゃない」

「電話の盗聴をしたり、コンピュータのハッキングをしたりもする」

「そうね、ときどき聞き耳を立てることはあるかも」

「つまりあなたがたは法を犯している」とマーサー。

「グレー・ゾーンでの活動、と私たちは呼んでいる。私たちは聞き耳を立て、侵入し、真偽を確かめ、それから大方の場合ＦＢＩに通報する。ＦＢＩは正式な捜索令状をとって仕事にあたり、美術品は持ち主に返還される。泥棒は刑務所に送られ、手柄はＦＢＩが独り占めにする。全員がハッピーになる。たぶん泥棒以外はということだけど、私たちは彼らの気持ちまではとくに考慮しない」

三口目でジンが身体にまわってきて、マーサーはリラックスしてきた。「そんなに腕がいいのなら、どうしてあっさりケーブルの保管庫に忍び込んで、中身をあらためないのかしら？」

「ケーブルは泥棒じゃない。そして彼は平均的な容疑者より頭が切れるみたいね。とても用心深いみたいだし、そのせいでますます疑わしく思える。何か下手なことをしたら、原稿はまたどこかに消えてしまうかもしれない」

「しかしあなたたちがもし盗聴したり、ハッキングしたり、行動をつぶさに監視したりしているのなら、どうして彼の尻尾がつかめないのかしら？」

「それらを全部おこなっているとは言っていないわ。先になったらそうするかもしれない。でも今現在はただ更に多くの情報を必要としているだけ」

「あなたの会社の誰かが、これまで違法行為で訴追されたことはある？」

「いいえ、ほんのわずかでも法律にひっかかったことはない。さっきも言ったように私たちはグレー・ゾーンで活動しているし、それによって事件が解決されたら、誰も文句は言わない」

「泥棒以外はね。私は弁護士じゃないけど、違法捜査に関して泥棒が大声で異議を唱えたりすることはないのかしら？」

「あなたは弁護士になった方がいいかもね」

「何があろうと、それだけは勘弁してほしいわ」

「答えはノーよ。泥棒も弁護士も、私たちが関与したことに気がつきもしないから。彼らは私たちの存在すら知らないし、私たちは指紋を一切残さない」

　二人がカクテルをじっくり味わい、メニューを見ているあいだ、しばしの中断があった。ウェイトレスが勢いよくやって来たが、イレインはにこやかに「そんなに急いでないから」と言って追いやった。マーサーが口を開いた。「お話をうかがっていると、どうやらあなた方は私に、グレー・ゾーンに足を踏み入れることになるかもしれない仕事をやってほしいと考えているみたいね。平たく言えば、法を犯すことを」

少なくともこの子はそれについて考慮している、とイレインは思った。唐突にランチが打ち切られた時点では、もうマーサーには脈がないと彼女は確信していた。しかし今は、がんばってうまく話をまとめられそうだ。

「まさか」とイレインは相手を安心させるべく言った。「いったいどんな法律をあなたが破るっていうの？」

「さあ、わからないわ。でもあなた方は他の人たちもそこに派遣しているのでしょう。そして彼らはずっとそこに留まり、ケーブルを監視する傍ら、同じように私をしっかり監視する。それはチームみたいなものよね。団体活動。そして透明人間の仲間たちが何をしているのか、私にはさっぱりわからない」

「彼らのことは気にしなくていい。高度な訓練を受けた専門家で、間違っても捕まるようなことはないから。いいこと、マーサー、私の言うことを信じて。私たちがあなたにやってもらいたいのは、法に抵触するようなことではまったくない。それはしっかり約束する」

「私たちは約束を交わせるほど親しい仲じゃない。私はあなたのことを何も知らないんだから」

マーサーはマティーニを飲み干し、言った。「お代わりがほしいわ」。アルコールはこのような話し合いにあっては常に大事な役割を果たす。だからイレインは自分のグラスも飲み干し、ウェイトレスに手を振った。二杯目が運ばれてきたとき、二人はヴェトナム風ポークと蟹肉の春巻を注文した。

「ノエル・ボネットについて話して」、マーサーは態度を和らげて言った。「きっと調査は済んでいるのでしょう?」

イレインは微笑んで言った。「ええ、あなたはきっと今日の午後家に帰って、インターネットで彼女のことをチェックしたのでしょうね」

「したわ」

「彼女はこれまでに四冊の本を出版している。どれもアンティークと、プロヴァンス風の装飾に関する本。だから彼女は自分のこともいくらか明らかにしている。彼女はいっぱい旅行し、いっぱい語り、いっぱい書いている。そして一年の半分をフランスで過ごしている。彼女とケーブルは十年一緒に暮らしていて、なかなか素敵な夫婦のように見える。子供はいない。彼女は一度離婚しているけれど、彼のほうには離婚歴はない。ケーブルは滅多にフランスに行かない。というのは彼が店を留守にすることは希だから。彼女の店は今では書店の隣にあるの。彼はその建物を所有しており、そこに入っていた男性服飾店を三年前に追い出して、そのあとに彼女の店を入れたの。

見たところ、彼は彼女のビジネスにまったく関与していないし、彼女も彼のビジネスからは距離を置いている。来客のおもてなしは別にしてね。ノエルの四冊目の本は、彼らの家についてのものだった。ダウンタウンから数ブロックのところにあるヴィクトリア朝風の家で、これは一見の価値があるわ。スキャンダルを聞きたい？」

「ええ、お願い。スキャンダルを聞きたくない人がいるかしら？」

「過去十年間、彼らは自分たちは結婚していると広言してきた。ニースの小高い丘で結ばれたのだと。ロマンティックなお話だけど、それは真実じゃない。二人は結婚していない。いわゆるオープン・マリッジというやつ。彼も好きに遊ぶ、彼女も適当に遊ぶ、でもいつも最後には元の鞘《さや》に収まる」

「どうしてそんなことまでわかるのかしら？」

「繰り返すようだけど、作家というのはおしゃべりなものなの。そして言うまでもなく、その中には性的に放埒《ほうらつ》な人たちもいる」

「私を含めないでね」

「含めてはいない。ただ一般論を話しているだけ」

「それで？」

「私たちはあらゆるところを調べたんだけど、彼らが結婚した記録はなかった。こちらにもフランスにもね。たくさんの作家たちがそこを通過している。そしてブルースは女性相手のゲームをやめていない。ノエルも男たちを相手に同じようなことをやっている。彼らの家には塔があって、その三階がベッドルームになっていて、お客はそこに泊まる。そしていつも独り寝というわけじゃない」

「そして私は、チームのためにすべてを投げ出すことを期待されているのかしら？」

「あなたに期待されているのは、できるだけ彼と親しくなることよ。どのように親しくなるかはあなた次第」

　春巻が運ばれてきた。マーサーはロブスターの団子入りブロスを注文した。イレインはペパー・シュリンプを注文し、サンセール〔ロワール地方の白ワイン〕のボトルをとった。マーサーは二口食べたが、最初のマティーニのおかげで、味がまるでわからなくなっていることに気づいた。

　イレインは二杯目には口をつけず、少ししてから口を開いた。「個人的なことをうかがっていいかしら？」

　マーサーは笑った。おそらくいささか大きすぎる声で。そして言った。「もちろんいいわよ。知らないことがまだあるのなら」

「たくさんあるわよ。どうしてあなたは、テッサが亡くなったあとコテージに戻らなかったの？」

　マーサーは悲しそうに顔を背け、どう返事しようかと考えた。「つらすぎたからよ。

六歳のときから十九歳になるまで、私は毎年の夏をそこで過ごした。テッサと二人きりで海岸を散歩して、海で泳いで、なにしろずっとずっと話をしていた。彼女は祖母という以上の存在だった。彼女は私の岩であり、母であり、一番の親友であり、私のすべてだった。私は父と一緒に惨めな九ヶ月を過ごし、学校が休みに入るのを指折り数えて待ったわ。そうすれば海岸に脱出して、テッサと二人きりになれるから。私は父に頼んだの。一年間通して彼女と一緒に暮らしたいって。でも許してくれなかった。私の母のことは知っているわよね」

イレインは肩をすくめて言った。「記録に残っていることはね」

「彼女は私が六つのときに、悪霊に取り憑かれておかしくなり、施設に送られた。父も取り憑いていた悪霊のひとつじゃないかと私は思っているけど」

「あなたのお父さんはテッサとうまくいっていたの？」

「冗談でしょう。うちの家族はね、誰一人他の誰かとうまくやっていくことなんてできないの。父はテッサを嫌っていた。テッサはスノッブで、母が父と結婚したのは間違いだと思っていたからよ。ハーバートはメンフィスの良くない地区出身の貧しい子供だった。彼は中古車を売って大金を手にし、それから新車を売るようになった。テッサの一族はメンフィスの旧家で、歴史もたっぷりあり、つんつん気取っていたけれど、でも財産と呼べるほどのものはなかった。こういう言い回しを耳にしたことがあるでしょう。『ペンキを塗るだけの金はないけれど、水漆喰で済ませるにはプライドがありすぎる』って。それがまさにテッサの家族の実情だった」

「彼女には三人の子供がいた」

「ええ。母と、ジェーン叔母さんと、ホルステッド叔父さん。子供にホルステッドなんて名前をつける親がどこにいるかしら？ テッサ。それは彼女の一族の誰かから引き継いだ名前なのよ」

「ホルステッドはカリフォルニアに住んでいるのよね」

「そう、彼は五十年前に南部から逃れて、コミューンに入った。そして結局、麻薬依存症患者と結婚して四人の子供をもうけた。一家揃っていかれた人たちよ。私の母のせいで、こちらは全員頭がおかしいのだと向こうは思っているみたいだけど、本当におかしいのは向こうのほう。まったく素敵な一家よね」

「それはかなりひどい言い方だと思うけど」

「いいえ、こんなの親切な方よ。一家は誰ひとりテッサのお葬式に参列しようとはしなかった。だから子供のとき以来、彼らの誰とも顔を合わせてはいない。そして実のところ、一族で集まろうという予定すらないのよ」

「『十月の雨』は崩壊家族を扱っているけど、それは自伝的なものなの？」

「彼らは間違いなくそう考えた。ホルステッドは私に下品な手紙を寄越し、私はそれを額に入れて飾ろうかと考えた。それが棺に打たれた最後の釘になった」、マーサーは春巻を半分食べ、それを水で流し込んだ。「何か他の話をしましょう」

「それが良さそうね。あなたは質問があると言っていた」

「そしてあなたは私がどうして浜辺のコテージに帰らないのかと尋ねた。それはもう以前と同じではないし、思い出というのはつらいものなのよ。考えてもみて。私は三十一歳で、人生でいちばん幸福だった日々は既に過去のものになっている。それはテッサと二人でコテージで暮らしていた日々よ。そしてもうそこには戻っていけない」

「戻っていく必要はない。あなたのために素敵な住まいを半年間借りてあげられる。でもあなたの偽装は、コテージに戻った方がうまく機能するでしょうね」

「もしそうできたとしても、七月には姉の家族が毎年二週間そこを使うことになっているし、他のレンタルも入っているかもしれない。ジェーン叔母さんがコテージを管理していて、ときどき友だちなんかに貸しているから。カナダ人の一家が毎年十一月にそこにやってくる。そして一月から三月までは、ジェーンがそこで冬を越す」

イレインは食べものを口にし、飲み物を飲んだ。

「ただ好奇心から訊くんだけど」とマーサーは言った。「あなたはそのコテージを下見したのかしら?」

「ええ。二週間前に、準備の一環として」

「どんなだった？」

「素敵よ。よく手入れもされている。私もそこで暮らしたいと思う」

「ビーチにはまだ、レンタル用のコテージがあちこち並んでいる？」

「もちろん。この十一年間でそれほど変化はないんじゃないかしら。周辺はまだ古風な休暇地の雰囲気を残しているから。ビーチは美しくて、混み合っていない」

「私たちはビーチで暮らしてた。テッサは私を夜明けとともに連れ出し、ウミガメたちを見守っていた。新しくやって来て、夜の間に産卵をするウミガメたちを」

「あなたはそれについて短編小説を書いているわね。きれいなお話」

「ありがとう」

二人はカクテルを飲み終え、料理が運ばれてきた。イレインがワインの味見をし、ウェイトレスが二人のグラスにワインを注いだ。マーサーは料理を一口食べ、フォークを置いた。「ねえ、イレイン、私はこの仕事に向いていない。あなたは人選を間違えているのよ。いいこと？ 私は嘘をつくのがすごく下手だし、人を騙すのは何より不得意なの。ブルース・ケーブルとノエル・ボネットと、彼らの文学的取り巻きグループの中に潜り込んで、何か価値のある情報を引き出すなんて、そんなのできっこないわ」

「それはもう前に言った。あなたは家族の所有するコテージに住み、ビーチで数ヶ月を過ごす作家なの。そしてせっせと長編小説を書いている。まさに完璧な筋書きでしょ、マーサー、だって嘘偽りのないことなんだから。そしてあなたは完璧なパーソナリティーを具《そな》えている。なにしろそれは本物のパーソナリティーだから。もし私たちが偽装者を必要としているのであれば、こんな話はしていない。あなたは怯えているの？」

「いいえ。わからないわ。怯えるべきなのかしら？」

「いいえ。前にも約束したように、私たちがあなたの前に並べているのは、どれをとっても違法なことではないし、危険なことでもない。私は毎週あなたに会うし――」

「あなたもそこにいるわけ？」

「私はいたり、いなかったり。そしてもしあなたが近くに相棒を必要とするなら、それは用意できる。男でも女でも」

「ベビーシッターは必要ないわ。そして私は何も怖がってはいない。失敗すること以外はね。どうなるか見当もつかないような何かを私にさせるために、あなたは大金を支払おうとしている。それはとても重要な事柄で、あなたは明らかに結果を求めている。もしケーブルがあなたが考えているように、ひどく頭が切れてしぶとい男で、まったく尻尾を出さなかったとしたら？　そしてもし私が何かへまをしでかして、彼が疑いを抱いて原稿をどこかにやってしまったとしたら？　私は自分がしくじってしまうところがいっぱい目に浮かぶのよ、イレイン。そんなことをした経験はないし、どんな結果になるか想像もつかない」

「そして私はあなたの正直さが気に入っている。そこが何よりぴったりなところなのよ、マーサー。あなたは率直で真面目で、開けっぴろげに見える。それにとても魅力的だし、ケーブルはきっと一目であなたが好きになると思う」

「そこでまたセックスの問題に戻るわけ？　それはその仕事の説明書の一部になるのかしら？」

「いいえ。繰り返すようだけど、何をするしないはひとえにあなた次第よ」

「でも何をすればいいのか、私にはさっぱりわからないの！」とマーサーは声を荒らげて言った。そしていちばん近いテーブルからちらりと見られた。彼女は頭を下げ、「ごめんなさい」と言った。二人はしばし黙ったまま食事をした。

「ワインは気に入った？」とイレインが尋ねた。

「とてもおいしいわ。ありがとう」

「私の好みのワインなの」

「もし私がやはりノーと言ったら？　それであなたはどうするの？」

イレインはナプキンで唇をとんとんと叩き、水を少し飲んだ。「私はその役に抜擢できそうな、他の作家たちのリストを手にしているけれど、それはとても短いものよ。

そしてそこにはあなたほど興味を惹かれる人は見当たらない。正直に言えばね、マーサー、あなたはあまりに役柄にぴったりなので、私たちはすべての卵をあなたのバスケットに入れてしまったのよ。もしあなたがノーと言えば、私たちはたぶんこの計画を丸ごとスクラップにして、別の計画に移ることになるでしょうね」

「どんな？」

「それは教えられない。私たちには様々な手段があるし、私たちは変わらず強い圧力のもとに置かれている。だから素速く次の行動に移らなくてはならない」

「ケーブルは唯一の容疑者なの？」

「お願い、そのことは口にできないの。あなたがあちらに着いたら、もっと詳しく説明してあげられる。あなたがしっかり計画に加わって、私と二人で浜辺を歩いていたならね。あなたにはもっと話すべきことがある。どんな風にそこに入り込んで行けばいいか、というアイデアもね。でも今はまだそれを口にはできない。なんといっても極秘事項だから」

「わかった。私は秘密を守ることができる。それは私がうちの家族たちからまず学んだことよ」

イレインは「そうでしょうね」と言いたげに微笑んだ。まるでマーサーのことを隅々まで理解しているみたいに。ウェイトレスがグラスにワインを注ぎ足し、二人は主菜にとりかかった。食事をしているあいだ長い沈黙があり、そのあとでマーサーはぐっと唾を飲み込み、深く息をついた。そして言った。「私は六万一千ドルの学資ローンを背負っていて、それがどうしても振り払えない。その重荷は私の日々の一刻一刻をすり減らし、頭がおかしくなってしまいそうなの」

イレインは「わかっている」という風に微笑んだ。よほど「そのことは知っていたの？」と尋ねてみようかと思ったが、考えてみればその答えは聞きたくもなかった。イレインはフォークを置いて、肘をついて前屈みになった。そして指をとんとんと合わせ、柔らかな声で言った。「私たちがそのローンを引き受けてあげる。それにプラスして十万ドル。五万ドルは前渡し、あとの五万ドルは六ヶ月後に。現金、小切手、金塊、あなたの好きな形で支払うわ。もちろん帳簿には載らないお金よ」

マーサーの肩から出し抜けに鉛の重りが取り払われ、そのまま空中にすっと消えていった。彼女は喘ぎが出そうになるのをなんとか押さえ、手を口もとにやり、目を大きく見開いた。その目は急速に湿り気を帯びていた。何かを言おうとしたが、言葉は出てこなかった。口の中がからからに乾いていたので、水を一口飲んだ。イレインはそんな動作のすべてを見守っていた。いつものように頭の中で細かく計算をしながら。

学資ローンという軛《くびき》から、八年間にわたって彼女を締め上げてきたその悪夢から、本当に解放されるのだと実感し、彼女はまさに圧倒されてしまった。大きく深く息をついた――ああ、本当にこんなにも呼吸が楽になるものなんだ――そしてもう一個のロブスター団子にとりかかった。そのあとにワインを飲んだ。ワインのおいしさをそこで初めて味わうことができた。これから数日のあいだ、ワインの瓶を一本か二本あけなくちゃねと彼女は思った。

イレインは相手が屈服した気配を感じ取り、とどめの一撃にとりかかった。「いつあちらに行けるかしら？」

「二週間で試験が終わる。でも少し考える時間が必要なの」

「もちろん」。ウェイトレスが近くをうろうろしていたので、イレインは言った。「私はパンナコッタをいただこうと思うんだけど、マーサー、あなたは？」

「同じものを。それからデザート・ワインのグラスも」

6

荷造りするものもほとんどなかったから、引っ越しは数時間で片付いた。フォルクスワーゲン・ビートルに衣類とコンピュータとプリンターと本と、多少の食器類を詰め込み、チャペル・ヒルをあとにした。ノスタルジアのようなものは毛ほども感じなかった。その地にいるあいだ楽しい思い出なんてひとつもなかったし、二人ばかり女友だちができただけだ。彼女たちとは数ヶ月は連絡を取り合うだろうが、そのうちにそれも立ち消えになってしまうことだろう。彼女はこれまでにも何度も引っ越しをして、何度もさよならを言ってきたから、どの友情が長続きして、どれが長続きしないかおおよそ予測はついた。その二人にはたぶん、もう二度と会うことはあるまい。二日ほどしてから南に下ることになる。しかし今はまだ早い。代わりに彼女は州間高速道路を西に向かい、美しいアッシュヴィルの街で休憩して昼食をとり、短く散歩をし、それからより小振りなハイウェイを選んで、曲がりくねった山道を越え、テネシーに入った。ノックスヴィルの近郊にあるモーテルにようやく落ち着いたときには、あたりは既に暗くなっていた。小さな部屋の料金を現金で支払い、隣接したタコスのチェーン店まで歩いて行って夕食をとった。そして一度も目を覚ますことなくきっちり八時間眠った。夜明けに目覚めたとき、長い一日に向かう準備は整っていた。

ヒルディー・マンは二十年間にわたって「イースタン・ステート病院」の入院患者だった。マーサーは少なくとも年に一度は、あるいは時には二度、そこを訪れた。でもそれ以上回数を重ねることはなかった。他に訪れる人はいない。ハーバートは、もう妻が家に戻ってくることはないのだとようやく認識すると、密かに離婚手続きをおこなった。そのことを批難する者は一人もいなかった。コニーはそこから三時間しか離れていないところに住んでいたが、もう何年も母親に会っていなかった。いちばん年上の子供として、彼女がヒルディーの法定後見人になっていたが、訪問するには忙しすぎたのだ。

マーサーは面会許可を取るための面倒な事務手続きに、我慢強く耐えた。そして医師と十五分面談し、いつもと同じ気の滅入る診断を聞かされた。患者は心身を衰弱させる妄想型統合失調症をわずらっており、妄想や幻聴や幻覚によって正常な思考を妨げられている。二十五年にわたって回復の徴候を見せなかったし、これから先回復する希望もまず見当たらない。彼女はたっぷり投薬されており、訪問するたびにマーサーは思うのだった。これほど長年にわたって薬漬けになって、そのダメージはいかほどのものだろう、と。しかしそれに替わる手だてはなかった。ヒルディーは精神科病院の治癒の見込みのない患者であり、そこで人生を終えるしかないのだ。

　家族の面会ということで、看護師たちは基準衣服である、頭からすっぽりかぶる白のガウンを無視して、長年の間にマーサーが持ってきた服の一枚であるベビーブルーの木綿のサンドレスをヒルディーに着せていた。マーサーが部屋に入ってきて、彼女のおでこにキスしたとき、母親は裸足でベッドの端っこにちょこんと腰掛け、床を見つめていた。マーサーはその隣に座り、母親の膝をとんとんと叩き、会えなくて淋しかったと言った。

　ヒルディーはただにこやかに微笑みを浮かべてそれに応えた。いつものようにマーサーは、母親がひどく年老いて見えることに驚愕した。まだ六十四歳だったが、八十歳といっても十分通用するほどだ。真っ白な髪、灰色にくすんだ肌の彼女は、やつれているというか、ほとんど老いさらばえていた。しかしそれも当然ではないか？　彼女が部屋を出ることは決してないのだから。何年か前には、看護師たちが彼女を一日に一度レクリエーション用の庭に連れ出し、一時間ばかり散歩させていた。しかしヒルディーはあるときからその散歩をひどく怖がるようになった。そこにある何かが彼女を怯えさせたのだ。

　マーサーはいつものように一人で長々としゃべった。自分の生活について、仕事について、友人たちについて、その他あれこれについて。あるものは真実であり、あるものはフィクションだった。しかし何を言ったところで反応はない。何ひとつヒルディーの頭には入らないみたいだ。同じぽかんとした微笑みを顔に貼り付けたまま、彼女の目は終始床から離れなかった。母には自分の声がわかるはずだとマーサーは自分に言い聞かせたが、確信があるわけではなかった。正直なところ、どうしてわざわざこんな訪問を続けているのか、彼女自身にもわからなくなってきた。

　罪悪感。コニーは母親のことを忘れてしまえた。しかしマーサーはもっと頻繁に彼女を見舞えないことに罪悪感を感じていた。

　ヒルディーが最後に彼女に話しかけてから、五年が経過していた。その頃は母親はマーサーを認識し、彼女の名前を口にし、わざわざ立ち寄ってくれたことに感謝さえした。しかしその何ヶ月か後、彼女の訪問中にヒルディーは急に声を荒らげて怒り始め、看護師が仲介に入った。彼女が面会に来るとわかっているときには、投薬が幾分多めにおこなわれているのではないかと、マーサーは疑うようになっていた。

テッサによれば、十代の頃のヒルディーはエミリー・ディッキンソンの詩を愛好していたということだ。だからヒルディーが拘束されてまだ間もない頃、テッサはしばしば見舞いに訪れ、その度に詩を読んでやった。その頃はヒルディーもそれに耳を傾け、反応を見せた。しかし年を追って状態はどんどん悪化していった。

「少し詩を読んでみようか、母さん」、マーサーはそう尋ね、ぼろぼろになった分厚い『名詩撰』を取りだした。かつてテッサがその病院に持って来たものだ。マーサーは揺り椅子を持ってきて、ベッドの脇に腰を下ろした。

彼女が詩を読んでいるあいだ、ヒルディーは何も言わずにただ微笑んでいた。

7

メンフィスでマーサーは父親に会い、ミッドタウンのレストランで昼食を共にした。ハーバートはテキサスのどこかで新しい奥さんと一緒に暮らしていた。マーサーはその女性に会いたいとも思わなかったし、彼女について話をしたいとも思わなかった。

車を販売しているとき、父親は車以外の話を何もしなかった。そしてオリオールズ球団のためにスカウトをしている今、野球以外のことを何ひとつ語らなかった。マーサーはどちらにも同じくらい興味が持てなかったが、その昼食を少しでも楽しいものにしようと果敢に健闘した。彼女は父親に年に一度しか会わなかったが、それがどうしてなのか、昼食を始めて三十分もたたぬうちに、早くも思い知らされることになった。彼は「ビジネス上の興味あること」を検討するべくその街に来たということだったが、怪しいものだと思った。父親の「ビジネス」は、彼女が大学一年生を終えたときに見事に燃え尽きて、おかげで長年にわたって学資ローンに追い回されることになったのだ。

彼女はそれが真実であることを確かめるために、まだときどき自分の身をつねってみなくてはならなかった。借金はそっくり消えてなくなったのだ！

ハーバートは野球の話に戻り、有望株の高校生やら他の誰やらについて、延々としゃべり続けていた。彼女の新しい本やら執筆中の作品について、質問ひとつしなかった。彼女が過去に出版した本を読んでいたとしても、そのことにはまったく触れなかった。

長い一時間のあとで、彼女は「イースタン・ステート」の訪問をむしろ懐かしく思い出していた。可哀想な母親はひとことも口を聞かなかったが、それでも自分に夢中になって限りなくしゃべり続けている父親ほど退屈ではなかった。二人はハグしてキスし、いつものように「もっと頻繁に会おう」と約束して別れた。これから数ヶ月、浜辺で暮らして新しい小説を書くつもりだと彼女は言ったが、そのときには父親はもう携帯電話に手を伸ばしていた。

昼食のあと彼女はローズウッド墓地に行って、テッサのお墓にバラを供えた。そして墓標に背中をもたせて、たっぷり泣いた。テッサは亡くなったとき七十四歳だったが、多くの面でまだ若々しかった。生きていれば八十五歳になるが、彼女はきっと今でも変わらず、忙しく浜辺を歩いて貝殻を拾ったり、ウミガメの卵を護ったり、庭仕事で汗をかいたり、孫娘が遊びに来るのを心待ちにしたり、元気に暮らしていたことだろう。

海辺に帰るべき時期だった。テッサの声を聞き、彼女の持ち物に手を触れ、二人で歩いた道を辿るのだ。最初のうち心は痛むだろう。しかしこの十一年間ずっと、彼女にはわかっていた。こういう日がいつしかやってくるであろうことが。

彼女は高校時代の旧友と夕食を食べ、彼女の家の客間に泊めてもらい、翌朝早く別れを告げた。カミーノ・アイランドはそこから車で十五時間のところにあった。

8

タラハシー近郊のモーテルに一泊し、予定した通り正午前後にコテージに到着した。家がテッサの好きだったソフトな黄色ではなく、白く塗られていることを別にすれば、目立った変化は見られなかった。蠣殻《かきがら》を敷いたドライブウェイは、綺麗に刈り込まれたバーミューダ・グラスで縁をつけられていた。ジェーン叔母さんによれば、庭師のラリーは今でもまだその家の世話をしており、あとで立ち寄ってマーサーに挨拶をしたいということだった。玄関のドアはフェルナンド・ストリートからそれほど離れておらず、テッサはプライバシーを守るために、敷地の境界線に小振りなパルメット椰子とニワトコを一列に植えていたのだが、それが今ではすっかり密生して丈も高くなり、隣家がまったく見えないまでになっていた。陽光を避けて、いつも朝のうちにテッサが手入れをしていた花壇には、ベゴニアやイヌハッカやラベンダーが咲き乱れていた。ポーチの柱には昔と同じように、藤の枝がしっかりと絡みついていた。モミジバフウの木がずいぶん大きくなって、狭い前庭の芝生のほとんど全面に影を落としていた。ジェーンとラリーは植栽にはずいぶん気を遣っていたようだ。テッサはきっと喜ぶことだろう。もっとも彼女なら更に素敵に改良したことだろうが。

　鍵は合ったが、ドアはすんなりとは開かなかった。肩を強くぶっつけるようにしてようやく開いた。そして大きな部屋に足を踏み入れた。縦横共に広々としたスペースで、ひとつの隅のスペースは、テレビに面して置かれた古いソファといくつかの椅子と、マーサーには見覚えのない田舎風ダイニング・テーブルで占められていた。その奥はキッチンになっている。キッチンは丈の高い窓にぐるりを囲まれ、二百フィート向こうに、砂丘を挟んで海が見える。家具はどれも以前とは違うものだった。壁に掛けられた絵や、床の絨毯も見覚えがない。我が家というよりは、もう貸別荘に近い雰囲気がそこには漂っていたが、マーサーはそのことを覚悟していた。テッサはそこに二十年近く定住して暮らしており、家を汚れひとつなく清潔に保っていた。しかし今ではその家は休暇を過ごすための場所に変わっており、身を入れた清掃を必要としていた。マーサーはキッチンを歩いて抜け、外に出た。そこは広いデッキになっていて、長く使い込まれた籐家具が並べられ、椰子の木とサルスベリに周りを囲まれていた。彼女は揺り椅子から埃と蜘蛛の巣を払って腰を下ろし、砂丘と大西洋を眺め、穏やかに打ち寄せる波に耳を澄ませた。泣くまいと彼女は心を決めていた。だから泣きはしなかった。

浜辺では子供たちが笑い声を上げて遊んでいた。その声は聞こえたが、姿は見えなかった。砂丘が波を視野から隠していた。カモメやウオガラスが、砂丘と海の上を高く低く勢いよく飛び回りながら、鋭い鳴き声を上げていた。

至るところに記憶が残っていた。別の人生の、輝かしく貴重な思い出だ。マーサーが母親から引き離されたとき、テッサは実質的に彼女を養女にしてくれたようなものだった。彼女はマーサーを毎年、少なくとも三ヶ月は浜辺の家に引き取った。そして残りの九ヶ月をマーサーは、その場所を思い焦がれながら過ごした。この揺り椅子に座って夕方のひとときを過ごし、太陽がすっかり姿を消すのを眺めることを。夕暮れが、一日で二人のいちばん好きな時刻だった。ぎらつくような暑さは去り、浜辺には人影はない。二人はよくサウス・ピアまで一マイルほど浜辺を歩き、戻ってきたものだ。貝殻を探し、波に足を浸し、日が暮れて外に出てきたテッサの友人たちや、近所の人たちとおしゃべりをした。

それらの友人たちも今はもういない。亡くなったか、あるいは介助の必要な施設に入ったのだ。

マーサーは長い間そこで椅子を揺らせていたが、ほどなく立ち上がった。家の残りの部分を歩いて回り、テッサを思い出させるものがほとんど残されていないことを知って、少しばかりほっとした。祖母の写真は一枚も飾られていない。ベッドルームに、額に収められたジェーン叔母とその家族のスナップ写真が何枚かあるだけだ。葬儀のあとジェーン叔母がマーサーに、箱一杯の写真と絵とパズルを送ってくれた。彼女が興味を持つかもしれないと思って。マーサーはそのうちの何枚かをアルバムに収めておいた。彼女はそれを他の持ち物と一緒に家に運び入れ、それから食料品店に行って必要なものを少し買い込んだ。そのあと昼食をこしらえ、本を読もうと思ったが、読書に気持ちを集中することができなかった。そしてデッキのハンモックで眠りに落ちた。

脇の階段を上がってくるラリーの足音で目が覚めた。短くハグしたあと、長い歳月のあいだにお互いが変わったことについて、二人は感想を述べ合った。あんたはこれまで以上に美しくなったし、今では「すっかり成熟した女性」になったと彼は言った。彼は変わっていなかった。少し白髪が目立ち、皺《しわ》が多くなった程度だ。長い時間太陽の下で働いているせいで、肌は前にも増して固くこわばっていた。彼は屈強な小男で、彼女が子供の頃によく見かけたのと同じストローハットをまだかぶっているみたいに見えた。彼にはいささか暗い過去があった。それがどんなものだったか急には思い出せなかったが、彼はとにかくずっと北方のどこかから（たぶんカナダから）フロリダに逃れてきたのだ。彼はフリーランスの庭師兼便利屋で、彼とテッサは草花の手入れ法についていつも口論をしていた。

「もっと前に帰ってくればよかったのに」と彼は言った。

「そうね。ビールは飲む？」

「いや、数年前に酒を飲むのをやめたんだ。女房にやめさせられたんだよ」

「違う奥さんをもらいなさいよ」

「おれとしても、そうしたくはあるんだがね」

マーサーの記憶するところでは、彼はこれまでに何度か結婚していた。そしてテッサの言によれば、悪名高い浮気者だった。彼女は揺り椅子に行って、言った。「座りなさいよ。話を聞かせて」

「ああ、いいよ」。彼のスニーカーは緑色に染まり、踝《くるぶし》には切られた葉っぱがこびりついていた。「水をもらえるかな」

マーサーは微笑んで飲み物を取りに行った。戻ってくると彼女はビールの蓋をひねって開けた。「それで、あなたはどんな具合？」

「いつもと同じさ。変わりようもない。あんたは？」

「教えて、書いている」

「あんたの本を読んだよ。気に入ったね。本の裏についているあんたの写真を見ては『わお、おれは彼女を知っているよ。ずっと前から知ってたんだ』って言ったものさ。テッサはすごく誇りに思ったことだろうね」

「ええ、そう思ったと思うわ。ところで島のゴシップは？」

彼は笑って言った。「ずいぶん長いあいだ留守にしていて、帰ってきたと思ったらもうゴシップかい？」

「お隣のバンクロフトさん夫婦はどうしている？」と彼女は背後を顎で示しながら尋ねた。

「ご主人は二年ほど前に亡くなった。癌でね。奥さんはまだ元気だが、施設に送られた。子供たちは家を売った。新しい持ち主はおれのことが気に入らず、おれもあっちのことが気に入らなかった」。彼女は彼がぶっきらぼうで、歯に衣着せない性格であることを思い出した。

「通りの向かいのヘンダーソンさん夫妻は？」

「亡くなったよ」

「私と彼女は、テッサが亡くなってから何年かは手紙のやりとりをしていたんだけど、そのうちに立ち消えになった。このあたりはそれほど変わってないみたいね」

「この島は変わらんよ。あちこちに新しく家が建ったけどね。海辺の土地は盛況だよ。リッツ・ホテルの隣に高級コンドがいくつもできたりね。観光ビジネスは好調だし、それはありがたいことだ。あんたはここに数ヶ月滞在するとジェーンは言っていたが」

「そのつもりだけど、どうなるかはわからない。今は仕事をしていないし、本を完成させたいと思っているの」

「あんたはいつも本を読むのが好きだったね。家の中に本が積み上げてあったことを覚えているよ。まだ小さい子供の頃からね」

「テッサは週に二度、私を図書館に連れていってくれた。学校で、五年生のときに夏の読書コンテストがあったの。私はその夏九十八冊の本を読んで、トロフィーをもらったわ。マイケル・クオンが五十三冊で二位だった。本当は百冊読みたかったんだけどな」

「テッサはいつも言っていたよ。あんたは負けず嫌いな性格だって。チェッカーでもチェスでもモノポリーでも、あんたは常に勝たずにはいられなかった」

「そうだったわ。今になってみると馬鹿馬鹿しいけど」

ラリーは水を一口飲み、シャツの袖で口もとを拭った。海を見ながら彼は言った。

「あの人が心から懐かしいよ。おれたちは花壇やら殺虫剤やらのことでいつも言い合いをしていた。でも彼女は、友だちのためなら何でもしてくれた」

マーサーは肯いたが、何も言わなかった。長い沈黙があり、彼が口を開いた。「こんな話を持ち出して悪かったね。今でもきっときつい思いをしているんだろう」

「ひとつ質問していいかしら、ラリー？　テッサに何が起こったのか、それを知っている人と一度も話したことがなかった。葬儀からずいぶん経ってから新聞を読んで、そのとき何が起こったか一部始終を知った。でも私がまだ知らないことが何かあるかしら？　そこにはもっと奥深い話があるのかしら？」

「誰にもわからんのだ」と彼は海に向かって肯いた。「彼女とポーターは三マイルか四マイル沖に出ていた。おそらく陸地が見えるくらいの距離だ。そこで嵐がどこからともなく襲いかかってきた。夏の終わりにはよくそういうことが起こる。でもそのときの嵐はいささか剣呑なやつだった」

「あなたはどこにいたの？」

「家でくつろいでいたよ。気がつくと空が真っ暗になり、風が激しいうなり声を上げていた。横殴りに雨が叩きつけていた。木がごっそりと倒され、停電になった。ポーターは救難信号を発信したということだが、遅きに失したようだ」

「私はそのヨットに何度も乗ったことがあるけど、セイリングはあまり好きじゃないの。暑いし退屈だといつも思っていた」

「ポーターは腕の良いヨット乗りだ。そしてあんたも知っての通り、彼はテッサに夢中だった。べつにロマンティックな関係じゃないよ。なんといっても彼は二十歳も年下だったからね」

「さあ、私にはそこまで断言できないわ、ラリー。二人はすごく仲が良かったし、大きくなってから、私は二人の仲を疑うようになった。一度、彼の古いデッキシューズをうちのクローゼットで見つけたことがあるの。子供がよくやるように、私はそのへんをうろうろ嗅ぎ回っていた。何も言わなかったけど、聞き耳だけはしっかり立てていた。私がいないときにポーターはこの家で長い時間を過ごしていた——そういう印象を私は持ったわ」

彼は首を振った。「いや、それはないね。そうだとしたら、おれが気づかないわけはないよ」

「かもね」

「おれは週に三度はここに来ているし、しっかり周囲に目を光らせている。男がしょっちゅう来ている？　見逃すわけがない」

「そうね、でも彼女はポーターのことがすごく好きだった」

「みんな彼のことは好きだったさ。良いやつだった。彼は行方不明のままだし、ヨットも見つかっていない」

「捜索はおこなわれたのでしょう？」

「ああ、類を見ないほど大がかりな捜索だった。島のすべてのボートが捜索に参加した。おれも参加したよ。沿岸警備隊もヘリコプターも。夜明け時にジョガーが、ノース・ピアの近くでテッサを発見した。二日か三日あとのことだったと思うな」

「彼女は泳ぎが得意で、私たちは救命具は一度もつけなかった」

「あんなひどい嵐じゃ、救命具なんて何の役にも立たないさ。まあとにかく、何があったのか、真相は誰にもわからないままだ。気の毒だが」

「いいのよ。ちょっと訊いただけ」

「もう行くよ。何かおれにできることはあるかい？」、彼はゆっくりと立ち上がり、両腕を伸ばした。「おれの電話番号は知ってるね？」

マーサーも立ち上がり、彼を軽くハグした。「ありがとう、ラリー。会えて嬉しかった」

「ようこそお帰り」

「ありがとう」

9

その日遅く、マーサーはサンダルを脱ぎ捨ててビーチに向かった。ボードウォークはデッキから始まり、砂丘に沿って上がり下がりした。砂丘は法律で立ち入り禁止になっており、保護されている。彼女はいつものようにアナホリガメの姿を求めながら、ゆっくりと歩いた。アナホリガメは絶滅危惧種で、テッサはその住環境を護ることに熱意を注いでいた。亀たちは砂丘に生えているシーオーツやコードグラスといった稲科の植物を餌にしている。八歳になる頃にはマーサーはすべての植物の名を言えるようになっていた。トマトダマシ、ビーチスター、ユッカ、センジュラン。テッサは彼女にそういった植物について知識を授け、次の夏までちゃんと覚えているのよと言った。十一年が経った今でも彼女はまだ覚えていた。

マーサーはボードウォークに通じる狭い扉を閉め、波打ち際まで歩き、それから南へと向かった。数人のそぞろ歩きをする人々とすれ違ったが、誰もが小さく肯き、微笑んだ。ほとんどが紐で繋いだ犬を連れていた。ずっと向こうに、まっすぐこちらに歩いてくる一人の女性の姿が見えた。完璧に糊をきかせたカーキのショートパンツに、シャンブレーのシャツ、木綿のセーターを肩にかけている。まるでＪクルーのカタログからそのまま抜け出してきたモデルのようだった。近くに寄ると見覚えのある顔だった。イレイン・シェルビーが微笑んで「こんにちは」と言った。二人は握手をし、裸足の足を泡立つ波に浸けながら一緒に歩いた。

「コテージの具合はどう？」とイレインは尋ねた。

「きれいに維持されている。ジェーン叔母さんがしっかり管理していたみたいね」

「彼女はあれこれ質問をした？」

「そんなでもないわ。私があそこに戻りたいと言い出したことを喜んでいた」

「七月の初めまで家は空いているのね？」

「七月四日前後にコニーとその家族がやって来て、二週間ほど滞在する。そのあいだ私はどこかに移らなくちゃならない」

「近くの部屋を私たちが手配してあげる。それ以外にコテージが貸されることはないのね？」

「十一月までは空いている」

「いずれにせよ、その頃にはあなたの仕事はもう終わっている」

「あなたがそう言うなら」

「二つの最初のアイデア」とイレインは言って、早速仕事の話に入った。それはおきまりの海岸の散歩に見えたが、実際は重要なミーティングだったのだ。紐で繋がれた一匹のゴールデン・レトリーヴァーが挨拶をしに寄ってきた。二人はその頭を撫でてやり、飼い主と通常のやりとりをした。再び歩きながらイレインは言った。「まず第一にあなたは書店には近寄らないようにする。ケーブルの方からあなたに接近してくることが大事なの。その逆ではなく」

「で、私はどうやってそれを案配するわけ？」

「この島にはマイラ・ベックウィズという女性が住んでいる。作家だけど、名前を聞いたことがあるかもしれない」

「聞いたことない」

「そう言うと思った。彼女は山ほど本を書いている。扇情的なロマンス小説をね。そして一ダースくらいのペンネームを持っている。そのジャンルでは売り上げの多さを誇ったものだけど、今では年も取ってスローダウンしている。彼女はパートナーと共にダウンタウンの旧家のひとつに住んでいる。大柄な女性で、身長六フィートでがっしりしていて、とてもいかついタイプ。実際に会ったら、この人が誰かとこれまでセックスをしたことがあるなんて、たぶん信じられないだろうと思う。でも彼女は傑出した想像力を持っている。なかなかのキャラクターで、とてもエキセントリックで、騒がしくてカラフルで、作家仲間の女王蜂みたいな存在になっている。もちろん彼女とケーブルは古くからの友だちよ。彼女に短い手紙を出して、自己紹介をして、あなたがここで何をしているかを書くのよ。ごく普通の手順としてね。ちょっと寄ってご挨拶をできれば、みたいなことを書く。ケーブルは二十四時間以内にそのことを知る」

「彼女のパートナーは？」

「リー・トレイン。彼女も作家。ひょっとして名前を聞いたことあるかしら？」

「聞いたことないわ」

「そう言うと思った。彼女は立派な文学作品を書きたいという大望を抱いている。書店が叩き売りをしても売れないような、難解きわまりない作品を。彼女の最新作は三百部しか売れなかったし、それも八年前の話よ。二人はなにしろあらゆる意味合いにおいて、不似合いなカップルなの。でもおそらく付き合うには面白そうな人たちね。彼女たちと知り合えば、ケーブルに近づくことになる」

「簡単そう」

「二つ目のアイデアはもう少しリスキーだけど、きっとうまくいくと私は思っている。セリーナ・ローチという若い作家がいるの」

「うん、やっと知った名前が出てきた。まだ会ったことはないけど、出版社が同じだわ」

「そのとおり。数日前に新しい長編小説が出たばかり」

「書評を読んだ。ひどい書評だったけど」

「それはどうでもいい。興味が惹かれるのは、来週の水曜日に彼女がツアーでここにやってくるということ。私は彼女のeメール・アドレスを持っている。短いメールを書いてほしいの。適当な文句を並べて、一緒にコーヒーでも飲めればみたいなことを言って。彼女はあなたと同じくらいの歳だし、独身だし、会えば楽しいはずよ。彼女のサイン会は、あなたがその書店を訪れるための絶好の口実になる」

「そして彼女は若くて独身だから、ケーブルが最高のおもてなしをすることが期待できる」

「あなたはしばらくこの町にいることになるし、ミズ・ローチはツアーの最中だし、サイン会のあとでケーブルとノエルが夕食会を催すことになるかもしれない。それはそうと、ノエルはここのところしばらく町に腰を据えている」

「どうしてそんなことがあなたにわかるの、みたいなことは尋ねないことにする」

「とても単純な話よ。今日の午後、アンティークのショッピングに行ったの」

「これはいくらかリスキーかもしれないって言ったわね」

「お酒を飲んで話していて、あなたとセリーナがこれまで会ったことがないことが明らかになるかもしれない。その巡り合わせは都合良すぎると思われるかもしれないし、思われないかもしれない」

「それは大丈夫でしょう」とマーサーは言った。「私たちは同じ出版社から本を出しているし、ちょっと立ち寄って挨拶をするのは、とくに不自然じゃないもの」

「けっこうね。明日の朝の十時に荷物がひとつ届けられる。そこには本が入っている。ノエルの出した四冊の本と、セリーナの出した三冊の本」

「宿題ね？」

「本を読むのは好きでしょう？」

「仕事の一部だし」

「マイラのごみ本も念のために少し入れておくわ。ひどい代物だけど、けっこう中毒性はある。リー・トレインの本は一冊だけ見つけたので、それも荷物に加えておく。彼女の本が絶版になっているのには、それだけの理由があることがわかる。私なら手をつけないわね。私は一章も読み終えられなかった」

「とっても楽しみ。あなたはどれくらい長くここにいるの？」

「私は明日ここを発つ」。二人は無言のうちに、なおも波打ち際を歩いた。浮き板《パドルボード》に乗った二人の子供たちがしぶきを上げながら近くを通り過ぎていった。イレインは言った。「チャペル・ヒルで夕食を食べたとき、あなたはこの作戦についていくつか質問をした。私はあまり多くを語れない。でも私たちはとてもこっそりと、情報に対して報酬を提供しているの。二ヶ月ばかり前に私たちはボストン地域に住んでいる一人の女性を見つけた。彼女はかつて書籍蒐集家の男と結婚していた。彼は希覯本の仲買をしていて、出所の怪しい書籍を取り扱うことで知られていた。どうやら離婚はかなり最近のことで、彼女はいささかの感情的しこりを抱いていた。彼女は私たちに言った。彼女の前の夫はフィッツジェラルドの原稿について多くのことを知っていると。彼はその原稿を泥棒たちから買ったのだけど、恐ろしくなってすぐにそれを転売してしまったと、彼女は考えていた。彼は百万ドルを手にしたと彼女は思っていたけど、私たちはそのお金の流れをたどれなかった。彼女にもそれはたどれなかった。もし実際に取引がおこなわれたとしたら、たぶんオフショアの秘密口座みたいなのを使ったのでしょう。私たちはまだ調査を続けているけど」

「その前の夫とは話をしたの？」

「まだしていない」

「そして彼はその原稿をブルース・ケーブルに転売した？」

「彼女は彼の名前を挙げた。夫婦仲が壊れるまでは、前の夫のビジネスを手伝っていたから、その商売の事情をある程度まで承知しているの」

「どうして彼がその原稿をここに持ってくると思うの？」

「持ってきても不思議はない。だってここは彼の本拠地だし、安心できる場所よ。今のところ、原稿はここにあると私たちは想定しているの。でもそれはどちらかというと都合の良い想定かもしれない。すぐにもひっくり返されかねない。前にも言ったように、ケーブルはとても頭が切れるし、賢明だし、自分のやっていることの意味を把握している。自分の有罪に結びつく場所に原稿を隠すような、下手な真似はおそらくしないんじゃないかな。もし書店の地下に保管庫があるとして、果たしてそこに原稿を仕舞い込むような危ない真似をするか、それは疑問よね。でもそんなことは誰にもわからない。私たちにできるのはただ推測することだけだし、この先もそれを続けていくしかない。より具体的な情報を手にするまではね」

「どんな種類の情報かしら？」

「私たちは店の中に入り込める視線を必要としている。とりわけ初版本ルームにね。いったん彼と親しくなって、店に出入りし、本を買い、著者のイヴェントに顔を出したり、そういうことをするようになれば、あなたは自然にその希覯本コレクションに興味を抱くようになる。あなたはテッサの遺《のこ》した古書を手にし、それがあなたの入り口《アントレ》になる。それらはどれくらいの価値あるものなのか？　彼はそれを購入したいと思うか？　その会話がどのような結果をもたらすか、私たちにはわからない。しかし少なくとも私たちは内部に人を、彼が疑いを抱いていない人を一人確保することになる。ある時点であなたは何かを耳にすると思う。何を、いつ、どこで、それは誰にもわからない。フィッツジェラルドの原稿盗難が夕食の席で話題に上るかもしれない。

前にも言ったように彼はたくさんお酒を飲むし、お酒を飲むと人は口が軽くなる。口を滑らせることもある」

「口を滑らせるタイプには思えないけど」

「それは確かね。でも他の誰かが口を滑らせるかもしれない。今大事なのは、内部に目と耳を確保することなの」

二人はサウス・ピアで歩を止め、向きを変えて北に戻った。イレインは言った。

「こっちに来て」。そして二人はボードウォークに足を踏み入れた。彼女はゲートを開け、階段を上がって小さな踊り場に出た。そしてその端っこにある二階建ての三戸一棟《トリプレックス》の建物を指さした。「いちばん右にあるユニットが私たちのものなの。少なくとも当分の間はね。私はあそこに滞在している。二日ほどあとには別の人がやってくる。彼らの電話番号をあとでメールで送るわ」

「私は見張られているわけ？」

「いいえ。あなたはあなた一人よ。しかしいざというときには、あなたには常に友人がいる。そしてたとえ何があったにせよ、毎晩あなたからのeメールを期待している。いいわね？」

「わかった」

「じゃあ、行くわね」、彼女は右手を差し出し、マーサーはそれを握った。「幸運を祈るわ、マーサー。そしてこれは海辺の休暇なんだと思いなさい。いったんケーブルとノエルを知るようになれば、あなたは本気で彼らのことを気にいるかもしれないし、交際を愉《たの》しめるかもしれない」

マーサーは肩をすくめて言った。「さあ、どうでしょうね」

10

ダンバートン・ギャラリーは、ジョージタウンのウィスコンシン・アヴェニューから一ブロック奥まったところにある。赤煉瓦造りの古いタウンハウスの一階にある小さな画廊で、その建物はペンキの念入りな塗り直しが必要とされ、おそらくは新しい屋根が必要とされていた。一ブロック向こうの通りは人の往来が激しかったが、画廊はだいたいいつも閑散としており、壁はほとんど空っぽだった。画廊はミニマリストのモダンな作品を専門としていたが、少なくともジョージタウンにおいて、その手の作品があまり人気を呼んでいないことは明白だった。しかし画廊のオーナーはとくにそのことを気にかけてはいなかった。彼の名前はジョエル・リビコフ、五十二歳、有罪判決を受けた重罪犯だ。盗まれた貴重品を売買した罪で二度逮捕されている。一階の画廊はあくまで見せかけに過ぎない。人の目を眩《くら》ませるためにしつらえられた策略だ。二度の逮捕と、八年にわたるムショ暮らしのあと、ジョエルはこのように信じるに至った。誰が目を光らせているかわからない。自分は更生し、ワシントンで儲からない画廊を運営している人間になりきらなくてはならない、と。彼は実際に画商の仕事をおこない、何度か個展を開き、数人の画家と知り合い、数人の顧客とさえ知り合った。かなり手抜きではあるもののウェブサイトも運営していた。すべては監視の目を逃れるためだ。

　彼はそのタウンハウスの三階で生活していた。二階にオフィスを持っていて、そこで彼は本気の裏ビジネスをおこなっていた。盗まれた絵画、版画、写真、書籍、原稿、地図、彫刻を仲買する仕事だ。死んだ有名人が書いたように偽造された手紙さえ扱った。二度の恐ろしい有罪判決と監獄生活を経験したにもかかわらず、ジョエル・リビコフはどうしても規則というものに従うことができなかった。彼にとっては、小さな画廊をせこせこと経営し、ほとんど誰も欲しがらないような絵画を売り込むよりは、アンダーワールドで生きている方がずっと楽しかったし、利益も得られた。泥棒たちと被害者たちとの間を繋ぎ、あるいは泥棒たちと仲介業者との間を繋ぎ、幾重もの層や幾人もの当事者を通過するややこしい取引を仕組むことのスリルを彼は愛した。そのようにして貴重品が闇の中で受け渡され、金がオフショア口座に振り込まれる。実際の盗品を手元に置くことはほとんどない。自らの手を汚さずに行動する抜け目ないミドルマンであることを彼は好んだ。

プリンストンにおけるフィッツジェラルドの原稿強奪の一ヶ月後、FBIが画廊に現れた。もちろんジョエルは何ひとつ知らなかった。その一ヶ月後に彼らは再びやって来たが、やはり彼は何も知らなかった。しかしその後、彼は多くのことを知るようになった。FBIが盗聴していることを怖れ、ジョエルはDC地域から姿を消した。そして跡をたどれないように深く潜った。プリペイドの使い捨て携帯電話を用い、その泥棒と接触を持ち、メリーランド州アバディーン近くの州間高速道路沿いのモーテルで顔を合わせた。泥棒はデニーと名乗り、相棒はルーカーという名前だと言った。二人ともいかにもタフそうな男だった。一晩七十九ドルくらいのダブルルームの安っぽいベッドの上で、ジョエルは五篇のフィッツジェラルドの原稿を目にした。彼らの想像を遥かに超えた価値を持つその原稿を。

デニーが一味の、あるいは一味の残党のリーダーであることがジョエルには一目でわかった。そしてその男は事態の重圧下に置かれ、一刻も早くその品物を手放し、外国に逃亡したいと焦っていた。「おれは百万ドルほしいんだ」と彼は言った。

「そんなに多くはとても集められない」とジョエルは答えた。「この原稿に関して話を持ち込める相手を、私は一人しか知らない。たった一人だ。私の同業者たちはみんなとことん怯えて、縮み上がっている。FBIがいたるところに目を光らせているからな。私の示せる最高額は、いや唯一の額は五十万ドルだ」

デニーは悪態をつき、部屋を足音も高く歩き回った。時折立ち止まってカーテンの隙間からちらりと駐車場をうかがった。ジョエルはそういう芝居がかった態度にうんざりして、もう引き上げると言った。デニーはそこでようやく折れ、二人は細かい手順を決めた。ジョエルは自分のブリーフケースひとつを持ってそこを出た。日が暮れたあとデニーは原稿を持ち、プロヴィデンスまで運転していってそこで待てという指示を受けて出発した。ルーカー（デニーの軍隊時代の仲間で、やはり悪の道に足を踏み入れた男だ）はそこで彼に合流した。三日後にもう一人の仲介者を間に入れて、授受は完了した。

今デニーはルーカーと共にジョージタウンに戻り、彼の宝物を探していた。前回はリビコフにいいようにあしらわれた。しかし二度目はそうはいかない。五月二十五日の七時に画廊が閉まると、デニーは正面のドアから中に入り、一方ルーカーはジョエルのオフィスの窓をこじ開けた。すべてのドアが閉じられ、すべての明かりが消され、二人はジョエルを三階の住居に連れて行って、縛り上げ、猿ぐつわをかました。そして情報を引き出すために荒っぽい手を使い始めた。

第四章――「海辺」

1

テッサといると、一日は夜明けと共に始まった。彼女はマーサーをベッドから引っ張り出し、急いでデッキに向かった。そしてコーヒーを飲みながら、最初のオレンジ色の曙光が地平線を染めるのを、大きな期待と共に待ち受けた。太陽が上がってしまうと、二人は足早にボードウォークを通って海辺を点検しに行った。そのあと、コテージの西側にある庭でテッサが花壇の世話をしているあいだ、しばしばマーサーは長い安らかな眠りに戻っていったものだった。

テッサの承認のもとに、マーサーは十歳のときからコーヒーを飲むようになった。そして最初のマティーニを飲んだのは十五歳のときだった。「すべては適度に」というのが祖母の口癖だった。

しかし今ではもうテッサは亡くなっていたし、マーサーは既にいやというほど朝日を見てきた。彼女は九時過ぎまで眠って、だらだらとベッドから出てきた。コーヒーをつくっているあいだ、コテージの中をうろついて、執筆に最適の場所を探してみたが、そんなところは見つからなかった。彼女はプレッシャーを感じなかったし、何か書きたいことがあるときだけ書けばいいのだと心を決めた。新しい長編小説はどうせもう、締め切りを三年も遅れている。ニューヨークの人々が三年待てたのなら、四年目だってどうにかなるだろう。彼女のエージェントはときどき様子を尋ねてきたが、それもだんだん間遠になっていた。交わされる会話も短いものだった。チャペル・ヒルからメンフィス、そしてフロリダまでの長いドライブの間、彼女は暇にまかせてぼんやりと夢見るように考えを巡らせ、ときには新しい小説が固有のヴォイスを見いだしつつあるように感じることもあった。これまでに書いてきた出来損ないの原稿を放り捨て、ゼロから再出発することを彼女は考えた。今度はしっかりとした新しい出だしで始めるのだ。今はもう借金は背負っていない。次の職について案ずる必要もない。日々の暮らしの雑事に追い立てられることもない。落ち着いてしばらく休みをとったら、少なくとも一日平均千語のペースで仕事に打ち込めるはずだ。

しかしけっこうな報酬をもらっている現在の仕事のために、いったいどんなことをすればいいのか、自分がやることを期待されている物事を（それがどんなことであれ）やり遂げるのにどれくらい時間がかかるのか、さっぱりわからなかったので、一日を無駄に過ごしている余裕はないだろうと彼女は判断した。オンラインでeメールをチェックすると、万事怠りないイレインは、夜の間にいくつかの有用なアドレスを記した短いメールを入れていた。

　マーサーは「女王蜂」あてにeメールをタイプした。「ディア・マイラ・ベックウィズ、私はマーサー・マン、小説家で、数ヶ月海辺に滞在して本を書いています。私はこの地に知り合いがまったくいないもので、一度ご挨拶にうかがい、あなたとミズ・トレインと私と三人でグラスを傾けることができたなら、それに優る喜びはありません。ワインのボトルを持参します」

　十時ちょうどにドアベルが鳴った。マーサーが玄関のドアを開けると、何も書かれていない段ボール箱がポーチに置かれていた。配達人の姿はどこにも見えない。彼女はその箱をキッチン・テーブルの上に運び、封を切って中身を出した。言われていた通り、中にはノエル・ボネットの大判のピクチャー・ブックが四冊と、セリーナ・ローチの三冊の小説と、リー・トレインの薄手の文芸書と、ずいぶん刺激的なカバー絵のついた半ダースのロマンス小説が入っていた。あらゆる種類の肌が、ゴージャスな若い娘や、彼女たちのハンサムな恋人（あり得ないほど腹が平らだ）によってまさぐられている。著者名はみんな異なっていたが、すべてマイラ・ベックウィズによって書かれたものだった。それらはあとで読むことにした。

彼女が目にしたものの中にはどれひとつとして、自分の小説を追求する刺激となるものはなかった。

グラノーラを軽く食べながら、マーチバンクス邸について書かれたノエルの本のページをぱらぱらと繰った。

十時三十七分に彼女の携帯電話が鳴った。相手の名前は出てこない。彼女が「もしもし」と言う間もなく、猛烈な高いピッチの声が宣言した。「あたしたちはワインは飲まないの。あたしはビール党だし、リーはラムが好き。そして酒類キャビネットはフルに揃っている。だからあんたは自分の飲むものを持ってくる必要はないよ。島にようこそ。あたしはマイラよ」

マーサーは危うく声に出して笑ってしまいそうになった。「よろしく、マイラ。こんなに早くお返事がいただけるとは思わなかったわ」

「ええ、あたしたちはいつも退屈していて、新しい顔を求めているの。今日の夕方、六時までは遠慮してもらえるかしら。うちじゃ六時前にはお酒は飲まないことになっているの」

「覚えておきます。じゃあ、またあとで」

「あたしたちの住所はわかるかしら？」

「アッシュ・ストリートですね」

「それでは」

マーサーは電話を置いて、どこのアクセントだろうと考えた。間違いなく南部、おそらくは東テキサスだ。ラニオン・オショーネシーなる作家の手によって書かれたとされるペーパーバックを一冊、彼女は選んで手に取り、読み始めた。「野蛮なまでにハンサムな」主人公は歓迎されざる城の中に野放しになっていた。四ページ目までには彼は二人の下女と共にベッドに入っており、三人目を狙っていた。第一章が終わる頃には全員が疲弊していた。マーサー自身も含めて。脈が少し上がっていることに気づいて、彼女は読むのをやめた。五百ページを一気に読み通すだけのスタミナを、彼女は持ち合わせていなかった。

彼女はリー・トレインの小説を手にデッキに出て、日よけ傘の下に揺り椅子をひとつ見つけた。時刻は十一時を回っており、フロリダの真昼の太陽は眩しく地上を圧していた。影の中にないものはどれも熱々で、手を触れられないほどだった。ミズ・トレインの小説は、ある朝目覚めて自分が妊娠していることに気づいた一人の若い未婚女性が主人公になっていた。その父親が誰であるのか、彼女にはわからない。過去一年間、彼女は多量の酒を飲んでおり、乱れた性関係を持っていたので、そのへんの記憶は定かではなかった。彼女はカレンダーを睨んでなんとか自分の足跡を辿り、ようやく父親でありそうな三人の男のリストをこしらえた。その三人の男たちをそれぞれ秘密裏に調査し、出産したあと、本当の父親に対して予告なしに子供の認知訴訟を起こし、扶養料を勝ち取ろうと彼女は心を決めた。設定は悪くなかったが、その文章はあまりに込み入っており、気取っていて、本を読み進めていくのは実に至難の業だった。どのシーンもすべて鮮明さを欠いていて、そこでいったい何が起こっているのか、読者にはほとんど理解不能だった。ミズ・トレインはきっと片手にペンを持ち、片手に類語辞典を持って書いていたに違いない。というのはマーサーは、これまでお目にかかったこともないような長い単語をいくつも見かけたから。またそれにも増していらいらさせられたのは、台詞にクォーテーション・マークがついていないことだった。おかげでしばしば、それが誰の口にした発言なのかが不明確になった。

二十分ほど懸命に努力した末に、彼女はくたびれ果てて眠りに落ちた。

汗をかき、退屈して目覚めた。退屈さは耐えがたいまでのものだった。彼女はこれまでずっと一人暮らしをしてきたし、自分を忙しくさせるこつを学んでいた。コテージは清掃を必要としていたが、それは急を要する用件ではなかった。テッサは入念に家の手入れをする人だったかもしれないが、マーサーはそういう傾向を受け継いではいなかった。どうせ一人暮らしなのに、どうして家中をぴかぴかに保っておかなくてはならないのか？　彼女は水着に着替え、鏡に映った自分の肌が青白いことを認め、日焼けしなくてはと決意した。そして海岸に向かった。金曜日で、週末の泊まり客たちが姿を見せ始めていたが、彼女の家の前のあたりのビーチには、人の姿はほとんどなかった。彼女は長く泳ぎ、短く散歩をし、コテージに戻り、シャワーを浴び、町に出て昼食をとることにした。明るい色のサンドレスを着て、口紅の他には化粧をしなかった。

フェルナンド・ストリートは海岸に沿って五マイル続いていた。そして砂丘と海に隣接した側には、新旧の貸別荘、大衆向けのモーテル、上等な新築家屋、コンド、そして少数だがベッド&ブレクファストなどが入り混じって並んでいた。そして通りの反対側にはより多くの家屋、貸別荘、ショップ、数軒のオフィス、より多くのモーテル、軽食を供するレストランなどがあった。時速三十五マイルという厳しい制限速度を遵守してゆるゆると車を走らせながら、何ひとつ変わっていないなとマーサーは実感した。本当にそれは彼女が記憶していた通りの光景だった。サンタ・ローザの町は以前の街並みをしっかり維持管理していた。八分の一マイルごとに小さな駐車場があり、海岸に出る公共アクセスとしてのボードウォークがあった。

彼女の背後、南の方には、大きなホテルが建っていた。リッツとマリオットが高層コンドや、より高級な住宅地と肩を並べている。テッサはそのような開発に強く反対していた。というのはあたりが明るくなりすぎると、アオウミガメやアカウミガメの産卵に支障をきたすからだ。テッサは「ウミガメ保護」団体の、またその島に存在する他のすべての環境保護グループの熱心なメンバーだった。

マーサーは活動家ではない。というのは彼女は会合や会議に我慢できなかったから。そしてそれは、彼女が大学キャンパスや同僚教師たちに積極的に近寄らないようにしていたもう一つの理由でもあった。彼女は町に入り、メイン・ストリートの交通の中をゆっくり進み、書店とその隣の「ノエルズ・プロヴァンス」のドアの前を通り過ぎた。そして横に一本入った道路に車を駐め、中庭に席を出した小さなカフェを見つけた。日陰で長い静かな昼食を済ませたあと、彼女は観光客に混じって、衣服を扱う店とTシャツ・ショップをぶらぶら見て歩いたが、何も買わなかった。それから港まで歩いていって、ヨットが出入りするのを眺めた。彼女とテッサはポーターに会うためによくここに来たものだ。二人のセイリング友だちのその男は、三十フィートのスループ帆船を所有していて、いつも彼女たちをその船に乗せたがった。そういう日は——少なくともマーサーにとっては——長い一日になった。彼女の覚えている限り、いつだって十分な風が吹かず、太陽にじりじりと焼かれることになった。彼女はいつもキャビンに身を隠そうとしたが、そのボートには空調装置がついていなかった。ポーターは何かの恐ろしい病気で奥さんを亡くしていた。テッサが言うには、彼はその話を一切口にしなかったし、その記憶から逃れるためにフロリダに越してきたのだということだった。あんなに悲しそうな目をした人は他にいないと、テッサは常に言っていた。

あの事故について、マーサーはポーターを責める気持ちにはなれなかった。テッサは彼と一緒にセイリングすることを好んだし、そのリスクも十分心得ていた。陸地が見えなくなるような沖までは決して出なかったし、とくに危険があるとも思えなかったのだが。

暑さに追われるように彼女は港のレストランに入り、人気《ひとけ》のないバーでアイスティーを飲んだ。そして海を眺め、チャーター・ボートが戻ってくるのを眺めた。ボートには釣り上げられたマヒマヒが積まれ、四人の赤ら顔の釣り人たちはこの上なく幸福そうだった。ジェット・スキーに乗った一団が出発した。ノー・ウェイク・ゾーン〔航跡を残さない程度のスピードで進まなくてはならない区域〕にしては速すぎる速度で。そして一隻のスループ帆船がゆっくり桟橋を離れて行くのが見えた。それは大きさも色もポーターが所有していたのとほとんど同じだった。甲板には二人の姿が見えた。舵をとるのは年配の男性、もう一人はストロー・ハットをかぶった女性だった。一瞬の間それはテッサになった。飲み物を手にのんびりそこに座り、おそらくはお節介な忠告を船長に与えている。歳月は消え去り、テッサがそこに蘇った。マーサーは彼女と再会し、抱きしめ、何かおかしなことを言って笑い合いたいと思った。胃に気怠《けだる》い痛みがあった。しかしその一瞬は過ぎ去った。スループ帆船が消えてしまうまで、彼女はずっとそれを見守っていた。それからアイスティーの勘定を支払い、港を離れた。

コーヒーショップで彼女はテーブル席に着き、通りの向かいにある書店を眺めた。大きなウィンドウには本が積み上げられ、来るべき著者サイン会の予告が張り出されていた。人が頻繁にドアを出入りしていた。盗まれた原稿がそこの地下の保管庫に隠されているなんて、とても信じがたい。自分がそれを回収することを何故か期待されているということはさらに無理のある想定に思えた。

マーサーは書店には近づかず、ケーブルの方から接近してくるのを待たなくてはならないとイレインは言った。しかし今では彼女はいっぱしのスパイ気分で、自分のルールに従って行動していた。とはいえ、何か心づもりがあるわけではない。彼女はただ人に命令されるがままに行動したくなかったのだ。命令？　そもそも明確な作戦計画みたいなものがあるわけでもない。マーサーは戦場に一人放り込まれ、そこで状況に適応し、機転を利かせることを期待されているだけだ。午後五時にシアサッカーのスーツにボウタイという格好の男が店から出てきて（明らかにブルース・ケーブルだ）、東に向けて歩いて行った。マーサーはその姿が見えなくなるのを待ち、通りを横切って実に久しぶりにその書店に入った。最後にそこに入ったのがいつだったか思い出せないが、たぶん十七か十八のときだったと思う。そのときはもう車を運転していたから。

どこの書店でも常にそうするように、彼女はぶらぶらとあてもなく店の中を歩き、やがて文芸書の棚の前まで行った。そして素速くアルファベットの順を辿り、真ん中あたりのMのところで、自分の著書のどちらかが棚に置かれているか確かめた。彼女は微笑んだ。『十月の雨』のトレード・ペーパーバック版が一冊そこにあったからだ。『波の音楽』はなかったが、それは当然予想できたことだった。出版された週を除けば、彼女がその短編小説集を書店で目にしたことは一度もなかったからだ。

その部分的勝利を手に、彼女は店の中をゆっくりと歩いて回った。新刊書や、コーヒーや、どこからともなく匂ってくる微かなパイプ煙草の匂いを吸い込みながら。たわんだ書棚や、床に積み上げられた本や、骨董品のような古い絨毯や、ペーパーバックの並んだラックや、二十五パーセント割引（！）のベストセラー本のカラフルなセクションなどを賛嘆の目で眺めた。店の反対側から、上品な板張りの壁に囲まれた「初版本ルーム」を目に留めた。そこには開かれた窓がいくつかついており、高価な書籍が何百冊も並んでいるのが見える。二階のカフェで彼女は発泡水のボトルを買い求め、思い切って外のポーチに出た。そこでは他の客たちがコーヒーを飲みながら、夕方のひとときを過ごしていた。一番端っこの席には丸々と太った紳士がいて、パイプをくゆらせていた。彼女は島の観光ガイドのページをぱらぱらと繰り、それから時計に目をやった。

六時五分前、彼女は階段を降りながら、ブルース・ケーブルが入り口のカウンターで一人の顧客と話をしているのを目にした。彼が自分に気づく可能性はほとんどないだろうと思った。彼の手にしている手がかりといえば、『十月の雨』のカバーについている白黒の顔写真だけだし、その本は七年も前に刊行された小説で、この店ではほとんど商品価値を持ってはいない。しかしマーサーは途中でぽしゃってしまったあの著者ツアーでこの店に立ち寄る予定になっており、彼は前もって彼女の書いたすべてのものに目を通していたことだろう。そして彼女とこの島との関係をおそらく知ったはずだ。また何より重要なのは、少なくとも彼の観点からすればということだが、彼女は魅力的な年若い女性作家であるということだ。そうなると、気づかれる確率はおそらく五分五分というところだろう。

彼は気づかなかった。

2

アッシュ・ストリートはメイン・ストリートの一ブロック南にあった。その家は五番ストリートと交差する角に立っていた。古い歴史的建築物で、いくつも破風がついた屋根があり、家屋の三方を二階建ての回廊式ポーチに囲まれていた。柔らかなピンク色に塗られ、ドアと鎧戸《よろいど》とポーチはダークブルーで縁取られていた。玄関ドアには「ヴィッカー・ハウス１８６７年」という小さな表記がついている。サンタ・ローザの町のダウンタウンにピンク色に塗られた家があったなんて、マーサーの記憶にはなかったが、それはまあたいしたことではない。家は毎年のように塗り替えられるのだから。

彼女がドアを金具で叩くと、一群のにぎやかな犬たちが扉の向こうでやかましく吠え立てた。獣のような女がぐいとドアを開け、手を突き出して言った。「あたしがマイラ、中に入りなさい。犬のことは気にしないで。このあたりで嚙みつくものといえば、あたしくらいしかいないから」

「マーサーです」と彼女はその手を握りながら言った。

「もちろんそうよね。さあ、どうぞ」

マーサーがマイラのあとから玄関の広間に入ると、犬たちは散った。マイラは金切り声で叫んだ。「リー！　お客さんだよ！　リー！」。リーがすぐに返事をしないと、マイラは言った。「ここで待ってて。ちょっと探してくるから」。彼女はマーサーを、鼠ほどの大きさの雑種犬と一緒にあとに残し、居間を抜けて姿を消した。犬は編み物テーブルの下に身を屈め、白い歯を剝き出しながら、彼女に向かってうなり声を上げた。彼女はその犬を無視しようと努めながら、部屋の中を眺め回した。そこの空気にはあまり爽快とは言いがたい匂いが含まれていた。饐《す》えた煙草の煙と、汚れた犬たちの匂いが混じり合ったものらしかった。家具はみんなどこかのフリー・マーケットで買い込んできたような代物だったが、不思議に人を惹きつけるところがあった。一山いくらで手に入れたとおぼしき、ひどい油絵と水彩画で壁は埋められていた。ほんの僅かなりとも海と関係のありそうな事物を描いた絵は、ただの一枚も見当たらなかった。

家の奥の方で、マイラがもう一度叫び声を上げた。ずっと小柄な女性が食堂の方から姿を見せた。そして柔らかな声で言った。「こんにちは。私がリー・トレインよ」。手は差し出さない。

「初めまして。マーサー・マンです」

「私はあなたの本が好きよ」、リーは微笑みを浮かべてそう言った。その微笑みは、煙草のヤニのついた完璧な歯並びを露《あら》わにした。誰かにそんなことを言われるのはずいぶん久しぶりのことだったので、マーサーはひるんだ。そしてなんとかがんばって「ええ、それはどうも」と言った。

「二時間前に書店で買ってきたの。ちゃんとした紙の本よ。マイラはあのちっぽけな機械に夢中になっていて、何もかもそれを使って読んでいるけど」

一瞬、マーサーは嘘をついて、リーの本について何かしら褒め言葉を口にしなくてはという責務を感じたが、マイラがその課題を解決してくれた。「ああ、そこにいたのね。これでお友だちがみんな揃った。バーも開いたし、一杯やりたいわね。マーサー、あんたは何がいいのかしら？」

彼女たちはワインを飲まないということなので、マーサーは言った。「暑いからビールをいただくわ」

二人の女性はまるで攻撃を受けたみたいにはっとひるんだ。マイラは言った、「ええ、それはいいわよ。でもね、わかっておいてもらいたいんだけど、それはあたしが自分で醸造したビールで、普通のビールとはちょっと味が違うの」

「すさまじい味なの」とリーが付け加えた。「この人が自分で醸造を始めるまでは、私もビールが好きだった。でも今ではとても我慢できない」

「あんたは自分のラムを飲んでなさい、スイートハート。あたしたちは二人でうまくやるから」、マイラはマーサーを見て言った。「アルコール度八パーセントのきついエールなの。注意して飲まないとぶっ飛んじゃうからね」

「どうして私たち、まだ玄関に立っているのかしら？」とリーが尋ねた。

「それって、すごく良い質問よね」、腕を大きく振って階段の方に向かいながら、マイラがそう言った。「こっちにいらっしゃいな」。後ろから見ると、廊下を堂々と抜けていくその姿は、フットボールのオフェンシブ・タックルそこのけだった。あとの二人はその航跡に従って進み、テレビと暖炉のあるファミリールームで歩を止めた。部屋の一方の角には大理石のカウンターをそなえた立派なバーがあった。

「それじゃ白ワインをいただこうかしら」とマーサーは言った。自家製ビールでなければなんだっていい。

「ワインもちゃんとあるから」とリーは言った。

マイラはバーの奥で作業に取りかかった。そして矢継ぎ早に質問を浴びせかけた。

「で、あんた、どこに滞在しているわけ？」

「私の祖母のテッサ・マグルーダーのことをたぶん覚えてらっしゃらないと思うけど、彼女はフェルナンド・ストリートの小さなビーチ・ハウスに住んでいたの」

二人の女性は首を振った。「その名前にはなんとなく聞き覚えがあるけど」とマイラが言った。

「十一年前に亡くなったの」

「私たちはまだここに十年しかいないから」とリーが言った。

マーサーは言った。「そのコテージはうちの家族の持ち物になっていて、私はそこに滞在しているの」

「どれくらい長くいるつもり？」とマイラ。

「数ヶ月」

「本を書き上げようとしているのね？」

「あるいは新たに書き始めるか」

「私たちはみんなそうよ」とリーが言った。

「契約に縛られているの？」とマイラが瓶をかたかた言わせながら尋ねた。

「残念ながら」

「それに感謝するべきだわ。出版社はどこ？」

「ヴァイキング」

マイラはバーの奥からよたよたと這い出してきて、マーサーとリーに飲み物を手渡した。そしてどろりとしたエールが入った、一クォートほどのサイズのフルーツ・ジャーを掴んで、言った。「外に出よう。煙草が吸えるようにね」。彼女たちが長年にわたって屋内で煙草を吸い続けてきたことは、実に明白だったのだが。

三人は厚板を張ったデッキを歩いて、鋳鉄の美しいテーブルの周りに腰を下ろした。テーブルの隣には噴水があり、二匹のブロンズ製のカエルが水を吹きだしていた。モミジバフウの古木が中庭をたっぷりと覆い、そこに濃い影を落として、どこかから優しいそよ風が吹き込んできた。ポーチに通じるドアは鍵をかけられておらず、犬たちはそこを自由に出入りしていた。

「とても素敵ね」、二人の主人役の女性たちがすぱすぱと煙草を吹かしているのを見ながらマーサーは言った。リーのは長くほっそりした煙草で、マイラのは茶色くてきつそうな煙草だった。

「煙くってごめんなさいね」とマイラは言った。「でもあたしたちは中毒になっていて、どうしてもやめられないの。ずっと前だけど、二人で禁煙しようとしたのよ。でもそんなのとっくにあきらめちゃったわ。奮闘努力を重ねた末に。最後にあたしたちこう言ったの。何だってかまうもんかって。だってさ、人はどうせ何かで死ぬんじゃないの」。彼女は煙草の煙をたっぷりと吹かせた。吸い込み、吐き出し、それからすべてを自家製エールでごくごくと奥に流し込んだ。「一杯やってみる？　ほら、いっちょう試してごらんよ」

「私ならやめておくけど」とリーが言った。

マーサーは素速くワインを啜り、首を振った。「遠慮しておくわ」

「そのコテージって、家族のものだったと言ったよね？」とマイラが尋ねた。「ここにはずっと以前から来ていたわけ？」

「ええ、まだ小さな子供の頃から。祖母のテッサとここで何度も夏を過ごしたわ」

「素敵ね。いいよね、そういうの」、またエールのげっぷをした。マイラの頭は両耳のてっぺんよりおおよそ一インチほど上のところまで刈り上げられていたので、彼女が飲んだり、煙草を吸ったり、話したりするたびに、その白くなった髪が左右に勢いよく振れた。彼女はリーと同じくらいの年齢だったが、すでに総白髪になっていた。一方のリーは長い黒髪をひっつめてポニーテイルにしていたが、一本の白髪もなかった。

二人とも訊きたいことがいっぱいあるようだったので、マーサーは逆に攻勢に転じた。「お二人はどうしてこの島に来ることになったのかしら？」

二人は顔を見合わせた。それには長くて込み入った話があるのだ、という風に。

「あたしたちは長いことフォート・ローダーデール〔マイアミの北四十キロメートルに位置する保養都市〕近辺に住んでいたの。そして車や人の多さにうんざりしてきた。ここの生活ペースはずっとのんびりしているでしょう。人も親切だし、不動産は安いし。そしてあんたは？　最近はどこに住んでいたの？」

「この三年はチャペル・ヒルにいました。大学で教えてたの。今は言うなれば、移行中というか」

「それって、どういうこと？」とマイラが尋ねた。

「早い話、ホームレスで無職っていうこと。そして必死の思いで本を書き上げようとしている」

リーがくっくっと笑い声を上げ、マイラは高笑いした。煙草の煙が二人の鼻から出てきた。「あたしたちも昔はそうだった」とマイラが言った。「あたしたちは三十年くらい前に出会ったんだけど、二人とも見事なまでに文無しだった。あたしは歴史フィクションを書こうとしていて、リーはろくでもない文芸ものを書こうとしていた。この人は今でも同じことをしていて、相変わらずまったく売れてないけどね。あたしたちは福祉と食糧配給券《フードスタンプ》に頼って、最低賃金で仕事をしていた。そして先行きの見込みもなさそうだった。ある日、あたしたちはモールを歩いていて、長い人の行列を目にした。全員が中年女性で、何かを待ち受けていた。その先には書店があった。ウォールデン書店よ。ほら、昔はどのモールにも一軒はあったでしょう。そしてそのテーブルに座って堂々と構えていたのは、ロバータ・ドーリーだった。その当時、ロマンス小説業界では売り上げ最高の女流作家の一人だった。あたしは列に並んで本を買った。リーはこのとおりスノッブだから、そんな真似はできなかったけどね。そして二人してその本を読んだ。それはカリブ海を荒らし回る一人の海賊の話だった。彼は船を襲い、暴虐の限りを尽くし、英国人から逃げ回るの。そして船を停泊させるすべての港で、なぜかゴージャスな処女の娘が彼を待ち受けていて、その花をはらはらと散らせるわけ。完全なゴミ小説。それであたしたちは話をひとつでっち上げたわけ。南部のお嬢様が、彼女の所有する奴隷たちにぞっこんになり、妊娠しちゃう話。あたしたちはそこにすべてを放り込んだ」

リーが付け加えた。「不潔な雑誌を何冊も買い込まなくちゃならなかった。どんな風に書けばいいのか、お手本を仕入れるためにね。その手のことに私たちはそれまでぜんぜん縁がなかったから」

マイラは声を上げて笑い、続けた。「三ヶ月かけて二人で小説をひとつでっち上げ、気は進まなかったけれど、ニューヨークのあたしのエージェントにその作品を送った。一週間後に彼女が電話をかけてきて、どっかの馬鹿が五万ドルの前渡し金を提示してきたわよと言った。あたしたちはその本を、マイラ・リーというペンネームで出版した。なかなか冴えてるでしょ？　半年も経たないうちにあたしたちはたんまり現金を手にしていて、それ以来後ろは一切振り返らなかった」

「つまり二人で共同で書いているってこと？」とマーサーは尋ねた。

「書くのは彼女」とリーが素速く言った。そこから少しでも距離を置くように。「二人で一緒にストーリーを考えるの。それにはほんの十分くらいしかかからない。そのあと彼女がせっせと文章を書く。まあ、昔は二人でやっていたけど」

「リーはお上品過ぎて、こういう作業に手を貸したくないの。お金に触れるのは嫌いじゃないみたいだけどね」

「よしなさい、マイラ」とリーは笑みを浮かべて言った。

マイラはたっぷりと煙草の煙を吸い込み、肩の上にそれを吐き出した。「すべて昔の話よ。一ダースほどのペンネームを使って百冊も本を書いた。どれだけ速く書いても需要に追いつかなかった。いやらしければいやらしいほど、受けた。あんたも一度やってみるといい。とことんいやらしくするのよ」

「楽しそう」とマーサーは言った。

「そんなの、やめてちょうだい」とリーが言った。「あなたはそんなことをするには優秀すぎる。あなたの書いたものは素敵よ」

マーサーは心を打たれ、静かな声で礼を言った。「どうもありがとう」

「それからあたしたち、ペースを落としたの」とマイラが続けた。「北の方に住んでいる頭のいかれた女から二度訴訟を起こされた。あたしたちが彼女の書いた物からパクっているってね。嘘っぱちだけど。あたしたちの書くゴミ小説は、彼女の書くゴミ小説より遥かに優れていた。でもあたしたちの弁護士はびくついちゃって、法廷には持ち込まず、あたしたちに示談に応じさせた。それで出版社と大げんかになり、それからエージェントとも大げんかになった。そんなこんなで、あたしたちのペースもがっくり落ちちゃったわけ。そしてどういうわけか、あたしたちにはそれ以来、盗作作家という評判がついてまわるようになった。少なくともあたしにはね。リーはうまい具合にあたしの陰に身を隠すことができた。おかげで彼女の文学的評判は今でも無傷のままよ。見てのとおり」

「よしなさい、マイラ」

「それであなたは書くのをやめた？」とマーサーは尋ねた。

「かなりペースを落とした、というあたりね。銀行にはたっぷり預金があるし、書いた本のいくつかはまだ売れている」

「私は今でも毎日書いている」とリーは言った。「何も書かなくなったら、私の人生は空っぽになってしまう」

「そしてもしあたしの書いたものが売れなくなったら、あんたの人生はもっとずっと空っぽなものになっちまう」とマイラがうなるように言った。

「よしなさい、マイラ」

群れの中ではいちばん大きな、体重四十ポンドはありそうな長毛の雑種犬が、パティオの脇にしゃがみ込んでたっぷり脱糞した。マイラはそれを見ていたが何も言わず、犬がその作業を終えると、覆いをかぶせるかのように煙草の煙をその上に吹きかけた。

マーサーは話題を変えた。「この島には他にも作家が住んでいるの？」

リーはにっこり微笑んで肯き、マイラが言った。「ええ、そりゃもうたくさん」、彼女はフルーツ・ジャーからごくごくエールを飲み、舌鼓を打った。

「ジェイがいるわね」とリーが言った。「ジェイ・アークルルード」

どうやらリーの役割は単に、マイラが自分の意見を述べるために、然るべき示唆を行うことにあるらしかった。マイラは言った、「やれやれ、あんたはジェイの名前を最初に挙げるわけ？　この人もまた売れないものばかり書いている文芸スノッブでね、売れる作家たち全員を憎んでいる。また詩人でもある。あんたは詩は好きかしら、マーサー？」

その口調からして、彼女が詩なんぞにはほとんど用はないと思っていることは明らかだった。マーサーは言った、「あまり読まないけど」

「まあ、彼の詩は読まないことね。そんなものをもしどこかで目にしたとしても」

「その人の名前には覚えがないと思うけど」

「誰も覚えなんてないわよ。なにしろリーの本よりも売れないんだから」

「よしなさい、マイラ」

「アンディー・アダムは？」とマーサーは尋ねた。「彼はここに住んでいるんじゃなかったっけ？」

「リハビリ・センターに入ってないときにはね」とマイラが言った。「彼は南の端っこあたりに立派な家を建てたんだけど、離婚でそれを失った。でたらめな状態にあるけど、本当に優れた作家よね。あたしは彼のクライド警部のシリーズが好きよ。犯罪小説みたいなものの中じゃベストのひとつだわ。リーでさえこっそり読みふけっているくらいだから」

リーは言った。「素面《しらふ》のときはとても素敵な人よ。しかし酔っ払うとひどくなる。今でも喧嘩騒ぎを起こしている」

切れ目なしに会話を引き継ぐマイラは、さっそくその話題に飛びついた。「つい先月のことだけど、アンディーはメイン・ストリートの酒場で喧嘩に巻き込まれた。半分くらいの歳のどっかの男にさんざんぶちのめされて、警察に逮捕された。ブルースが保釈金を用立てなくちゃならなかった」

「ブルースって誰？」とマーサーがすかさず尋ねた。

マイラとリーはため息をついて飲み物を一口飲んだ。ブルースについて語り出したら何時間もかかってしまいかねない、という顔をして。リーがやっと口を開いた。

「ブルース・ケーブルは書店の経営者。彼に会ったことはないの？」

「ないと思う。子供の頃、何度かその店に行ったことを覚えているけど、その人に会ったことがあるとは言えない」

マイラは言った。「本とか作家とかに関していえば、すべてがあの書店を中心に回っているの。要するにすべてはブルースを軸にして回っているということ。彼がまさに中心人物なわけ」

「それは良いことなの？」

「ええ、あたしたちはみんなブルースが大好きよ。彼は全国でも有数の素晴らしい書店を持っていて、作家たちを愛しているの。何年も前のことだけど、まだあたしたちがここに越してくる前、まだせっせと本を量産していた頃、彼はあたしを招待してくれたの。彼の店でサイン会を開いてくれって。シリアスな書店がロマンス小説の著者を招くのって、けっこう珍しいことなのよ。でもブルースはそんなことは気にかけなかった。あたしたちは派手なお祭り騒ぎをやって、山ほど本を売り上げ、安物のシャンパンをたらふく飲んで、真夜中まで店を開けていた。なんとなんと、彼はリーのサイン会まで開いてくれたのよ」

「よしなさい、マイラ」

「ほんとなんだから。そして彼女は十四冊も売った」

「十五冊。私のサイン会の最高記録だったわ」

「私の記録は五冊」とマーサーは言った。「そしてそれは私にとっての最初のサイン会だった。二度目は四冊、三度目はゼロ。そのあとニューヨークに電話をかけて、あとはすべてキャンセルしてもらった」

「なんと」とマイラが言った。「そこでやめちゃったわけ？」

「ええ。もしまた本を出すことがあっても、もう著者ツアーなんてやらない」

「どうしてここに来なかったのよ、ベイ・ブックスに？」

「予定には入っていたんだけど、私は頭が真っ白になって、それでプラグを抜いてしまった」

「あんたはここから始めるべきだったのよ。ブルースはいつだってみんなを盛り上げることができるの。だってね、彼はしょっちゅうあたしたちに電話をかけてくるのよ。ある作家がやってくるし、あたしたちもその人の本が気に入るかもしれないよってね。それは要するに、さあサイン会があるから、四の五の言わず店まで足を運んでくれ、そしてこのろくでもない本も買ってくれ、ということなのよ。あたしたちはその度にしっかり足を運んだわ」

「そしてたくさん本を買い込んだ。全部著者のサイン入り。ほとんどは読んでもいないけど」とリーが付け加えた。

「店には行ったことある？」とマイラが尋ねた。

「ここに来る途中で寄ってみた。素敵な店ね」

「あそこは文明であり、オアシスなの。一度そこで一緒にランチを食べましょう。そのときにブルースに紹介してあげるわ。あんたはきっと彼が気に入ると思うし、賭けてもいいけど、彼はあんたに夢中になる。彼はあらゆる作家が好きだけど、とりわけ若くてきれいな女性作家に目がないの」

「彼は結婚しているの？」

「ええ、してるわ。奥さんはノエル、だいたいいつもその近くにいる。かなりのキャラクターよ」

「私は彼女のことが好きよ」とリーが言った。ほとんど弁護するような口調で。まるで「他の人はみんなそうは思ってないけど」とでも言いたげに。

「彼女は何をしているの？」とマーサーは苦労して、何も知らないふりを装って尋ねた。

「フランスのアンティークを売っている。書店の隣の店でね」とマイラが言った。「誰かお代わりはほしい？」

マーサーもリーも飲み物にはほとんど手をつけていなかった。マイラは自分のフルーツ・ジャーを満たすために足音も高く歩いて行った。少なくとも三匹の犬が彼女のあとを追った。リーは新しい煙草に火をつけ、尋ねた。「あなたの小説について教えて。うまく進んでいる？」

マーサーはぬるくなったシャブリを一口飲み、言った。「そのことはあまり話せないの。ちょっとしたジンクスみたいなものね。作家が自分の作品について話すのを聞くのって、あまり好きじゃないんだけど、あなたはどう？」

「そうね、私は自分の作品について語り合うのは好きだけど、マイラはまったく耳を貸さない。自分の作品について語ることが、実際に書くための励ましになるんじゃないかしら。私はこの八年間ずっと、作家としての壁にぶち当たっているけど」、彼女はくすくすと笑い、短く煙を吐いた。「でも彼女はあまり私の助けになってはくれない。私が書くことをほとんど恐れているのは、彼女のせいよ」

一瞬、マーサーは彼女のことが気の毒になり、志願して彼女の書いたものを読んでみようかという思いに駆られかけたが、すぐにあの拷問に近い散文のことを思い出した。マイラは一クォートぶんのお代わりを注いで、嵐のような勢いで戻ってきた。椅子に腰を下ろすときに一匹の犬を蹴飛ばした。

彼女は言った。「あのヴァンパイア・ガールを忘れちゃいけないよ。エイミー……なんていう名字だっけ？」

「エイミー・スレイター」とリーが助け船を出した。

「そうそう、それ。五年ほど前に、ご主人と子供たちと一緒にこっちに越してきたの。吸血鬼とか幽霊とか、その手のあほくさい話で一山あてたの。もうほんとにひどい代物だけど、嘘みたいに売れまくるわけ。最悪の時期には実際の話、あたしもとことんひどいものを何冊か書いたし、それはたしかに認めるけどね、それでもたとえ片手を背中で縛られても、あの女よりはまともなものが書けるよ」

「よしなさい、マイラ。エイミーは素敵な女性よ」

「まあ、そう言ってりゃいいわよ」

「他には？」とマーサーは尋ねた。今のところ他の作家たちはみんな片端からこき下ろされていたし、マーサーはその大虐殺を楽しんでいた。作家たちが集まって酒を飲み、お互いのことを話すときには、そういうのはごく通常のことなのだが。

二人は酒を飲みながら少し考えていた。マイラは言った。「自費出版したとかいう連中なら、いっぱいいるわよ。彼らは何か書き上げて、それをオンラインに載っけて、自分のことを作家だと称している。そして何部か実際に印刷して、書店に出入りし、入り口近くの正面に自分の本を置いてくれと言ってブルースを悩ませ、一日おきに顔を見せ、もし売れていたらその印税をもらおうとする。ほんとに迷惑な連中なの。そういう自費出版の本を置くためのテーブルをブルースはひとつ用意している。そして本の置き場所を巡って、いつもそういう連中の一人か二人と言い合いをすることになる。インターネットのおかげで、誰でも『自分は本を出している作家だ』と言えるようになったわけ」

「それは知ってる」とマーサーは言った。「私が教えているとき、そういう人たちが本やら原稿やらをうちの玄関ポーチに置いていった。多くの場合、自分の書いたその作品がどれくらい素晴らしいものか、それにつける推薦文をどれくらい求めているか、そういうことを綴った長い手紙を添えて」

「教えることについて話して」とリーが柔らかな声で言った。

「作家について話をしている方がずっと楽しいわ」

「もう一人いた」とマイラが言った。「名前はボブっていうんだけど、彼はJ・アンドリュー・コブというペンネームを使っている。あたしたちはボブ・コブって呼んでるけど。彼は連邦刑務所に六年入っていたの。会社での不正か何かの罪でね。そしてそこで書き方を覚えた。いちおうの書き方を。彼は自分がいちばんよく知っていることについて——つまり会社間のスパイ活動について——これまでに四冊か五冊の本を出版した。どれもなかなか楽しい読み物になっている。悪い作家じゃない」

「彼はもういなくなったと思ってたけど」とリーが言った。

「リッツ・ホテルの隣にコンドを持っているの。そしてそのコンドに、ビーチで出会ったどっかの若い女の子をしょっちゅう連れ込んでいる。そろそろ五十だけど、女の子たちのほとんどは彼の半分くらいの歳よ。でもなかなか魅力的な男で、刑務所のすごく面白い話をしてくれるの。ビーチにいるときは気をつけることね。ボブ・コブは怠りなく目を光らせているから」

「それを書き留めておかなくっちゃ」とマーサーは微笑んで言った。

「他に誰かいたっけ？」とマイラは盛大に飲みながら言った。

「今はそれくらいでもうたくさん」とマーサーは言った。「名前が覚えきれなくなってしまう」

「あんたはもうすぐ全員に会うことになるよ。彼らは書店にしょっちゅう出入りしているし、ブルースはいつもみんなをお酒とか食事に招待するから」リーは微笑んで、飲み物を置いた。「ここでやりましょうよ、マイラ。ディナー・パーティーを開いて、私たちが一時間かけてこき下ろした素敵な人たちを全員招待しましょう。私たちもう長い間ここにお客を迎えていなかったし、パーティーを開くのは常にブルースとノエルだった。私たち、正式にマーサーをこの島に迎える必要があると思うんだけど、どうかしら？」

「それは素晴らしい。最高のアイデアだわ。ケータリングはドーラに頼んで、掃除を入れなくちゃね。それでどうかしら、マーサー？」

マーサーは肩をすくめたが、それに抗議するのは馬鹿げていると思った。リーは飲み物のお代わりをするためにそこを離れ、新しくワインも持ってきた。彼らはその後の一時間を、パーティーについて語り合い、招待客のリストのことで言い争った。ブルース・ケーブルとノエル・ボネットを別にすれば、招待客の候補はみんなそれぞれに問題を抱えており、問題は多ければ多いほどよかった。それは間違いなく記念すべき一夜となりそうだった。

マーサーがやっとそこを退去できたときには、あたりはすっかり暗くなっていた。二人は彼女に夕食まで残っていくように強く主張したが、リーが「冷蔵庫には食べ残しの他には何も入ってない」とうっかり口を滑らせたとき、これはやはり帰り時だとマーサーは悟った。ワインをグラスに三杯飲んだあとで、すぐには車は運転できなかったので、彼女はダウンタウンをぶらぶらし、観光客たちの流れに混じってメイン・ストリートを歩いた。まだ開いているコーヒーショップを見つけ、バーでラテを飲み、島を（主に不動産業者たちを）プロモートする艶やかな光沢紙を使った雑誌を眺めながら、一時間を潰した。通りを挟んだ書店は忙しそうだった。彼女は結局そこに歩いて行って、きれいに飾り付けされたウィンドウを眺めたが、店の中には入らなかった。それから思い切って静かな港の方に向かい、そこでベンチに座って、波に穏やかに揺れるヨットを眺めた。彼女の耳は、さっき聞き込んだばかりの雪崩のごとき大量のゴシップでまだわんわん鳴り響いていた。そしてマイラとリーが酔っ払い、煙草の煙をもうもうと吐きながら、ディナー・パーティーの話でますます盛り上がっていく光景を思い浮かべ、くすくす笑った。

この島に来てからまだ二日目の夜だったが、彼女はもうすっかりそこに腰を落ち着けたような気分になっていた。マイラとリーと一緒に一杯やれば、どんな旅行者だってそういう気分になったことだろう。暑い気候と潮の香りのする空気が、その移行をより容易いものにしてくれた。そしてもともと懐かしむべき本拠地がないのだから、ホームシックにもかかりようがない。彼女はそれまでに百回以上自らに問いかけていた。私はいったい全体、ここで何をやっているのだろうと。その疑問はまだ残ってはいたが、それもゆっくりと薄らいでいった。

3

満潮は午前三時二十一分だった。潮が最高に満ちたとき、そのアカウミガメが浜に滑り込むように上がってきて、泡の中で立ち止まりあたりをうかがった。彼女は全長三フィート半、重さは三百五十ポンドあった。もう二年以上も海を回遊していたのだが、この前産卵をした場所から五十ヤードも離れていないところに、再び戻ってきたのだ。そろそろと彼女は這って進み始めた。ゆっくり不器用に、彼女にとっては慣れない不自然な動作で。前びれで身体を引っ張り、後ろ脚でより強く押し出し、苦労して前に進みながら、頻繁に立ち止まって浜辺をうかがった。乾いた地面はどこかにないか、危険はないか、捕食動物はいないか、何か不審な動きは見当たらないか。何もないとわかると、はっきりそれとわかる跡を砂の上に残しつつ、じりじりと前に進んだ。その跡はほどなく彼女の仲間たちに発見されるはずだ。百フィートばかり陸に上がったところ、砂丘の麓《ふもと》あたりで彼女は自分のスポットを見つけ、前びれを使ってゆるい砂をそこから掻き出し始める。カップのように丸めた後ろのひれをシャベル代わりに使って、身を隠す穴を掘り始める。深さ四インチほどの丸く浅い巣穴だ。穴を掘りながら、むらをなくすために身体をぐるぐる回転させる。水中で生活する動物にとってこれは実に骨の折れる作業だし、しょっちゅう休まなくてはならない。巣穴作りが終わると、彼女は卵を産み落とすための、より深い窪みをこしらえ始める。涙の粒のような形をした小室だ。その作業を終え、しばらく休みを取ると、今度は下半身でその産卵用の窪みをゆっくりと覆い、砂丘に顔を向ける。三個の卵が同時に産み落とされる。それぞれの卵の殻は粘液で覆われ、柔らかく弾力を持っているので、地面に落ちても割れることはない。更に多くの卵が産み落とされた。一度に二個か三個。産卵のあいだ彼女はぴくりとも動かない。トランス状態にあるみたいだ。そしてまた涙を流す。蓄積されていた塩分が目から放出されるのだ。

マーサーは海から上がった亀が残したいくつかの跡を目にして微笑んだ。彼女はその跡を注意深くたどり、砂丘近くにアカウミガメの輪郭を認めた。これまでの経験から、産卵中の亀の近くで物音を立てたり、注意を引くようなことをしたりしてはならないと知っていた。母親は作業を途中でやめ、産んだ卵を隠すこともせずに海に戻ってしまいかねない。マーサーは歩を止めて、その輪郭をじっと眺めた。半月が雲間から顔を覗かせ、アカウミガメの姿をよりはっきりと見せた。

トランス状態は保たれ、産卵は中断することなく進行していた。百個の卵が確保されたとき、彼女はその夜の作業を終え、卵の上に砂をかけ始めた。窪みが埋められると、砂をかき集め、前びれを使って巣全体を埋め、そこに卵が埋めてあることがわからないようにした。

ウミガメが動き出すのを見て、産卵が終了し、卵が保全されたことをマーサーは知った。彼女はその母親との間に十分な距離を置き、別の砂丘の足もとの暗い場所に位置を占め、闇の中に身を隠した。亀が注意深く巣穴の上に砂を広げ、捕食生物たちを欺くために四方に跳ね散らかすのを見ていた。

巣穴が安全であることに満足し、亀はぎこちなく這いながら海へと戻っていった。残した卵を、そのあと二度とかまうことはない。そのシーズンに彼女はあと一度か二度同じように産卵し、それから数百マイル離れた自分の餌場に戻っていく。一年か二年後、あるいは三年か四年後に、彼女はまた同じ浜辺に戻ってきて、再び産卵をおこなう。

五月から八月にかけて、月に五夜、テッサは浜辺のこの領域を歩いて、アカウミガメの産卵の足跡を探し求めた。孫娘もそばにいた。亀探しにすっかり夢中になって。その足跡を見つけるのはいつだって興奮させられることだった。産卵中の母亀を目にするのは、言葉では表せないほどのスリルだった。

今マーサーは砂丘に背中をもたせかけて待った。ほどなく「タートル・ウォッチ」のボランティアたちがやってきて、彼らの仕事をおこなうはずだ。テッサはその会の会長を長年務めていた。そして巣を護るために熾烈に闘い、保護区域を荒らそうとするヴァケーション人種を何度となく糾弾した。マーサーは少なくとも二度、彼女が警察を呼んだことを覚えている。法律は彼女の、また亀たちの味方だった。そして彼女はその法律が遺漏なく施行されることを求めた。

その強く張りのある声は今では沈黙していた。そして少なくともマーサーにとっては、ビーチはもう昔と同じものではない。彼女は水平線上に見える、何隻もの海老釣り漁船の明かりをじっと見つめていた。そしてテッサと彼女の亀たちのことを思い出して微笑んだ。風が立ち始め、彼女は身体を温めるために胸の前で腕を組んだ。

砂の温度にもよるが、あと六十日ほどで卵は孵化し、生まれたての亀たちは母親の助けも借りずに卵の殻を破り、みんなで力を合わせて地上に這い出るのだが、それには何日もかかることがある。適切な時を見計らって——それは通常、夜中か激しい雨が降って温度が下がった時だが——彼らは必死で走る。みんなで一緒に勢いよく窪みの外に飛び出し、瞬時に方向を見定め、懸命に水に向かって疾走し、それから泳ぎ去る。しかし確率は彼らにとって不利だ。海はきわめて多くの捕食生物で満ちており、無事成年に到達できる子亀は、せいぜい千匹に一匹程度に過ぎない。

二つの人影が海岸線を近づいてきた。彼らは亀の足跡を目に留めると、立ち止まった。そしてその跡をゆっくり巣まで辿った。産卵が終えられ、母亀が既に海に戻ったことを確かめると、彼らは懐中電灯でその現場を検証し、周りの砂に円を描き、黄色いテープを貼った小さな一本の杭を打ち込んだ。二人の柔らかな声をマーサーは聴き取ることができた。二人の女性たちだ。しかし彼女はじっと物陰に身を潜めていた。夜が明けたら彼女たちはまた引き返してきて、網のフェンスを巡らせ、標識を立てて、その場所を保護することだろう。彼女とテッサがかつて何度となく行ったことだ。立ち去るときに二人は足で注意深く砂をかけ、亀の這った跡がわからないようにした。

二人が立ち去ってひとしきり時間が経過したあと、マーサーはそこで夜明けを待とうと決めた。これまでビーチで一晩を過ごしたことはなかった。砂に身体をなじませ、砂丘にゆったりともたれかかり、いつしか眠りに落ちた。

4

島に在住する作家連中は明らかにマイラ・ベックウィズのことを恐れているらしく、急な招待であったにもかかわらず、夕食会の出席を断るものは一人もいなかった。誰も彼女に逆らいたくないのだ。またマーサーが推測するところでは、そんな集まりを欠席したら、自分のいないところで自分についてどんなことが語られるか、想像するだに恐ろしいのだろう。自らの身を護るために、そしてまた好奇心に駆られて、日曜日の午後に彼らは次々にヴィッカー・ハウスに到着した。そこで共に一杯やり、食事をし、新来の作家を――かりそめの滞在ではあるにせよ――歓迎するのだ。それはメモリアル・デイの週末で、実質的な夏の始まりだった。eメールによる招待状では開始は六時になっていたが、作家たちにとっては予定時刻などあってなきがごときものである。誰一人時刻通りにはやってこなかった。

ボブ・コブが最初にやってきて、すぐにマーサーを裏のポーチに追い詰め、彼女の作品について質問を浴びせかけた。白髪混じりの髪に、過度の戸外生活を送ってきた男特有の赤銅色に焼けた肌。彼は派手な花柄のプリント・シャツを着て、その上の方のボタンをいくつか外し、よく日焼けした胸と、やはり白髪混じりの胸毛を露出していた。マイラによれば、彼が書き上げたばかりの新しい小説は、編集者にはあまり気に入られていないということだった。どうして彼女がそんなことを知っているのか、その説明はなかった。彼はマイラ特製の自家製ビールをフルーツ・ジャーから飲みながら、マーサーに必要以上にぴったりくっついて話をした。

エイミー・スレイター（ヴァンパイア・ガール）が彼女を救出するべくやってきて、島へようこそと歓迎した。彼女は自分の三人の子供たちの話をし、今晩は家から抜け出せてすごくわくわくしていると言った。リー・トレインがそこに加わったが、彼女はほとんど口をきかなかった。マイラは小型テントくらい大きな、鮮やかなピンクのひらひらしたドレスを着て、足音も高く家の中を歩き回っていた。ケータリングの係に大声で指示を与え、飲み物を取りに行き、あたりを駆け回る一群の犬たちをしっかり無視していた。

それからブルースとノエルが姿を見せた。そこでマーサーは、自分の長期休暇の要因となった人物にようやく引き合わされることになった。招待状には「服装は極端なまでにカジュアルに」とあったにもかかわらず、彼は淡い黄色のシアサッカー・スーツにボウタイを締めていた。しかし文芸関係者に関してはルールなんてものは存在しないということを、マーサーはずいぶん前に学んでいた。コブはラグビー・ショーツをはいていた。ノエルは白いコットンの簡素なシフト・ドレスを着て、とても美しかった。ほっそりとしたドレスで、彼女のスレンダーな身体にこの上なくマッチしていた。見事なまでにフランス風ね、とマーサーはシャブリを少しばかり口にし、軽いおしゃべりにそつなく調子を合わせながら思った。

作家の中には年季の入った話し上手もいる。彼らは限りなくたくさんの小話や、気の利いた言葉や、冗談を口にする。それから内向型で引っ込み思案の作家たちもいる。孤独の中でこつこつ仕事をすることを好み、人付き合いは苦手だ。マーサーはその中間あたりに位置した。ひとりぼっちの子供時代は彼女に、自分だけの世界で生きていく能力を与えてくれた。誰ともほとんど口もきかなかった。でもそれゆえに、彼女は笑ったり、おしゃべりをしたり、ジョークを楽しんだりできるように、意識して自分をこしらえていった。

アンディー・アダムはやってくるとすぐに、ウォッカのオン・ザ・ロックをダブルで頼んだ。マイラはそれを彼に手渡しながら、不安げな視線をブルースに送った。アンディーが禁酒に失敗したことを彼らは知っていたし、それは十分気がかりなことだった。彼はマーサーに自己紹介をし、彼女はすぐにその左目の上の小さな傷に気がついた。そして彼が酒場で好んで殴り合いをすることを思い出した。彼とコブはほぼ同年齢で、どちらも離婚しており、同じように深酒をし、ビーチを徘徊する人種だった。しかし幸運なことに、どちらの本の売れ行きも好調で、放埒な生活を心おきなく楽しむことができた。二人はすぐに意気投合し、釣りについて語り合い始めた。

ジェイ・アークルルードは思案深そうな詩人で、不当評価された文学のスターだった。彼がやって来たのは七時を回った直後だったが、それはマイラに言わせれば「彼にしては早い」ということだ。彼はワインのグラスを取り、ブルースに「やあ」と言ったが、マーサーには自己紹介をしなかった。客が全員勢揃いすると、マイラは静粛を求め、乾杯の音頭を取った。「あたしたちの新しいお友だちであるマーサー・マンに乾杯しましょう。彼女はここにしばらく滞在し、太陽の光を浴び、ビーチに横になり、締め切りを既に三年ほど超過している、ろくでもない小説を書き上げるための霊感を見いだそうとしている。乾杯！」

「たった三年なの？」とリーが言って笑いを取った。

「マーサー」とマイラが言って、発言を促した。

マーサーは微笑んで言った。「ありがとう。ここに来られて嬉しいです。私は六歳のときから、毎年の夏ここに来ていました。祖母のテッサ・マグルーダーと一緒に暮らしていたんです、みなさんの中には彼女のことをご存じの方もおられるかもしれません。これまでのところ、彼女と一緒にこの島で、ここのビーチで生活した時期は、私の人生でいちばん幸福なひとときでした。それはずいぶん昔のことになりますが、でもここに戻ってこられて嬉しいです。そして今夜ここにみなさんと共にいられることも」

「ようこそ」とボブ・コブは言って飲み物を掲げた。他のみんなもそれにならい、「乾杯！」と温かく声を上げた。そして時を置かず賑やかな会話が始まった。

ブルースがマーサーの近くに寄って、静かに語りかけた。「僕はテッサを知っていた。彼女はポーターと一緒に嵐の時に亡くなったんだね」

「ええ、十一年前のことです」とマーサーは言った。

「お気の毒だった」とブルースはどことなくぎこちない口調で言った。

「ええ、でももうずいぶん昔のことですから」

マイラが勢いよく割り込んできた。「ああ、お腹がすいちゃったわ。自分の飲み物を持ってテーブルに来て。夕食を始めましょう」

みんなは食堂に入っていった。テーブルは狭く、九人の客には長さが足りなかった。しかしもしそこに二十人の客がいたとしても、マイラはなんとかうまく詰め込んだことだろう。そのテーブルを不揃いな寄せ集めの椅子が取り囲んでいた。しかしセッティングは美しかった。真ん中に短いキャンドルが一列に並び、多くの花が飾られていた。陶器や脚付きのグラスは古いもので、見事にマッチしていた。ヴィンテージの銀器が非の打ち所なく配置されていた。白い布のナプキンはしっかりアイロンをかけられ、きれいに折りたたまれていた。マイラは席順を記した一枚の紙を持っていた。それは明らかに彼女とリーが綿密な検討を重ねたものだった。彼女は大声で指示を発した。マーサーはブルースとノエルの間に座った。そしてお決まりの不満やぼやきがしばしあったものの、全員がなんとか所定の位置に着いた。そしてドーラ（ケータリングの係だ）がワインを注ぐ頃には、少なくとも三つの別々の会話が進行していた。空気は暖かく、窓は開け放たれていた。頭上のそれほど遠くないところで古い扇風機がかたかたと音を立てていた。

マイラが言った。「オーケー、ここにはひとつルールがあるの。自分の本の話をしちゃいけない。政治の話もね。ここには何人か共和党支持者もいるんだから」

「なんだって！」とアンディーが言った。「そんなやつらを誰が招待した？」

「あたしが招待したのよ。気に入らなきゃ帰ってもいいよ」

「誰だ、いったい」とアンディーが声を上げた。

「私よ」とエイミーが言って、誇らしげに手を上げた。それは明らかに以前にも起こったことだった。

「おれも共和党支持だ」とコブが言った。「おれは刑務所に入れられて、ＦＢＩにひどい目にあわされたけど、今でも忠実な共和党支持者だ」

「やれやれ」とアンディーがもそもそと言った。

「政治の話は駄目と言ったわけがわかったでしょ」とマイラが言った。

「フットボールはいいのか？」とコブが尋ねた。

「フットボールもだめ」とマイラが笑みを浮かべて言った。「ブルース、あなたはどんな話がしたい？」

「政治とフットボール」とブルースが言って、みんなが笑った。

「今週の書店の催しは？」

「えーと、水曜日にセリーナ・ローチが再び来店する。サイン会にはきっとみんな店に来てくれるよな」

「彼女は今朝の『ニューヨーク・タイムズ』でこてんぱんにやられていたわ」とエイ

ミーが言った。少しばかり嬉しそうに。「みんなそれは読んだ？」

「誰がタイムズなんて読むんだ？」とコブが言った。「左翼のゴミ新聞じゃないか」

「タイムズで叩かれるなんて、私だったらすごい喜んじゃうけどな。タイムズに限らず、まともな新聞やら雑誌であればどこでも」とリーが言った。「それ、何について書かれた本なの？」

「それは彼女の四冊目の小説で、人間関係に問題を抱えている、ニューヨーク在住の独身女性についての話だ」

「なんて独創的なんだ」とアンディーが小馬鹿にしたように言った。「読むのが待ちきれないね」。彼は二杯めのダブルのウォッカを飲み干し、ドーラにお代わりを頼んだ。マイラはブルースに向かって眉をひそめた。ブルースは肩をすくめた。「もう立派な大人なんだから、好きにやらせたら」と言わんばかりに。

「ガスパッチョ」とマイラがスプーンを手にとって言った。「みなさん、かきこんで」

数秒後にみんなが同時にしゃべり出し、個別の会話がはずんだ。コブとアンディーは穏やかな口調で政治の話をしていた。リーとジェイはテーブルの端っこで額を寄せ、誰かの小説について語り合っていた。マイラとエイミーは新しく開店したレストランに興味を抱いていた。そしてブルースはソフトな声音でマーサーに話しかけた。「テッサが亡くなった話を持ち出して悪かったね。ずいぶん礼を失したことだった」

「いいえ、そんなことはないわ」と彼女は言った。「ずっと昔のことですもの」

「僕はポーターをよく知っていた。彼はうちの店の常連で、探偵小説が好きだった。テッサはたまに店に姿を見せたが、本はまったく買わなかった。ずいぶん前に小さな孫娘を見かけたような記憶がぼんやりとあるけど」

「どれくらいここにいるつもりなの？」とノエルが尋ねた。

自分がマイラに話したことはすべてブルースに伝わっているはずだという確信を、マーサーは持った。「数ヶ月というところね。私は今のところ無職なの。失業中といった方が近いかもしれないけど。この三年間学校で教えていたけど、もう一度教職に戻りたいとは思わない。あなたは？　お店のことを聞きたいわ」

「フランスのアンティークを売っている。書店の隣に私のお店があるの。私はニューオーリンズの出身なんだけど、ブルースに出会って、こちらに越してきたの。カトリーナ台風のあとでね」

ソフトでクリアで隙のない言葉遣い、ニューオーリンズ出身の痕跡はない。どのような痕跡もない。結婚指輪ははめていないが、ジュエリーはたっぷり身につけていた。

マーサーは言った。「あの台風は二〇〇五年のことだった。テッサが死んだ翌月。そのことはよく覚えている」

ブルースが尋ねた。「それが起こったとき君はここにいたの？」

「いいえ、それはそれまでの十四年間で初めて、私がこの島で過ごさなかった夏だった。大学の学費を払うために、アルバイトをしなくちゃならなくて、メンフィスで働いていた。メンフィスが私の故郷なの」

ドーラがボウルを片付け、ワインのお代わりを注いだ。アンディーの声が一段と大きくなっていた。

「お子さんはいらっしゃるの？」とマーサーは尋ねた。

ブルースもノエルも微笑んで首を振った。「そんな暇がなくってね」と彼女が言った。「私はたくさん旅をするのよ。主にフランスにね。いろんな物を買ったり売ったり。そしてブルースは週に七日書店で働いている」

「あなたは彼女と一緒に旅行をしないの？」とマーサーはブルースに尋ねた。

「それほどはね。僕らはあちらで結婚をしたんだが」

いいえ、あなたたちは結婚なんてしていない。それはシンプルでさりげない嘘だ。二人が長いあいだずっと口にし続けてきた嘘だ。マーサーはワインを一口飲み、自分の隣に腰掛けているのは、全国でも最も成功を収めている盗品の希覯本ディーラーの一人なのだということを、自分に思い出させた。三人で南フランスのアンティークの取引について語っているあいだ、ノエルは彼のビジネスについてどの程度を知っているのだろうと、マーサーはいぶかった。もし彼がフィッツジェラルドの原稿に百万ドル支払ったとしたら、彼女には間違いなくそれがわかるはずだ。そうじゃない？　彼は世界中に金融のつてを持っていて、大金を自由に動かしたり隠したりできるような大物ではない。彼は小さな町の書店主で、ほとんどの時間を書店で過ごしているのだ。そんな大金を彼女の目から隠せるわけはない。違うかしら？　ノエルは知っているに違いない。

　ブルースは『十月の雨』という小説を高く評価していた。そしてなぜ彼女が最初の著者ツアーをやめてしまったのか知りたがった。マイラはその会話を耳に挟み、一同を静かにさせ、みんなにその話を聞かせるようにマーサーを促した。ドーラがベイクト・ポンパーノ〔マナガツオの一種〕をサーブしている間、会話の話題は著者ツアーに集中した。誰もが語るべき話を持っていた。リーとジェイとコブは同じような体験をしたことを告白した。一冊も本が売れないまま、書店の奥で一、二時間を無為に潰したのだ。アンディーは最初の本ではある程度の客を集めることができた。そして決して驚くべきことではないのだが、酔っ払って、本を買わない客たちを侮辱し、書店から放り出された。エイミーでさえ、吸血鬼もので一山当てる前には何度かひどい目にあっていた。

　食事の途中でアンディーは飲み物をアイス・ウォーターに切り替え、一同はほっと胸をなで下ろした。

　コブは熱い口調で刑務所時代の話を始めた。それは同房の男から性的暴行を受けた十八歳の少年の話だった。その男は悪質な性的捕食者《プレデター》だった。何年かあと、二人とも保釈になって刑務所を出てから、少年はそのかつての同房者の行方を追い、彼が過去のことはすっかり忘れて、郊外の住宅地で穏やかな生活を送っていることを突き止める。そして復讐が始まった。

それは長い、興味深い話だった。コブが語り終えたとき、アンディーが言った。

「そんなの大嘘だ。まったくの作り話だ。そうだろ？　そいつはあんたの次の小説の筋だろう」

「違う。誓ってまったくの真実だよ」

「よしてくれよ。あんたは同じことを前にもやったじゃないか。みんなの前で作り話を披露して、その反応を見定め、翌年にはそれが新しい小説になっているんだ」

「まあね、そのことは考えてみたよ。で、あんたはどう思うね？　一般受けするだろうか？」

「気に入ったよ」とブルースは言った。「しかし刑務所でのレイプ・シーンはもう少し穏やかにした方がいいな。いささかやり過ぎの感がある」

「おれのエージェントが言いそうなことだ」とコブはもそもそと言った。そしてシャツのポケットからペンを取り出した。まるでメモを取る必要があるというように。

「他に意見は？　マーサー、あんたはどう思うね？」

「私にも投票権はあるの？」

「もちろんさ。当然だろう。あんたの一票は、ここにいる他のものどもと同じだけの重みを持つ」

「おれがその話を使っちまうかもよ」とアンディーが言って、みんなは笑った。

「そうだな、あんたは間違いなく出来の良いストーリーを必要としているものな。締め切りには間に合ったのか？」

「ああ。おれは期限どおりしっかり原稿を送り、原稿はしっかりと送り返されてきたよ。構造的問題ありということで」

「あんたの前の作品と同じようにな。印刷が間に合わないくらい売れた」

「あちらとしてはそれで正解だったんだ。とにかく連中は何かしらいちゃもんをつけてくるのさ」

「ちょっと待ちなさい」とマイラが口を挟んだ。「あんたたち、最初のルールを破っている、自分の本の話はしないというのを」

「こういうのが時には一晩続くんだ」とブルースがマーサーに耳打ちした。他のみんなにも聞こえるくらいの声で。みんなのそういう他愛のない軽口をマーサーは楽しんだ。作家のグループがこうして互いを小突き合うのを目にするのは、彼女にとって初めてのことだった。すべては悪意のない戯れだった。

ワインで頰を赤くしたエイミーが言った。「もしその刑務所を出た青年が吸血鬼だったら？」。テーブルは更に大きな笑い声で包まれた。

コブはすかさず言った。「おいおい、そんなことは考えもつかなかったな。刑務所の中の吸血鬼っていうシリーズが書けちゃいそうだ。気に入ったね。二人で共同執筆するかい？」

エイミーは言った。「私のエージェントからあなたのエージェントに電話させるわ。共同作業ができるかってね」

そして完璧なタイミングでリーが言った。「書物が衰退していくのがどうしてか、なんだかわかるような気がする」。笑い声が収まったとき、コブが言った。「また文芸マフィアから一撃を食らったな」

みんなが食事をしている間、しばしの静寂があった。コブがくすくす笑って尋ねた。

「構造的問題って、どういう意味？」

「プロットがまずいってことさ。確かにそのとおりなんだ。正直言って、おれは自分でもプロットに満足できたことがない」

「いざとなれば、自費出版という手もあるぜ。ブルースに頼めば、店の奥にある折り畳み式のカード・テーブルに載せておいてくれるよ。持ち込み原稿と同じようにね」

ブルースは言った。「勘弁してほしいな。テーブルはもう一杯なんだ」

マーサーに質問することで、マイラは話題を変えようとした。「それでマーサー、あんたはもうここに何日かいたわけだけど、執筆の具合はいかがかしらね？」

「それは具合の悪い質問だわ」とマーサーは微笑みを浮かべて言った。「今書きかけのものを完成させようとしているの？　それとも一から新しく書き始めるの？」

「それもよくわからない」と彼女は言った。「今書きかけているのは、たぶん放り出しちゃうことになると思うの。そして新しく書き始めるんじゃないかな。まだはっきり決めたわけじゃないんだけど」

「あのね、たとえどんなことでもアドバイスを必要としたときには、それが執筆や出版に関係したことであれ、ロマンスや人間関係であれ、食べ物やワインや旅行や政治問題であれ、太陽の下にあるいかなるものであれ、あんたは正しい場所にやって来たことになる。このテーブルを見回してみて。みんな何かのエキスパートなんだから」

「そのようね」

5

真夜中にマーサーはボードウォークのいちばん下の段に座っていた。裸足の足を砂の中に突っ込み、そこに波が打ち寄せた。彼女は海の音を聴き飽きることがなかった。穏やかな海の波が優しく砕ける音。あるいは嵐の中で砕け散る音。今夜は風もなく、潮も引いていた。ずっと遠くの南の方で、人がひとり波打ち際ぎりぎりのところを歩いていた。

彼女はまだ夕食会の愉しさに浸っており、できるだけたくさんのことを思い出そうとしていた。考えれば考えるほど、それは驚くべきことに思えた。ひとつの部屋に作家たちが集まって、それぞれに不安定さ、エゴ、嫉妬心を抱え、ワインがふんだんに振る舞われ、それでいて口論のひとつも持ち上がらず、きつい言葉が聞かれることもない。大衆向けの作家たち（エイミーとコブとアンディー）は批評家の賞賛を熱く求め、文芸ものの作家たち（マーサーとリーとジェイ）はより多くの印税を切望している。マイラはどちらもどうでもいいと思っている。ブルースとノエルはその要《かなめ》の役を担うことに満足し、全員を励ましている。

ブルースのことをどのように考えればいいのか、彼女にはもうひとつよくわからなかった。第一印象はとても良かった。しかしその顔立ちの良さと、気楽に打ち解けた態度で、すべての人はブルースに好感を持つだろうとマーサーは思った——少なくとも最初のうちは。彼は不足なく語りはしたが、語りすぎることはなかった。そしてマイラに喜んで座の主役を任せていた。それはどこまでも彼女のパーティーであり、彼女はその場をうまく制御していた。ブルースは客の一人としてのびのびと構え、作家たちの小話や、ジョークや、ちょっとした意地悪や侮辱を心から楽しんでいた。彼らのキャリア向上を助けるためなら、彼は喜んでなんでもするだろうという印象をマーサーは受けた。その見返りに、作家たちは彼にほとんど敬意に近いものを払っていた。

彼はマーサーの二冊の本を、とりわけ長編小説の方を高く評価していると言った。そして本当に読んだのかしらという彼女の疑念は、その本についてかなり突っ込んで語り合うことで解消された。「本が出版され、君がベイ・ブックスでサインすることになったとき、それを読んだ」と彼は言った。七年前の出来事だったが、彼はそのときのことをよく覚えていた。たぶん夕食会の前にざっと本に目を通してきたのだろうが、それでもやはりマーサーは嬉しかった。書店に寄って、自分のコレクションの中の二冊にサインをしてもらいたいと、彼はマーサーに頼んだ。彼はまた短編集も読んでいた。そして何よりも彼女の次の作品を心待ちにしていた。おそらくは長編小説を、あるいはまたより多くの短編小説を。

かつては将来を約束されていながら、終わりなき枯渇と、自分のキャリアはもう終わったのではないかという不安に取り憑かれた作家にとって、彼のような熟達した読み手に賞賛され、次の作品を求められるのは、ずいぶん心の安らぐことだった。そんな風に励ましてくれるのはこの数年というもの、彼女のエージェントと担当編集者に限られていたからだ。

彼は間違いなく人を魅了することに長《た》けた人物だったが、出過ぎたことは言わなかったし、やらなかった。まあ、魅力的な奥さんがすぐそばにいるのだから、そんな真似にはまず及ばないだろう。それが誘惑ということになれば、そしてもし噂が真実だとすれば、ブルース・ケーブルは短期戦と同じくらい長期戦にも長けているはずだとマーサーは推測した。

夕食のあいだ、彼女は何度かテーブルの向かいにいるコブとアンディーの、そしてまたマイラの顔を見た。彼らはブルースの暗い側面について何かを知っているのだろうかといぶかりながら。表向きには彼は全国でも有数の立派な書店を経営している。しかし一方、その裏で盗品の取引に手を染めている。書店の経営は順調で、多額の利益を上げている。そして快適な生活を送っている。美しい妻（あるいはパートナー）と、高い評判と、美しい町に立つ豪勢な屋敷。そんな人間が盗品原稿の売買に手を染め、投獄されるリスクを背負い込むものだろうか？

プロの保安チームが自分の後を追っていることに、彼は気づいているのだろうか？　ＦＢＩもそれほど遠くない背後に控えていることに？　数ヶ月のうちに、刑務所に長期収監されることになるかもしれない、そんな認識は持っているのだろうか？

いや、そういう素振りはまるで見えない。

彼はマーサーに疑念を抱いているだろうか？　いや、そんなものは抱いていない。そうなると、次に何をするべきなのかという疑問が否応なくわき起こってくる。一歩一歩着実にことを進めていくのよ、とイレインは再三口にしていた。向こうから接近させ、相手の生活に自然に入り込んでいく。

どう、すごく単純でしょ？

6

月曜日はメモリアル・デイで、マーサーは朝寝をして、また日の出を見逃した。コーヒーを飲んで、ビーチに出た。祝日だったからいつもより人出はあったが、それでもまだ混んでいるというほどではない。長く歩いたあと、コテージに戻り、またコーヒーを飲んだ。小さな朝食用のテーブルにつき、海を眺めた。ラップトップの蓋を開け、空白のスクリーンを眺め、意を決して「第一章」とだけタイプした。

作家は大まかに言って二つのタイプに分かれる。ひとつは、前もって丹念に物語のあらすじを設定し、結末を決めておくタイプ。もうひとつは、そういうことをまったくやらないタイプだ。いったん登場人物を創りだしてしまえば、彼なり彼女なりが勝手に興味深いことをやってくれるだろうと、すべてを任せてしまうのだ。これまで書いていた小説は（彼女が五年間にわたって苦悩の内にいじくり回した末に、少し前に放り出してしまったものだが）後者のカテゴリーに属していた。しかし五年をかけても、興味深いことは何ひとつ起こらず、彼女はその登場人物たちに飽き飽きしてしまった。それはもう放っておこうと、彼女は心を決めた。もしその気になれば、いつだってまたそこに戻ることはできる。彼女は新しい小説の第一章の簡単な要約を書いた。それから第二章に移った。

お昼までになんとか第五章までの要約を書き上げた。そして疲れ果ててしまった。

7

メイン・ストリートの交通は滞りがちだった。歩道は、祝日を含んだ週末のせいで観光客で混み合い、のろのろとしか前に進まなかった。マーサーは横に入った通りに車を駐め、書店まで歩いた。ブルースと顔を合わせないようにして、二階のカフェに上がることができた。そこでサンドイッチを食べ、「ニューヨーク・タイムズ」にざっと目を通した。彼はエスプレッソを取りにやってきて、彼女のそばを通り、その姿を目にして驚いた。

「本にサインしてもらう時間はあるかな？」と彼は尋ねた。

た。中に入ると彼はそのドアを閉めた。大きな二つの窓が一階のフロアに開かれてお り、それほど離れていないところで、客たちが書棚をぶらぶらと物色しているのが見 えた。部屋の中央には古いテーブルが置かれ、テーブルの上は紙片とファイルでいっ ぱいだった。

「ここがあなたのオフィスなの?」と彼女は尋ねた。

「オフィスのひとつだよ。店が暇なときには、ここでのんびりして少し仕事をする」

「暇なときがあるのかしら?」

「ここは書店だからね。今日はこうして混んでいても、明日は閑散としているかもし れない」。彼は二冊の『十月の雨』のハードカバー版を隠していたカタログをどかせ た。彼女にペンを渡し、その本を取り上げた。

彼女は言った。「もうずいぶん長いあいだ本にサインなんてしていなかったわ」。ブ ルースは一冊目のタイトル・ページを開き、彼女はそこに自分の名前を書き込んだ。 もう一冊にも同じことをした。彼は一冊をテーブルの上に置き、あとの一冊を棚の所 定の場所に戻した。初版本は著者のラストネームのアルファベット順に並べられてい た。

「それで、ここにあるのはどういうものなの?」、彼女は壁に並んだ本に向かって手を振りながら尋ねた。

「みんなこの店で著者がサインをした初版本だよ。一年にだいたい百回くらいサイン会を開いているから二十年も経てばけっこうな量になる。記録をチェックしてみたんだが、君がツアーでここに来ることになっていたとき、僕は百二十部の本を注文した」

「百二十部ですって。どうしてそんなにたくさん？」

「僕は初版本クラブを持っており、百人ばかりの選《え》りすぐりの会員は、署名入りの本ならなんでも購入してくれる。これは強力なあと押しになるんだよ。百冊の売り上げを保証すれば、出版社も作家もツアーの立ち寄り先にうちを進んで加えてくれる」

「その人たちは、すべてのサイン会に足を運んでくれるわけ？」

「そうなるといいんだが、通常姿を見せるのは半分くらいのものだね。しかしそれでもけっこうな人混みにはなる。会員の三分の一はこの町に住んでおらず、本は郵送される」

「私がツアーをキャンセルして、それでどうなったの？」

「本は返品したよ」

「申し訳なかったわ」

「それも商売のうちさ」

マーサーは壁に沿って歩き、本の列をざっと眺めていった。そのうちのいくつかは知っている本だった。どれも一冊ずつだ。では他のものはどこにあるのだろう？　彼は一冊を棚に戻し、もう一冊をテーブルの上に置いた。それらはどこに保管されるのだろう？

「ここには貴重なものも置いてあるのかしら？」と彼女は尋ねた。

「それほどでもない。これは刮目すべきコレクションだし、僕にとっては意味のあるものだ。ここにある一冊一冊に個人的な愛着を持っているからね。しかしとくに金銭的な価値を持つわけではない」

「どうして？」

「初版の発行部数は多いからね。君の本の初版部数は五千だった。それは大きな数字じゃないが、値打ちのある本になるには、部数はもっと少なくなくてはならない。しかし時折、幸運に巡り会うこともある」。彼は高いところに手を伸ばし、一冊の本を取り、彼女に手渡した。

「J・P・ウォルトホールの『フィリーで酔っ払って』を覚えているかな？　彼の傑作だ」

「もちろん」

「一九九九年に全米図書賞とピュリッツアー賞を受賞した」

「大学生のときに読んだわ」

「僕はその見本刷りを読んで、とても気に入った。これは見込みがあると踏んで、何箱か注文を出した。ウォルトホールが、著者ツアーはやらないと言い出す前のことだ。彼の出版社は経営が破綻して、そもそも最初から動きが鈍かった。初版部数は六千だった。著者最初の長編小説としては悪くないが、それくらいじゃとても間に合わない。ところが組合がストに突入し、印刷が急遽中断された。千二百部が刷り上がったところで、印刷機がばったり停まってしまったんだ。刷り上がったものがうちに届いたのはまさに幸運だったよ。最初の書評は見事なばかりの大絶賛で、別の出版社が第二刷りを出したんだが、部数は二万だった。第三刷りはその二倍、そしてまた……というわけで、結局その本はハードカバーで百万部を売り上げた」

マーサーは本を開き、コピーライトのページを開いた。そして「初版」という文字を目にした。

「どれほどの値がつくの？」と彼女は尋ねた。

「僕は五千ドルで二冊を売った。今では八千ドルの値をつけている。そしてまだ二十五冊ほどを持っている。地下にしっかり保管してあるよ」

　彼女はそれを頭に刻んだが、何も言わなかった。そして本を彼に返し、本で一杯の別の壁の方に行った。「そちらにあるのもコレクションの続きだけど、すべてがこの店で署名されたわけじゃない」

彼女はジョン・アーヴィングの『サイダーハウス・ルール』を手に取って言った。

「これなんて、山ほど市場に溢れているんじゃないかしら？」

「ジョン・アーヴィングのその本は『ガープ』の七年後に出たから、初版部数はずいぶん多かった。値段は数百ドルというところだね。『ガープ』は一冊持っているけれど、売り物じゃない」

彼女はその本を棚の元の位置に戻し、近隣にちらりと目をやったが、『ガープ』は見当たらなかった。それもきっと「地下にしっかり保管してある」のだろうと思ったが、やはり口には出さなかった。彼女は彼が所有している最も希少な本について尋ねてみたかったが、興味を失ったふりをすることに決めた。

「昨夜の夕食は楽しめたかな？」と彼は尋ねた。

彼女は笑って書棚から離れた。「ええ、そうね。あれほど大勢の作家たちと一緒に食事をしたのは初めてのことよ。私たちって、とかく自分の内に引きこもりがちだから」

「そうだね。みんなは君の手前、かなりお行儀良くしていたんだ。言っておくけど、いつもあんな風に節度を守っているわけじゃないんだよ」

「どうしてそうなるのかしら？」

「そういう種族なんだよ。傷つきやすいエゴ、酒、おそらくは多少の政治性、そういうものが一緒くたになって、いつもはもうちょっと場が荒れることになる」

「それは楽しみね。次のパーティーはいつ開かれるのかしら？」

「あの連中のことは予測がつかないよ。二週間ほどのうちにノエルはディナー・パーティーを開くつもりでいるようだ。彼女は君がいてくれることを喜んでいる」

「私も彼女がいてくれて嬉しい。素敵な人ね」

「彼女は愉快な人間だし、やっている仕事も一流だ。彼女の店に一度寄って、見てみるといいよ」

「ええ、そうしてみるわ。もっとも私の身では、高級家具なんてとても買えそうにないけど」

彼は笑って言った。「まあ、気をつけるんだね。彼女は自分の商品にすごく誇りを持っているから」

「私は明日、サイン会の前にセリーナ・ローチと会って、コーヒーを飲むことになっているの。彼女に会ったことはある？」

「ああ、彼女はこれまでに二度この店に来たことがある。ちょっぴりきつい性格だが、なかなか素敵な女性だ。彼女はボーイフレンドと、宣伝担当者と一緒にツアーをしている」

「そんなところだ。それは別に珍しいことじゃない。彼女はドラッグ相手に闘ってきて、いくらか弱っているように見える。旅する生活は、作家にとって精神的にけっこうきついものだし、安定させてくれる何かが必要になる」

「一人では旅ができないということ？」

ブルースは笑い、ゴシップを口にするのは控えたいという風だった。「そうだねえ、君にいろんな面白い話をしてあげられる。悲しい話やら、陽気な話やら、そういう彩り豊かなあれこれをね。でもそれは次の機会にとっておこう。次の長々しい夕食のときまで」

「同じボーイフレンドかしら？　というのは、彼女の最新作を読んだら、主人公はドラッグばかりじゃなく、男たちのことでも苦労していたからよ。著者はそういうマテリアルをよく承知しているみたいだった」

「さあ、どうだろう。しかし過去二回のツアーでは、同じボーイフレンドと一緒だったね」

「気の毒に、批評家たちにはずいぶん痛い目にあわされているようね」

「そして、彼女はそれをうまく受け流すことができないようだ。今朝、彼女の宣伝担当者から、彼女をサイン会のあとの夕食に誘わないでほしいという確認の電話があった。彼女をワインの瓶から遠ざけておきたいからさ」

「ツアーはまだ始まったばかりでしょう？」

「ここが三番目の立ち寄り先だ。また惨事が持ち上がるかもしれない。君のときと同じように、いつツアーを放り出しても不思議はない」

「私としてはそれを強く推奨したいけれど」

店員が窓から頭を突き出して言った。「お邪魔してすみませんが、スコット・トゥローさんからお電話です」

「出た方がよさそうだ」と彼は言った。

「明日、会いましょう」とマーサーは言ってドアの方に歩いて行った。

「署名をありがとう」

「自分の本なら、あなたが買ってくれただけ署名するわ」

8

三日後、マーサーは日暮れを待って浜辺に出た。サンダルを脱いで小さなショルダーバッグに入れた。そして波打ち際を南に向けて歩いて行った。潮は引いており、浜は広々として人影もまばらだった。ときどき犬を連れたカップルを見かけるだけだ。

二十分後、彼女は高層コンドの列の前を通り、その隣のリッツ・カールトン・ホテルに向かっていた。ボードウォークのところで足を洗ってサンダルを履き、無人のプールの周りを少しぶらついてから、中に入った。そのエレガントなバーのテーブルで、イレインが彼女を待っていた。

テッサはリッツのバーがお気に入りだった。一夏に二度か三度、彼女とマーサーはいちばん素敵な服を着て、車でリッツに乗り付けた。まず飲み物を口にし、それからホテルの名高いレストランに入った。テッサはいつもマティーニを最初に飲んだ。でも一杯だけだ。マーサーは十五歳になるまでは、ダイエット・ソーダを注文していた。しかし十五歳になった夏には、偽のＩＤを手に入れており、二人で一緒にマティーニを飲むようになった。

たまたまのことだが、イレインは二人が当時のいちばんお気に入りのテーブルに着いていた。おかげでそこに腰を下ろしたとき、マーサーは祖母の鮮やかな思い出に襲われることになった。何ひとつ変わってはいない。背後ではピアノの前に座った男が、ソフトな声で歌っていた。

「今日の午後、ここに着いたの。で、あなたがおいしい夕食を食べたいんじゃないかとふと思ったわけ」とイレインは言った。

「ここには何度も来たことがある」とマーサーはあたりを見回しながら言った。いつもと同じ潮風と、壁に張られたオーク材の匂い。「祖母がここが大好きだったの。緊縮財政には向かないところだけど、それでも彼女はときどき思い切りよく散財した」

「テッサはあまりお金を持っていなかったの？」

「そんなには。快適に暮らしていたけど、それでも質素ではあった。何か違う話をしましょう」

ウェイターがやって来て、二人は飲み物を注文した。

イレインは言った。「あなたはどうやら充実した一週間を過ごしたようね」

毎晩マーサーがｅメールを送るのが、二人の間の習慣のひとつになっており、彼女はそこに、捜査に関連性があるかもしれない事柄を要約して書き込んでいた。「ここにやって来たときより、知っていることがずっと増えたかどうか、それはわからない。でもとにかく相手とコンタクトはとれたわ」

「そして？」

「評判どおり彼はチャーミングな人物だった。すごく好感が持てる。そして彼は大事な物件を地下にしまっている。保管庫の話までは出なかったけれど、そこにはかなり貴重なものが置かれているという印象を受けた。奥さんは町に滞在していて、今のところ彼は、私に関心を持っているという素振りをまったく見せていない。作家というものに対して通常抱く以上の関心はね」

「マイラとリーの家での、夕食会のことを話してくれない」

マーサーは笑みを浮かべて言った。「あそこに隠しカメラがあれば良かったんだけど」

第五章――「追跡」

1

過去四十年以上にわたって「オールド・ボストン・ブックショップ」は、ダウンタウンのラダー・ブロックス地区の、長屋風に連なった建物の一角を占めてきた。その書店は有名な骨董商であるロイド・スタインによって立ち上げられ、彼が一九九〇年に亡くなると、息子のオスカーが跡を継いだ。オスカーは店の中で育ってきたようなもので、そのビジネスを愛していたのだが、歳月の経過と共に商売自体は徐々に衰退の道を歩んでいた。インターネットの普及により、また書籍に関連する諸事万端が凋落《ちょうらく》状態にあるために、書店経営でまともな利益を上げることが困難であることに彼は気づかされた。彼の父親は古書をこつこつと商い、たまに希覯本で大きな利益を上げることに希望をつないでいた。しかしオスカーは次第に忍耐心を失っていった。

そして五十八歳にして彼はひそかに打開策を模索していた。

木曜日の午後四時、デニーはその店に入ってきた。三日連続の訪問だった。そして何気ない素振りで棚に並んだ、あるいは床に積み上げられた古書を眺めた。店員（もう何十年もそこで働いている女性だ）が店頭を離れて、二階に上がっていくと、デニーは『グレート・ギャツビー』のペーパーバックを持ってレジに行った。オスカーは微笑んで尋ねた。「お探しのものは見つかりましたか？」

「これでいい」とデニーは答えた。オスカーは本を手に取り、表紙を開いて言った。「四ドル三十セントになります」

デニーはカウンターに五ドルを置いて言った。「実を言えば、オリジナルを捜しているんだが」

オスカーは五ドル札を取り、尋ねた。「つまり、『ギャツビー』の初版本を捜しておられると？」

「いや、オリジナルの原稿を捜している」

オスカーは笑った。なんという愚か者だ。「そいつはちょっと無理な相談ですね」

「いや、決して無理ではないと思うね」

オスカーは凍りついたように相手の目を見た。冷ややかで硬質な視線がじっと彼を見据えていた。硬く、計算され尽くした、何かを知っている凝視だ。オスカーは息を呑み、尋ねた。「おたくは誰だね？」

「あんたがそれを知ることはない」

オスカーは顔を背け、五ドル札をレジスターに入れた。そうしながら、自分の手がぶるぶる震えていることに彼は気づいた。彼はいくつか硬貨を取り出し、それをカウンターの上に置いた。「七十セントです」と彼はなんとか声を絞り出した。「おたく、昨日もここに来ていた。そうだね？」

「一昨日もな」

オスカーはあたりを見回した。まったくの二人きりだ。彼は高いところにある監視カメラに目をやった。それはレジスターを映している。デニーは静かな声で言った。

「カメラのことは気にしなくていい。昨夜のうちに動かないようにしておいたから。それからおまえさんのオフィスにあるもう一台のやつも動いてないよ」

オスカーは両方の肩をがっくり落とし、深く息をついた。びくびく怯えながら生活し、うまく眠れず、曲がり角の先をこっそり覗くような数ヶ月を送ったあと、とうとう恐れていた瞬間が訪れたのだ。彼は低い震える声で尋ねた。「おたく、警官なのか？」

「いや、おれはここのところ警官を避けている人間だよ。あんたと同様に」

「何が欲しいんだ？」

「原稿だよ。五冊分耳を揃えてな」

「何の話をしているのかさっぱりわからんね」

「おいおい、その程度のことしか言えないのか？　もう少し独創的な科白を期待していたんだがな」

「出て行ってくれ」とオスカーは耳障りな声でそう言った。できるだけ強面《こわもて》な声を出そうと努めながら。

「出て行くよ。六時にまた戻ってくる。店を閉める時刻にな。あんたはドアをロックし、おれたちはあんたのオフィスに行って軽くおしゃべりをする。ひとつ強く忠告させてもらうが、あんたはどこにも逃げられないし、誰もあんたを助けてはくれないよ。おれたちはあんたをずっと見張っているからな」

デニーは釣り銭とペーパーバックを手に取り、店を出て行った。

2

その一時間後、ロン・ジャジックという名の弁護士が、ニュージャージー州トレントンの連邦ビルのエレベーターに乗っていた。そして一階のボタンを押した。ぎりぎりの瞬間、見知らぬ男がドアの隙間をすり抜けるように乗り込んできて、三階のボタンを押した。ドアが閉まって二人きりになると、その男はすかさず言った。「あんたはジェリー・スティーンガーデンの弁護士だね？　法廷によって指名された」

ジャジックは冷笑を浮かべて言った。「君はどこの誰だね？」

その男は一瞬のうちにジャジックの頬をひっぱたき、彼の眼鏡を叩き落とした。そして鋼《はがね》のような強力な手でジャジックの喉を摑み、エレベーターの奥の壁に頭を押しつけた。

「おれに向かってそんな口をきくんじゃない。おまえの依頼人に伝言がある。一言でもＦＢＩに漏らしたら、みんなが痛い目に遭うことになるって言っておけ。あいつの母親がどこに住んでいるか、おれたちは知っている。ついでにおまえの母親がどこに住んでいるかもな」

ジャジックは目をむいて、ブリーフケースを下に落とした。彼は相手の男の腕を摑んだが、彼の喉を捉えた死のグリップの力が強まっただけだった。ジャジックはもう六十歳に近かったし、体型も崩れていた。喉を摑んだ男は彼より少なくとも二十歳は若そうだし、何はともあれとても強靭に見えた。男は唸るように言った。「言ったことはわかったか？　ちゃんと理解できたか？」

エレベーターは三階で停止し、ドアが開くと、男はジャジックから手を離し、彼を隅っこに突き飛ばした。ジャジックは膝を折ってそこにしゃがみ込んだ。見知らぬ男はその横を歩きすぎ、何事もなかったように出て行った。エレベーターを待っている人は誰もいなかった。ジャジックは急いで立ち上がり、眼鏡を見つけ、ブリーフケースを拾い上げた。そしてどう行動すべきか思案した。顎はひりひり痛み、耳鳴りがしていた。まず頭に浮かんだのは警察に連絡し、暴行を受けたと通報することだった。ロビーには連邦保安官が何人かいたし、おそらくその襲撃者がビルから退出する前に、彼らと共にそこで待ち受けることができるだろう。しかし下に降りていく間に、過剰反応をしない方が賢明かもしれないと思うようになった。エレベーターが一階に着いたときには、また普通に呼吸ができるようになっていた。洗面所を見つけて水で顔を洗い、鏡に映してみた。右の頬が赤くなっていたが、腫れてはいない。

　きつい一撃を食らった肉体的なショックは強烈なものであり、苦痛に満ちていた。口の中に温かい感触があり、シンクに血を吐いた。

　彼はもう一ヶ月以上、ジェリー・スティーンガーデンと話をしていなかった。二人の間には語り合うべきことはほとんどなかったし、会見は常に短いものだった。というのはジェリーは何も話そうとはしなかったからだ。彼をひっぱたいて脅した見知らぬ男には、心配する必要など何ひとつなかったのだ。

3

六時数分前に、デニーは書店に戻り、オスカーが入り口のカウンターで落ち着かなげに待っているのを目にした。店員の姿はなく客もいなかった。何も言わずにデニーは「開店／閉店」の札を裏返し、ドアをロックし明かりを消した。二人は階段を上がって彼の小さな散らかったオフィスに入った。オスカーは誰かに店を任せ、そこでのんびりと時を過ごすのが好きだった。彼は机の奥の椅子に腰を下ろし、雑誌の山で塞がれていない唯一の椅子を指さした。

デニーはそこに腰を下ろし、すかさず切り出した。「時間を無駄にするのはよそうぜ、オスカー。おれは知っているんだ。おまえが五十万ドルであの原稿を買い取ったことをな。おまえはその金をバハマの口座に電信で送った。金はパナマの口座に送られ、おれたちがそれを受け取った。もちろんおれたちの仲介役の口銭が抜かれたあとの額をな」

「するとあんたが泥棒なのか？」とオスカーは静かな声で言った。彼は神経を落ち着けるために、いくつか錠剤を飲んでいた。

「そうとは言ってない」

「あんたが録音装置を身につけた警官じゃないと、どうしてわかるんだ？」とオスカーは尋ねた。

「おれの身体をチェックしたいのなら、すればいい。でもどうして警官がその金額を知っているんだ？　どうして警官にその送金のルートがわかるんだ？」

「ＦＢＩはどんなことだって辿れるさ」

「もし連中がおれの知っていることを知っていたなら、おまえはとっくの昔に逮捕されているよ、オスカー。肩の力を抜けよ、おまえは逮捕されないし、おれも逮捕されない。いいかい、オスカー、おれは警察には行けないし、おまえも行けない。おれたちはしっかり重罪を犯しているし、連邦刑務所に長い期間ぶち込まれかねない。しかしそういうことは起こらない」

オスカーは彼の言うことを信じたかったし、いくぶん救われた気持ちになった。しかしながら、そこにいくつかの直接的な問題があることも明らかだった。彼は深く息を吸い込み、言った。「私はそれを持っていない」

「じゃあ、どこにある？」

「どうしてあんたはそれを売ったんだ？」

デニーは足を組み、古い椅子の上で寛《くつろ》いだ。「おれはびびっていたのさ。ＦＢＩが俺の二人の仲間を、犯行の翌日に取り押さえたものでね。おれはあのお宝をどこかに隠して、国を脱出しなくちゃならなかった。一ヶ月、そして二ヶ月待った。物ごとが一段落したとき、おれは帰国してサンフランシスコのディーラーに会いに行った。買い手を一人知っているとやつは言った。ロシア人で、一千万ドル払えるということだったが、それは嘘だった。やつはＦＢＩに通報したのさ。おれたちは会う手はずを整えた。おれは証拠として原稿をひとつ持参することになっていた。しかしそこにはＦＢＩが待ち受けていた」

「どうやってそれがわかったんだ？」

「そこに足を運ぶ前に、やつの電話を盗聴したからさ。おれたちは抜け目がないんだよ、オスカー。どこまでも辛抱強いし、どこまでもプロなんだ。しかしそれはまさに間一髪というところだったし、おれたちはほとぼりが冷めるまで再び国外に出ることになった。ＦＢＩがおれの人相や特徴をかなり細かく摑んでいるとわかったから、外国にしばらく逃げていた」

「私の電話も盗聴されていたのか？」

デニーは肯き、笑みを浮かべた。「固定電話はな。しかし携帯電話は盗聴できなかった」

「それで、どうして私のことがわかったんだ？」

「おれはジョージタウンに行って、あんたの古い友だちのジョエル・リビコフとようやく接触を持った。おれたちの仲介者とな。おれはやつのことを信用していなかった。まあ、この業界で信用できるやつなんて一人もいやしないが。でもその時点では、なんとか一刻も早く原稿を手放したいとおれは焦りまくっていたんだ」

「私とおたくとは顔を合わせないことになっていた」

「それがそもそもの計画だった。そうだよな？　あんたが電信で金を送り、おれは品物を届けて姿を消した。そして今こうして戻ってきたわけさ」

オスカーは手の関節をぽきぽきと鳴らし、冷静になろうと努めた。「そしてリビコフは？　彼は今どこにいるんだ？」

「彼はもういない。とてもひどい死に方をしたんだよ、オスカー。実に忌まわしい死に方をな。しかし彼は息を引き取る前に、おれが知りたかったことを教えてくれたよ。おまえの名前をな」

「私は原稿を持っていない」

「なるほど。じゃあどこにやったんだ？」

「売ったよ。できるだけ早く手放した」

「で、オスカー、今は誰がそれを持っているのかな？　おれはそれを見つけようとしていて、その追跡は既にかなり血なまぐさいものになっているんだ」

「どこにそれがあるのか、私は知らない。本当の話」

「じゃあ誰がそれを所有している?」

「なあ、少し考える時間をくれないか。おたくはさっき辛抱強いと言ったろう。だったら少し時間の余裕をくれ」

「いいだろう。二十四時間後に戻ってくる。しかし逃げようとかそんな馬鹿なことは考えるんじゃないぜ。逃げ隠れできる場所なんてどこにもありゃしないし、そんなことをしたらおまえはひどく痛い目に遭うことになる。おれたちはプロなんだよ、オスカー。そしておまえはしっかり追い詰められている」

「逃げたりはしない」

「二十四時間経ったら、おれは買い手の名前を知るためにまた戻ってくる。名前さえ教えてくれたら、おまえはその金を抱えて、平穏に人生を過ごすことができる。おれはおまえの名前をばらしたりはしない。何があろうとな」

デニーはさっと立ち上がり、オフィスから出て行った。オスカーはドアをじっと眺め、階段を降りていく彼の足跡に耳を澄ませた。ドアが開く音が聞こえた。ベルがちりちりと小さく鳴った。そしてドアは静かに閉じた。

オスカーは両手に顔を埋め、なんとか泣くまいと努めた。

4

そこから二ブロック離れたホテルのバーで、デニーはピザを食べていた。そのとき携帯電話がブルブルと震えた。時刻はもう九時に近く、連絡は予定よりも遅れていた。彼はあたりを見回し、店がほとんど無人であることを確かめてから「話していいぞ」と言った。

ルーカーは言った。「作戦は完了した。エレベーターの中でジャジックをつかまえて、張り飛ばしてやった。なかなか楽しかったぜ。メッセージは無事に伝えたし、問題はなかった。ペトロセリの方はもう少し厄介だった。というのはやつは遅くまで仕事をしていたから。でも一時間ほど前にオフィスの外の駐車場でつかまえることができた。たっぷり脅しつけてやったよ。ちびの弱虫だ。最初のうちはマーク・ドリスコルの弁護をしていることを否定した。でもすぐに口を割った。殴りつけるまでもなかったよ。もう少しで殴りそうになったけどな」

「誰にも見られていないな？」

「目撃者はいない。どちらも手早く済ませてきた」

「ごくろうさん。今はどこにいる？」

「運転中だ。あと五時間でそちらに着く」

「急いでくれ。明日は楽しめる一日になりそうだからな」

5

六時五分前にルーカーが書店に入ってきて、本をぶらぶらと眺めるふりをした。他の客はいなかった。オスカーは正面カウンターの奥で忙しそうに何かをしていたが、その男にずっと視線を注いでいた。六時になると彼は言った、「すみませんが、閉店の時刻です」。そのときデニーが入ってきた。彼はドアを閉め、「開店／閉店」の札をひっくり返した。オスカーの方を向いてルーカーを指さし、言った。「こいつはおれの仲間だ」

「ここに誰かいるか？」とデニーが尋ねた。

「いいや、誰もいないよ」

「いいね。ここで話をつけよう」とデニーは言って、オスカーの方に進み出た。ルーカーもそれにならった。二人とも相手に拳が届く距離に寄った。二人はオスカーをじっと睨み、誰も動かなかった。デニーは言った、「それでだ、オスカー、あんたには考える時間があった。で、どうなったね？」

「約束してもらいたい。私の身元は絶対に明かさないと」

「こっちには何も約束する必要はないんだ」とデニーは吐き出すように言った。「しかしおれは既に言ったぜ。誰もそれを知ることはないって。だいいち、おまえが関与したことを誰かに漏らして、おれに何の得があるってんだ？　おれはただ原稿が欲しいんだよ、オスカー、それだけだ。誰にそれを売ったか教えてくれたら、おまえはもう二度とおれの顔を見ることはない。しかしもし嘘をついたら、おれは必ず戻ってくるぜ」

オスカーにはそれはわかっていた。彼は相手の言うことを信じた。その身の毛もよだつ瞬間に彼が唯一望んでいたのは、この男からなんとかして逃れるということだけだった。彼は目を閉じて言った。「私が原稿を売った相手は、ブルース・ケーブルという人物だ。フロリダのカミーノ・アイランドで名のある書店を経営している」

デニーは笑みを浮かべて言った。「その男はいくら払った？」

「百万だ」

「悪くない仕事だな、オスカー。ずいぶんな儲けじゃないか」

「これで解放してくれるか？」

デニーとルーカーは筋肉ひとつ動かすことなく、彼を激しく睨みつけた。その長い十秒ほどの間、もう自分の命はないとオスカーは覚悟した。呼吸しようとすると、心臓がびくびく跳ねた。

それから二人は出て行った。一言もなく。

第六章――「虚構」

1

「ノエルズ・プロヴァンス」の店内に入るのは、彼女の出版したコーヒーテーブル向きのお洒落な本の、どれかの真ん中に足を踏み入れるようなものだった。正面の部屋は田舎風の素朴な家具で溢れかえり、大型衣装ダンス、ドレッサー、サイドボード、安楽椅子などが、時代物の石のタイル敷きの床の上に感じよく並べられている。サイドテーブルの上は古い壺やら鍋やら、バスケットやらでいっぱいになっている。ピーチ・カラーに塗られた漆喰《しっくい》の壁には、燭台や、くすんだ鏡や、汚れた額に入れられた家族写真（遥か昔に忘れられた男爵たちやその家族のポートレイト）が飾られている。香料入りのキャンドルがヴァニラの香りを放っている。漆喰と木材でできた天井からは、シャンデリアが房になって下がっている。隠されたスピーカーからはソフトな音でオペラが流れている。横手にある部屋で、マーサーは狭くて細長いワイン・テイスティング・テーブルのセットに見とれてしまった。ディナー用のお皿と鉢がついている。色はプロヴァンスの田舎風食器の基本的な色合いである、サン・イエローとオリーブ・グリーンだった。正面ウィンドウの近くの壁にくっつけるように、書き物テーブルがひとつ置かれていた。手塗りの美しいテーブルで、彼女はそれを切望することになっていた。イレインの情報によれば言い値は三千ドル、それこそがまさに彼らの要望通りのものだった。

マーサーはノエルの四冊の本をすべて研究していたので、そこにある家具や装飾品をすぐに見定めることができた。ノエルが部屋に入ってきたとき、彼女は書き物テーブルを賞賛の目で見ていた。ノエルは言った、「こんにちは、マーサー、嬉しい驚きだわ」。彼女はマーサーを両方の頬への軽いキスという、さりげないフランス風の挨拶で迎えた。

「すごくゴージャスなお店ね」とマーサーは心を打たれたように言った。

「プロヴァンスにようこそ。何かお探し？」

「いいえ、探し物というわけじゃなく、ただぶらぶら見ていただけ。でもこのテーブルは素敵ね」と彼女はその書き物テーブルを手で撫でながら言った。それはノエルの本の中に少なくとも三度は取り上げられていた。

「アヴィニョンの近くのボニューという村で見つけたの。あなたは是非それを手に入れなくちゃ。あなたのお仕事にはぴったりのものよ」

「その前に本を売らなきゃ」

「いらっしゃい。店を案内するから」、彼女はマーサーの手を取って、ひとつの部屋から次の部屋へと導いていった。どの部屋も、彼女の本からそのまま抜け出してきたような家具で埋められていた。二人は白い石のステップと鋳鉄の手すりのついたエレガントな階段を二階に上がり、ノエルはそこに置かれた品物を謙虚な口調で、しかし誇らしげに見せて回った——更なる衣装ダンス、ベッド、ドレッサー、テーブル、それぞれに物語がある。彼女はどの品物についても深い愛情を込めて語ったので、それらと別れることを望んでいないのではないかと思えたほどだった。二階に置かれた品物にひとつも価格表示がつけられていないことに、マーサーは気づいた。

ノエルは一階の店舗部分の奥に、小さなオフィスを持っていた。そのドアの脇には、上げ蓋式の小さなワイン・テイスティング・テーブルが置かれていた。彼女がそれについて説明するのを聞きながら、ひょっとしてフランスのテーブルというのはすべてワインのテイスティングに使われるのではないかと、マーサーは考えてしまった。

「お茶を飲みましょう」とノエルは言って、そのテーブルについた椅子を指さした。

マーサーは椅子に座り、ノエルが大理石のシンクの隣にある小さなガスコンロでお湯を沸かしているあいだ、二人で軽いおしゃべりをした。

「あの書き物テーブルが素敵だわ」とマーサーは言った。「値段を聞くのが恐ろしいけど」

ノエルは微笑んで言った。「あなたには特別価格でおわけするわよ。他の人なら三千ドルだけど、あなたならその半額でいい」

「それでも私にとっては大金なの。少し考えさせて」

「あなたは今、どんなところでものを書いているの？」

「キッチンの小さな朝食用テーブルで。海が見渡せるんだけど、でもなかなかうまくいかない。それがテーブルのせいだか海の見えるせいだか、わからないけど、でも言葉が出てこないの」

「何について書いているの？」

「それがまだわからない。新しく書き始めようとしているんだけど、あまり捗《はかど》ってはいない」

「『十月の雨』を読み終えたところだけど、素晴らしい作品だと思ったわ」

「どうもありがとう」。マーサーは心を打たれた。この島にやってきて既に三人の人から、その最初の小説に対する賞賛の言葉を受けていた。過去五年間に受けたよりも多い励ましだ。

ノエルは陶製の紅茶セットをテーブルの上に置き、お揃いのカップに沸騰した湯を手際よく注いだ。二人とも角砂糖を一個入れ、ミルクは入れなかった。二人がそれをスプーンでかき混ぜているとき、ノエルが尋ねた。「あなたは自分の書いている作品について話したい人かしら？　私がその質問をするのは、大方の作家は自分がこれまでに書いたものか、あるいは書きたいと思っているものについて、いささか語りすぎるからなの。でも何らかの理由でそうするのが苦手な人も少しはいる」

「私はあまりしゃべりたくない方ね。とくに今現在書いているものについては。私の最初の小説は、今となってはもう古く、時代遅れに感じられる。ずいぶん昔に書いたものだから。若いときに本を出すというのは、多くの意味合いで呪いのようなものなの。周りの期待が大きいし、それが重圧になる。文芸世界は偉大な作品の数々を待ち受けている。何年か経っても新しい作品は出てこない。約束されたスターはだんだん忘れられていく。『十月の雨』のあと、私の最初のエージェントは、早く次の長編小説を出すように忠告してくれた。批評家たちは一作目がとても気に入ったから、それがたとえどんなものであれ、二作目はきっとけなされることになるだろう、だからできるだけさっさとその二作目のジンクスを通過してしまった方がいい、彼女はそう言った。たぶんそれは有益な忠告だったんでしょうね。でも問題は、私はまだ二作目の長編小説を出していないってこと。私はまだ探し求めている途上にあるみたいね」

「何を探し求めているの？」

「ストーリーを」

「大抵の作家はまず最初に人物がやって来るんだって言う。その人たちがいったんステージに上がれば、プロットは自然に浮かんでくるって。あなたはそうじゃないの？」

「まだそこまで行っていない」

「『十月の雨』はどうやって生まれたの？」

「大学生だった頃、行方不明になった子供の物語を読んだの。結局その子は見つからなかったんだけど、それが家族にどのような影響を及ぼしたかという話。信じられないくらい悲しい、心乱される物語なんだけど、同時にいろんな意味で美しい物語でもあった。そのことが忘れられなくて、そのストーリーを借用して徹底的にフィクション化したの。そして一年足らずで長編小説をひとつ書き上げた。そんなに素速く仕事ができたなんて、今ではほとんど信じられないけど。でもそのときは毎朝が、最初に飲むコーヒーが、次のページが、待ち遠しくてならなかった。今じゃもうそんなことは起こらないけれど」

「それはまた起こると思う。あなたは今、書く以外に何もしなくていい申し分ない環境にいるんだから」

「さあ、どうかしら。正直な話、私は本をある程度売る必要があるの。私は教えたくないし、職探しもしたくない。ペンネームを使って、ミステリー小説みたいな売れそうなものを書いてみようかと考えたことさえある」

「それも悪いことじゃないでしょう。売れる本を何冊か書いて、それから自分が本当に書きたいものを書けばいい」

「そういう計画が少しずつ形をとりつつある」

「ブルースに相談しようと思ったことはある？」

「いいえ。どうして？」

「彼は業界のことも、文芸のことも、あらゆる角度からよく知っている。なにしろあらゆる本を読んでいて、何百人という作家やエージェントや編集者を知っているんだもの。彼らはしばしばブルースのところにやって来て、彼の考えを聴く。それはアドバイスを求めるためとは限らない。彼は求められない限りアドバイスは与えない。彼はあなたのことが気に入っているし、あなたの書いたものを高く評価している。きっと何か役に立つことを語ってくれると思うけど」

マーサーは肩をすくめた。それは良い提案かもしれないという風に。入り口のドアが開いて、ノエルは言った。「ごめんなさい。お客かもしれないから」。彼女はテーブルを離れ、姿を消した。マーサーは少しのあいだそこでお茶を飲みながら、自分が詐欺を働いているような気持ちになった。ここに来たのは家具を買うためではなく、書くことについておしゃべりをするためでもなく、友人を求めている孤独な、問題を抱えたそのへんの作家のふりをするためでもない。彼女はイレインに手渡せるような情報の切れ端を密かに求めてここにいるのだ。そしてイレインはそれをいつか、ノエルとブルースを追い詰めるために用いるかもしれない。内臓の奥に鋭い痛みがあり、吐き気の波が彼女を襲った。彼女はそれに堪え、なんとかうまくやり過ごし、立ち上がって体勢を立て直した。そして店の入り口まで歩いた。ノエルはそこで、ドレッサーに真剣に興味を持っているらしいお客と話をしていた。

「そろそろ行かなくちゃ」とマーサーは言った。

「それじゃまた」とノエルはほとんど囁くような声で言った。「ブルースと私は、近いうちにあなたを夕食に招待したいと思っているの」

「それは素敵ね。私は夏のあいだずっと予定はないから」

「連絡するわね」

2

その午後遅く、身なりの良い四十代のカップルが店に入ってきたとき、ノエルは小さな陶製の壺を並べているところだった。その二人は、通りがかりにふらりと店に入ってくる平均的観光客（あれこれ品物を眺めた末に、値段がどれほどかを理解し、慌てて手ぶらで立ち去っていく）より遥かに懐が豊かそうだと、彼女は一目で見て取った。

二人はヒューストンからやってきた、リュークとキャロルのマッシー夫妻だと名乗った。リッツ・ホテルに数日宿泊しており、この島にやってきたのは初めてだ。彼らはこの店の評判を聞いており、ウェブサイトも何度か訪れたことがある。そしてタイルトップのダイニング・テーブルにすぐに心を惹かれた。それは百年前のものであり、その時点では店にある最も高価なものだった。リュークはメジャーを求め、ノエルはそれを手渡した。二人はそのテーブルのすべての方向の寸法を測り、これはゲストハウスのダイニング・ルームにぴったりだと、二人で声をひそめて語り合った。リュークはシャツの袖をまくり上げ、キャロルは写真を撮ってもかまわないかと尋ねた。もちろんかまいませんよとノエルは言った。二人は二つのドレッサーと、二つの大きな衣装ダンスも採寸した。そうしながら彼らは木材について、仕上げについて、由来について、要領を得た質問をした。彼らはヒューストンに新しく家を建てており、それをプロヴァンスの農家風の外観にしたいと思っていた。前の年に休暇を過ごした、ヴォクリューズ県ルシヨン村の近くの農家のような。店内に長くいればいるほど彼らは、ノエルが推奨するほとんどすべての家具にますます魅了されていくみたいだった。ノエルは二人をより高価な家具の並ぶ二階に連れて行ったが、そこで二人の関心はいっそう研ぎ澄まされたものになった。店で一時間を過ごしたあと、時刻はもう五時近くになっており、ノエルはシャンパンの栓を開け、三つのグラスに注いだ。リュークが革張りの長椅子の寸法を測り、キャロルが写真を撮っている間、ノエルは「ちょっと失礼します」と言って階下に降り、店をチェックした。そして居残っていた二人の客を帰してしまうと、入り口のドアをロックし、二階の裕福なテキサス人の元に戻った。

彼らは古い長テーブル《コントワール》の周りに集まり、商談にとりかかった。リュークは搬送と保管について質問をした。新居は完成までに少なくともあと六ヶ月はかかるし、そのあいだ家具と装飾品を保管するために倉庫を用意していた。家具は全国どこにでも搬送できる、問題は何もないと言って、ノエルは二人を安心させた。その時点でキャロルは買いたい品物を列挙していったが、そのうちのひとつは書き物テーブルだった。それはお売りできません、とノエルは言った。別の人のために取り置きしてあるものですから。しかし近いうちにプロヴァンスに旅行をしますし、そこで同じようなものは簡単に見つかるはずです。彼らは階下の彼女のオフィスに行った。そこで彼女は更にシャンパンを注ぎ、注文書の作成に取りかかった。総額は十六万ドルだったが、彼らは顔色ひとつ変えなかった。値段の交渉はビジネスには付きものだが、マッシー夫妻はそんなものにはまったく興味を示さなかった。リュークは小銭でも払うみたいに、黒のクレジット・カードをぽんと置いた。キャロルが注文書に署名した。そして明日また店の入り口で夫妻は、まるで旧友に対するように彼女をハグした。そして明日また来るかもしれないと言った。彼らがいなくなると、これまでこんな大口の売り上げがあったかしらとノエルは記憶を辿った。いや、どう考えても前代未聞だ。

翌朝の十時五分にリュークとキャロルは、明るい顔で元気いっぱい、再び店に姿を現した。二人は夜遅くまで写真で家具を眺め、それを未完成の新居にどのように置こうか、頭の中であれこれ配置換えをしていたのだということだった。そして、そう、彼らは更に多くの家具を求めていた。彼らの建築家は一階と二階の縮尺平面図をeメールで送ってきて、夫妻はノエルの家具をどこに入れたいか、そのデザインと置き場所をそこに描き込んでいた。その家の広さが一万九千平方フィートはあることに、ノエルは気づかないわけにはいかなかった。彼らは店の二階に行き、ベッドやテーブルや椅子や衣装ダンスの寸法を測ることで午前中を潰した。その結果、ノエルの店の在庫品はきれいに一掃された。二日目の勘定書きは三十万ドルを超えた。そしてリュークはまたもや黒いクレジット・カードをさっと取り出した。

昼食時に彼女は店を閉め、二人を角の人気のあるビストロに連れて行った。食事をとっているあいだに、彼女の弁護士がクレジット・カードの信頼性を問い合わせ、マッシー夫妻には欲しいだけの買い物ができる資力があることが確認された。弁護士はまた二人の背景を調査してみたが、ほとんど何も判明しなかった。しかしそれがどうしたというのだ？　ブラック・カードは有効だし、その金がどこからもたらされるかなんて、誰が気にするだろう？

ランチの席でキャロルがノエルに尋ねた。「それであなたはいつ仕入れの旅に出るのかしら？」

ノエルは笑って言った。「できるだけ早いほうがいいでしょうね。八月の初めにはフランスに旅行するつもりでいたの。でも売りものがなくなっちゃったから、予定をもっと早めなくてはならないわ」

キャロルはちらりとリュークを見た。リュークは何故かいくぶんおどおどしているように見えた。彼は言った、「これはちょっと思いついただけなんだが、もし可能であれば、僕らが現地で君に会うことはできないかな。そして一緒に買い物ができればと思っているんだが」

キャロルが付け加えた。「私たちはプロヴァンスが大好きなの。そしてあなたのような人と一緒にアンティークを捜して回れたら、それは何より素晴らしいことだと思うのよ」

リュークは言った。「我々には子供はいないし、旅行をするのが大好きなんだ。とくにフランスが好きだし、またアンティークに目がない。我々はまたフロアリングと壁紙を手伝ってくれる新しいデザイナーをも捜している」

ノエルは言った。「ええ、私はそういう業界の人を全員知っているわ。それで、あなた方はいつあちらに行くのかしら？」

マッシー夫妻は彼らの忙しい日程を思い出そうとするかのように、互いの顔を見た。

リュークが言った、「二週間後に僕らは商用でロンドンに行く。そのあとプロヴァンスであなたと会うことができればと思うんだが」

「それじゃちょっと早すぎるかしら？」

ノエルはちょっと考えてから言った。「なんとかできると思う。私は年に何度もあちらに行っているし、アヴィニョンにアパートメントも持っているから」

「素晴らしい」とキャロルは興奮の色を顔に浮かべて言った。「素敵な冒険旅行になるでしょうね。プロヴァンスで見つけた家具で埋まった私たちの家が目に浮かぶわ」

リュークはワイングラスを掲げた。「南フランスでの、僕らのアンティーク・ハンティングに乾杯」

3

二日後、ノエルの所有する商品の大半を積載したトラックが出発した。トラックはカミーノ・アイランドからヒューストンの倉庫に向かった。そこには広々としたスペースが用意されていた。一千平方フィートが、リュークとキャロルのマッシー夫妻にリースされていたのだ。しかしその請求書は最終的に、イレイン・シェルビーの机に届けられることになる。

数ヶ月後、結果がどうであれ、そのプロジェクトが終了した暁には、それらの美しい家具は時間をかけて、再び市場に出回ることになるだろう。

4

夕方、マーサーは浜辺に出て、波打ち際に沿って南に向かった。四軒南隣のネルソン夫妻が彼女を呼び止め、短く立ち話をした。そのあいだ彼らの雑種犬が、マーサーのくるぶしの匂いをくんくんと嗅いでいた。二人は七十代、手を繋いで浜辺を歩いていた。彼らはフレンドリーだが、いささかお節介な傾向があり、マーサーがここでささやかな休暇をとっている理由を既に聞き出していた。「執筆をがんばってね」と別れ際にミスタ・ネルソンが彼女に言った。数分後に彼女はミセス・オルダーマンに呼び止められた。八軒北隣の隣人だ。彼女は双子のプードルを散歩させており、常に人との接触を必死に希求しているようだった。マーサーは必死にというのではなかったけれど、それでも近所との交際をそれなりに楽しんでいた。

栈橋の間際まで来たところで波打ち際を離れ、ボードウォークに近づいていった。

イレインは町に戻っており、マーサーに会いたがっていた。この作戦のために借りた三軒続きの家の、小さなパティオで彼女は待っていた。マーサーは以前に一度ここに来たことがあったが、イレイン以外の人間を見かけたことはない。もし他の人間がその作戦に加わっていたとしても、あるいはもし誰かが自分を尾行していたとしても、マーサーの目にはまったくとまらなかった。そのことを質問されると、イレインはうまく答えをはぐらかした。

二人はキッチンに入り、イレインが尋ねた。「何か飲みたい?」

「水でいい」

「食事は済ませた?」

「いいえ」

「ピザとスシならとれる。中華のテイクアウトもある。何がいいかしら?」

「お腹はすいてないの」

「私もすいていない。ここに座りましょう」とイレインは言って、キッチンと狭く囲まれたコーナーの間にある、小さな朝食用テーブルを指さした。そして冷蔵庫を開け、水のボトルを二つ出した。マーサーは椅子に座ってあたりを見回した。「あなたはここに滞在しているの？」と彼女は尋ねた。

「ええ、二晩ね」。イレインは向かいの席に座った。

「一人で？」

「ええ。今日の時点で、この島には私たち二人しかいない。私たちは行ったり来たりしているから」

マーサーは「私たち」という部分について質問をしかけたが、思い直してやめた。

イレインは言った。「それで、あなたはノエルのお店を見に行ったわけね」。マーサーは肯いた。彼女が夜ごとに送るeメールは、意図的に内容を曖昧にしてあった。

「それについて教えて。レイアウトを知りたいの」

マーサーは彼女を案内して、それぞれのショールームを歩き抜け、階段を上り下りした。そしてできるだけ詳しく細部の描写を付け加えた。イレインは注意深く耳を澄ませていたが、メモはとらなかった。その店について彼女が既に多くを知っていることは明らかだった。

「地下はあるのかしら？」とイレインは尋ねた。

「ええ、話のついでにそう言っていた。地下に作業室があるんだって。でもそれを私に見せようという気はなかったみたい」

「彼女は書き物テーブルを取り置きしている。私たちはそれを購入しようとしたんだけど、売り物じゃないと言われた。近いうちにあなたはそのテーブルを買うことになる。でもあなたはおそらく、それを新たに塗装してもらいたいと思う。おそらく彼女はその作業を地下でおこなうでしょう。そしてあなたは、その新しい色のサンプルを実際に見てみたいと思うかもしれない。私たちは地下室を目にしておく必要があるの。というのは、それは書店の地下室と繋がっているから」

「買おうとしたって、誰が？」

「私たちよ。私たち、善い方の側の人間。あなたは一人だけじゃない」

「じゃあ、なぜ気持ちがこうも落ち着かないのかしら？」

「あなたは監視されているわけじゃない。さっきも言ったように、私たちは行ったり来たりしているの」

「わかった。で、私が地下室に入ったとして、それでどうなるの？」

「じっくり見て、観察する。細部を頭に入れる。もし幸運に恵まれれば、そこにはドアがあるかもしれない。書店に通じるドアが」

「さあ、どうかしら」

「疑わしい、と私も思う。でも知っておく必要があるの。壁はコンクリートか煉瓦か板張りか？ ある日、あるいはある夜、私たちはその壁を抜けなくちゃならないかもしれない。お店の監視カメラはどうなっていた？」

「二台よ。一台が正面の入り口に向けられている、もう一台は裏手の小さなキッチン部分の上。もっと多くあるかもしれないけど、私には見えなかった。二階にはひとつもない。それくらいは既にご存じだと思うけど」

「そうね。でもこの仕事では、二重三重にすべてのものごとを確認しておく必要があるの。情報はいくらあっても、多すぎるということはない。入り口のドアはどんなロックになっているの？」

「鍵のついた差し金錠前。ややこしいものじゃない」

「裏のドアは見た？」

「いいえ。でも私はいちばん奥まで行ったわけじゃない。店の奥にはいくつか部屋があると思う」

「東側は書店になっていて、西側には不動産屋のオフィスがある。隣に通じるドアはあった？」

「私の見た限りではなかった」

「上出来よ、マーサー。あなたがここに来て三週間になるけど、とても立派に仕事をしている。みんなと知り合いになり、まったく疑いを持たれていない。然るべき人たちと知り合いになり、見るべきものはしっかり見てきた。私たちはとても満足している。でも私たちは何かを起こす必要があるの」

「密かに考えていることがあるんでしょうね、きっと」

「そのとおり」。イレインはソファの方に歩いて行って、三冊の本を取り上げ、それをテーブルの真ん中に置いた。「ここにひとつストーリーがある。テッサは一九八五年にメンフィスをあとにし、定住するべくここに越してきた。知っての通り彼女の遺言は、三人の子供たちに遺産を等分して与えるというものだった。その他にあなたには、大学の学資として現金で二万ドルの割り当てがあった。彼女には六人の孫がいたけれど——コニーと、カリフォルニアにいるホルステッドの何人かの子供たちと、ジェーンの一人娘のサラと——特別な遺贈を受けたのはあなた一人だけだった」

「彼女が本当に愛したのは、私一人だけだった」

「そのとおり。そこで私たちのこのような新しい物語が、ひとつ作られることになる。彼女が亡くなったあと、あなたとコニーは彼女の私物を調べていた。どれも遺産の中には含められていないような細かいものよ。そしてあなたたち二人はそれを分けることにした。何着かの古い服とか、何枚かの古い写真とか、おそらくは安物の絵とか、そんなものよ。そのへんは適当に話を作ってちょうだい。その山分けのときに、あなたは一箱分の本をもらった。ほとんどは子供の本、長年のあいだにテッサがあなたのために買った本よ。でもその底の方にこの三冊の本が入っていた。どれもメンフィスの公立図書館の所有する初版本だった。みんな一九八五年にテッサの名前で貸し出されている。テッサはこの浜辺に越してくるときに、うっかりしてかあるいは意図してか、この三冊の本を持ってきてしまった。三十年後、あなたはそれを手にしている」

「値打ちのあるものなの？」

「イエスでもありノーでもある。いちばん上にあるのを見て」

マーサーはそれを取り上げた。ジェームズ・リー・バークの『受刑囚』で、それは完璧な状態にあるようだった。ダスト・ジャケットは真新しく、断熱フィルムで包まれていた。マーサーはページを開き、コピーライトのページを見た。そこには「初版」という文字が見えた。

イレインは言った。「たぶん知っていると思うけど、そのバークの短編集は一九八五年に出版され、多くの関心を集めた。批評家受けも良く、売れ行きも良かった」

「いくらくらいするのかしら？」

「私たちはこれを先週五千ドルで手に入れたわ。初版部数は少なく、市場には現在あまり出回っていない。ダスト・ジャケットの裏にはバーコードが見えるはずよ。それは一九八五年当時、メンフィスの公立図書館が使っていたものなの。だから本そのものには実質的に印はついていない。もちろんそのバーコードは私たちがあとからつけたもので、ケーブルはそういうものを消去する専門家を知っているはずよ。それはむずかしいことではないの」

「五千ドル」とマーサーは繰り返した。まるでずしりとした金塊を手にしているようだ。

「そう。それはまっとうなディーラーから購入したものよ。あなたがその本のことをケーブルに話すというのが私たちの計画。事情は打ち明けるけど、現物はまだ見せないでおく。少なくとも最初のうちはね。あなたはそれをどうすればいいのか、判断に苦しんでいる。その本は明らかにテッサによって持ち出されたものであり、彼女には所有権はない。そして今それは彼女の所蔵を離れ、あなたに引き継がれたわけだけど、あなたにもやはり所有権はない。公式にはメンフィスの公立図書館の所有物になる。でも三十年も経った今、誰がそんなことを気にするかしら？　また言うまでもなくあなたはお金を必要としている」

「つまりテッサを泥棒にしちゃうわけ？」

「これはフィクションよ、マーサー」

「どうかしら？　亡くなった祖母を貶《おとし》めたいとは思わないけど」

「『亡くなった』というのがキーワードになる。テッサは亡くなってもう十一年になるし、実際には何も盗んではいない。あなたがケーブルに語るフィクションは彼の耳にしか入らない」

マーサーは二冊目をゆっくりと手に取った。コーマック・マッカーシーの『ブラッド・メリディアン』だ。出版は一九八五年、版元はランダムハウス。ぴかぴかのダスト・ジャケット付きの初版本。「これはいくらくらい？」と彼女は尋ねた。

「二週間前に私たちはそれに四千ドルを支払った」

マーサーはその本を置き、三冊目を手に取った。ラリー・マクマートリーの『ロンサム・ダブ』、やはり一九八五年の出版で、版元はサイモン＆シュスター。ダスト・ジャケットは真新しいが、本は明らかに多くの人の手に取られている。

「その本は少し他とは違っている」とイレインは言った。「サイモン＆シュスターは売り上げを見込んで、初版を四万部ほど刷った。だからこの初版本は多くのコレクターの手に渡った。そしてもちろん値段はそれほど高くはならない。私たちは五百ドル払った。そしてそれに新しいダスト・ジャケットをつけた。値段を二倍にするためにね」

「このダスト・ジャケットは偽物なの？」とマーサーは尋ねた。

「そうよ。この業界ではよくあること。少なくとも怪しい連中の間ではね。完璧に模造されたダスト・ジャケットは品物の価値を大きく高める。私たちは腕の良い模造業者を見つけたの」

マーサーはその「私たち」という部分に再び引っかかり、その作戦の規模の大きさに息を呑んだ。彼女は本を下に置き、水を飲んだ。

「私が最終的にこれらの本をケーブルに売るというのが、あなたの計画なわけ？　もしそうだとしたら、偽物を売りつけるというアイデアは気に入らないわ」

「計画の趣旨はね、マーサー、あなたがこれらの本を手段として用いて、ケーブルに少しでも接近するということなの。まずこれらの本についてただ単に相談するというところから始めて。それをどう処理すればいいのか、あなたは考えあぐねている。正式に自分の持ち物でもない本を売るのは、道義的に正しくないことだから。ことによっては一冊か二冊彼に見せて、その反応を見ればいい。あるいは彼は地下にあるコレクションやら、保管庫やら、そこにある何かをあなたに見せてくれるかもしれない。その話がどこに進んでいくか、それは誰にもわからない。私たちが求めているのはね、マーサー、あなたが彼の世界の内側に入り込んで行くことなのよ。彼は『受刑囚』か『ブラッド・メリディアン』を購入するチャンスに飛びついてくるかもしれない。あるいは既に所有しているかもしれない。私たちの憶測が正しければ、彼はおそらく法的に所有権が怪しい本を好むはずだし、それらを買いたがるでしょう。彼があなたに対してどれくらい正直になるか、様子を見てみましょう。私たちはそれらの本の相場を知っている。彼は安値をつけてくるかしら？　それは誰にもわからない。でも金銭はとくに重要な問題じゃないの。いちばん大事なのは、彼のいかがわしいビジネスの一端を担うということなの」

「もうひとつ気に入らないけれど」

「これは無害なことよ、マーサー。すべてはフィクションなのだから。それらの本は私たちが正式に購入したものよ。もし彼がそれを買えば、そのお金は私たちに戻ってくる。彼がそれを誰かに転売すれば、彼はそのお金を取り返せる。この計画には道義に反した点は何ひとつないわ」

「オーケー。でも私にはうまくそういうことをやって、彼に話を信じさせられる自信がないのよ」

「よしてよ、マーサー。あなたはフィクションの世界に生きているのよ。何かうまく創作しなさいよ」

「ここのところ、創作はあまりうまく捗ってないのよ」

「それは残念なことね」

マーサーは肩をすくめ、水を一口飲んだ。彼女は頭の中で、忙しくいろんなシナリオを想定しながら、それらの本を眺めていた。少し間を置いて彼女は尋ねた。「もし何かまずいことが起こるとしたら？」

「ケーブルがメンフィスの図書館に問い合わせて、調査をするという可能性は考えられる。しかしそこは大きな組織だから、どこにもたどり着けないでしょうね。三十年も経てば、いろんな事情が変わってしまうから。本を返却しない人はたくさんいて、図書館は毎年おおよそ千冊の本を失っているし、大抵の図書館は失われた本の追跡なんて真剣にはやらない。それに加えて、テッサは数多くの本を借りだしている」

「それで話は合う。ケーブルが真実を知る手だてはない」

マーサーは『ロンサム・ダブ』を取り上げて言った。「もし彼がこのダスト・ジャケットを偽物だと見破ったら？」

「私たちはそのことも考えて、それを使ったものかどうか少し迷った。だから先週、その本を古株のディーラー二人に見せてみた。どちらも百戦錬磨の目利きだけど、それが偽物だとは見破れなかった。でもあなたの言う通りね。確かにリスクが大きすぎるかもしれない。とりあえず最初の二冊で始めてみましょう。でも彼を待たせなくちゃだめよ。それが正しいことかどうか、あれこれ思い悩むふりをして、できるだけ話を長引かせるの。その道義的なジレンマに対して彼がどのようなアドバイスを与えるか、様子を見てみましょう」

マーサーは本をキャンバスのバッグに入れてそこを辞去し、浜辺に出た。海は穏やかで引き潮だった。満月が砂を照らしていた。歩いて行くと声が聞こえてきた。その声は次第に大きくなっていった。左手の、彼女と砂丘との真ん中あたりで、若い男女がビーチタオルを敷いて、その上でふざけ合っているのが見えた。彼らが囁く言葉はエロティックな歓びのもたらすため息や呻きによって、ところどころで中断された。彼女は歩を止めて、それを最後まで見届けようかと思ったほどだった。最後の熱い絡み合いに至るまでを。しかし彼女はやっと思い直してその場をあとにし、歩き続けた。ゆっくりと歩を運びながら、気持ちをなんとか奥に呑み込んだ。

彼女は激しい羨望に身を焦がしていた。いったいいつからこんなことが続いているのだろう?

5

二作目の長編小説は三章の途中、まだ五千語しか書いていないところでぱったり歩みを止めてしまった。そのときにはマーサーは既に、登場人物とプロットに飽き飽きしていたからだ。フラストレーションを感じ、気持ちが落ち込み、また自分自身や、状況の進行ぶりにいささか腹を立てていた。彼女は徐々に数を増やしていく水着のコレクションの中から、最も露出度の高いビキニを選び、それに身を包んで浜辺に出た。まだ午前十時だったが、真昼の太陽は避けた方がいいことを彼女は学んでいた。正午から夕方の五時頃までは、水に浸かるにせよ浸からないにせよ、戸外に出るにはとにかく暑すぎるのだ。肌はもう十分日焼けしていたし、焼きすぎには注意しなくてはならない。十時はまたあのジョガーが通りかかる時刻だ。その名も知らないジョガーは、彼女と同じくらいの年齢で、裸足で波打ち際を走っていた。彼の背の高いほっそりした身体は汗で光っていた。見るからにアスリートで、腹は硬く引き締まり、腕とふくらはぎの筋肉は完璧だった。彼は易々と、流れるような優美さを見せて走っていた。そして彼女は自らにこう語りかけた――彼は私の姿を目にすると少しだけスピードを落とすみたいじゃない、と。その前の週、少なくとも二度は目と目を合わせた。そろそろ「こんにちは」と挨拶をしてもいい頃合いねとマーサーは心に思った。

彼女は日傘と折り畳み椅子を用意し、サンブロックで肌を保護して、南の方向のすべての動きを見守っていた。彼は常に南の方からやって来たから。リッツ・ホテルやお洒落なコンドの並んだあたりから。彼女はビーチタオルを広げ、陽光の下で身体をしっかり伸ばした。サングラスをかけてストローハットをかぶり、待ち受けた。平日はいつもそうだが、ビーチにはほとんど人影はない。彼の姿が遠くに見えたら、うまく近づけるタイミングを見計らって、さりげなく水際に歩いていくというのが彼女の計画だった。そして軽く「おはよう」と言って、彼をそこに少し留まらせる。このどこまでもフレンドリーなビーチでは、誰もがやっていることだ。彼女は両肘をついて寛ぎ、待ちながら、自分がうだつの上がらない挫折した作家であることをなんとか忘れようと努めた。さっき消去した五千語の小説は、彼女がこれまでに書いた中で最悪の代物だった。

その男が姿を見せてから既に十日になる。ホテル暮らしにしては長すぎる。おそらくコンドを一ヶ月借りているのだろう。

次に何を書けばいいのか、アイデアは皆無だった。

彼は常に一人だったが、距離が離れすぎていて、結婚指輪をつけているかどうかまではわからない。

五年間にわたる冴えない登場人物たちと、ぶざまな文体と、お粗末としか言いようのないプロットのおかげで、自分にはもう小説を書き上げることなんてできないんだと、彼女は考え始めていた。

携帯電話が鳴り、ブルースが切り出した。「天才作家が仕事をしているところを、邪魔したのでなければいいんだが」

「ぜんぜん」と彼女は言った。実を言えばね、裸同然の格好でビーチに寝そべって、知らない男を誘惑しようとしていたところなのよ。「休憩をとっていたところ」と彼女は言った。

「よかった。ねえ、今日うちでサイン会があるんだけど、人が集まるかどうかちょっと不安なんだ。最初の小説を出した、あまり名を知られていない男で、その小説の出来もそれほど良くないんだ」

どんな見かけの男？　年齢はいくつくらい？　ストレートなの、ゲイなの？　しかし彼女は言った。「そうやってあなたは本を売るわけね。知り合いの作家たちを召集して、助けの手を差し伸べてもらう」

「そのとおり。そしてノエルは土壇場の通知で、夕食会を開こうとしている。もちろんその作家の来店を祝ってね。僕ら二人と、君と彼と、マイラとリー、呼ぶのはそれだけだ。きっと愉しいものになるよ。どうだろう？」

「ちょっと予定表を見てみるわね。ええ、大丈夫、空いてるわ。それで何時？」

「サイン会が六時、そのあとディナーになる」

「カジュアルな服装？」

「冗談だろう。君は海辺にいるんだぜ。何でもありさ。靴だってオプションなんだから」

十一時になると太陽が砂をじりじりと焼き、そよ風はどこかに去ってしまった。どう考えてもジョギングするには暑すぎる。

6

作家の名前はランドール・ザリンスキといった。インターネットでチェックしてみたがほとんど何もわからなかった。彼の短い経歴は、意図的にぼかされたものになっており、これまでの「影のエスピオナージュ」世界における活動が、テロリズムとサイバー犯罪全般に対する類を見ないその洞察力を彼にもたらした、という印象を与えようという意図がうかがえた。彼の小説は、近未来におけるアメリカとロシアと中国の対決を描いたものだった。その二つのパラグラフにまとめられた要約は、馬鹿馬鹿しく感じられるほどに扇動的なものであり、マーサーはその要約さえも退屈だと思った。そこについている修正を施した写真を見ると、四十代前半の白人男性だった。妻や家族についての言及はない。ミシガンに住んでおり、そこで（言うまでもないことだが）次作の執筆にかかっている。

彼のサイン会は、マーサーが「ベイ・ブックス」で参加する三つ目のものだった。最初の二つでは、七年前の自分の、挫折したブック・ツアーのつらい思い出が蘇ってきて、もう二度とこんなものには顔を出すまい、少なくとも顔を出さないように努めようと心に誓った。しかしそれを実行するのはむずかしいかもしれない。サイン会は彼女に書店に出入りする口実を与えてくれたし、それは彼女が必要としていることであり、またイレインが強く推奨していることでもあった。そして「私は忙しいから、ツアー中の作家を支援しているような暇はないのよ」なんて、どう考えてもブルースに向かって言えない。とりわけじかに誘いの連絡があったような場合には。

マイラの言ったことは正しかった。店には熱心なファンがついており、ブルース・ケーブルには人を集めることができる。マーサーが店に着いたときには、四十人ばかりのそのような忠実な信奉者たちが、二階のカフェの近くにたむろしていた。イヴェントのためにテーブルや本棚が後ろに押しやられ、空間が作られ、小さな演壇を囲むようなかたちで椅子がばらばらに置かれていた。

六時になると人々は席を埋め、それぞれにおしゃべりをしていた。ほとんどの人はプラスチックのカップで安物のワインを飲み、全員がリラックスして幸福そうに見えた。マイラとリーは最前列の、演壇から数インチしか離れていないところに陣取っていた。どうやら最良の席は、常に彼女たちのために取り置かれているらしい。マイラは少なくとも三人を同時に相手に、盛大に笑い、大声で何かを話していた。リーはその隣におとなしく座り、然るべきところでくすくす笑っていた。マーサーは脇に離れ、棚にもたれて立ち、そこにいる人々には属していないというような顔をしていた。みんな白髪の引退した人々だった。そして自分がそこではいちばん若い人間であることに、彼女はあらためて気づいた。本を愛する一群の人々が、新参の作家を迎えるべく集まったという、温和で親密な雰囲気がそこには漂っていた。

マーサーはうらやましさを感じた。もし次の本を書き終えることができたなら、自分だってこのようなツアーに出て、ファンを集めることができるのだ。そして彼女は短命に終わった自分のツアーのことを思い出した。それを思えば、ベイ・ブックスのような書店や、ブルース・ケーブルのような人々の存在は貴重なのだと彼女は痛感した。そのような数少ない書店主たちは、熱心な常連客を繋ぎ止めておくために、身を粉にして働いているのだ。

ケーブルは演壇に上がり、客たちに来てくれた礼を言い、ランディー・ザリンスキを好意に満ちた口調で紹介した。「諜報コミュニティー」における長年の経験によって、あらゆるところに潜む見えざる危険に対する、彼の類い希な洞察がもたらされたのだ、などなど。

ザリンスキは作家というよりは、スパイに見えた。色褪せたジーンズにくしゃくしゃの上着、というお馴染みの格好ではなく、上等のダーク・スーツに白いシャツというでたちだった。ネクタイはなし。そしてきれいに日焼けしたハンサムな顔に髭のあとはなかった。結婚指輪もなし。彼は三十分ばかり原稿なしで話をした。未来のサイバー戦争についての恐ろしい話だった。アメリカが、敵であるロシアや中国に対していかに大きく遅れをとっているか。同じような話を夕食の席でも聞かされるのかしらと、マーサーは心配になった。

彼は単身でツアーに出ているようだった。しばらく夢想に耽り、この男には可能性があるとマーサーは思った。残念なことにここには一泊しかしないけれど。彼女はまたあの伝説のことも考えた。ブルースが若い女性作家と浮名を流す一方で、ノエルもまた男性作家と同じことをしているというやつだ。噂によれば、彼らの家の塔にある「作家の部屋」が宿泊客のために供されるということだ。しかし実際に二人に会ってみると、マーサーにはそんな話はとても信じられなかった。

　ザリンスキが話を終えると、聴衆は拍手をした。そしてテーブルの前に列を作った。テーブルの上には本が積み上げられていた。マーサーはそんな本を買いたくなかったし、読む気も起きなかったが、かといって選択の余地はなかった。テーブルの前に座り、本を買ってくれる客を必死に待っているときのフラストレーションを、彼女は未だに記憶していた。それに加えて彼女はまた、これからの三時間をその著者と共に過ごそうとしているのだ。列に並んで、辛抱強く順番を待たないわけにはいかない。マイラは彼女をみつけ、賑やかな会話を始めた。彼女たちはザリンスキに自分たちのことを紹介し、彼が本に署名をするのを見ていた。

　階段を降りながらマイラは、いささか大きすぎる声でぶつぶつとこぼした。「三十ドルを捨てたようなものよね。だってこんなの、一語だって読む気はないんだから」

　マーサーはくすくす笑った。「私だって同じよ。でも私たちは書店主を幸福にした」

　入り口のカウンターでブルースは彼女たちに囁いた。「ノエルはうちにいる。君たちは先に行っていてくれないか」

マーサーとマイラとリーは店を出た。そしてマーチバンクス邸まで四ブロックを歩いた。「あんた、あの家をもう見た？」

「いいえ、本では見たけど」

「それじゃ、たっぷりお楽しみに。ノエルはそりゃ完璧なホステスだし」

7

その屋敷はノエルの店によく似ていた。家中が農家風の家具でいっぱいで、豊富に装飾されていた。ノエルは一階部分を簡単に案内し、それからキッチンに飛んでいって、オーブンの中の何かを点検した。マイラとリーとマーサーは、奥のベランダで飲み物を飲み、ぐらぐらする扇風機の下に比較的涼しい場所を見つけた。蒸し暑い夜で、ディナーは室内でとることになるとノエルは告げていた。

ブルースが一人で帰宅したとき、ディナーは思いもよらぬ展開を見せることになった。主賓であるザリンスキ氏は偏頭痛に襲われ、発作のような状態に陥っているというのだ。誠に申し訳ないが、ホテルの暗い部屋で横になっている必要があるのでと、ランディーは詫びていた。ブルースが自分の飲み物をつくって座に加わると、すかさずマイラが苦情を呈した。「三十ドルの返金を求めるわ」と彼女は言ったが、それが冗談なのかどうか、定かではなかった。「あたしは銃を突きつけられたって、こんな本は読まないもの」

「そいつはどうだろうね」とブルースは言った。「僕のこの小さな書店が返金要求にいちいち応じていたら、君は僕にとんでもない借金を背負うことになるよ」

「じゃあ、すべてのセールスは返金不能なのね」とマーサーが尋ねた。

「間違いなく。払い戻しはしない」

マイラは言った。「あのね、どうしても私たちに本を買わせたいのなら、もうちょっとましな作家を呼びなさいよ」

ブルースはにっこり微笑んでマーサーを見た。「我々はこの会話を、少なくとも年に三回は繰り返しているんだよ。三文小説の女王たるマイラは、他の娯楽小説作家のほとんど全員を認めないのさ」

「それは違うよ」とマイラは反撃した。「あたしはね、スパイものだとか、くだらない軍事おたく小説みたいなものがぜんぜん好きじゃない。その手の本には手を触れたくないし、そんなゴミで家の中を散らかされたくない。二十ドルであんたの店に売るよ」

「よしなさい、マイラ」とリーが言った。「家の中が散らかっているのが好きだって、あなたいつも言ってるじゃないの」

ノエルがワイン・グラスを手に奥のベランダにやってきて、座談の仲間入りをした。彼女はザリンスキのことを心配し、知り合いの医師に連絡しなくていいかしらと言った。いや、その必要はない、とブルースは言った。彼は頑丈な男だし、自分の面倒くらい自分でみられる。「それにあの男はけっこう退屈な人間だと思ったよ」とブルースは付け加えた。

「彼の本はどうなの？」

「ざっと読んだけれど、技術的な記述が多すぎるね。知識のひけらかしが多すぎる。テクノロジーや最新の機械やダーク・ウェブについて自分がどれくらい詳しく知っているか、みたいなことさ。何度も読むのを中断したよ」

「ええ、あたしは断じてそんな本は手に取らないから」とマイラは笑って言った。

「そして正直言って、あたしはこの夕食も気が進まなかったのよ」

リーは前屈みになってマーサーを見た。「こんなみんなに愛想を尽かさないでちょうだいね、ディア」

ノエルは言った。「さて、ディナーの用意ができているから、みんなでいただきましょう」

ベランダとキッチンの間にある広い奥のホールに、ノエルはテーブルを配していた。暗い色合いの円形の木製テーブルで、奇妙に現代的に見えた。他のものすべては古いものだった。羊の骨で作った椅子から、素敵なフランス製の銀器類から、大きな陶製の取り皿に至るまで。それらもまた、彼女の本のどこかからそのまま運び込まれたみたいに見えた。そのセッティングはあまりにも美しく、料理を盛って損なってしまうのが惜しく思えるほどだった。

みんなが席についてグラスが再び満たされると、マーサーは言った。「ノエル、私はあの書き物テーブルをやはり買いたいの」

「あら、あれはもうあなたのものよ。私は既に売却済みの札をつけておいたわ。というのは、あれを買いたがる人が多かったから」

「お金を用意するのに少し時間がかかるかもしれないけど、きっとなんとかするから」

「で、それがあんたの作家的行き詰まりを解決してくれるかもしれないと思うわけ？」とマイラが尋ねた。「その古いフランスのテーブルが」

「私が『作家的行き詰まり』にあるって、誰が言ったわけ？」とマーサーが尋ねた。

「じゃあ、書くべきものがまったく浮かんでこないという状態を、他にどのように表現すればいいのかしら？」

「『枯渇』というのはどう？」

「ブルースは？　あんたはそういうことのエキスパートでしょうが」

ブルースは大きなサラダ・ボウルを差し出し、リーにサラダを盛ってもらっていた。彼は言った。「『行き詰まり』というのはいささか深刻だな。『枯渇』の方がいいような気がする。しかしどうして僕がそんなことに引っ張り出されるんだ？　言葉は君たちの商売道具じゃないか」

マイラはこれという理由もなく声を上げて笑い、口走った。「ねえリー、あたしたちが一ヶ月に三冊の本を書いたときのことを覚えてるかな？　あたしたちの出版社はろくでもないところで、まともにお金を払ってくれなかった。でもうちのエージェントは言った。あたしたちはその出版社にあと三冊ぶんの契約を残しているから、他の出版社に移籍することはできないって。だからリーとあたしは最悪のプロットの小説を三冊まとめて書き上げた。とことんくだらないやつをね。あたしは三十日間ぶっ通しで、毎日十時間タイプを叩き続けたよ」

「でも私たちは上出来の作品を袖の下に隠していた」とリーが、サラダ・ボウルを手渡しながら言った。

マイラが言った。「そうそう。あたしたちはそこそこシリアスな文芸作品のための、最高に素晴らしいアイデアを手にしていた。でもそいつをそのけったくそ悪い出版社には渡したくなかった。あたしたちの見事なアイデアの奥にある才気をきちんと評価してくれるような、まっとうな出版社に移るためには、そのいやらしい契約から抜け出さなくちゃならなかった。一方はうまく行った。二年後、その三冊のおぞましい本はまだ飛ぶように売れ続けていた。その一方で偉大なる小説の方は見事にぽしゃっていた。どうなってんの、いったい？」

マーサーは言った。「でも色を塗り替えたいかもしれない。その書き物テーブルのことだけど」

「色を探してみましょう」とノエルが言った。「そのコテージにぴったりの色にしなくちゃね」

「あんたはそのコテージをもう見たわけ？」とマイラがびっくりしたようなふりをして言った。「あたしたちはまだ見ていないのよね。いつそのコテージを見せてもらえるのかしら？」

「近いうちに」とマーサーは言った。「夕食会を催すから」

「みなさんに素敵なニュースを聞かせてあげればどうだい、ノエル」とブルースは言った。

「どんな素敵なニュース？」

「恥ずかしがることはないだろう。数日前にテキサスの金持ち夫婦がやって来てね、ノエルの店の商品の大方を買い上げていったんだ。おかげで店は今ではほとんど空っぽさ」

「その人たちが書籍収集家だとよかったのにね」とリーが言った。

「書き物テーブルは売らなかったわよ」とノエルはマーサーに言った。

「だからノエルは一ヶ月ほど店を閉めて急遽フランスに戻り、商品の仕入れに励むことになる」

ノエルは言った。「とても素敵な人たちで、商品知識もすごく豊富なの。私は彼らとプロヴァンスで会って、もっとたくさん買い入れをするつもり」

「まあ、それは楽しそうだわ」とマーサーは言った。

「あなたも一緒に来ればいいのに」とノエルが言った。

「それは素敵そうだけど」とマイラが言った。「あんたの新作は、それ以上駄目にできないわけだし」

「よしなさい、マイラ」とリーが言った。

「プロヴァンスに行ったことはある？」とノエルが尋ねた。

「いいえ。でも行ってみたいと常々思っていた。どれくらい長く留守にしているの？」

ノエルは肩をすくめた。スケジュールなんて大した問題ではないと言わんばかりに。

「一ヶ月かそれくらいかしら」。彼女はちらりとブルースを見て、二人の間で何かが交わされた。彼女がマーサーを誘うことは、前もって打ち合わされていなかったというみたいに。

マーサーはその気配を察して言った。「でも、書き物テーブルのためにお金を貯めておかなくちゃ」

「良い判断」とマイラが言った。「あんたはここにいて、小説を書いていた方がいいよ。あたしのアドバイスなんてたぶん必要ないと思うけど」

「必要ありません」とリーが穏やかに言った。

彼らはシュリンプ・リゾットの入った大きなボウルを回し、パンのバスケットを回した。そして少し食べたあとで、マイラがまた問題になりそうな発言にとりかかった。

「あえて言わせてもらえれば、あたしたちがやらなくちゃならないことがひとつあると思うの」、彼女は口いっぱい食べ物を頬張りながら言った。「これは異例のことであり、あたしも未だかつてこんなことを口にした覚えはないんだけど、だからこそ今あえてあたしは、ほら、未知の領域に足を踏み入れようと思う。このテーブルにおいて、たった今、文学的介入がなされなくてはならない。マーサー、あんたはここにもう、そうね、一ヶ月くらい滞在している。そしてあんたは将来お金になりそうなものを、まだ一語たりとも書いてはいない。そして正直言って、小説がちっとも捗らないことについてのあんたの嘆きや心痛ぶりを耳にすることに、あたしはいささかうんざりしつつある。あんたがストーリーを手にしていないことは、誰の目にもかなり明らかよ。そしてまたあんたはもう、この十年くらい本を一冊も出していないから——」

「まだ五年くらいだけど」

「どっちでもいい。とにかくあんたが助けの手を必要としているってことは、明々白々なの。だからここであたしが提案するのは、あんたの新しい友人たちとして、あたしたちが介入し、あんたがストーリーを見つける手伝いをするってこと。このテーブルの周りを見てごらん。あたしたちなら間違いなくあんたを正しい方向に導いてあげられるよ」

マーサーは言った。「まあ、今より悪くなることはないかもね」

「そういうこと」とマイラは言った。「だからあたしたちが助けてあげる」。彼女は瓶からビールをごくごくと飲んだ。「この介入の目的のために、あたしたちはいくつかの絞り込みをする必要がある。まず何よりも大事なのは、あんたが何を書きたいかってことよ。売れる見込みのない文芸作品——このブルースにだって売りようのないもの——を書くか、それとももう少しポピュラーなものを書くか。あたしはあんたの書いた長編小説を読み、短編小説をいくつか読んだけど、それが売れなかったってことにちっとも驚かなかったね。あけすけに言ってごめん。でもね、これは結局のところ介入なんだし、言いたいことを遠慮なくずけずけ言わなくちゃ、その意味はない。みんなそういう遠慮ない率直さに同意してくれるわよね？」

「それでけっこうよ」とマーサーは微笑んで言った。残りのみんなは肯いた。我々はみんな楽しんでいる。話を進めよう。

マイラはレタスを突き刺したフォークを口に入れながらしゃべり続けた。「あたしが言いたいのは、あんたは素晴らしい文章を書く作家であり女子だってこと。そしてあんたの書く文章のいくつかはあたしの足をぱったり止めてしまった。それは、良い文章がもたらす効果ではないという意見もあるかもしれないけど。でもとにかくあんたは実に達者に書けるし、あんたならどんなものだって書けるとあたしは思う。それで結局どっちが書きたいわけ？　文芸作品なの、それともポピュラー・フィクションなの？」

「両方というわけにはいかないのかな？」とブルースが尋ねた。彼は心おきなくその会話を楽しんでいた。

「一握りの作家にとってはそれは可能よ」とマイラは答えた。「しかし圧倒的多数の作家にとって、その答えはノーだね」。彼女はマーサーの方を見て言った。「これはあたしたちが、もう十年間くらいしこたま議論してきたことなの。あたしたちが最初に出会って以来ずっとね。でもとにかくこういう前提で話を進めよう。あんたはたぶん、文芸作品を書いてそれで批評家たちをうならせ、同時に印税をたっぷり手にできるような作家じゃないだろうという前提で。そしてここにはやっかいみたいなものは入っていないことを、いちおう断っておく。あたしはもう何も書いていないし、作家としてのキャリアは既に終了している。リーが最近何をしているのか、あたしはよく知らないけど、彼女は少なくとも何ひとつ出版してはいないね。間違いなく」

「よしなさい、マイラ」

「彼女のキャリアももう終わっていると言って差し支えない。それにそんなの、あたしたちにとってはもうどうでもいいことなの。あたしたちはもう年を取っているし、お金はたんまりあるし、誰かと競う必要もない。あんたは若くて才能があって、自分が何を書くべきかはっきりさせさえすれば、将来性がある。だからこうしてあえて介入をしているわけよ。あたしたちはあんたを助けるためにまさにここにいる。それはそうと、このリゾット最高よね、ノエル」

「何か私は返事をするべきなの？」とマーサーは尋ねた。

「いいえ、これはなにしろ介入だから、あんたはただそこにじっと座って、あたしらがあんたをこき下ろすのを黙って聞いていればいいの。ブルース、あんたから始めなさいよ。マーサーはどんなものを書くべきだと思う？」

「君がこれまでどんなものを読んできたか尋ねる、というところから始めたいね」

「ランディー・ザリンスキの書いたものすべて」とマーサーが言って、一座の笑いをとった。

「あの気の毒な男は偏頭痛で寝込んでいるというのに、夕食の席であたしたちは彼をこき下ろしている」とマイラが言った。

「ひどい話」とリーが言った。「いちばん最近読んだ三冊の本を挙げてくれないか」

マーサーはワインを一口飲み、少し考えた。「クリスティン・ハナの『ナイチンゲール』が好きだった。あれはずいぶん売れたと思うけど」

ブルースは同意した。「ああ、よく売れたよ。ペーパーバックになって、今でも売れ続けている」

マイラは言った。「あたしも気に入ったわ。しかしホロコーストについての本を書いて生計を立てることはできない。それにね、マーサー、あんたはホロコーストについていったい何を知っているわけ？」

「ホロコーストについて書きたいなんて言ってないわ。彼女はこれまで二十冊の本を書いているけど、どれも違う話よ」

「あれを文芸作品と呼べるか、よくわからない」とマイラは言った。

「何が文芸作品で何がそうじゃないか、あなたは一目で見分けられるわけ？」とリーが笑みを浮かべながら言った。

「意地の悪い突っ込みだったかしらね、リー？」

「イエス」

ブルースがこう言って場を収めた。「それで、他の二冊は？」

「アン・タイラーの『青の糸のスプール』、私の大好きな本。そしてルイーズ・アードリックの『ラローズ』」

「どれも女性作家だ」とブルースが言った。

「ええ、私は男性作家の書いたものってほとんど読まない」

「面白い。そして賢明だ。小説の購買者のおおよそ七割は女性だからね」

「そしてその三冊ともよく売れた。そうね？」とノエルが言った。

「そのとおり」とブルースは言った。「彼女たちはよく売れる素晴らしい本を書いている」

「それよ」とマーサーは言った。「それが私のやりたいこと」

ブルースはマイラの方を見て言った。「さて、それが結論さ。かくして介入は成功したわけだ」

「そう早まらないで。殺人ミステリーはいかがかしら？」とマイラが言った。

「どうかしら」とマーサーが言った。「私の頭はそういうもの向きにできていないの。手がかりを撒いておいて、あとでそれを回収してまわる、みたいなややこしいことは私にはとてもできない」

「サスペンス、スリラーは？」

「無理ね。入り組んだプロットは私には向いていない」

「スパイもの、諜報ものは？」

「私はあまりに女性すぎると思う」

「ホラーは？」

「冗談でしょう。日が暮れたら、自分の影にさえ怯えるんだから」

「ロマンスは？」

「その主題には今ひとつ詳しくないの」

「ポルノは？」

「私はまだヴァージンなのよ」

ブルースが口をはさんだ。「ポルノはもう売れないよ。インターネットでなんだって手に入るからさ」

マイラはドラマチックに息を吐いた。「昔は良かった。二十年前はね。リーとあたしは本のページを熱く燃え上がらせることができた。サイエンス・フィクションとかファンタジーは？」

「手に取ったこともない」

「西部小説は？」

「馬が怖い」

「政治陰謀ものは?」

「政治家が怖い」

「ふん、それで決まりみたいね。あんたは、破綻した家族についての歴史フィクションを書くように生まれついているのよ。さあ、仕事にかかりなさい。この時点からものごとがうまく動き出すことを、あたしたちは期待しているわ」

「明日の朝一番に仕事にかかるわ」とマーサーは言った。「どうもありがとう」

「いいのよ」とマイラは言った。「介入みたいなことをしたついでに言うけど、誰か最近アンディー・アダムを見かけた? というのは、数日前に食料品店で彼の前の奥さんにばったり出会ったんだけど、彼女の話によれば、あの人の具合はあまり良くないみたいだってことだった」

「また酒を飲み出したという話だね」とブルースは言った。

「なにかあたしたちに手助けはできるかな?」

「それはむずかしいだろう。今のところアンディーはただの酔っ払いだし、酒をやめなくてはと自分で腹をくくるまでは、ただの酔っ払い以外の何ものでもない。彼の出版社はおそらく最新作の出版を見送るだろうし、そうなれば状況はますます悪化する。彼のことはとても心配だよ」

マーサーはブルースのワイン・グラスを観察していた。イレインは何度か、彼は酒を飲み過ぎると言った。しかしマーサーの目にはそうは映らなかった。マイラとリーの主催した夕食会でも、また今夜も、ワインをゆっくり適度に飲むだけで、お代わりを注ぐ必要もないほどだった。彼は怠りなく自分を抑制していた。

アンディーの話が片付くと、マイラはそれ以外の友人たちの生活ぶりの要約に取りかかった。ボブ・コブはヨットに乗ってアルーバのあたりにいた。ジェイ・アークルルードはカナダにいて、友人のキャビンでしばらく孤立した生活を送っていた。エイミー・スレイターは子供たちの世話で忙しかった。子供たちの一人はTボール〔棒に載せたボールを打つ野球に似たゲーム〕の選手だった。ブルースは目に見えて物静かになった。彼は注意深く噂話を集積していたが、自らの口からそれを他言することはなかった。

　ノエルはフロリダの暑さから一ヶ月逃げ出せることで、興奮しているようだった。プロヴァンスも暖かくはあるけれど、これほどの湿気はないから、と彼女は説明した。

食事の後で、彼女は再びマーサーを誘った。一ヶ月とはいかずとも、せめて一週間くらいでも一緒にフランスに行かないかと。申し出はありがたいけれど、私は小説を書かなくてはならないからとマーサーは言った。だいいちそんなお金の余裕はないし、書き物テーブルも買わなくてはならないし。

「テーブルはとにかくあなたのものよ、ディア」とノエルは言った。「あなたのために取り置きしてあるから」

マイラとリーは九時にそこを辞去し、家まで歩いた。マーサーはブルースとノエルを手伝って食器を片付け、十時になる前になんとか別れの挨拶をした。彼女が出て行くとき、ブルースは居間でコーヒーを飲んでいた。彼の鼻先は本の中にあった。

8

二日後、マーサーは思い切ってダウンタウンに出て、日陰になった中庭のある小さなカフェで昼食をとった。そのあとメイン・ストリートを歩いて、ノエルの店が閉まっているのを目にした。手書きの貼り紙があり、店主はアンティークの買い付けにフランスに行っていると書かれていた。書き物テーブルが正面ウィンドウにしっかり飾ってあったが、それを除けば店は空っぽだった。彼女は隣の書店に入り、ブルースに挨拶し、二階のカフェに上がった。そこでラテを注文し、それを持って外のバルコニーに出た。バルコニーはサード・ストリートに向かって張り出している。予期したとおり、ブルースがそこにやってきた。

「ダウンタウンに何か用事があったのかい？」と彼が尋ねた。

「退屈だったから。またしてもタイプライターの前で、仕事がうまく捗らない一日」

「マイラが君の『行き詰まり』を解消してくれたと思っていたけど」

「それほど話が簡単ならいいんだけど。少しお話しできるかしら？」

ブルースは微笑んで、もちろんと言った。そしてあたりを素速く見回し、立ち入った話をするには、近くのテーブルのカップルが接近しすぎていることを見てとった。

「下に行こう」と彼は言った。彼女はあとをついて、初版本ルームに行った。彼はドアを閉め、「どうやら真剣な話らしいね」と温かい微笑みを浮かべながら言った。

「少しデリケートな話なの」と彼女は言った。そしてテッサが一九八五年にメンフィスの図書館から「借りだした」古い本の話をした。彼女は前もって数え切れないほど練習を積んできたので、どうすればいいのか心底思い悩んでいるように見えた。彼がその話を愉快に思い、それらの本に興味を抱いたことに彼女は驚かなかった。メンフィスの図書館に連絡をする必要なんてない、というのが彼の意見だった。もちろん本が戻ってくれば喜ばれるだろうが、その損失は数十年前に既に帳簿に計上されている。それに図書館は本の真の値打ちにはまず気づくまい。「彼らはおそらくそれらの本をまた棚に戻し、別の誰かがすぐに持ち去ることだろう」と彼は言った。「賭けてもいいが、それらの本にはろくなことは起こらないよ。本はきちんと保護される必要があるんだ」

「でもそれは私の所有物じゃないし、売ることもできない。そうでしょ？」

彼は微笑んで肩をすくめた。そんな細かいことはほとんど問題にはならないという風に。「古いことわざにあるじゃないか。『所有していることが法律の九割〔何かを実際に持っている者が法的には断然有利という意味〕』って。君はその本を十年以上所有している。それは事実上君のものだ」

「どうかしら。そう言われても、もうひとつ釈然としないの」

「本は良好な状態なのかな？」

「たぶんそう思うけど。私はそういうことをよく知らないのよ。でも大事には扱ってきた。実のところ、ほとんど手を触れてもいないの」

「それを見せてもらえるかな？」

「どうかしら。これはまだ最初の一歩なの。もしあなたに本を見せたら、取引により近づくことになる」

「見るだけでも見せてもらいたいね」

「そうねえ。あなたのコレクションにはそれらの本は含まれているの？」

「イエス。僕はジェームズ・リー・バークのすべての本と、コーマック・マッカーシーのすべての本を揃えている」

　マーサーはそれらを求めて書棚を眺めた。「ここにはない」とブルースは言った。「他の希少本と一緒に地下に置いてある。潮風と湿気は本の大敵だからね。だから貴重なものは温度調整のきく保管庫にしまってあるんだ。見てみたいかい？」

「またいつかね」とマーサーはなんとか踏んばって、さりげない口調で言った。実際のところ彼女は見事なばかりに無関心そうに見えた。「その二冊はどれくらいの値段がつくものなのかわかる？　だいたいのところでいいんだけど」

「わかるさ」と彼は素速く答えた。その質問が来ることを予期していたみたいに。彼はデスクトップのコンピュータに向かい、いくつかのキーを叩いてスクリーンをチェックした。「僕は『受刑囚』の初版を一九九八年に二千五百ドルで購入している。今ではたぶんその二倍以上になっているだろう。値段は本の状態にかかっているわけだが、それはもちろん実物を目にするまではわからない。もう一冊、二〇〇三年に三千五百で購入している」、彼はスクローリングを続けた。マーサーにはスクリーンは読めなかったが、それが大量のコレクションで埋められていることは見て取れた。「『ブラッド・メリディアン』を僕はサンフランシスコの知り合いのディーラーから買っている。十年ほど前のことだ。いや、正確には九年。値段は、ええと、二千ドルだ。しかしジャケットに微かな傷があり、経年劣化も見られる。あまり良好な状態とは言えない」

　じゃあ偽物のジャケットを買えばいいのよ、とマーサーは思った。今では彼女は業界の事情にかなり通じていた。でもその代わりに彼女は嬉しい驚きに打たれたふりをした。「嘘みたい。そんなに値打ちがあるわけ？」

「嘘じゃないよ、マーサー。それは僕がこのビジネスでいちばん得意とする分野だからね。僕は新刊書を扱うよりは、希少本を取引することでより多くの収益を得ているんだ。自慢しているわけじゃなく、根っからこの商売が好きなんだ。もし君にそれらの本を売る気があるのなら、喜んでその手伝いをするよ」

「でもダスト・ジャケットには図書館のバーコードがついている。それで値打ちは落ちるわけでしょう？」

「いや、全然。それは消せるんだ。その手の修復の専門家を僕は一人残らず知っている」

そしておそらく偽造の専門家も一人残らずね。「どうやってあなたに見せればいいのかしら？」と彼女は尋ねた。

「バッグに入れてここに持ってくればいいのさ」、彼は少し間を置き、それから椅子を回転させて彼女を正面から見た。「あるいは僕が君のコテージに寄った方がいいのかもしれない。君の住まいも見てみたいしね。何年ものあいだ、その前を車で通りかかって、いつもこう思っていたんだ。このビーチでもこれがいちばん素敵なコテージのひとつだなって」

「私もできれば、あまりその本を持ち運びたくないわ」

9

その午後はだらだらと過ぎていった。ある時点でマーサーは、イレインに電話をかけて状況報告をアップデートしたいという誘惑に抗せなくなった。計画は予想した以上に素速く進行している。ブルースはそれらの本に食指を動かしている。彼がこのコテージに立ち寄るという事実は、少なくともイレインにとっては、実に願ってもない展開であるはずだ。

「ノエルはどこにいるの？」とイレインは尋ねた。

「フランスに行ったわ。そのはずよ。彼女が買い出しをしているあいだ、店は無期限の休業になる」

「申し分ないわね」とイレインは言った。その前日にノエルがジャクソンヴィルからアトランタ行きの飛行機に乗ったことを、彼女は既に知っていた。そこで彼女は午後六時十分発のエールフランス、パリ行きの直行便に搭乗した。そして予定通り朝の七時二十分にオルリー空港に到着し、そこから午前十時四十分発アヴィニョン行きの便に乗った。空港で待機していた男が、街の旧市街のアルジェ通りにある彼女のアパートメントまでノエルを尾行した。

六時数分過ぎにブルースがコテージを訪れたとき、ノエルはハンサムなフランス人の紳士と、「ラ・ファシェット」で遅めの夕食を食べていた。ラシーヌ通りにある小さな有名料理店だ。

ブルースがコテージにやって来たとき、マーサーは正面の窓にかかったブラインドから外を窺っていた。彼はポルシェのコンバーチブルを運転していた。それがマーチバンクス邸の前に駐めてあったのを彼女は目にしていた。彼はカーキ色のショートパンツにゴルフシャツという格好に着替えていた。四十三歳だったが、身体は日焼けしてほっそりと引き締まっていた。彼の口から、日々たゆまず退屈なワークアウトに励んでいるというような話を打ち明けられたことはなかったが、体型にずいぶん気を遣っていることは明らかだった。二度の長い夕食のあとで、彼女にはわかっていた。彼は少ししか食べないし、ほどほどにしか飲まないということが。それはノエルも同じだ。美味しい食事は彼らにとって大事な意味を持っていたが、二人ともそれをほんの少ししか口にしなかった。

彼はシャンパンのボトルを持参していたが、それは彼が時間を無駄にするような人間ではないことを示す証拠だった。妻《パートナー》が出発した翌日にはもう、次なる目標に接近を開始している。感心してしまう。

マーサーは入り口で彼を迎え、家の中を見せて回った。小説を書こうと努めていた朝食用テーブルの上に、彼女は二冊の本を置いた。「私たち、そのシャンパンを飲むのかしら」

「引っ越しのお祝いだよ。そのうちいつか飲めばいい」

「冷蔵庫に入れておくわ」

ブルースはテーブルの前に座り、魅せられたようにその二冊の本をじっと見つめた。

「見ていいかな？」

「もちろんよ。ただの古い図書館の本なんだから。そうでしょ？」と彼女は笑って言った。

「とんでもない」。彼はそっと『受刑囚』を取り上げ、まるで貴重な宝石でも扱うように撫でた。本を開くこともせず、彼はまずダスト・ジャケットを点検した。正面と裏と背を。ジャケットをさすり、まるで自らに向かって呟くように言った。「初版ジャケット、艶があり、色褪せしていない。傷もなく汚れもない」。彼はゆっくりとコピーライトのページを開いた。「初版。一九八五年一月、LSUプレスより出版」。彼はそれから何ページかをめくり、本を閉じた。「とても上質な本だ。素晴らしい。君はこれを読んだ？」

「いいえ、でもバークのミステリーは何冊か読んだことがあるけど」

「女性作家が好きだったんじゃないのか？」

「好きよ。でも女性作家のものしか読まないというわけじゃない。あなたは彼を知っているの？」

「ああ、知ってるよ、彼は二度うちの店に来てくれた。素敵な人だ」

「そしてあなたは既にこの本の初版を二冊持っているのね？」

「そう。でも僕は常に更に多くを求めている」

「これを買ってどうするつもりなの？」

「これは売り物なのかい？」

「たぶんね。この二冊がそんなに値打ちのあるものとは思いもしなかったから」

「僕はこれに五千ドルのオファーをする。そしてその倍の値段で売ろうとするだろう。僕にはたくさんのクライアントがいる。みんなシリアスなコレクターだ。そしてこれを自分のコレクションに加えたいと思うだろう人を、二人か三人知っている。数週間にわたって値段の交渉があるだろう。僕は多少の値引きに応じる。向こうも値を上げてくるかもしれない。でも七千という線は譲らない。それで相手が応じなければ、その本は五年ほど地下にしまっておく。初版本というのは良い投資なんだよ。それ以上数が増えるってことがないからね」

「五千ドル」とマーサーは呆然とした顔をして、繰り返した。

「即金でね」

「もっと値段の交渉はできるのかしら？」

「もちろん。しかし六千が僕の上限だよ」

「そしてその出所がどこなのか、誰にもわからないの？　つまり、私やテッサのところまで出所がたどられるようなことはない？」

ブルースはその質問を聞いて笑った。「もちろんそんなことはない。これは僕の世界なんだよ、マーサー。そして僕はこのゲームを二十年やっている。これらの本はもう数十年前に姿を消していたわけだし、誰も何も疑わないさ。僕は僕のクライアントに本を個人的に斡旋《あっせん》し、全員がハッピーになる」

「記録も残らない？」

「どこに？　全国にどれだけ初版本が存在するかなんて、誰にもそんな記録はたどれっこないんだ。本は足取りを残さないからね。その多くは宝石のように手から手へと渡っていく。常に所在説明を要求されるわけではない。僕の言っている意味はわかるかな？」

「いいえ、わからないわ」

「つまり、遺言状に記載する必要はないということさ」

「ああ、そういうことね。それらは盗まれたり転売されたりするの？」

「そういうことは起こる。その本の出所が明らかに怪しい場合には、手を出さない。

しかし本を見て、これは盗品だと判断するのはむずかしい。『受刑囚』を見てみよう。その初版の数は少ない。そして長い間にほとんどの本は姿を消してしまっている。そうなると残っている本で状態の良いものは、より高い価値を持つようになる。しかしそれでも、マーケットには数多くの本が出回っている。そしてそれらはどれも似たような顔をしている。あるいは少なくとも、刷り上がったときにはまったく同じものだった。その多くは一人のコレクターから別のコレクターの手に渡る。何冊かは盗品だと考えておかしくはない」

「詮索好きだと思われるかもしれないけど、あなたが持っているいちばん価値のある初版本って何かしら？」

ブルースは微笑んでちょっとだけ間を置いた。「君が詮索好きだとは思わないが、でもあまりおおっぴらに話せることじゃない。数年前に僕は『キャッチャー・イン・ザ・ライ』の新品同様の初版本を五万ドルで手に入れた。サリンジャーはその傑作にほとんどサインをしていない。しかし彼はその本を自分の編集者に進呈した。編集者は何年もその本を家に保管していた。ほとんど手も触れなかったので、それは完璧な状態にあった」

「どうやってそれを見つけたの？　ごめんなさい、でもなんだか唖然とするような話だから」

「何年も前からその本に関する噂は囁かれていた。たぶん噂の出所はその編集者の家族だろう。彼らはそれが大した金になりそうなことを嗅ぎつけていたんだ。僕は甥の一人に目をつけた。クリーヴランドまで飛んで、彼のあとを追いかけまわした。そしてしつこく懇願し、その本を僕に売ってくれるところまで持って行った。それは一度もマーケットに出たことはない。そして僕の知る限り、僕がそれを所有していることを知っているものは一人もいない」

「あなたはそれをどうするつもりなの？」

「どうもしないさ。ただ所有している」

「それを見た人はいるの？」

「ノエル。そして二人ばかりの友だち。君になら喜んでお見せするよ。他のコレクションと一緒にね」

「それは素敵。でもビジネスに戻りましょう。コーマックの本はどうなの？」

ブルースは微笑んで『ブラッド・メリディアン』を取り上げた。「君は彼の本を読んだことは？」

「読もうとしたけど、暴力的すぎて」

「テッサのような人がコーマック・マッカーシーのファンだというのは、いささか奇異に感じるけど」

「彼女はとにかく図書館にある本なら、しょっちゅう何だって読んでいた」

彼はダスト・ジャケットを点検し、言った。「ジャケットの背に二つばかり傷。たぶん経年劣化によるもの。多少の色褪せもあり。概して言えばジャケットは良好」。彼は本を開き、見返しを調べ、中扉を見て、それからコピーライトのページを細かく読んだ。そしてほとんど本文を読めそうなくらいゆっくりとページを繰っていった。ページを繰りながら、彼はソフトな声で言った。「僕はこの本が好きなんだ。マッカーシーの五冊目の本で、この小説で初めて西部が舞台になっている」

「なんとか五十ページくらいまでは読んだけど」と彼女は言った。「暴力があまりにもあからさまで、血なまぐさかった」

「実にそのとおりだ」とブルースは言って、なおもページを繰り続けた。まるでその暴力を楽しんでいるみたいに。それから本を閉じて言った。

「準良好状態、というのが取引で用いる表現だ。僕が現在所有しているものよりも状態は良い」

「それで、あなたはその本にいくら払ったの？」

「二千ドル、九年前のことだが。君のその本に対するオファーは四千ドルだ。僕はたぶんそれを自分のコレクションに残しておくと思う。四千が僕の限度額だね」

「つまり、この二冊合わせて一万ドルということになるわね。そんなに値打ちがあるものとは想像もしなかった」

「僕はあらゆることを心得ているんだよ、マーサー。一万ドルは君にとって良い取引だし、僕にとってもやはり良い取引だ。君は売るつもりなのかな？」

「どうしよう。考えてみる必要がある」

「いいとも。プレッシャーをかけるつもりはない。しかし決心がつくまで、それらの本をうちの保管庫に預からせてくれないか。さっきも言ったように潮風は書物の大敵でね」

「いいわよ。持って行って。二日ほどあれば決心はつくと思う」

「ゆっくり考えればいい。慌てることはない。そろそろシャンパンはどうだろう」

「いいわよ、もちろん。そろそろ七時になるし」

「いい考えがある」とブルースは立ち上がり、本を手に取りながら言った。「ビーチで一杯やって、散歩でもしよう。僕はビーチに出る暇なんてなかなかないんだ。こんな商売をしているとね。僕は海が好きなんだが、それをゆっくり目にする機会もないまま多くの日々を送っている」

「オーケー」、彼女は僅かなためらいをもって言った。既婚であることを公言している男性と、波打ち際をロマンティックに散歩するくらい危険なことはない。マーサーはカウンターにあった小さな段ボール箱を持ってきて彼に渡した。彼は本をその箱に入れ、彼女は冷蔵庫からシャンパンを取ってきた。

10

リッツまで歩いて行って戻ってくるのに一時間かかった。そして二人がコテージに戻ってくるころには、砂丘には影がしっかりと落ちていた。彼らのグラスはすっかり乾いており、マーサーはすかさずそれを満たした。ブルースはデッキの籐椅子に座り込み、マーサーはそのそばに腰を下ろした。

彼の家族の話になった。父親の突然の死、その遺産で書店を買ったこと。母親とはもう三十年近く会っていない。あまり親しくない姉。まったくつきあいのない叔母たち、叔父たち、従兄弟たち。祖父母はずっと前に亡くなっている。彼の話のひとつひとつが彼女の身の上と合致していた。そして話は彼女の母親の精神病と拘禁という悲劇に及んだ。それは誰にも話したことのない事柄だったが、ブルースは話しやすい相手だった。そして信頼もできた。そしてまたどちらも、アブノーマルな崩壊家庭によって傷を負っていた。二人には共通の土壌があり、お互いの情報を分かち合い、それについて語り合うことで心の安らぎを得た。打ち明け合えば合うほど、二人はそれについて笑い合えるようになっていった。

シャンパンの二杯目をグラス半ばまで飲んだとき、ブルースは言った。「僕はマイラの意見には賛成しない。君はもう家族について書くべきじゃない。君はそれを既に一度書いてしまった。とても見事にね。でもそれは一度で十分だ」

「心配しないで。マイラは、私がアドバイスを求めたいと思う相手ではまったくないから」

「でも愛すべき人物だろう。いささかクレイジーだが」

「愛するところまではいってないけど、だんだん彼女のことが好きになりつつはある。彼女は本当にそんなにお金を持っているの？」

「さあ、どうだろう。彼女とリーはなかなか快適に生活しているみたいだ。二人で百冊もの本を書いた。そしてついでに言うなら、リーは本人が言っているより、ずっと深くロマンス小説に関わっているんだ。そしてそれらの本のいくつかは今でも売れ続けている」

「良い気分でしょうね」

「金銭的に行き詰まっているときに本を書くのはむずかしいことだよ、マーサー。僕はそれを知っている。僕はたくさんの作家を知っているが、フルタイムの作家でいられるほど売れる作家はきわめて少数だ」

「だから彼らは教える。どこかの大学に職を見つけて、定まった給料をもらう。私はそれを二度やってきたし、たぶんこれからもやることになるでしょうね。教えるか、あるいは不動産でも売るか」

「それは君の選択肢には入らないと僕は思うね」

「他に何かアイデアはあるの？」

「実を言うと、僕には素晴らしいアイデアがある。シャンパンを注ぎ足してくれないか。そうすれば君に長い話を聞かせてあげるよ」。マーサーは冷蔵庫からシャンパンの瓶を出してきて、ボトルを空にした。ブルースはそれをくいくいと飲み、唇でぽんと音を立て、言った。「こいつなら朝食がわりに飲むこともできる」

「私もよ。でもコーヒーの方が安上がりだから」

「僕には昔、あるガールフレンドがいた。ノエルと会うずっと前の話だけどね。名前はタリアといって、良い娘だった。ゴージャスで才能があって、でも頭の中はとことんいかれていた。僕らは二年ほどのあいだ、会ったり会わなかったりの繰り返しだった。会うことより会わないことの方が多かったな。というのは彼女はゆっくりと現実との接点を失っていったから。僕には彼女を助けてやれなかったし、彼女が駄目になっていくのを見ているのはつらかった。でも彼女には書くことができて、長編小説を執筆していた。それはとても大きな可能性を秘めた作品だった。チャールズ・ディケンズと彼の愛人である、エレン・ターナンという若い女優のことを徹底的にフィクシヨン化したストーリーだ。ディケンズは二十年にわたってキャサリーンと結婚していた。彼女はヴィクトリア朝時代の考え方をするきわめて謹厳な女性だった。十人の子供をもうけ、肉体的には明らかに惹かれ合っていたが、その結婚生活は悲惨なまでに不幸なものだったことは広く知られている。四十五歳で、おそらくは英国中で最も有名な人であった時、ディケンズはエレンに出会った。エレンは十八歳で、将来性ある女優だった。二人は激しい恋に落ち、彼は妻と子供を棄てた。しかしその時代にあっては離婚は話のほかだった。彼とエレンが実際に生活を共にしていたかどうか、それはわかっていない。また彼女が子供を死産したというかなり信憑性の高い噂もある。どういう風に案配したのかはわからないが、二人は身を隠し、人目を忍ぶことについては成功を収めた。しかしながらタリアの小説では、二人は目いっぱい情事を楽しんでいる。物語はエレンによって語られるんだが、細部まで実に事細かに描写される。そしてタリアがもうひとつの有名な恋愛沙汰を持ち込んだとき、小説は複合的な構造をとるようになった。それはウィリアム・フォークナーとミータ・カーペンターの関係だ。フォークナーは、ハリウッドではした金を稼ぐために脚本書きの仕事をしているときに彼女と巡り会った。そしてあらゆる徴候は、彼らが恋に落ちていたことを示している。こちらもまた徹底してフィクション化されており、その出来はとても良い。それから、小説を更に複雑化するために、もう一人の高名な作家と彼のガールフレンドをそこに登場させた。こういう話がある。それが事実だという証拠はないし、たぶん真実ではないだろうが、アーネスト・ヘミングウェイはゼルダ・フィッツジェラルドと束の間の恋愛関係を持ったという噂だ。彼らがパリに住んでいた時のことだ。知っての通り、事実は往々にして良い物語の邪魔をする。だからタリアは自分の物語をこしらえ、アーネストとゼルダがF・スコットに隠れておこなっていた情事について、とても魅力的な話を書いた。そうやって三組のセンセーショナルな文学者の恋愛沙汰をかわりばんこに持ち出すことによって、話を大きく盛り上げていった。一冊の本に収めるには話の内容が盛りだくさんすぎたわけだが」

「彼女はそれをあなたに読ませたわけ？」

「その大半をね。彼女はストーリーを変え続け、セクションを丸ごと書き直し続けた。そして書けば書くほど、話はますます混乱の度を深めていった。彼女はアドバイスを求め、僕はそれを与えた。そして彼女は常にその逆のことをやった。彼女はその作品に取り憑かれて、二年間ノンストップで書いていた。原稿が千ページを超えた時、僕は読むのを中止した。その頃には、僕らはよく喧嘩をするようになっていたし」

「それはどうなったの？」

「焼き捨てたとタリアは言った。ある日、彼女は取り乱して電話をかけてきて、原稿は永遠に始末した、この先もう一語たりとも書くつもりはないと僕に言った。そしてその二日後、サヴァンナで麻薬の過剰摂取のために死んだ。彼女はそのときそこに住んでいたんだ」

「たまらない話」

「二十七歳で、僕が目にした誰よりも才能があった。葬儀の一ヶ月ばかり後で、僕は彼女の母親に手紙を書いた。そしてできるだけ穏やかにこう尋ねた。ひょっとして、タリアは何かを残しませんでしたかと。返事はなかった。そしてその小説のことは二度と語られなかった。彼女は本当に原稿を焼いて、それから自殺したのだろう。たぶん間違いなく」

「気の毒に」

「悲劇だ」

「あなたはコピーをとらなかったのね？」

「まさか。彼女は原稿を持って二、三日やってきて、僕にそれを読ませ、そのあいだ仕事をしていた。彼女は誰かが自分の原稿を盗むんじゃないかと偏執症的に警戒していて、原稿からいっときも目を離さなかった。あの気の毒な娘は、いろんなものごとにひどく偏執症的だった。終わり頃には治療薬を飲むのをやめ、幻聴をおこすようになり、そうなるともう僕の手には負えなくなった。正直言って、その頃には彼女を避けるようになっていた」

二人はそれぞれにゆっくり飲み物をすすりながら、その悲劇について一分か二分、深く考えていた。太陽はすっかり沈み、あたりは暗くなっていた。どちらも夕食のことは口にしなかった。しかしマーサーは誘われたら断るつもりだった。一日にしては既に長すぎる時間を二人は一緒に過ごしていた。

彼女は言った。「それはかなりすさまじい話よね」

「どの話だい？　ディケンズかフォークナーかゼルダか、それともタリアか。そこにはとてもたくさんのマテリアルが含まれている」

「そしてあなたは私にそれをくれるわけ？」

ブルースは肩をすくめた。「取るも取らないも君の自由だ」

「ディケンズとフォークナーの話は本当のことなのね？」

「そうだ。しかし最も出来が良かったのはヘミングウェイとゼルダの話だった。一九二〇年代のパリ、失われた世代の話で、カラフルな背景と歴史がそこにはある。二人はもちろんお互いを知っていた。F・スコットとヘミングウェイは親友で、飲み友だちだった。そしてアメリカ人たちは、しょっちゅう集まってパーティーを開いていた。ヘミングウェイは常に獲物を狙っていた。彼は四人の女性と結婚しており、倒錯した一面も持っていた。書き方によっては、その話はマイラでさえ感心するくらい淫らなものにもなり得る」

「そうなるといいわね」

「あまり乗り気じゃないようだね」

「歴史フィクションというのが今ひとつぴんとこないの。それは歴史なの、それともでっちあげなの？ なんていうか、私にはそういうのが正直な行いとは思えないのよ。実在の人たちの人生を適当に作り替えて、彼らが実際にやってないことをやったみたいに書いてしまうことがね。彼らは確かに死んでしまっているけれど、だからといって、作家たちが彼らの人生を創作し、書き換えちゃってかまわないということにはならないでしょう？ とりわけそのプライベートな部分を」

「でもそれは多くの人がやっていることだし、その手の本はよく売れている」

「そうね。でもその手の話が私に向いているとは思わないな」

「彼らの本は読むのかな。フォークナーとか、ヘミングウェイとか、フィッツジェラルドとか？」

「必要のあるときだけね。亡くなった白人男性作家は避けるようにしているの」

「僕もそうだ。僕は会ったことのある作家のものを好んで読む」、彼はグラスに残っていた酒を飲み干し、二人が挟んだテーブルの上に置いた。彼は言った、「そろそろ失礼するよ。散歩は楽しかった」

「シャンパンをありがとう」と彼女は言った。「そこまで送るわ」

「出口くらいはわかるよ」と彼は言った。そして彼女のあとを歩き、頭のてっぺんに優しくキスをした。「それじゃ」

「おやすみなさい」

11

翌朝の八時、マーサーは朝食用のテーブルに座って海を見つめていた。ラップトップは無視して、捉えどころのない白昼夢のようなものに耽っていたのだが、突然携帯電話が鳴りだし、はっと我に返った。フランスにいるノエルからの電話だった。その地の時刻は六時間先だ。上機嫌の「ボンジュール」で始まり、「お仕事の時間を邪魔してごめんなさいね」と彼女は謝った。しかし一日が慌ただしくなる前に連絡しておく必要があったのだ。ジェイクという男があした店に来るので、その人に会ってもらえるといいのだけれどとノエルは言った。ジェイクは彼女の信頼する、家具の修復と塗装をおこなう職人であり、定期的に店に立ち寄る。彼は明日来店し、地下室に置いてある衣装ダンスを修復することになっているのだが、書き物テーブルの塗装についてマーサーと話し合うには、絶好の機会だと思う。店は閉まって鍵がかかっているが、ジェイクは鍵を持っているので問題ない。マーサーは礼を言い、それから数分間二人はフランスのあれこれについておしゃべりをした。

さよならを言って電話を切ると、マーサーはすぐさまワシントンにいるイレイン・シェルビーに電話をかけた。マーサーは昨夜、その日に起こったことと、そこで交わされた会話を詳細に記した長いメールを送っていた。だからイレインは既にしっかり事情を把握していた。急速な展開があり、マーサーは同じ日のうちに両方の店の地下室を見られることになりそうだ。

彼女はブルースに電話をかけ、二冊の本について彼のオファーを受け入れることにすると言った。明日ジェイクに会いにダウンタウンに行くので、そのときにそちらに寄って小切手を受け取ることにすると。それに加えて『キャッチャー・イン・ザ・ライ』の初版本も是非見てみたいし。

「素晴らしい」と彼は言った。「昼食でもどうだい？」

「いいわよ」

12

イレインと彼女のチームは日が暮れてからやって来た。ミーティングをするには遅すぎる時刻だった。翌朝の九時にマーサーは浜辺を散歩し、彼らの滞在するコンドに通じるボードウォークの前で歩を止めた。イレインはコーヒーのカップを手に階段のステップに座っていた。足指の間には砂がついていた。彼女は例によって力強く握手をした。そして言った。「よくやったわね」

「今のところは」とマーサーは言った。

二人はコンドに入った。そこでは二人の男が待っていた。グレアムとリックだ。彼らはキッチン・テーブルの前に座り、テーブルにはコーヒーと、何やかやが詰まった大きな道具箱みたいなものが置かれていた。箱の中には――マーサーはすぐに教えられることになるのだが――仕事に必要な各種玩具が収められていた。マイクや盗聴器やトランスミッターやカメラだ。カメラはあまりに小さくて、こんなものに本当に画像が写せるのかしらと疑わざるを得なかった。彼らはいろんな装置を引っ張り出し、ああだこうだと可能性を討議し始めた。

イレインはマーサーに「隠しカメラを身につけてもかまわないか」と尋ねたりはしなかった。彼女がそうすることは最初から既に決定されていたみたいで、そのことが彼女を少しばかり苛立たせた。グレアムとリックが話し合っている間、マーサーには胃がぎゅっと締め付けられるような感覚があった。彼女は口を挟んだ、「それって合法的なの？　つまり、相手の許可なしに誰かを撮影することは？」

「違法じゃない」とイレインは確信の笑みを浮かべて言った。馬鹿なことを言わないでといった風に。「公の場で人の写真を撮るのと変わりはない。許可は必要とされない。情報通告もね」

二人の内で年上の方のリックが言った。「情報通告なしに電話の会話を録音することはできない。しかしカメラの監視を禁じる法律を政府はまだ通していない」

「いかなる時も、いかなる場所でも、個人の住宅内は別にして」とグレアムが付け加えた。「監視カメラは至るところに設置され、建物や歩道や駐車場を視野に収めている。それらのカメラは許可を得ることなく誰でも撮影できる」

行動の指揮を執り、その二人の男たちよりは立場がずっと上位にあるイレインは言った。「バックル・リングのついたこのスカーフが気に入ったわ。ちょっとつけてみて」。スカーフはカラフルな花柄で、高級品に見えた。マーサーはそれを三重に折り、首に巻いた。リックが彼女にバックル・リングを渡した。模造宝石のついた金色の留め金だ。彼女はスカーフの端をそこに通した。小さなドライバーを手に、極端なまでにぴたりと身を寄せ、リックはドライバーでバックル・リングをとんとんと叩いて確認した。

「カメラをここにつける。それは実際、目にもとまらない」

「カメラの大きさは？」

グレアムがそれを見せてくれた。馬鹿馬鹿しいくらい小さな機械だった。レーズンよりも小さい。「それがカメラなの？」と彼女は尋ねた。

「高解像度カメラよ。見せてあげる。バックル・リングを貸して」。マーサーはそれを外してリックに手渡した。彼とグレアムはお揃いの外科手術用拡大鏡をつけ、その上に覆い被さるようにして作業をおこなった。

イレインは尋ねた。「どこで昼食をとるか知っている？」

「いいえ、彼は何も言わなかった。私は十一時にノエルの店でジェイクに会うことになっているの。そのあと隣の書店まで歩いていってブルースに会う。そのあと昼食になると思うけど、場所がどこかは知らない。それをどのように扱えばいいの？」

「何もしなくていい。普通に振る舞っていればいいのよ。カメラはリックとグレアムがリモートで操作してくれるから。二人は店の近くに駐めたヴァンの中にいる。カメラには音声はつかない。それには小さすぎるから。だから話の内容は気にしなくていい。どちらの地下室も、中に何があるのか私たちは何ひとつ知らない。だからすべてをスキャンするようにしてね。ドアとか窓とか、更なる監視カメラとか」

リックが付け加えた。「地下室に通じるドアに保安センサーがついてないかどうか見てくれ。外に通じるドアはないと我々はほぼ確信している。どちらの地下室も完全に地面より下になっているし、外部から降りていく階段も見当たらないから」

イレインは言った。「これは私たちにとって地下室を見る最初の機会だし、唯一の機会になる可能性も大きい。すべてが重要だけど、私たちが捜さなくてはならないのは、言うまでもなく原稿や紙の束、普通の本よりも大きいものよ」

「原稿のことはよく知ってるわ」

「そりゃそうよね。抽斗とかキャビネットとか、原稿が収まりそうなところを捜してちょうだい」

「もし彼がカメラに気づいたらどうすればいいの？」とマーサーは少しばかり緊張した声で尋ねた。

二人の男たちはうなった。そんなことはあり得ないというように。

「見つからないわよ。だって見えないんだから」とイレインは言った。

リックはバックル・リングを返し、マーサーはスカーフの端を再びそこに差し込んだ。「それを起動するね」とグレアムが言って、ラップトップのキーを叩いた。

リックが言った。「そこに立って、ゆっくり一回転してくれないかな」

「いいわよ」、彼女は言われた通りにした。イレインと男たちはラップトップの画面を見ていた。「なかなか素晴らしいわ」とイレインは言った。まるで自分に言い聞かせるみたいに。「見てごらんなさいよ、マーサー」

テーブルの脇に立ち、玄関のドアに向き合うようにして、マーサーはスクリーンを見下ろした。そしてその映像の鮮やかさに驚いた。ソファやテレビや安楽椅子から、目の前の安物の絨毯までくっきりと見えた。「すべてはこの小さいカメラから送られてくるのね」と彼女は言った。

「簡単なことでしょ、マーサー」とイレインは言った。

「スカーフは私の持っているどの服にも合わないけど」

「じゃあ、どんな服を着ていくつもりなの？」イレインはそう尋ねて、バッグに手を伸ばした。そしてそこから半ダースほどのスカーフを取り出した。

マーサーは言った。「普通の小さな赤いサンドレスのつもり。ぜんぜん立派なものじゃない」

13

ジェイクは入り口のドアを開け、彼女を入れるとまた鍵をかけた。彼は自己紹介をし、ノエルとは長いつきあいだと言った。ごつごつした胼胝《たこ》だらけの両手を持つ、白いあごひげを生やした職人だった。ハンマーと工具を持って人生を送ってきたたたき上げの働き者だ。書き物テーブルはもう地下室に運んであると、彼はぶっきらぼうな声で言った。彼女はその男のあとをついて階段を降りた。自分の前にあるものはすべて撮影され、分析されるのだと意識しながら、ゆっくりとそして距離を置いて。手すりに手を置いて十段降りると、そこは縦長の散らかった部屋だった。店の広さがそのままその部屋の広さになっているようだ。その寸法を彼女はよく知っている。幅四十二フィート、奥行き百六十五フィート、隣の書店と同じ大きさだ。天井は低く、せいぜい八フィートというところ、そして床は剝き出しのコンクリートだ。あらゆる種類の分解された、壊れた、未完成の、あるいはそぐわない組み合わせの家具や装飾品が、壁に沿って出鱈目に置かれていた。マーサーはさりげない風を装いながら、ぐるりを眺めまわし、ゆっくりとすべての方向を向いた。

「ここが彼女が最上品をしまっておく場所なのね」と彼女は言ったが、ジェイクはユーモアのセンスを持たない男だった。地下室の照明は明るく、奥の方に小部屋らしきものがあった。そして何より重要なこと――煉瓦の壁にはドアがひとつついており、それはこの部屋と隣の地下室とを隔てるドアだった。そしてその向こう側の地下室こそ、ミスタ・ケーブルが宝物を隠していると、イレイン・シェルビーとその謎の仲間たちが踏んでいる場所なのだ。煉瓦壁は古いもので、何度も塗り直されており、現在はダークグレーだった。しかしドアはそれよりずっと新しい、金属製の頑丈なもので、上部の隅に二個の保安センサーが設置されていた。

イレインのチームはその二つの店が、実質的にぴったり同型であることを知っていた。幅も奥行きも高さも、そしてレイアウトも。それらは本来、百年前に建てられた建物のひとつの部分だったのだが、一九四〇年に書店がオープンしたときに、真ん中から二つに分割されたのだ。

通りを隔てて駐車したヴァンに座って、ラップトップを睨んでいるリックとグレアムは、二つの地下室を結ぶドアが存在しているのを目にして快哉を叫んだ。コンドのソファに座っているイレインも同じ反応を見せた。その調子よ、マーサー！

書き物テーブルは部屋の中央に置かれていた。床には長年の間にこぼれ落ちたいろんな色がたっぷり入り混じっており、テーブルの下には新聞紙が敷かれていた。マーサーはそれを、ただのゲームの小道具としてではなく、何かしら栄誉ある所持品を見るような目でしげしげと眺めた。ジェイクは色の見本シートを持ち出し、二人はいくつかの色について検討したが、マーサーは簡単には首を縦に振らなかった。結局、柔らかなパステル・ブルーに決まり、ジェイクはそこに薄いコーティングをかけ、古っぽく、いかにも使い込まれているように見せかけることになった。彼はその色をトラックに積んでおらず、手に入れるのに数日を要するということだった。

素晴らしい。作業の進行具合を見るために、いつでも好きなときにここに立ち寄ることができる。もしそれが必要であれば。リックとグレアムがその武器庫に持っている玩具の中から、次はカメラ付きのイヤリングをつけてくるかも。

地下に洗面所はあるかと尋ねてみた。ジェイクは奥の部屋を顎で示した。彼女は時間をかけてそれを探し、使用し、ゆっくりと歩いて正面に戻った。彼はそこで書き物テーブルに紙やすりをかけていた。彼は屈み込んでいたので、マーサーはそこに立って、金属製のドアを正面に捉え、これまでで最高の撮影をすることができた。しかしもしかしたら、隠しカメラが彼女を撮影しているかもしれない。彼女は後ろに下がり、自分が状況を見定め、ひとつひとつ経験を積んでいくことに感心した。このぶんでは、ちょっとしたスパイになれるかもしれない。

　彼女は入り口でジェイクと別れ、ブロックを一回りして小さなキューバ料理のデリに入り、アイスティーを注文し、テーブル席に座った。一分もせずリックが入って来て、ソフト・ドリンクの代金を支払った。そしてマーサーの前に座り、ほとんど囁くように言った。「完璧な仕事だった」

「私ってこういうのに向いているのかも」と彼女は言った。胃のつっかえのようなものは今は消えていた。「カメラは今も作動しているの？」

「いや、さっき切っておいた。君が書店に入ったら再起動する。いつもと違うことをするんじゃないよ。カメラは問題なく作動しているし、君は我々にたくさんの画像を提供してくれた。二つの地下室を結ぶドアがあるとわかって、実に胸が躍ったよ。今度は逆の側からそのドアにできるだけ近寄ってもらいたい」

「それは問題ないと思う。そのあと私たちは書店を出て、昼食を取りに行くことになっているんだけど、そのあいだカメラをオンにしておく？」

「いや」

「少なくとも一時間は、私とケーブルはテーブルを挟んで向かい合って座っている。彼がそれを目に留めるとは思わないの？」

「地下室に降りたあと、洗面所に行けばいい。一階にあるやつに。そしてスカーフとバックル・リングを取って、それをバッグに入れるんだ。彼が何か言ったら、スカーフが暑かったからと言えばいい」

「それはいいわね。カメラをずっと相手に向けたままだと思うと、食事はとても楽しめそうにないから」

「わかった。君はもう行った方がいい。我々は君のすぐ背後に控えているから」

マーサーは十一時五十分に書店に入り、ブルースが入り口に近いラックの雑誌を並べ直しているのを目にした。今日のシアサッカー・スーツは淡い水色のストライプ柄だった。それまでにマーサーは、少なくとも六種類のスーツの色合いを目にしてきた。そしてきっと、もっとたくさんの色合いが揃っているのだろうと推測した。ボウタイは明るい黄色のペイズリーだった。そして相変わらずベージュのバックスキンの靴に、ソックスはなしだ。靴下は決してはかない。彼は微笑み、彼女の頰に軽く口づけし、素敵な格好だねと言った。彼女は彼のあとをついて初版本ルームに行った。彼はそこでテーブルの上の封筒を手に取った。「テッサが三十年前に借りた二冊の本に対する代価、一万ドルだ。彼女はどう思うだろうね」

「彼女はこう言うと思うな。『私の取り分は？』って」

ブルースは笑って言った。「我々にはどうやら取り分が出そうだ。『受刑囚』を買いたいというクライアントが二人いる。私はうまく二人を争わせ、数回電話をかけただけで二千五百ドルの利益を得ることができるだろう」

「そんなに簡単なものなの？」

「いや、いつもいつもそううまくいくわけじゃない。今日はついていたのさ。だから僕はこのビジネスが好きなんだ」

「ひとつ質問があるの。あなたがこの前話していた『キャッチャー・イン・ザ・ライ』の新品同様の本のことだけど、もし本気で売ろうとしたら、どれくらいの値段をつけるのかしら？」

「ほほう、君もこのビジネスに興味を持つようになったわけかい？」

「いや、そういうのじゃぜんぜんない。私の頭はビジネス向きにできていないもの。単なる好奇心よ」

「去年僕は八万ドルのオファーを断った。それは売り物じゃないけれど、もしどうしてもそれを売らなくちゃならないとなったら、言い値を十万から始めるね」

「悪い取引じゃない」

「それを見てみたいって言ってたよね？」

マーサーはとくにどちらでもいいという風に肩をすくめて、簡単に「そうね、もしあなたが忙しくなければ」と言った。ブルースが自分の本を見せて自慢したがっていることは明らかだった。

「君のためなら時間はいくらでもあるさ。ついておいで」。二人は階段の前を通り過ぎ、子供向けの本のコーナーを抜け、店のいちばん奥まで行った。下りの階段は人目につかない鍵のかかったドアの奥にあった。いかにもほとんど使われていないように見える。片隅の高いところにある一台のカメラがそこを見張っていた。保安センサーがひとつドアの上についていた。鍵を使ってブルースは錠前を外し、古いノブを回した。ノブには鍵はかかっていなかった。そしてドアを開け、中の明かりをつけた。

「気をつけて」と彼は言って下に降り始めた。マーサーは少しためらい、言われたように注意をして降りた。階段のいちばん下で彼はもう一つのスイッチをオンにした。

　地下室は少なくとも二つの部分に分けられていた。正面の部分の方が大きく、そこには階段と、ノエルの店に通じる金属製のドアが含まれていた。古い木製の棚がずらりと並び、何千という数の、求められない本や原稿や見本刷りの重みでたわんでいた。

「これは『墓場』と呼ばれているものだ」とブルースは言って、その混雑ぶりを腕を振って示した。「どんな店にもこういうゴミ集積場がある」二人は地下室の奥に向けて数歩進み、シンダーブロックの壁に直面した。その壁は元々あるものではなく、明らかにそこに後から付け加えられたものだった。壁は部屋と同じ幅と高さを持っており、ぴったり隙間なくそこを塞いでいた。その壁にはまたドアがあり、ドアの脇にはキーパッドが取りつけられていた。ブルースがそこにコードを打ち込んでいるとき、古い垂木から下がったカメラがドアに向けられていることをマーサーは目に留めた。ブザーの音、そしてかちりという音が聞こえた。二人はドアの中に入り、ブルースが明かりをつけた。中の温度は涼しく肌に感じられた。

部屋はそれ自体が独立完結しているように見えた。シンダーブロックの壁に沿って書棚がずらりと並び、コンクリートの床は滑らかな処理をされ、低くなった天井はマーサーにはどういうものだか見当もつかない繊維素材でできていた。しかし彼女はとにかくそれをカメラに収めた。あとは専門家が判断してくれるだろう。一時間もしないうちに彼らはその部屋が幅四十フィート、奥行きもそれとだいたい同じであると判断することになる。広い部屋の真ん中には立派なテーブルが置かれていた。八フィートの高さの天井、堅牢な接合部。すべてのものごとが、この部屋はぴったり密閉され、防犯警備され、防火処置を施されていることを示していた。

ブルースは言った。「書物は光と暑気と湿気によってダメージを受ける。だからその三点をコントロールしなくてはならない。ここでは湿気はほとんどなく、温度は常に華氏五十度〔摂氏十度〕に保たれている。もちろん陽光は差し込まない」

書棚は厚い金属でできており、ガラスの扉がついて、本の背が見えるようになっていた。それぞれのユニットには六段の棚がついており、いちばん下の段は地面から二フィートほど持ち上がり、いちばん上の段はマーサーの頭より数インチ高いところにあった。つまり高さ六フィートというところだろう。リックとグレアムもそれに同意するだろう。

「テッサの初版本はどこにあるの？」と彼女は尋ねた。

彼は奥の壁の方に行って、書棚の横にある狭いサイド・パネルに鍵を差し込んだ。彼がそれを回すと、かちりという音が聞こえ、六つあるすべてのガラス戸が解錠された。彼は上から二段目の棚を開いた。「ここだよ」と彼は言って、『受刑囚』と『ブラッド・メリディアン』を取りだした。「新しい住まいで安全に過ごしている」

「とても安全ね」と彼女は言った。「すごく感心したわ、ブルース。ここには何冊くらい本があるのかしら？」

「五、六百冊というところかな。しかし全部が自分の本というのではない」、彼はドアのそばの壁を指さして言った。「あそこにあるのは、クライアントや友人たちのために保管しているものだ。委託販売のためのものも何冊かある。クライアントの一人は離婚調停中で、自分の蔵書をここに隠している。僕はたぶん召喚状を受け取り、法廷に引き出されることになるだろう。初めてのことじゃないが、クライアントを護るためなら常に嘘をつく」

「それでこれは何なの？」と彼女は、隅に置かれた背の高いずんぐりとした、ひときわ大きなサイズのキャビネットを指さして尋ねた。

「それは金庫で、きわめて大事なものをそこにしまっておく」。彼はキーパッドに数字を打ち込んだ。マーサーはそこから目をそらすようにそつなく留意した。そして分厚いドアが解錠された。ブルースがドアを開けると、上部の中央に三つの棚があり、そこには模造された本の背表紙らしきものがぎっしり並んでいた。書名が金文字で記されているものもあった。ブルースは真ん中の棚をそっと引き出し、尋ねた。「君はクラムシェルを知っているかな？」

「いいえ」

「一冊一冊の本を保護するための箱のことだ。言うまでもなく、これらの本は様々なサイズでプリントされている。だからクラムシェルのサイズも様々だ。こちらに来てごらん」

二人は振り向いて、部屋の中央にあるテーブルに移動した。彼はそのクラムシェルをテーブルの上に置き、蓋を開き、本を大事そうに取りだした。そのダスト・ジャケットは透明のラミネートのカバーに収められていた。「これは僕が手に入れた一冊目の『キャッチャー・イン・ザ・ライ』だ。二十年前に父親の書棚から持ってきた」

「じゃあ、あなたはそれを二冊持っているわけね」

「いや、四冊持っている」。彼は表の見返しを開き、微かな退色を指で示した。「ここに少し退色がある。ジャケットにひとつかふたつの傷。しかしほぼ上質と言っていい」。彼はその本とクラムシェルをテーブルの上に置いたまま、金庫に戻った。そのときにマーサーは、リックとグレアムが正面からしっかりと見られるように、そちらを向いた。最も珍しい本を収めた三つの棚の下、底の部分に四つの長方形の抽斗のようなものがあった。その時点ではどれもすべてしっかりと閉まっていた。

もし本当にブルースが原稿を所持しているとすれば、きっとそこに収められているはずだ。それが彼女の考えたことだった。

彼は別のクラムシェルをテーブルの上に置いて言った。「これが僕の持っている四冊のうちでいちばん新しいものだ。サリンジャーのサインが入っているやつだよ」。

彼はクラムシェルを開け、本を取り出し、タイトル・ページを開いた。「捧げる相手の名前もなし、日付もなし。署名だけ。前にも言ったようにきわめて珍しいものだ。彼は自分の本に署名することをいっさい拒否していたからね。頭がおかしくなったんだよ。君はどう思う？」

「みんなはそう言う」とマーサーは答えた。「本はきれいね」

「実に」と彼はなおも本を撫でながら言った。「きつい一日があったようなときには、僕はときどきこっそりここに降りてくる。そして鍵をかけて閉じこもり、本を引っ張り出すんだ。そして想像してみる。一九五一年にJ・D・サリンジャーであるというのは、どういうことだったんだろうってね。その年にこの本が刊行された。彼にとっての最初の長編小説だ。それまでにいくつかの短編小説が『ニューヨーカー』に掲載されていたが、まだそれほど名を知られてはいない。リトル・ブラウンは初版を一万部刷ったが、それが今では年に百万部を売っているし、六十五ヶ国語に翻訳されている。これからどんなことが起ころうとしているか、当時の彼には知るべくもない。この本は彼を金持ちで有名にした。しかし世間の注目をどのように扱えばいいのか、彼にはわからなかった。頭がおかしくなったのだと、大方の学者は考えている」

「二年前にクラスでそれについて教えていたわ」

「じゃあ、君はそのことをよく知っているんだね？」

「でもその本は私の好みじゃない。前にも言ったけど、私は女性作家のものが好きなの。それもできれば存命の作家のものが」

「だから君としては、女性作家によって書かれた珍しい本が見たいわけだ。生きている、亡くなったにかかわらず。そうだね？」

「そうね」

彼は再び金庫に戻った。マーサーはその行程を残らず撮影し、自分の小さなカメラでまた別の角度からくっきり金庫が撮影できるように、少しばかり立ち位置を変えることまでした。彼は目当ての本を見つけ、テーブルに戻ってきた。「ヴァージニア・ウルフの『自分だけの部屋』はどうだい？」。彼はクラムシェルを開き、本を取りだした。「一九二九年出版。初版。ほぼ上質の状態。僕は十二年前にこれを見つけた」

「その本は大好きよ。高校生の時に読んで、作家になりたいと思った。というか、少なくともトライしてみようと」

「これはとても貴重なものだ」

「それに一万ドル払うわ」

二人は一緒に笑った。それから彼はあらたまった口調で言った。「申し訳ないが、これは売り物じゃないんだ」。彼はその本をマーサーに手渡した。彼女はそっとその本を開いて言った。「ヴァージニア・ウルフはとても勇敢な人だった。彼女の有名な言葉は『もしフィクションを書きたいと思ったら、女性はお金と、自分だけの部屋をもたなくてはならない』」

「彼女はひどく悩み苦しんだ人だった」

「そうね。彼女は自殺した。作家というのはどうしてそんなに苦しむのでしょうね、ブルース？」。彼女は本を閉じて彼に返した。「多くの破壊的な行動をとる。そして自殺さえする」

「自殺については理解できないが、飲酒や悪習のことならわかるような気がする。我らが友人のアンディーが何年か前に、そのことを説明しようと試みてくれた。彼が言うにはそれは、作家の生活には規律というものがないせいだそうだ。ボスもいないし、管理者もいないし、出勤時刻も就業時間も決まってない。朝に書いてもいいし、夜に書いてもいい。酒も飲みたいときに飲める。アンディーは二日酔いのときの方がうまく書けると主張するが、それはどうかなと僕は思う」。ブルースはそれぞれの本をクラムシェルに戻した。そしてそれらを金庫に戻した。

彼女は衝動的に尋ねた。「その抽斗には何が入っているの？」

一瞬のためらいもなく彼は答えた。「古い原稿さ。でもこれらの本に比べれば、原稿には大した値打ちはない。ジョン・D・マクドナルドは僕の好きな作家だ。とくにトラヴィス・マッギーものはね。そして数年前に、別のコレクターから二冊分のオリジナル原稿を買い取ることができた」。彼はそう言いながら扉を閉めた。明らかに抽斗は不可侵区域であるらしい。

「満足したかい？」と彼は尋ねた。

「ええ。素晴らしいコレクションね、ブルース。私がまったく知ることのない世界だわ」

「僕は滅多にここを人には見せないんだ。希覯本の取引は密やかなビジネスだ。僕が

『キャッチャー』を四冊も持っているなんて、おそらく誰一人知らないだろう。そして僕としては誰にも知られたくない。ここには帳面もなく、誰に見られることもない。多くの取引は人目につかないところでおこなわれる」

「あなたの秘密は守られる。だいたい私がこのことを話したいと思うような相手は、ただの一人も思いつけないから」

「誤解しないでもらいたいんだ、マーサー。これらはすべて法にかなったことだ。僕は利益を申告し、税金を支払っている。もし僕がばったり死ぬようなことがあれば、これらの品物は僕の遺産目録に所属することになる」

「そっくり全部が？」彼女は微笑んで尋ねた。

彼も微笑みを返し、そして言った。「まあ、ほとんどがね」

「もちろん」

「さて、ビジネス・ランチといかないか？」

「おなかがぺこぺこよ」

14

チームは持ち帰りピザを買って、それをソフト・ドリンクで流し込んだ。食事は目下の重要事項ではない。リックとグレアムとイレインはコンドの食堂テーブルを囲んで座り、マーサーの撮ったビデオからプリントした数十枚ほどのスチル写真を精査していた。彼女の撮ったビデオ映像の長さは、ノエルの店におけるものが十八分、ブルースの店におけるものが二十二分だった。総計四十分に及ぶ貴重な証拠が手に入ったのだから、チームは色めき立っていた。彼らはそれをじっくり調査したが、より重要なのは、それがベセスダの研究所で細かく分析されているということだ。そこでいくつかの事実が確認された。保管庫の大きさ、金庫の寸法。監視カメラと保安センサーの存在。ドアの錠前と、入り口パネルのプッシュ・ボタン。金庫の重さは八百ポンド、十一番ゲージの鋼鉄でできており、十五年前にオハイオの工場で製造されたものだ。オンラインで販売され、ジャクソンヴィルの建築業者の手で設置された。ロックされたとき、それは鉛でできた五つの錠前で固められ、油圧システムで密封される。そして華氏千五百五十度〔約摂氏八百四十三度〕の熱に二時間耐えられる。それを開けること自体は大した問題ではないが、非常ベルを鳴らさずにどうやってそこにたどり着くかが、相当な難問になる。

彼らはその日の午後を、テーブルを囲んで過ごした。あるときには熱のこもった長い会話があり、あるときにはベセスダにいる同僚たちとスピーカーフォンを通した話し合いが持たれた。イレインが指揮をとっていたが、彼女は協力関係を歓迎していた。

頭の切れる人々からのたくさんの意見が寄せられ、彼女はそれに耳を澄ませた。ＦＢＩは彼らの時間の大部分を浪費していた。この段階で彼らをチームに加えるべきなのか？　自分たちが目星をつけた有力容疑者のことを彼らに教えてやるべきなのか？　ブルース・ケーブルに関して彼らがこれまでに得たすべての知識を、ＦＢＩに手渡すべきなのか？　イレインはそうは考えなかった。少なくともとにかく今はまだその段階じゃない。そして彼女がそう考える根拠ははっきりしている。ケーブルが地下室に原稿を隠匿していると、ＦＢＩの上層部を納得させるだけの確証がまだ得られていないのだ。今のところ彼らが手にしているのは、ボストンの情報源から得られたちょっとした内報であり、二つの地下室を映した四十分間のビデオ映像であり、そのビデオから得られた何枚かのスチル写真だけだ。ワシントンにいる彼らの弁護士二人の意見によれば、それだけをもとに捜索令状を取るのはまず不可能ということだった。

　そしていつものことながら、ＦＢＩがいったん入り込んでくると、彼らは指揮権を取りあげルールを変えてしまう。今のところ彼らはブルース・ケーブルのことを何ひとつ知らないし、イレインの可愛いスパイが内部に潜り込んでいることも知らない。イレインとしてはできるだけ長くこのままの状態を続けていたかった。

　リックによって——それほどの熱意もなく——示されたひとつのシナリオは、陽動作戦として放火をするというものだった。真夜中過ぎに書店の一階部分で小さな火事を起こす。アラームが鳴り響き、監視カメラのモニターがいっせいに点いたところで、ノエルの側から地下室に侵入し、金庫を破って中のものを持ち去る。リスクはたっぷりあった。そんなことをしたら、まずいくつかの犯罪を犯すことになる。もしそこに『ギャツビー』の原稿がなかったらどうする？　もしギャツビーとその仲間たちが他の場所――この島のどこか、あるいはアメリカ全土のどこか――に隠されていたなら？　ケーブルは警戒の度を高め、即刻それらを世界各地に散逸させてしまうかもしれない。もしまだそうしていなければ、ということだが。

リックのその案をイレインはほとんど即座に葬り去った。時計は時を刻んでいたが、彼らにはまだ時間の余裕があった。そして彼らの手持ちの娘は見事な仕事をしていた。四週間も経たずして、彼女はブルース・ケーブルに気に入られ、彼のサークルに入り込んだのだ。そして彼の信頼を得て、これだけの成果をチームにもたらしてくれたのだ――四十分にわたる貴重なビデオ映像と、まとまった数のスチル写真を。彼らはじりじりと核心に迫っていた。あるいは彼らはそう信じていた。だからしばらくこのまま我慢をして、次に起こることを待ち続けることにした。何が起こるにせよ。

ひとつの大事な質問の答えが得られた。彼らはそれまでずっと議論を続けてきたのだ。小さな町の古い建物で仕事をしている一介の書籍仲買人が、どうして警備装置にここまで病的にこだわらなくてはならないのか？　そしてケーブルは彼らにとっての主要容疑者だったから、彼のやることなすことすべてがますます怪しく思えた。地下室内のこの小さな要塞は、不正手段を用いて彼が手に入れた大事な戦利品を護るためのものではないのか？　いや、そうとばかりは限らない。しかし今では彼らにもわかっていた。そこには数多くの貴重な品物が収められているのだ。昼食のあとマーサーは彼らに報告した。『キャッチャー・イン・ザ・ライ』の初版本四冊や『自分だけの部屋』一冊の他に、五十冊ほどの貴重書籍がクラムシェルに入れられ、金庫の中の棚に整然と並べられていたと。そして保管庫全体には五、六百冊の高価な本が収められている。

イレインはもう二十年以上この仕事を続けてきたが、ケーブルの所蔵品には驚愕させられた。彼女は希覯本を扱う定評のある人々と取引をしてきたし、彼らのことはよく知っていた。彼らのビジネスは購入し売却することにあり、カタログやウェブサイトや、その他取引を促進するためのあらゆる宣伝手段を用いていた。彼らのコレクションは膨大であり、広く宣伝されていた。彼女とそのチームは、しばしば自問してきたものだった。ケーブルのような小物の業者が、フィッツジェラルドの原稿を買い取るために百万ドルの現金を用意できるものだろうか？　しかし今やその質問にも回答が得られた。彼にはそれだけの資力がある。

第七章――「週末」

1

招待状は夕食会へのものだったが、今回は酒抜きだった。酒が出されないのは、そこにはアンディー・アダムも招待されていたからだ。それでブルースは、今回はアルコール抜きでやると決めたのだ。またツアー中の作家、サリー・アランカも数年前に酒を断っており、周囲に酒類が見当たらないことが望ましいという事情もあった。

ブルースはマーサーに電話で言った。アンディーは再び禁酒施設に入らなくてはならない一歩手前にいて、そこに拘束されるまで、なんとか素面状態を保っておこうと必死に努力しているのだと。彼のためなら喜んでそのルールに従うとマーサーは言った。

サイン会の場で、ミズ・アランカは五十人ほどの聴衆を魅了した。自分の作品について質疑を交わし、新作の長編小説から短い部分を朗読した。彼女はサンフランシスコ（彼女の住んでいる街だ）を舞台にした、女性探偵が登場するシリーズものの犯罪小説で名を上げた作家だった。マーサーは当日の午後、その本を飛ばし読みしていた。そしてサリーのパフォーマンスを見ながら、彼女の本の主人公はサリー自身によく似ていると認めないわけにはいかなかった。四十代初めで、アルコール依存症から抜け出そうとしていて、離婚していて子供はなく、頭の回転が速くウィットに富み、抜け目なくタフで、そしてもちろんとても魅力的だった。彼女は年に一度新作を発表し、熱心に各地を回った。いつもベイ・ブックスに立ち寄ったが、それはほぼ決まってノエルが留守にしているときだった。

　サイン会のあとで四人は通りを歩いて「ラ・ロシェール」に行った。評判の良い小さなフレンチ・レストランだ。ブルースは素速くスパークリング・ウォーターのボトルを二本注文し、ウェイトレスにワイン・リストを下げさせた。アンディーは何度か周りのテーブルをちらちらと見回し、今にも誰かのワインのグラスをひったくりたそうに見えたが、なんとか自制し、自分の水のグラスにレモン・スライスを加えるに留めた。彼は新刊の契約に関して、契約している出版社と厳しい交渉をしているところだった。提示された前渡し金の額は前作より少なかったからだ。軽妙なユーモアの風味と自己批判を交えて、彼は言った。自分はニューヨーク中にうんざりされるくらい頻繁に、出版社を次々に乗り換えてきたのだと。彼はそれらすべてと喧嘩別れしてきた。前菜を食べながら、本が出版されるまでにどれほど苦労をしたかについてサリーは語った。彼女の最初の小説は一ダースのエージェントに断られ、それ以上の数の出版社から突き返された。それでも彼女は書き続けた。そして飲酒。彼女の最初の結婚は、夫が浮気している現場に出くわして、見事に吹き飛んだ。そして彼女の人生は混乱に満ちたものになった。二冊目と三冊目の小説は突き返された。でもありがたいことに何人かの友人たちが手を貸してくれ、彼女は意志を強く持って、なんとか酒を断つことに成功した。四冊目の小説で彼女は犯罪小説に転向し、新しい主人公を作り上げた。すると突然エージェントたちが彼女に電話をかけてくるようになった。映画化のオプション権が売れ、藪から棒に彼女は勢いよく走り出したわけだ。その後八冊の小説を経て、シリーズは順調に軌道に乗り、人気を不動のものにしている。

彼女はそのような経緯を自慢げに話したわけではまったくなかったが、それでもマーサーは羨望の疼《うず》きを身中に感じないわけにはいかなかった。サリーは専業作家として生活している。つまらない賃仕事や、両親からの借金ともおさらばし、年に一冊のペースで着実に本を出している。すべてはいかにも容易いことのように思える。これまでに出会ったすべての作家は、自分と同じようにあさましい羨望の傾向を持っていたと思うと、マーサーは気が楽になった。それがこの種族の特性なのだ。

主菜のところで、話題は急に飲酒問題に転じた。アンディーは自分が問題を抱えていることを認めた。サリーはそれに対して同情的だったが、同時に厳しかった。そしてアドバイスを与えた。自分は七年前に酒を断ったが、その決心が命を救ってくれたのだと。そのような言葉は励ましになるものであり、アンディーは彼女の率直さに感謝した。マーサーはなんだか禁酒協会のミーティングに参加しているような気分だった。

ブルースはミズ・アランカに対して、明らかに多大な好意を抱いているようだった。夕食が進むにつれ、自分に対する彼の関心が次第に薄れつつあることをマーサーは感じ取った。馬鹿なことを考えないで、と彼女は自分に言い聞かせた。二人はずっと以前からの知り合いなのよ。しかしいったんそれに気づくと、疑念を追いはらうことができなくなった。そしてそれは、少なくとも彼女の目から見ればということだが、時を追ってより顕著なものになっていった。ブルースは何度かサリーに手を触れた。ささやかな親しみを込めて軽く肩を叩く程度だったが、手はしばらくそこに居座った。彼らはデザートを断り、ブルースは勘定を済ませた。メイン・ストリートを歩いて戻っているときに、彼は店に寄らなくてはならないと言った。遅番の店員に伝えなくてはならないことがあるのだと。サリーは彼と共に行った。みんなでおやすみを言い合い、サリーはマーサーに、eメールを送るわ、連絡をとり合いましょうと言った。

マーサーが行こうとすると、アンディーが声をかけてきた。「なあ、一杯つきあう時間はあるかい」と。

彼女は歩を止め、相手の顔を見た。「だめよ、アンディー、それは良い考えじゃない。あのディナーのあとでは」

「コーヒーだよ、酒じゃなく」

時刻はまだ九時を過ぎたばかりで、コテージに帰ってもマーサーにはとくにやることもなかった。コーヒーを一緒に飲むことで、アンディーは少しでも楽になれるかもしれない。二人は通りを横切って無人のコーヒー・バーに入った。あと三十分で閉店ですがと店主は言った。二人はデカフェ・コーヒーを二つ注文し、それを手に外のテーブルに座った。通りを隔てた向かいに書店があった。数分後にブルースとサリーが店から出てきて、通りの先に消えていった。マーチバンクス邸のある方向に。

「彼女は今夜あそこに泊まるのさ」とアンディーは言った。「多くの作家がそうしている」

マーサーはその意味あいを悟り、尋ねた。「あの人たち、ノエルのことは気にならないのかしら？」

「ぜんぜん。ブルースには彼のお気に入りがいて、ノエルには彼女のお気に入りがいる。塔のいちばん上に『作家の部屋』として知られる円形の部屋があってね、その部屋はずいぶんいろんな行為を目にしているはずだ」

「どういうことだかよく理解できないけど」とマーサーは言った。本当は完全に理解していたのだが。

「彼らの結婚はオープン・マリッジなんだよ、マーサー。他の相手と寝てまわることは受容される。というか、奨励さえされる。あの二人は愛し合っているんだと思うよ。でも彼らの間にはルールはない」

「ずいぶん奇妙なことに思えるけど」

「彼らにとっては奇妙じゃないんだ。二人は幸福そうに見える」

イレインの噂話が本当だったことが、これで証明されたのだ。

彼は言った。「ノエルがこんなに長い時間をフランスで過ごす理由のひとつは、あっちに昔からの恋人がいるからだよ。その男もまた女房持ちみたいだ」

「きっとそうでしょうね。結婚しているに決まっている」

「で、君はまだ一度も結婚したことがないんだね？」

「そのとおり」

「おれは二度試してみたが、あまり推奨できることとは思えないね。誰かとつきあっているの？」

「ノー。最後のボーイフレンドは去年出て行った」

「こっちで誰か興味が持てそうな人に会った？」

「ええ、あなたとブルースとノエル、マイラ、リー、ボブ・コブ。たくさんの興味深い人々がここに住んでいる」

「デートしたいような相手は？」

彼は少なくとも十五歳は年上で、とんでもない酒飲みで、酔うと酒場で喧嘩騒ぎを引き起こし、そのことは顔の傷で証明されている。興味を惹かれるところが微塵もない、正真正銘のマッチョ男だ。「ねえ、ひょっとして私をひっかけようとしているわけ、アンディー？」

「いや、いつか夕飯でも一緒にしないかっていうことさ」

「あなたはもうすぐにもここを出て、入るわけでしょ？　マイラはなんて呼んでいたかしら、『酒抜きキャンプ』だっけ？」

「三日後にはな。それまでなんとか素面でいようと必死に努めている。簡単なことじゃないが。実を言えば、おれはこのカフェイン抜きの生ぬるいコーヒーを飲みながら、これがダブルのウォッカ・オン・ザ・ロックだと思おうとしている。ほとんどその味がするくらいだよ。そして家に帰りたくないから、こうして少しでも時間を潰しているんだ。家には一滴の酒もないが、それでもだ。帰り道で二軒の酒屋の前を通り過ぎる。どちらの店もまだ開いていて、そこで車を停めないように、おれは自分自身と格闘しなくちゃならない」。彼の声はだんだん弱まっていった。

「気の毒に、アンディー」

「同情しないでくれ。こんな風になるんじゃないぜ。これはほんとおぞましい」

「何か役に立てるといいんだけど」

「ああ、立てるよ。おれのために祈ってくれ。いいね？　こんな風に自分が弱くなることにとても耐えられない」。まるでコーヒーと会話から逃れるように、彼は唐突に立ち上がって歩き出した。マーサーは何かを言おうとしたが、言葉がうまく出てこなかった。彼が角を曲がって見えなくなるまで、彼女はその姿を目で追っていた。

彼女はカップをカウンターまで運んだ。通りは静まりかえっていた。コーヒー・バーの他には、書店とファッジ・ショップだけがまだ営業していた。車はサード・ストリートに駐めてあったが、どうしてか彼女はその前を通り過ぎて歩き続けた。そしてそのブロックに着いて、マーチバンクス邸を過ぎるところまで歩き続けた。塔の上方の「作家の部屋」の明かりがついていた。歩を緩めて一、二歩進んだところで、それがまるで合図であったかのように明かりがふっと消えた。

自分が好奇心に駆られていることを彼女は認めた。しかし同時に、自分が微かな嫉妬の念を抱いていることも、心のどこかで認めないわけにはいかなかったはずだ。

2

コテージで五週間暮らしたあとで、しばしそこを離れる時期がやって来た。コニーとその夫と、二人の十代の娘たちが、毎年恒例の浜辺での二週間の休暇を過ごすためにやって来るのだ。コニーは礼儀正しく、ほとんど義務的に「一緒にいればいいじゃない」とマーサーを誘ったが、そうはいかない。マーサーにはわかっていた。娘たちはどうせ一日中ただスマホを見つめているだけだし、夫はフローズン・ヨーグルトの店の話しかしない。彼は自分が成功したことについては謙虚だったが、とにかく休む暇なく仕事をした。マーサーは知っていた。毎朝五時に起きて、コーヒーをがぶ飲みしながら矢継ぎ早にeメールを送り、配送やら何やらの状態をチェックし、海に足を浸けることさえたぶんしないだろう。コニーは冗談で言っていたものだ。あの人は丸二週間ここにじっとしていられたことがないのよ、と。何らかの突発事態が必ず途中で持ち上がり、自分の会社を救うために急遽ナッシュヴィルに飛んで帰ることになる。

そんなところでものなんて書けるわけがない。もっとも最近の執筆ペースからすれば、それによって大した遅延が生じるとも思えないが。

姉のコニーについていえば、彼女は九歳も年上だったし、二人が親密になったことは一度もなかった。母親は家を出て行ったし、父親は自分のことで頭がいっぱいだったから、娘たちは銘々勝手に育ったようなものだった。コニーは十八歳でＳＭＵのカレッジに入り、二度と家には戻らなかった。彼女は一度だけ、テッサとマーサーと一緒に浜辺で夏を過ごしたことがあったが、その頃にはもう男の子に夢中になっていて、浜辺を散歩したり、亀を眺めたり、一日中読書に耽ったりすることに飽きてしまった。マリファナを吸っているところをテッサに見つかったとき、彼女はそこを離れた。

今では姉妹は、週に一度はｅメールをやりとりしている。月に一度は電話でおしゃべりもする。ものごとを平穏に楽しげに保っておく。ときどきだが、ナッシュヴィルに行く機会があればマーサーは彼らの家に立ち寄る。しばしばその住所は変わっている。彼らは頻繁に引っ越しをしたし、そのたびに家は大きくなり、住環境は向上した。彼らは何かを追求していた。漠然とした夢のようなものを。そしてマーサーはしばしば頭を捻ったものだった。それを見つけたとき、彼らはいったいどこにいるのだろうと。彼らは収入が増えれば増えるだけ金をつかった。質素な暮らしを送っているマーサーは、彼らの盛大な消費に目を見張った。

しかし姉妹の間には、決して口にされることのない過去の経緯があった。その話は何より必ず双方に、気まずい空気をつくり出すことになったからだ。コニーは学資ローンを一銭も背負うことなく、私立大学で四年の教育を受けられるという幸運に恵まれた。父親のハーバートと、彼のフォード販売店のおかげだった。しかしながらマーサーがシウォーニーのザ・サウス大学に入学する頃には、父親は事業に失敗し、破産を目前にしていた。長年にわたってマーサーは姉の幸運を腹立たしく思っていた。コニーが一銭たりとも援助を申し出てくれなかったことについてもまた。学資ローンが嘘のようにさっぱりと消滅してしまった今、過去の恨みつらみはもうなしにしようと、彼女は心を決めてはいたが、コニーの住む家が年々立派になっていく一方で、自分は数ヶ月後どこのどんな屋根の下にいるのか、それさえわからないのだと思うと、その決心を維持するのは簡単なことではなかった。

本当のところ、マーサーは姉と一緒に生活したくはなかった。彼女たちは違う世界に住み、隔たりはますます大きくなっていた。だから彼女の家族と一緒に暮らせばいいと誘ってくれたことについてコニーに礼を言って断ったことは、両者にとって安堵すべきことだった。数日のあいだ島を離れるかもしれないとマーサーは言った。少し息抜きが必要だし、あちこちまわって友だちに会うかもしれない、というようなことを。コテージから二マイルほど北にあるベッド&ブレクファストの、小さな続き部屋をイレインが確保してくれた。マーサーには島の外に出るつもりはなかったからだ。

次にケーブルがどう出てくるにせよ、彼女はそれを逃すわけにはいかなかった。独立記念日の週末の金曜日に、彼女はコテージを引き払い、二つのキャンバス・バッグに衣類と化粧品と何冊かの本を詰めた。家の中を一通り歩いて点検し、明かりを消したとき、彼女はテッサのことを思った。そしてその五週間のあいだに、自分がいかに多くの距離を歩んだかを思った。彼女は十一年間その場所から離れていた。そして強い恐れを抱きながらそこに戻ってきた。しかしあっという間に彼女は、テッサの死という恐ろしい事実を脇に押しやり、昔の温かい思い出に浸れるようになった。彼女は理由があって、今ここを離れようとしている。しかし二週間後にはまた戻ってきて、一人暮らしを再開する。それがどれくらい続くのか、今のところ誰にもわからない。それはひとえにミスタ・ケーブル次第なのだ。

彼女はフェルナンド・ストリートを五分運転し、ベッド&ブレクファストに着いた。名前を「ライトハウス・イン」といって、中庭の真ん中に丈の高い作り物の灯台が据えてあった。彼女はそれを子供の頃に見て覚えていた。ごてごてと込み入った造りのケープ・コッド風の建物で、客室は全部で二十あり、食べ放題のビュッフェ式朝食がついていた。観光客が次々に島に押し寄せており、「満室」の札が人々を追い返すべく掲げられていた。

自分だけの部屋があり、ポケットにはまとまった金が収まっている。そこに落ち着いてゆっくりすれば、きっと小説の筆も進むことだろう。

3

土曜日の朝遅く、メイン・ストリートは混み合っていた。週に一度のファーマーズ・マーケットがあり、ファッジやアイスクリームや、あるいは昼食のテーブルを求める観光客の群れで、歩道は溢れていた。デニーがベイ・ブックスに入るのは、この一週間で既に三度目だ。彼はミステリーの棚をぶらぶらと物色した。サンダルと迷彩柄の帽子、カーゴ・ショーツと破れたTシャツという格好で、だらしない身なりの観光客の一人としか見えない。誰の注意も引かないだろう。彼とルーカーがこの町にやってきて一週間になる。観光名所を一通り見物し、ケーブルを監視した。彼を見張るのは決して困難な作業ではなかった。書店主は、もし店にいなければ、ダウンタウンのどこかで昼食をとっているか、ちょっと用足しに出かけているかだった。さもなければ豪華な自宅で、だいたいは一人で時を過ごしていた。しかし彼らは注意を怠らなかった。というのは警備がひどく厳重だったからだ。彼の店も自宅も、とにかくカメラとセンサーだらけだった。その他にも何があるかわかったものではない。一歩間違えばすべてはぶち壊しになってしまう。

彼らはとにかく監視をしながら待ち続けた。辛抱強くならなくてはと自らに言い聞かせながら。とはいえ忍耐も徐々に限界に達しつつあった。ジョエル・リビコフを拷問にかけて情報を引き出したことも、ボストンのオスカー・スタインを脅しつけたことも、彼らが今直面している事態に比べれば遥かに容易いものだった。以前は通用した暴力も、ここではうまく効力を発揮しないかもしれない。これまで彼らが必要としたのは、二つばかり名前を引き出すことだった。しかし今、彼らが求めているのは「品物」だ。もしケーブルや彼の妻や、あるいは大事にしている誰かを襲ったりすれば、それが瞬時に反応を引き起こし、すべてが損なわれてしまいかねない。

4

七月五日の火曜日、群衆は去り、ビーチは再び閑散とした。島はゆっくりと目覚め、ぎらつく太陽の下、長い週末のもたらした二日酔いを振り払おうと努めていた。マーサーは狭いソファに横になって、『ヘミングウェイの妻』という本を読んでいた。eメールの着信の音があった。ブルースからのメールで、そこには「町に来るついでがあったら、店に寄ってくれないか」とあった。

「いいけど、何かあったの？」と彼女は返事をした。

「僕にはいつも何かが起こるんだ。君に渡したいものがある。ちょっとしたプレゼントだ」

「退屈していたところ。一時間のうちにそちらに行く」

彼女がふらりと入っていくと、書店は無人だった。入り口のカウンターにいた店員は彼女に向かって肯いたが、眠すぎて口もきけないという様子だった。彼女は二階に上がってラテを注文し、新聞を見つけた。数分後に誰かが階段を上がってくる足音が聞こえ、目をやるとそれはブルースだった。今日は黄色のストライプのシアサッカーで、小さな緑と青のボウタイだった。いつもながら小粋な身なりだ。彼はコーヒーをとって、二人はサード・ストリートの歩道の頭上に張り出している外のバルコニーに出た。他には誰もいなかった。扇風機の下の、陰になったテーブルの前に座り、二人はコーヒーを飲んだ。ブルースは彼女に贈り物を手渡した。それは明らかに本のようで、店の青と白の包装紙で包まれていた。マーサーは紙を破って中身を見た。エィミ・タンの『ジョイ・ラック・クラブ』だった。

「初版本で署名入りだ」と彼は言った。「君はいつか言っていたね。彼女が現代作家の中ではいちばん好きな一人だって。だからちょっと捜してみたんだ」

マーサーは言葉を失った。それがどれくらい値打ちのあるものなのか見当もつかなかったし、尋ねてみる気にもなれなかった。しかしそれは貴重な初版本だった。「なんて言えばいいのかわからないわ、ブルース」

「ありがとう、で間に合うよ」

「それではとても足りない。こんなものをいただくわけにはいかないわ」

「もう手遅れさ。僕はそれを買ってしまったし、それを君に贈ってしまった。この島へ来てくれたことへの歓迎のしるしと受け取ってくれればいい」

「じゃあ、ありがとう、でいいのかしら」

「どういたしまして。その本の初版発行部数は三万部だ。だからそれほど珍しいというわけじゃない。結果的にはハードカバーだけで五十万部を売ったけどね」

「彼女はここに来たことあるの、このお店に？」

「いや、彼女はほとんどツアーをしないのでね」

「これはとても信じられないわ、ブルース。こんなことをしてくれる必要はなかったのに」

「でも僕はそうしたし、それが君のコレクションの一冊目になる」

マーサーは笑ってその本をテーブルの上に置いた。「私が初版本を集めることになるとはとても思えない。私には値段が高すぎるから」

「僕だって、自分がコレクターになるなんて夢にも思わなかったよ。でもたまたまそうなってしまったんだ」、彼は時計に目をやり、尋ねた。「君は急いでいる？」

「私は締め切りを持たない作家よ」

「そいつはいい。僕はもう長いあいだこの話をしていなかった。でも僕がコレクションを始めたいきさつを話そう」、彼はコーヒーを一口飲み、椅子の背にもたれかかり、くるぶしを膝に載せた。そして死んだ父親の所有する希覯本を見つけ、何冊かを着服した経緯を語った。

5

コーヒーのつもりが、結局は昼食を共にすることになった。二人は港のレストランに入り、店内の席に着いた。そこはずいぶん涼しかった。いつもビジネス・ランチでそうするように、彼はワインのボトルを注文した。今日はシャブリだ。マーサーが味見をして、二人はサラダだけを注文した。彼はノエルの話をした。彼女は一日おきに電話をかけてくる。アンティーク捜しの旅は順調に運んでいるようだ。

彼女のフランス人の恋人はどうしているのか訊いてみたいとマーサーは思った。しかしその二人がおおっぴらに浮気を頻繁に続けているなんて、彼女にはやはり簡単には信じられなかった。フランスではそれほど珍しいことではないのかもしれないが、マーサーはそこまで進んで「分かち合う」夫婦を目にしたことはなかった。もちろん浮気をする人々は何人か知っていたが、しかしそれが露見したとき、ものごとが平穏に収まるようなことはあり得ない。一方で彼女は、伴侶が気ままに浮気をしても許容できるほど、二人が深く愛し合っていることにほとんど感銘さえ受けた。しかし同時に彼女の南部的道徳心は、彼らの放埒さを糾弾したいとも思っていた。

「ひとつ質問があるんだけど」、彼女は話題を変えて言った。「タリアの本の中で、とくにゼルダ・フィッツジェラルドとヘミングウェイの部分で、彼女はどんな風に話を始めていたのかしら？　オープニング・シーンはどんなものだった？」

ブルースはナプキンで口元を拭いながら、大きく微笑んだ。「さてさて、ついに進捗があったようだね。君はその物語に真剣に取り組んでいるわけかい？」

「たぶんね。パリでのフィッツジェラルド夫妻とヘミングウェイに関する本を二冊読んだ。そしてあと何冊かを注文している」

「注文した？」

「ええ、アマゾンでね。ごめんなさい。でも、ほら、あそこの方が安いのよ」

「そうらしいね。でも僕に頼めば、三割引で買えるよ」

「でも私はeブックでも読みたいから」

「若い世代か」、彼は微笑んでワインを一口飲み、言った。「ちょっと考えさせてくれ。なにしろずいぶん昔のことだからね。十二年か、それとも十三年になるか。それにタリアはひっきりなしに小説を書き直していたから、僕もよく混乱してしまうんだ」

「私が読んだ限りでは、ゼルダはヘミングウェイのことを嫌っていたみたいね。彼は乱暴でいじめっ子で、夫に悪い影響を及ぼしていると思って」

「おそらくその通りだろう。タリアの小説には、その三人が南フランスにいるシーンがあったと記憶している。ヘミングウェイの奥さんのハドリーはそのとき、何か事情があってアメリカに帰国していた。アーネストとスコットは二人で酔っ払っていた。実際にヘミングウェイは何度もこぼしている。スコットにはうまく酒を飲む能力が欠けているってね。ワインのボトルを半分空けると、彼はテーブルの下で寝てしまうんだ。ヘミングウェイは底なしの酒飲みで、誰と飲み比べをしても負けなかった。スコットは二十歳にして深刻なアルコール依存症だったが、飲酒を控えることができなかった。朝でも昼でも夜でも、いつも酒に手が伸びた。ゼルダとヘミングウェイはいちゃついていたが、昼食のあとでスコットが酔い潰れて、ハンモックで眠りこんでしまったとき、二人にチャンスが訪れた。スコットが鼾《いびき》をかいているところから三十フィートも離れていないところで、彼らは情事を持ったんだ。そんな話だったが、でももちろんフィクションだ。君は君の好きなように書けばいい。その情事はより熱烈なものになり、アーネストはいつも以上に酒を飲み、スコットはそれに合わせて飲もうとした。スコットが酔い潰れると、彼の親友のアーニーと彼の奥さんのゼルダは手近なベッドにしけ込み、手短に行為を済ませた。ゼルダはアーネストにぞっこんだった。

アーネストも彼女に夢中になっているように見えた。しかし彼はただ、あからさまな理由から彼女を誘惑していたに過ぎなかった。その頃には彼はもう札付きの漁色家になっていた。彼らがパリに戻り、ハドリーがアメリカから戻ってきても、ゼルダはそのお楽しみを続けたいと思ったが、アーネストはもう彼女に飽きていた。彼は再三言っている。あの女は頭がおかしいと。彼は彼女をはねつけ、袖にした。そしてそれ以来、ゼルダはヘミングウェイを憎むようになった。それがその小説の要約になる」

「そんな小説が売れると思う？」

ブルースは笑って言った。「おいおい、この一ヶ月のあいだに君はずいぶんお金にこだわるようになったみたいだな。君は文学的野心を抱いてここにやってきた。なのに今では印税を夢見ている」

「私はもう教室には戻りたくないのよ、ブルース。そして今のところ、たくさんの大学が私を追い求めているわけじゃない。私には何もない。あなたの好意と、テッサの盗癖のおかげで手に入れた一万ドル以外にはね。私には売れる本を書くか、それとも書くのをやめるか、どちらかしかないの」

「ああ、それはきっと売れる。『ヘミングウェイの妻』のことを話していたね。当時のハドリーとヘミングウェイのことを書いた優れた小説だ。そして実によく売れた。君は素晴らしい作家だ。それを超えるものが書ける」

彼女は微笑んでワインを小さく飲んだ。「ありがとう。私には激励が必要なの」

「必要としないものはいない」

二人は少しのあいだ沈黙した。ブルースはグラスを持ち上げ、ワインを見た。「君はシャブリは好きかい？」

「これはおいしいわ」

「僕はワインが好きだ。おそらく好きすぎるくらいに。しかし昼食にワインを飲むのは良くない習慣だ。午後がすっかり気怠くなる」

「だから午睡《シエスタ》の習慣ができたんでしょう」と彼女は言った。彼の気持ちを和らげるために。

「その通りだ。僕は店の二階に小さなアパートメントを持っている。コーヒー・バーの裏側みたいなところに。そこは昼食後のシエスタに実に最適なんだよ」

「それはお誘いなのかしら、ブルース？」

「かもしれない」

「それがあなたのとっておきの決めの文句なの？　『へい、ベイビー、一緒に昼寝しないか』というのが？」

「前はうまくいったんだけどな」

「うん、でも今はうまくいかないの」、彼女はあたりをちらりと見回し、口の端をナプキンで拭いた。「私は既婚者とは寝ないのよ、ブルース。今までに二度そういうことがあったけど、どちらもあまり好ましい結果には終わらなかった。結婚している男たちはいろんなお荷物を抱えているし、私はそういうものに関わりたくない。それに加えて、私はノエルを知っているし、彼女にとても好意を持っている」

「言っておくけど、彼女はぜんぜん気にしないよ」

「それって、信じられない」

彼は微笑んだ。というか、くすくす笑いかけたほどだった。どうしてそれがわからないのだろうと半ば呆れ、喜んで啓発に取りかかろうというように。彼もまた、他に誰も聞いていないことを確かめるために、まわりをちらりと眺め回した。そして前屈みになり、声を落とした。「ノエルがフランスに、アヴィニョンにいるとき、彼女は自分のアパートメントで暮らしている。ずいぶん以前に手に入れたものだ。その通りの少し先に彼女の友人、ジャン゠リュックが所有するもっと大きなアパートメントがある。ジャン゠リュックは裕福な年上の女性と結婚している。ジャン゠リュックとノエルは少なくとも十年前から親密な仲になっている。実のところ、僕と出会う前から彼との付き合いはあったんだ。二人はシエスタや夕食を共にし、一緒に外出し、彼の年上の妻が許せば共に旅行さえする」

「つまり彼の奥さんも認めているということ？」

「もちろんさ。なにしろフランス人だからね。すべては密やかに穏やかに、そして節度を保っておこなわれる」

「そしてあなたはぜんぜん気にしないわけ？　それはずいぶん奇妙なことに思えるんだけど」

「ああ、僕はぜんぜん気にしないよ。ただそういう風になっているんだ。いいかい、マーサー、ずいぶん以前に僕にはわかったんだ。自分は一夫一妻制には向いていないということが。一夫一妻制に向いた人間なんてどこにもいないと思うんだが、でもまあその議論はよそう。大学に入った頃には、もうはっきりわかっていた。世の中には美しい女性がわんさかいるし、その中のただ一人だけで自分が満足できるわけはないってことがね。僕は五人か六人のガールフレンドを相手に、関係を試してみた。でもうまくはいかなかった。何故なら僕の目は抗しがたく、別の美しい女性の方に向かってしまうからだ。年齢には関係なく。それから幸運なことに、僕はノエルに巡り会った。彼女もまた男に関して、僕と同じような思いを抱いていた。彼女の結婚が破綻したのは、彼女が夫の他に恋人を持ち、彼女の主治医とも寝ていたからだった」

「そしてあなたたちは協定を結んだ？」

「握手まではしなかったが、結婚すると決めたときには、ルールのようなものはお互い理解していた。ドアは大きく開いているが、節度は護ろうってね」

マーサーは首を振り、目を逸らせた。「悪いけど、そんな取り決めをした夫婦を見たことないわ」

「とくに突飛なことだとは思えないけど」

「それって、間違いなく普通じゃないことよ。自分がそうだから、それが普通だと思っているだけよ。ねえ、一度私の恋人が浮気しているとわかったとき、私はそれを乗り越えるのに一年かかった。今でも彼のことを憎んでいる」

「僕の言い分は以上だ。君はそのへんをいささか深刻に受け止め過ぎている。ときどきちょっとした浮気をするくらい、何が悪い？」

「ちょっとした浮気？　あなたの奥さんはフランス人の恋人と、少なくとも十年間にわたって寝ているのよ。それがちょっとした浮気？」

「いや、それはちょっとした浮気以上のものだ。しかしノエルはその男を愛してはいない。それは親密な交際とでも言うべきものだ」

「なるほど。じゃあ、この間の夜、サリー・アランカがこの町に来たときのことだけど、あれはちょっとした浮気なの、それとも親しい交際なの？」

「どちらでもないし、どちらでもある。そんなことを誰が気にする？　サリーは年に一度この町を通り過ぎ、僕らはいっとき楽しむ。なんとでも、好きな名前で呼べばいいさ」

「もしノエルがここにいたら？」

「彼女は気にもしないさ、マーサー。いいかい、もし君が今ノエルに電話をかけて、僕らは今一緒に昼食を食べて、これから昼寝をすることについて話し合っているんだけど、あなたはどう思うって尋ねてごらん。間違いなく彼女は笑ってこう言うよ。『ねえ、私がいなくなって二週間も経つっていうのに、これまでいったい何をぐずぐずしていたのよ』ってね。電話してみるかい？」

「ノー」

ブルースは笑って言った。「君はずいぶん生真面目なんだね」

マーサーはこれまで自分を生真面目だと思ったことはなかった。むしろ自分はものごとにこだわらず、大抵のことは受け容れる人間だと考えてきた。しかし今は自分が堅苦しい人間のように感じられ、嫌な気分にさせられた。「いいえ、べつに生真面目なわけじゃない」

「じゃあ、寝ようじゃないか」

「悪いけど、私はそんな風に気軽にはできないの」

「いいとも。僕は強要はしない。ただ昼寝しないかって、軽く誘っているだけのことだ」

二人はくすくす笑った。しかしそこには間違いなく緊張があった。そしてその会話がそれで終わったわけではないことを、彼らは承知していた。

6

二人が浜辺の、コテージのボードウォークの端で出会ったとき、あたりは暗くなっていた。潮は引いて、ビーチは広々として無人だった。満月の明るい光が、海一面に眩しくちらちらと輝いていた。イレインは裸足で、マーサーもサンダルを脱いだ。二人は波打ち際まで歩き、そこをそぞろ歩いた。旧友がおしゃべりを楽しんでいるようなかっこうで。

指示されたように、マーサーは毎晩eメールを書いていた。自分が読んだものや、書こうとしているものの内容まで細かく記述した。だからイレインはほとんどすべてのことを知っていた。ただしケーブルが彼女をベッドに誘ったことは書かなかった。それはもう少しあとにしよう。成り行きを見てからでいいだろう。

「いつ島に来たの？」とマーサーは尋ねた。

「今日の午後よ。この二日間、私はオフィスでチームの人たちと過ごした。専門家たちとね。技研の人たち、作戦部の人たち、うちのボスまで出てきた。会社のオーナーのことだけど」

「あなたにもボスがいるんだ」

「ええ、そうよ。私がこのプロジェクトを仕切っているけど、肝心なところになると、ボスの判断を仰ぐ」

「どこが肝心なところなの？」

「それはまだわからない。今が六週間目だけど、正直なところ次に何が起こるか私たちにもわからない。あなたは素晴らしい働きぶりだし、この最初の五週間のあなたの仕事の進捗には目を見張るものがある。そして私たちはとても喜んでいる。私たちはビデオと写真を手に入れたし、あなたは彼の仲間内に入り込むことができた。そこで、これからどういう動きを取ればいいのか、それを議論しているわけ。私たちは既にかなり強い確信を得たけれど、更にもう一歩前進する必要がある」

「きっとうまくいく」

「私たちはあなたの自信をとても心強く思っている」

「ありがとう」とマーサーは抑揚のない声で言った。彼女は賞賛に飽き飽きしていた。

「ひとつ質問があるの。このゼルダとヘミングウェイについての小説をネタにしていくのは、戦略としてあまり賢明なことではないように思うの。ケーブルがフィッツジェラルドの原稿の上に腰を下ろしているときに、こんな話が出てくるのはいかにも都合良すぎるんじゃないかしら。私たちは正しい方向に向かっているのかな？」

「でもその小説は彼が持ち出したことでしょう」

「あるいは餌かもしれない。彼なりに私を試しているのかもね」

「彼があなたを疑っているかもしれないという根拠はある？」

「そういうんじゃない。私はブルースと一緒に時間を過ごせたし、彼の考えはある程度読めると思う。彼は頭がすごく切れて、回転は速いし、カリスマ性もあるし、気楽に話のできる率直な人よ。ビジネスにおいては時には人を騙すこともあるだろうけど、友だちが相手の時にはそんなことしない。残酷なまでずばずばものを言うし、愚かな相手には容赦がない。しかし彼には紛れもない、真正の優しさのようなものが具わっているの。私は彼のことが好きよ、イレイン。そして彼も私に好意を持っていて、もっと親密になりたいと望んでいる。もし彼が疑いを抱いているとしたら、私にはそれがわかると思う」

「あなたのほうはより親密になるつもりはあるの？」

「考えてみるわ」

「彼は結婚のことで嘘をついている」

「そうね。彼は常にノエルのことを妻と呼んでいる。二人が結婚していないとあなたが言うのなら、その通りだろうと私は思うけど」

「私は我々が知っているすべてを話した。フランスにもアメリカにも、二人が結婚許可証を申請した記録もなく、取得した記録もない。もちろんどこかよその国で結婚したという可能性は残るだろうけど、でもそれは二人の話とは食い違っている」

「私たちがどれくらい親密になるかはわからないし、それは計画してできることじゃないと思う。私が言いたいのは、私は彼のことがよくわかっていると思うし、もし彼が何か疑いを持っているのなら、それは感じ取れるということよ」

「じゃあ、小説の線を維持してちょうだい。それはフィッツジェラルドの話をするチャンスをあなたに与えることになる。その第一章を実際に書いて、それを彼に読ませるというのも、良いアイデアかもね。それはできる？」

「もちろんよ。すべてはフィクションですもの。ここのところ、私の人生には現実のものなんて何ひとつないんだから」

7

ブルースの次なる努力は前回と同じく、ごくさりげないものだった。しかしそれは効果を発揮した。彼は木曜日の午後にマーサーに電話をかけてきて、リプレー・プレス社の伝説的な社主、モート・ギャスパーが町に来ていると告げた。最新の奥さんを伴ってここに立ち寄ったのだ。ギャスパーはほとんど毎年夏にこの島を訪れ、ブルースとノエルの家に宿泊する。金曜日の夜に、四人だけのささやかな夕食会を開きたい。気持ちよく週を締めくくろうじゃないか。

ベッド&ブレクファストに数日滞在したあと、マーサーは閉所恐怖症に襲われており、どこかに逃げ出したくてたまらなかった。またコテージに戻りたくて、コニーとその一家が帰宅する日を指折り数えて待っていた。そして執筆から逃れるために、しょっちゅう浜辺を歩いていた。コテージとは十分な距離をとるように留意し、知り合いに出会わないように鋭く目を光らせていた。

そしてまたモート・ギャスパーに会うことによって、彼女の先細りになりつつあるキャリアが、あるいはいつか救われることになるかもしれない。三十年前に彼はリプレーをはした金で買収し、その眠りこんだような収益のあがらない弱小出版社を、定評ある大手出版社に作り替えた。それでいて変わることなく、毅然と自主性を掲げていた。彼は才能を発掘する鋭い目を持ち、一群の作家たちを手もとに集めてプロモートした。各種多様な野心と抱負を持ち合わせた、また同時に売り上げにも大いに貢献できる作家たちだ。出版の黄金時代の復活を目指しているかのように。モートは三時間の昼食や、アッパーウェストサイドのアパートメントでの深夜の出版記念パーティーといった、彼なりの様式を変わることなく維持していた。疑いの余地なく出版業界においては最もカラフルな人物であり、七十歳をそろそろ迎えようかという今でも、その勢いが鈍化する気配はまったく見えなかった。

金曜日の午後、マーサーはモートに関する古い雑誌記事をオンラインで読んで二時間を潰したが、どの記事も退屈からはほど遠い内容のものだった。二年前に書かれた記事は、彼が知られざる新星の最初の長編小説に、二百万ドルの前渡し金を払ったことについてのものだった。その本は一万部しか売れなかったが、彼は後悔の色を一切見せず、それは「安い買い物だった」と語った。記事のひとつは彼の最近の結婚を扱っていた。相手はマーサーと変わらない年齢の女性で、名前をフィービーといって、リプレーの編集者だった。

フィービーはマーチバンクス邸の玄関で、金曜日の午後八時にマーサーを出迎えた。そしてにこやかな挨拶のあとで、「男たち《ボーイズ》」はもうお先に飲み始めているわと言った。彼女のあとをついてキッチンを抜けるとき、ブレンダーのうーんという唸りが聞こえた。ブルースはショートパンツにゴルフ・シャツというくだけた格好で、裏のポーチでレモン・ダイキリを作っているところだった。彼はマーサーの両頰に軽くキスをして、モートに紹介した。モートはマーサーを強烈なハグと満面の笑みで歓迎した。彼は裸足で、長いシャツの裾は膝まで垂れていた。ブルースは彼女にダイキリを手渡し、他の人たちのグラスにお代わりを注いだ。そしてみんなで籐椅子に座り、小さなテーブルを囲んだ。テーブルの上には本と雑誌が積み上げられていた。

このような場合、あるいはどのような場合でも、モートが会話の大部分を引き受けるというのが、どうやら通常のならわしであるらしかった。それはマーサーにとってはありがたいことだった。ダイキリの三口めを飲んだ後には、頭がふらふらしてきて、ブルースのレシピにはいったいどれほどの量のラムが含まれているのだろうと彼女はいぶかった。モートは大統領選挙の成り行きについて、またアメリカの政治の嘆かわしさについて、怒りまくっていた。マーサーにはほとんど興味のない話題だった。しかしブルースとフィービーは会話に参加し、彼をたきつけて話を更に盛り上げようとしているみたいだった。

「葉巻を吸ってもかまわんかね？」とモートは誰に向かってということもなく尋ね、テーブルの上の革張りの箱に手を伸ばした。彼とブルースは黒い葉巻に火をつけ、すぐに紫煙が二人の頭上を漂った。ブルースはピッチャーを手に取り、全員にお代わりを注いだ。モートの長広舌が珍しくちょっと途切れたところで、フィービーがようやく口を挟んだ。「それでマーサー、ブルースによれば、あなたは新しい小説にとりかかっているんだって？」

そういう話が、その日の夕食のある時点で出てくるだろうとマーサーは予期していた。彼女は微笑んで言った。「ブルースは寛大な人なの。今の私は執筆しているというよりはまだ夢想しているようなものね」

モートは雲のような煙を吹き出して言った。「『十月の雨』は素晴らしいデビューだった。とても印象的だった。出版社はどこだっけな？　思い出せないが」

マーサーは鷹揚な微笑みを浮かべて言った。「ていうか、リプレーには出版を断られました」

「たしかに我々はそうした。間違いだった。でも出版というのはそういうものなんだ。ある本に対しては正しい判断をするし、ある本については間違った判断をする。それがビジネスというものだ」

「それはニューカムから出版されました。あの会社と私は、意見の食い違いがありました」

彼は馬鹿にしたように鼻を鳴らした。「阿呆どもの集まりだ。君はそこを去らなかったのか？」

「離れました。今はヴァイキングと契約しています。まだ契約が切れていなければだけど。この前編集者から電話がかかってきたとき、締め切りを三年も過ぎていると言われました」

モートは大声で笑った。「たった三年か！　なんてこたない。私は先週ダグ・タンネンバウムを怒鳴りつけてやったよ。彼は八年前に新作を渡すことになっていたんだ。まったく、作家というのはな！」

フィービーが急いで口を挟んだ。「あなたは自分の書いているものについて話す方かしら？」

マーサーは微笑んで首を振った。「話すようなこともないの」

「君のエージェントは誰だね？」とモートが尋ねた。

「ギルダ・サヴィッチ」

「良い娘だ。先月ランチを一緒にしたよ」

お墨付きをいただいて嬉しいです、とマーサーは危うく口にするところだった。ラムがまわっているみたいだ。「彼女は私の話はしなかったでしょう？」

「よく覚えていないな。長い昼食だったからね」、モートは再び大声で笑い、ごくごくと酒を飲んだ。フィービーはノエルについて尋ね、その話題が数分間続いた。キッチンで何ひとつ動きがないことにマーサーは気づいた。食事が用意されている気配はない。モートが洗面所に立つと、その間にブルースはダイキリを作るべくブレンダーの前に立った。女性二人は夏やら休暇やらについて語り合った。フィービーとモートは翌日キーズ諸島に向けて出発し、そこでひと月を過ごす予定だ。出版業界は七月にはスローになり、八月には完全に眠りこんでしまう。それに何しろ彼はボスなのだから、六週間街を離れるくらい容易いことだ。

モートが戻ってきて、新しい飲み物と葉巻を手に席に着いてまもなく、玄関のベルが鳴り、ブルースが出て行った。そして大きな配達食品の箱を手に戻ってきた。それをテーブルの上に置いた。「この島いちばんのフィッシュ・タコスだ。今朝とれたばかりのハタをグリルしたんだ」

「おいおい、君は我々に配達のタコスを出すつもりか」、モートは信じがたいように言った。「信じられないね。私は君をニューヨークでいちばんのレストランに連れて行くというのに、そのお返しがこれか？」そう抗議しながら、彼はタコスにとびかからんばかりだった。

ブルースは言った。「この前、ニューヨークであなたと昼食をとったとき、あなたは僕をオフィスの角にあるみすぼらしいデリに連れて行った。そこのルーベンサンドはとことんまずくて、思わず吐きそうになった。おまけに勘定を払ったのは僕だった」

「君はただの書店主だからな、ブルース」とモートは言って、タコスを半分むしゃむしゃと食べた。「豪華な食事を振る舞われるのは作家たちだ。マーサー、今度ニューヨークに来たら、三つ星レストランでご馳走するよ」

「決まりね」と彼女は言ったが、そんなことが実現しないことはちゃんとわかっていた。酒を飲み干すペースからして、翌朝には彼はほとんど何も記憶していないはずだ。ブルースもかなり羽目を外していた。これまで見たこともないくらい、あおるように酒を飲んでいる。注意深くワインをちびちびと飲み、お替わりの量に注意し、収穫年や製造者について語り、常に完璧に抑制を保っていたことが嘘のようだ。今はくつろいで、靴も脱ぎ捨てられ、長い一週間の週末なんだから羽目を外そうぜという様子だ。まるで犯罪仲間と組んで、悪事に走っているみたいだった。

マーサーは冷たい飲み物を口にしながら、これで何杯目だったか思い出そうとしていた。ブルースはしょっちゅう追加を注ぎ足していたので、それが何杯目だったかもうわけがわからなくなっていた。頭がふらふらして、スローダウンする必要を感じていた。タコスを食べながら、あたりを見回して水のボトルを探した。あるいはワインだってかまわない。しかしポーチには他の飲み物は見当たらなかった。フレッシュなダイキリのピッチャーがそこに置かれ、みんなを待ち受けているだけだ。

ブルースはお替わりをみんなのグラスに注ぎ足し、ダイキリについての話を始めた。それは彼の愛好する夏の飲み物だった。一九四八年にＡ・Ｅ・ホッチナーというアメリカ人の作家が、アーネスト・ヘミングウェイをキューバに訪ねた。ヘミングウェイは一九四〇年代の後半と一九五〇年代の前半を、そこで過ごしていたのだ。二人は親密な友人になり、一九六六年（ヘミングウェイの死から数年後だ）にホッチナーは『パパ・ヘミングウェイ』という有名な本を出版した。

予想されたことだが、ここでモートが口をはさんだ。「私はホッチナーに会ったことがある。やつはまだ生きていると思う。百歳近くなっているはずだ」

ブルースはそれに対して言った。「あなたはどうやらあらゆる人に会っているみたいだな、モート」

とにかくその話の続きはこういうものだった。ホッチナーの最初の訪問はインタビューのようなかたちをとったのだが、ヘミングウェイはそれにあまり乗り気ではなかった。しかしホッチナーはなんとかヘミングウェイを説得して、二人はようやくヘミングウェイの自宅からほど遠くないところにあるバーで会うことになった。電話でヘミングウェイは、そこはダイキリで有名なんだと言った。もちろんヘミングウェイは遅刻した。それでホッチナーは待っているあいだダイキリを注文した。口当たりが良く強い飲み物だった。ホッチナーはあまり酒に強い方ではなかったので、それをゆっくりと飲んだ。一時間が経過した。バーは暑く、蒸し蒸ししていたので、彼はお替わりを頼んだ。それを半分飲んだとき、すべてが二重に見え始めたようだった。ようやく姿を見せたヘミングウェイはセレブのような扱いを受けた。疑いの余地なく、彼はその店で多くの時間を過ごしているらしかった。二人は握手をし、テーブルを見つけ、アーネストはダイキリを注文した。ホッチナーが新しく運ばれた飲み物をちびちびやっている一方で、アーネストはそれを文字通りぐいと飲み干した。それからもう一杯、ぐいと飲み干した。三杯目にかかっているとき、アーネストは彼の新しい飲み友だちが、ほとんど酒に口をつけていないことに気づいた。そこで彼は相手の男性性《だんせいせい》に挑みかけ、もし偉大なアーネスト・ヘミングウェイと付き合いたいと望むなら、男らしい酒の飲み方を覚えた方がいいぞと言った。ホッチナーは男らしく勇を鼓して、思い切って飲んだ。やがて部屋がぐるぐる回転し始めた。後刻、ホッチナーがなんとか頭を上にあげておこうと必死に努力している一方で、アーネストは彼を相手の会話に興味を失い、新しいダイキリを手に、地元の人々相手にドミノ・ゲームを始めた。ある時点で——ホッチナーは時間の感覚をすっかり失っていた——アーネストは立ち上がり、夕食の時刻だと告げた。そしてついてくるようにホッチナーに命じた。店を出るときにホッチナーは尋ねた。「僕らは何杯飲んだんだろう？」と。

バーテンダーは一瞬考えてから英語で言った。「あんたは四杯。パパは七杯」

「あなたは七杯もあのダイキリを飲んだんですか？」とホッチナーは信じられずに尋ねた。

アーネストは現地の人たちと同じように笑った。「七杯なんぞ大したことじゃないよ、マイ・フレンド。この店での記録は十六杯、もちろんその記録はおれが作った。そしておれはしっかり家まで歩いて帰ったぞ」

マーサーは自分が十六杯目を飲んでいるような気分がし始めていた。

モートが言った。「ランダムハウスの郵便室で働いているときに『パパ』を読んだよ」、タコスを口いっぱい頬張りながら、彼は葉巻に火をつけた。「あれの初版本は持っているのかい、ブルース？」

「二冊持っているよ。一冊はまず上質の状態。もう一冊はあまり良くない。最近ではなかなかお目にかかれない代物だよ」

「ここのところ何か掘り出し物はあった？」とフィービーが尋ねた。

プリンストン大学から盗み出したフィッツジェラルドの原稿以外にね、とマーサーは心に思った。しかしそれをうっかり口に出すほど酔っ払ってはいなかった。彼女の瞼はだんだん重くなってきた。

「それほど大したものはないね」とブルースは言った。「つい最近『受刑囚』を手に入れたけれど」

負けじとモートは――ニューヨークの出版界の歴史上おそらく、彼ほど多くの酒盛り話を実際にくぐり抜け、あるいはまた信頼できる筋から耳にした人間はいるまい――どんちゃん騒ぎの宴会についてのとっておきの話を抱えて、勢いよくそこに参入してきた。彼のアパートメントで午前二時に、ノーマン・メイラーがそれ以上ラムの瓶を見つけることができず、空瓶をジョージ・プリンプトンに向かって投げ始めた話だ。その話は面白すぎて、とても本当にあったこととは思えないほどだった。おまけにモートはなにしろ話し上手な男だった。

マーサーは自分がこっくりこっくり頭を上下させていることに気づいた。彼女が最後に耳にしたのは、ブレンダーが新たなダイキリをこしらえているうなりの音だった。

8

彼女は円形の部屋の不思議なベッドの上で目を覚ました。最初の数秒間、動くのが怖かった。どのように動いても、額の奥の疼きがよりきつくなりそうだったからだ。両目は焼けつくようで、彼女は目を閉じた。口と喉はからからに渇いていた。胃の中がひどくむかつき、事態は更に悪化の道を辿るかもしれないと警告を与えていた。オーケー、二日酔いだ。前にも経験したことはあるし、そのときもなんとか生き延びた。たぶん長い一日になるだろうが、しようがないじゃないの。誰かに無理やりお酒をいっぱい飲まされたわけじゃない。これは自己責任というやつなのよ、実に。大学時代の古い格言のとおりだ。「もし間抜けになるのなら、そのぶんタフにならなくてはならない」

彼女は雲の中に横になっていた。深くソフトな羽毛のマットレスだ。そしてきめの細かいリネンが幾重にも身体を覆っていた。疑いの余地なくノエルの感触だ。新たに手にした現金を使って、マーサーは可愛い下着を買い込んでいた。そしてこんなひどい状態にあっても、彼女はそれを身につけてきたことで安堵の息をついた。ブルースがそれに感心してくれたらよかったのだが。彼女はもう一度目を開け、何度か瞬きし、がんばって焦点を合わせた。彼女のショートパンツとブラウスが近くの椅子の上に、きれいに畳んで置かれているのが見えた。穏当に脱衣がなされたという、彼なりのメッセージなのだ。引きむしられてベッドに直行、みたいなことではない。もう一度目を閉じ、もっと深く布団の中に潜り込んだ。

ブレンダーの音が薄れていった後には、ただ無があるだけだった。いったいどれくらい長く私はポーチの椅子で眠っていたのだろう――他の人たちが手持ちの話を交換し合い、酒を飲み続け、互いに目配せし、笑みを浮かべて私を見ているあいだ？　私は自分で立ち上がって、ふらふらして手助けを必要としながらも、なんとかそこを退去することができたのだろうか？　それともブルースの手で、塔の三階まで強制的に担ぎ上げられたのだろうか？　大学生みたいに酔いつぶれて文字通り意識を失ったのか、それともただ眠り込んでベッドに入れられたのか？

また胃がむかつき始めた。自分がそのささやかなポーチでのパーティーを、嘔吐したりするようなおぞましい――それについてブルースや他の人々が決して口にはしないであろう――おこないで、台無しにしたりするようなことはなかったはずだ。そんな惨めなエピソードに思いを巡らせただけで、吐き気はよりひどいものになった。シヨートパンツとブラウスにもう一度目をやった。そこには染みもついていなかったし、乱れもないようだった。

それからいくぶん慰めとなる考え。モートは四十歳年長だし、数々の騒々しいおこないによってキャリアを積んできた。もっとひどく酔っ払い、彼の手持ちの作家を全部合わせたよりも数多くの二日酔いを乗り越えてきたはずだ。この程度のことは気にもするまい。おそらく面白がってくれるだろう。フィービーは別にどうでもいい。マーサーが彼女に会うことはもうないだろうから。それにモートと暮らしていれば、この程度のことは日常茶飯事であるはずだ。ブルースだってそれは同じだろう。

ドアが軽く叩かれ、ブルースが静かに中に入ってきた。白いテリークロスのバスローブを着て、丈の高い水のボトルとグラスを二つ手にしている。「やあ、おはよう」と彼は静かな声で言って、ベッドの端に腰を下ろした。

「おはよう」と彼女は言った。「すごくその水が飲みたい」

「僕も同じだ」と彼は言って、二つのグラスを満たした。二人はそれをごくごくと飲み干し、彼はお替わりを注いだ。

「どんな具合だい？」と彼は尋ねた。

「あまり良くない。あなたは？」

「長い夜だった」

「どうやって私はここまで来たのかしら？」

「君はうとうと眠り込んでしまって、僕が手を貸してここまで運んできた。フィビーもほどなく寝入ってしまった。そのあとモートと僕は二人で葉巻に火をつけ、更に酒を飲んだ」

「へミングウェイの記録は破られたのかしら？」

「いや。しかし僕たちは彼の記録に迫ったような気がする」

「ねえブルース、私は何かみっともない真似をしなかったかな？」

「いや、ぜんぜん。君は眠り込んでしまったし、車を運転できそうにもなかった。だから僕は君をベッドに寝かせた」

「どうもありがとう。あまりよく覚えていないの」

「覚えているべきことはあまりないよ。全員がひどく酔っ払っていたからね」

彼女はグラスの水を飲み干し、彼がまたお替わりを注いだ。彼女はショートパンツとブラウスを顎で示し、尋ねた。「誰が脱がせてくれたのかしら？」

「僕がやった。愉しい作業だった」

「変なことはしなかった？」

「しなかった。考えはちらっと頭をよぎりはしたが」

「紳士なのね」

「常に変わることなく。ねえ、浴室にかぎ爪脚の大きなバスタブがある。そこでゆっくりお湯に浸かって、たっぷり水を飲むといい。その間に朝食を用意するよ。僕は卵とベーコンを必要としているし、君もたぶん同じだろう。寛いでくれ。モートとフィービーも目が覚めたようだし、彼らは間もなく出発する。彼らが出て行ったら、ベッドまで朝食を運ぶよ。それでいいかい？」

彼女は微笑んで言った。「それでいい。ありがとう」

彼は部屋を出てドアを閉めた。彼女には二つの選択肢があった。ひとつは服を着てそっと下に降りていくことだ。モートとフィービーに会わないように気をつけ、ブルースに「もう行かなくてはならない」と告げ、そのまま出て行く。しかし敏速に行動するのは賢い考えではあるまい。彼女は時間を必要としていた。意識をしゃんとさせるための時間、胃のむかつきを収めるための時間、リラックスして、できればもう一眠りするための時間。それに車をまともに運転できるかどうか、今ひとつ自信が持てなかった。それにあのベッド＆ブレクファストの小さなスイートに帰るというのも、もうひとつ気が進まなかった。そして熱い風呂にのんびりと浸かることには、とりあえず抗しがたい魅力があった。

もうひとつの選択肢はブルースの計画に従うことだ。その結果、ブルースは彼女とベッドを共にすることになるだろう。それはもはや避けがたいところまで来ていると、マーサーは心を決めた。

彼女はグラスにもう一杯水を注ぎ、ゆっくりとベッドから出た。身体を伸ばし、深呼吸をした。気分はかなりましになっていた。吐き気は引いたようだ。浴室に入り、浴槽に湯を溜めた。発泡剤も見つけた。小型キャビネットの上のディジタル時計は八時二十分を示していた。相当な体調の問題を抱えつつ、ほとんど十時間眠ったことになる。

当然のことながら、ブルースには彼女の様子を見に来る必要があった。彼はまだバスローブ姿のまま入ってきて、新しい発泡水のボトルを浴槽の隣に置いた。「具合はどうだい？」と彼は尋ねた。

「ずいぶんましになったわ」と彼女は言った。泡は身体を概ね隠してくれてはいたが、すべてをというわけではなかった。彼はしばらく満足げな視線を送り、そして微笑んだ。「何か必要なものは？」

「いいえ、けっこうよ」

「僕は料理の支度で忙しいから、そこでゆっくりしていればいいよ」。彼はそう言って退出した。

9

一時間ばかり湯に浸かっていた。それから浴槽から出て身体を拭いた。ドアに揃いのバスローブがかけられていたので、それを身にまとった。抽斗には新しい歯ブラシがひと束入っており、そのひとつを開けて歯を磨いた。それでよりすっきりした気分になった。彼女は下着を手に取り、ショートパンツとブラウスの隣にハンドバッグがあるのを目にした。ｉＰａｄを出し、枕を起こしてベッドに潜り込み、身体を中に馴染ませ、ふわふわした雲の中に戻っていった。

ドアに音が聞こえたとき、彼女は画面を読んでいた。ブルースが中に入ってきて、朝食のトレイを彼女の横に上品に置いた。「ベーコンに卵、ジャムを添えたマフィン、濃いコーヒー、そしておまけとしてミモザ」

「今はアルコールを飲みたい気分じゃないけれど」と彼女は言った。食べ物は見るからにおいしそうで、良い匂いがしたが。

「酔い覚ましの酒だ。飲むといい」。彼は姿を消すと、またすぐ自分のトレイを持って入ってきた。彼女の隣に位置を占め、トレイを横に並べ、お揃いのバスローブに身をつつみ、彼はフルート・グラスを掲げて言った。「乾杯」。二人はミモザを軽く飲み、それから食事にかかった。

「なるほど、これが悪名高い『作家の部屋』なのね」と彼女は言った。

「その話を聞いたんだ」

「多くの哀れな娘たちの堕落の館」

「みんな自ら進んでそうしたんだ」

「じゃあ、それは事実なのね。あなたが女性たちを手にして、ノエルが男たちを手にしたというのは」

「事実だよ。誰から聞いたんだい？」

「いったいいつから、作家たちが秘密を守れるようになったのかしら？」

ブルースは笑って、ベーコンを一切れ口の中に放り込んだ。ミモザを二口飲んだあと、昨夜の残りのラムとフレッシュなシャンパンが混じり合って、彼女の頭にまたうなりが戻ってきた。ありがたいことに、長いあいだ湯に浸かっていたおかげで、胃の具合は落ち着いていたし、食事は美味だった。彼女は床から壁まである書棚が長く並んだ、湾曲した壁を顎で示し、尋ねた。「あれは何なの？ あれもまた初版本なわけ？」

「ごたまぜだよ。値打ちのあるものはない。ただの寄せ集めさ」

「確かに美しい部屋だわ。明らかにノエルの手によってしつらえられている」

「しばらくの間、ノエルのことは忘れよう。彼女はたぶん今頃、ジャン＝リュックと遅い昼食をとっているだろう」

「そのことは気にならないの？」

「ちっとも。ねえマーサー、この会話は前にもしただろう」

数分間、二人は沈黙のうちに食事をした。どちらもコーヒーは飲まなかったが、ミモザは飲んだ。掛け布団の下で、ブルースは彼女の太腿を優しくさすり始めた。

彼女は言った。「この前、二日酔いの状態でセックスしたのがいつのことだったか思い出せないわ」

「僕はしょっちゅうやっているよ。二日酔いを治すにはそれがいちばんなんだ」

「あなたがそう言うならそうなんでしょうね」

彼はもぞもぞとベッドから出て、トレイを床に置いた。「飲み物を飲んでしまいなさい」と彼は言って、彼女は言われた通りにした。彼はそのトレイを持ち上げてどかせた。それからバスローブを脱ぎ、それをベッドの向こう端に放った。そして彼女のバスローブを脱がせた。見事に裸になるとすぐ、二人は布団の奥深くに潜り込んだ。

10

イレイン・シェルビーが土曜日の朝遅く、自宅のオフィスで仕事をしていると、カミーノ・アイランドのグレアムから電話がかかってきた。「タッチダウン」と彼は告げた。「我々のお嬢さんは、あの大きなお屋敷で一夜を過ごしたようだ」

「話して」

「彼女は昨夜の八時に、通りの向かい側に車を駐めた。その車はまだそこにある。別のカップルは今朝出て行った。彼らの名前はわからない。マーサーとケーブルは中にいる。こちらは雨が激しく降っている。睦み合うには最高の朝だ。お嬢さん、がんばれ」

「そろそろだと思っていた。何かあったら知らせて」

「了解」

「月曜日にはそちらに行く」

デニーとルーカーもそれを見ていた。二人はマーサーの車のノース・カロライナ州ナンバーを辿り、背景を調べた。そして彼女の名前と、最近の職歴、現在「ライトハウス・イン」に滞在していること、出版歴、海辺のコテージの部分的所有権を持っていることを知った。ノエル・ボネットが留守にしており、彼女の店が閉まっていることも知っていた。彼らは手に入る限りの情報を手に入れていた。しかし次に何をすればいいのか、それだけが不明のままだった。

11

荒れた天候が収まらず、それもまた二人がベッドの中でぐずぐずしている良い口実になった。もう何ヶ月もセックスから遠ざかっていたマーサーは、並みのことでは満足できなかった。経験を積んだ熟練のブルースは性衝動とスタミナをたっぷり持ち合わせており、マーサーはしばしば驚かされた。一時間の後――あるいは二時間だったか――二人はついにぐったり疲れ果てて眠りに落ちた。彼女が目覚めたとき、ブルースの姿はなかった。彼女はバスローブを身にまとい、階下に降りた。彼はシアサッカーのスーツにベージュのバックスキンの靴といういつもの格好でキッチンにいた。頭はすっきりとして目は鮮やかで、さあこれから元気いっぱい本を売ろうという様子だった。彼らはキスをし、彼の手はすかさず彼女のバスローブの中に入り込んで、お尻を摑んだ。

「なんて素敵な身体なんだ」と彼は言った。

「あたしを置いていくのね？」

二人はまさぐり合うような格好で長く抱き合い、キスをした。それから彼は少し身をひいて言った。「店の様子を見てこなくちゃならない。小売店というのはずいぶん手のかかるものでね」

「いつ戻ってくるの？」

「ほどなく。昼食を買ってくるから、ポーチで一緒に食べよう」

「私はもう行かなくちゃ」と彼女は気乗りしない口調で言った。

「どこに行くんだ？　ライトハウス・インにかい？　よせよ、マーサー、ここにいなよ。僕はすぐに戻ってくるから。バケツをひっくり返したような雨降りだし、強い風が吹きまくっている。竜巻警報も出ているだろう。外に出るのは危険だ。一緒にベッドに潜り込んで本を読もう」

「あなたは本を読むことしか頭にないみたいね」

「バスローブを着たままでいてくれ。僕はすぐに戻るから」

二人はまたキスをし、またまさぐり合い、彼は最後になんとか身を離した。そして彼女の頬に軽くキスをし、じゃあねと言って出て行った。マーサーはカップにコーヒーを注ぎ、それを持ってポーチに出た。そしてロッキング・チェアを揺すりながら雨を眺めていた。いくらか努力をして彼女はおおむねのところ、自分は娼婦のようなものなのだと思いなすことができた。お金をもらい、計略を推し進めるために肉体を差し出しているいけない女なのだ。しかしそこには心はこもっていない。ブルース・ケーブルは救いがたい女たらしで、相手の思惑にはおかまいなく、手当たり次第誰とでも寝る。今は彼女だ。来週は誰か別の女だろう。貞節や信頼なんてものは歯牙にもかけない。じゃあ、こっちだって同じようにしてかまわないわよね。彼はより深い交流を求めてはいないし、期待してもいないし、また自分の方から与えるつもりもない。彼にとってそれはただの肉体の喜びに過ぎないのだ。そして彼女にとってもそれは今のところ、同じ程度のものだ。

　彼女は罪悪感らしきものを一切振り払い、彼のベッドで週末を活発に過ごすことを考えて、思わず笑みを浮かべたほどだった。

　彼はそれほど長く留守にはしなかった。サラダとワインの昼食をとり、すぐに塔の部屋に戻り、更なる愛の交歓にとりかかった。中休みの間にブルースは、シャルドネのボトルと分厚い小説を持ってきた。二人は裏のポーチに出て、そこで揺り椅子に座って、雨音を聞きながら本を読むことにした。彼は本を手にし、彼女はｉＰａｄを手にしていた。

「君はそんなもので本を読んで、本当に楽しいのかい？」と彼は尋ねた。

「もちろん。言葉は同じだもの。読んでみたことある？」

「アマゾンが何年か前にひとつくれたよ。でもどうしても集中できなかった。偏見があるせいかもしれない」

「嘘みたい。どうしてかしら？」

「何を読んでいるんだい？」

「『誰がために鐘は鳴る』よ。ヘミングウェイとF・スコットをかわりばんこに読んでいるの。そうやって全部読もうと思って。昨日『最後の大君』を読み終えたところ」

「それで？」

「なかなか素晴らしかった。彼がそれを書いたとき、どんな場所にいたかを考えればね。ハリウッドでお金を作ろうとして、肉体的にも精神的にも凋落した状態にあった。まだ若かったのに。よくある悲劇だけれど」

「それは彼の最後の作品になった。たしか未完成だったね？」

「そのように聞いている。大いなる才能の浪費というべきね」

「それは小説を書くための予習なのかな？」

「おそらく。まだはっきり決めたわけじゃないけど。あなたの方は何を読んでいるの？」

「『僕のお気に入りの津波』という題で、この作家にとっての最初の小説なんだが、文章があまりうまくない」

「ひどい題だと思うけど」

「そうだね。そして良くなっていく気配も見えない。今五十ページ読んだところで、残りがあと六百ページあるんだが、読み進めるのに苦労している。デビューの小説は三百ページ以下にしなくてはならないという規則を、出版界で作ればいいんだが。そう思わないか？」

「たしかに。私のは二百八十ページだった」

「君のは完璧だった」

「ありがとう。それであなたはそれを読み通すつもり？」

「疑わしいね。僕はどんな本でも百ページは読むことにしている。百ページ読んでも、まだその本に集中できないようなら、そこで放り出す。読まなくてはならない優れた本がいっぱいある。つまらない本にかまけて、時間を無駄にするわけにはいかない」

「私も同じだけど、私の場合は五十ページが限度ね。いったん読み始めた本は、たとえ気に入らなくても、どういう理由からかはわからないけど、なんとか最後まで読み通すという人のことが、私には理解できない。テッサがそうだった。最初の一章でその本を放り出すんだけど、またそれを取り上げて、さんざん不平を言い、ぶつぶつ唸りながら、残り四百ページを読み通すの。ろくでもない結末までね。そういうのってぜんぜん理解できないわ」

「僕にもわからないな」。彼はワインを一口飲み、裏庭の向こうを見やり、小説を取り上げた。彼がページを繰るのを見てから、彼女は尋ねた。「他にもルールみたいなのはあるの？」

彼は微笑んで小説を置いた。「ああ、マーサー、僕にはしっかりリストがあるよ。そいつは『いかにして小説を書くか、ケーブルの十箇条』と呼ばれている。四千冊以上の本を読んできた熟達のエキスパートによってまとめられた、見事なばかりのハウツー指南だ」

「それをみんなに分け与えているわけ？」

「ときによってはね。eメールで送ってあげてもいい。でも君はそんなものを必要としないはずだが」

「そうでもないかも。私には何かが必要なの。ひとつふたつ、ヒントがほしい」

「オーケー、僕はプロローグが嫌いだ。来週ここにツアーで来ることになっている男性作家によって書かれた小説を、僕はちょうど読み終えたところだ。彼はすべての本をお決まりのプロローグで始めるんだ。殺人鬼が女性を追いかけまわすとか、死体に忍び寄るとか、そういうドラマチックな出だしだ。そして読者を宙ぶらりんの状態にしたまま、第一章へと進む。そしてそれはもちろん、プロローグとは何の関わりももたない話になっている。それから第二章になるわけだが、これもまたもちろん、第一章ともプロローグとも関わりをもたない話になっている。そのあと三十ページほど進んだところで、読者はプロローグで書かれていたアクションに引き戻されるんだが、その頃にはもうそれがどんな話だったか思い出せなくなっている」

「面白い。続けて」

「新人作家の犯すもう一つの間違いは、第一章で二十人の登場人物を紹介することだ。五人で十分だ。それなら読者の頭も混乱しない。次。もし類義語辞書《シソーラス》に手を伸ばしたいと思ったら、三音節以内の言葉を探すべきだ。僕はかなり立派な語彙を有しているが、そんな僕でさえ未だ目にしたこともないような難しい言葉をひけらかす作家くらい腹立たしいものはない。次。お願いだから、頼むから、会話にはクォーテーション・マークをつけてもらいたい。そうしないとわけがわからなくなるんだ。ルールの第五条。たいていの作家は語りすぎる。だから常にそぎ落とすことを考えてほしい。センテンスを短くするとか、必要のないシーンを削るとかね。もっと続けることはできるけど」

「続けてほしいわ。メモを取るべきだったかな」

「いや、そんな必要はない。君はアドバイスなんて必要としない。君はビューティフルな書き手だよ、マーサー。君が必要としているのはただストーリーだ」

「ありがとう、ブルース。私には励ましが必要なの」

「僕は真剣に言ってるんだぜ。週末のささやかな性の饗宴を共にしているからお世辞を言っているってわけじゃない」

「そんな風に呼ぶわけ？　ただのいっときの遊びかと思っていたけど」

二人は笑ってワインを飲んだ。雨はやんで、分厚いもやが入り込んできた。彼女は尋ねた。「あなたは何かを書いたことはある？」

彼は肩をすくめ、顔を背けた。「何度か書こうと試みたことはある。しかし書き終えたことはない。それは僕の領分じゃないんだ。だから僕は作家たちを尊敬するのさ。少なくとも優れた作家をね。僕はすべての作家を歓迎するし、すべての本を売ろうと努めている。しかし市場には多くのくだらない本が溢れている。そしてアンディー・アダムのような人間には苛々させられる。優れた才能を持ちながら、悪習の中でそれをすり減らしているような人間には」

「彼から何か連絡はあった？」

「いや、ない。彼は誰とも接触しない状態で閉じ込められている。一週間かそこらすれば、たぶん何か言ってくるだろう。これは彼にとっての三度目か四度目のリハビリなんだが、今度もうまくいかないんじゃないかと思う。心の奥底では彼自身、そこから抜け出したいと思っていないのかもな」

「哀しいことね」

「君は眠そうだぜ」

「きっとワインのせいよ」

「じゃあ昼寝をしよう」

いささか苦労はしたが、二人はハンモックによじ登るようにして収まり、そこでしっかりと身を寄せ合った。それが優しく揺れるにしたがって、二人は静かに落ち着いていった。「今夜は何か予定があるのかしら？」と彼女は尋ねた。

「だいたい同じような成り行きになると思うけれど」

「そうね。でもこの場所にも飽きてきた」

「しかし、夕食ははずせないよ」

「でもあなたは妻帯者なのよ、ブルース。そして私はあなたの週末のお相手に過ぎない。誰かに見られたらどうするの？」

「僕は気にしないよ、マーサー。そしてノエルだって気にしない。なんで君が気にしなくちゃならないんだ？」

「わからないわ。ただ土曜日の夜に妻帯者と、お洒落な店で夕食を共にするというのが、なんだかもうひとつ落ち着かないのよ」

「お洒落な店なんて誰が言った？　蟹料理を出す、川沿いのみすぼらしい小屋みたいなところだ。でも料理はうまい。確信をもって言うが、そこには本を買うような連中は一人もやって来ないよ」

彼女は彼にキスをし、その胸に頬を寄せた。

12

日曜日は二日酔いがなかったというだけで、だいたい土曜日と同じように始まった。ブルースが朝食をベッドに運んできた。パンケーキとソーセージだ。そして二人は「ニューヨーク・タイムズ」を斜め読みして二時間を過ごした。正午が近づくにつれ、マーサーは一休みしたくなった。彼女がそろそろ引き上げようかと思い始めたところで、ブルースが切り出した。「ねえ、今日の午後は店の人手が足りないんだ。店は混んできそうだし。働きに行かなくちゃならない」

「いいわよ。小説を書くルールを教わった今、いくつかを書き留めておく必要があるから」

「いつでも喜んで君の役に立ちたい」と彼は言って微笑み、頬に軽くキスをした。二人はトレイをキッチンに運び、食洗機に食器を入れた。ブルースは二階の自室に消え、マーサーは塔の部屋に戻った。そこで急いで服を着替え、もうさよならの挨拶はなしにそこを離れた。

もしその週末に彼女が何かを達成していたとしても、それははっきり指し示せるものではなかった。寝室でのふざけ合いは確かに楽しいものだったし、以前よりは彼のことをずっとよく知るようにはなったけれど、彼女はセックスをするためにそこに行ったわけではなかったし、彼の小説を書くためにそこに行ったわけでもなかった。手がかりを集め、おそらくは犯罪を解決するために、多額の金を受け取っているのだ。そういう見地からすれば、自分は実際のところ、ほとんど何も達成していないんじゃないかという気がした。

部屋に戻ると彼女はビキニに着替え、鏡の前で自分の身体に見とれ、彼がその身体に対して並べてくれた素晴らしい賛辞をすべて思い出そうと試みた。身体はほっそりとしてきれいに日焼けしており、彼女はそれをようやく用に供することができて、いくぶん誇らしく感じていた。彼女は白いコットンのシャツを羽織り、サンダルをつかんで、長いビーチの散歩に出た。

13

日曜日の夜の七時にブルースが電話をかけてきて、君がいなくてとても淋しいと言った。君なしで夜を過ごすなんてとても考えられない。閉店の頃に店に寄らないか、一緒に一杯やろうよ。

いいわよ、と彼女は答えた。だいたい他に何をすればいいのだ？ 彼女の滞在しているうんざりするほど狭い部屋は、壁がすぐ目の前まで迫っており、そんなところで百語以上の文章を書くなんてとてもできそうにない。

彼女は九時数分前に書店に入った。ブルースは最後の客の勘定を済ませていた。彼は一人で働いているようだった。その客が去ると、彼は急いでドアをロックし、明かりを消した。「ついてきて」と彼は言って、彼女を従えて階段を上り、カフェを抜けた。そして歩きながら明かりを消していった。彼はドアのロックを外し（そのドアを彼女はこれまで目にしたことがなかった）、二人は彼のアパートメントに入った。

「これは僕の、男の一人部屋だ」と彼は言って明かりをつけた。「僕は店を始めて最初の十年間、ここで暮らしていた。当時は二階のフロア全体を使っていたんだが、そのあとにカフェができた。座ってくれ」。彼は大ぶりな革張りのソファの方に手をひらひらと振った。そのソファは一方の壁の端から端までを占め、ピローとキルトで包まれていた。ソファの向かいには、大きなフラット型のテレビが低いテーブルの上に据えられていた。そしてそのまわりには――言うまでもないことだが――本がぎっしり並んだ棚があった。

「シャンパンは？」と、スナックバーの奥に足を踏み入れ、冷蔵庫の扉を開けながら彼は言った。

「もちろん」

彼はボトルを取り出し、手早くコルクを抜き、二つのフルート・グラスを満たした。そして言った。「乾杯」

二人はグラスを合わせ、彼は一口でほとんど飲み干してしまった。「ああ、すごく一杯やりたかったんだ」、彼は手の甲で口もとを拭きながらそう言った。

「そのようね。大丈夫なの？」

「大変な一日だったよ。店員の一人が病欠して、僕が売り子を務めなくちゃならなかったんだ。まともな店員を見つけるのがむずかしくてね」。彼はグラスの酒を飲み干し、お替わりを注いだ。上着を脱ぎ、ボウタイを取り、シャツの裾をズボンから出し、ベージュのバックスキンの靴を勢いよく脱ぎ捨てた。二人はソファに移り、そこに倒れ込んだ。

「君の一日はどうだった？」と彼はまた酒を一口飲んで言った。

「いつもと変わりない。ビーチを歩いて、太陽を浴びて、小説を書こうとした。それからまたビーチに出て、また書こうと試みて、そして昼寝をした」

「作家の一日というわけだ。実にうらやましいね」

「なんとかうまくプロローグを捨て去った。そして会話にクォーテーション・マークをつけた。難解な言葉を削除し、余計な部分をカットした。カットするほどいっぱい書いたわけでもないんだけど」

ブルースは笑って、更に酒を口にした。「君は本当に素敵だよ。そのことは知っていた？」

「そしてあなたは素晴らしい口先男よ、ブルース。あなたは昨日の朝、私をたらしこんで、そして……」

「正確には、昨日の朝と昼と夜だ」

「そして今またそうしようとしている。あなたはいつもこんなに上手に女の子を口説きまくっているわけ？」

「そうだよ。いつだってそうだ。前にも君に言っただろう。僕は生まれつき女性に目がないんだ。美しい女性を目にすると、もう頭がいっぱいになってしまう。大学生時代から変わらずそうだった。オーバーンのキャンパスに行ったとき、突然何千人というキュートな女性たちに囲まれて、僕は頭に血が上ってしまったよ」

「それって、健全とは言えないわ。セラピーに通ったことは？」

「よしてくれよ。誰がそんなものを必要とする？　それは僕にとっちゃゲームに過ぎないし、僕がそのゲームをうまくこなしていることは、君だってきっと認めてくれるだろう」

彼女は肯いてシャンパンを啜った。それは三口めだった。ブルースのグラスは空になっていて、彼はまたお替わりを注いだ。「飲み過ぎじゃないの」と彼女は言ったが、ブルースはそれを無視した。彼がソファに戻ると、マーサーは言った。「あなたは恋をしたことってあるの？」

「僕はノエルを愛している、彼女も僕を愛している。そして僕らはお互いとても幸福だよ」

「でも愛というのは信頼とコミットメントであり、人生の隅から隅までを分かち合うことよ」

「おいおい、僕らは分かち合うことにかけては誰にも負けないぜ」

「やれやれ、どうしようもないわね」

「つまらないことを言うなよ、マーサー。僕らは愛について語り合っているんじゃない。セックスについて語り合っているんだ。純粋に肉体的な歓びだよ。君は妻帯者相手のごたごたに巻き込まれようとしているわけじゃない。僕は恋愛関係《リレーションシップ》なんてどうでもいいんだ。君が求めればすぐにでもセックスを始められるし、やめたければやめてかまわない。僕らはややこしいこと抜きの良い友だちになれるだろう」

「友だちですって？　あなたにはいったい何人の女友だちがいるわけ？」

「正直言ってゼロだ。たぶん二、三人の素敵な知り合いはいる。いいかい、もし君が僕を分析しようとしているとわかっていたら、電話なんてしなかったよ」

「なぜ電話をしたの？」

「僕に会いたがっているんじゃないかと思ったからさ」

二人はなんとか笑った。突然ブルースが自分のグラスを置き、彼女のグラスを取って自分のグラスの隣に置いた。そして彼女の手を摑んで言った。「一緒に来てくれ。君に見せたいものがあるんだ」

「何なの？」

「サプライズだ。とにかく来てくれ。下に」

裸足のまま、彼はマーサーを連れて部屋を出て、カフェを抜けて階段を一階まで降り、地下室に通じるドアの前に行った。そしてドアの鍵を開け、照明のスイッチを入れた。二人はそろそろと木製の階段を地下室まで降りた。そこで彼はまた明かりをつけ、暗証番号を押して保管庫のドアのロックを解除した。

「きっと素敵なものなんでしょうね」と彼女はほとんど声を殺して言った。

「君は目を疑うはずだ」。彼は保管庫の分厚い金属のドアを引いて開いた。そして中に入り、また明かりをつけた。金庫の前に行って暗証番号を打ち込んだ。一秒後に五つの油圧式ボルトが解除された。かちんという大きな音が聞こえてドアが緩み、彼はゆっくりそれを開けた。マーサーはすべての動作を目をこらして見守っていた。イレインと彼女のチームのために、あらゆる細部を書き送ることが求められているとわかっていたから。保管庫の中と金庫の内部は、前に見たときと変わりなかった。ブルースは下の四段の抽斗のひとつを引いて開けた。そこにはまったく同じ形の木製の箱が二つ入っていた。彼女はあとになってそれを縦横十四インチ、杉材で作られていたと推定することになる。彼はそのひとつを手に取り、保管庫の中央にある小さなテーブルに運んだ。まるで希少な宝物を露わにするときのような笑みを、彼はマーサーに送った。

　箱の蓋には三つの小さな蝶番がついていた。彼はそれを静かに持ち上げた。中にはボール紙の箱のようなものが入っていた。色はグレー。彼はそっとそれを持ち上げて出し、テーブルの上に置いた。「これは文書保管箱と呼ばれるもので、酸とリグニンを含まない素材で作られている。ほとんどの図書館と、シリアスなコレクターの間で使われているものだ。ここにあるのは、プリンストンの図書館から来た」。彼は箱を開け、誇らしげに言った。「『最後の大君』のオリジナル原稿だよ」

　マーサーは口をぽかんと開け、信じられないという顔でそれをまじまじと見つめた。そして間近に顔を寄せた。何かを言おうとしたが、言葉は出てこなかった。

　箱の中には退色したレター・サイズの紙の束が収まっていた。厚さはおおよそ四インチ。見るからに長い歳月を経ており、まさに別の時代から持ち込まれた遺物だ。タイトル・ページはなかった。どうやらフィッツジェラルドは、あとから体裁を整えるつもりで、第一章の頭からそのままじかに書き始めたようだった。彼の筆記体は美しくなかったし、読みづらかった。そして冒頭から余白に書き込みをおこなっていた。ブルースは原稿の端っこに手を触れ、続けた。「彼が一九四〇年に急死したとき、この小説は完成からほど遠い状態にあった。しかし彼はまず概要をこしらえてから小説を書き出しており、かなりの量の注釈と要約が残されていた。彼にはエドマンド・ウィルソンという友人がいて、ウィルソンは編集者であり批評家でもあった。彼はストーリーをひとつにまとめ上げ、本は一年後に出版された。多くの批評家はそれをフィッツジェラルドの最良の作品だと考えた。実際には君が言った通り、彼の健康状態を考慮すれば見事な出来だというあたりだが」

「冗談なんでしょ。そうよね？」と彼女は絞り出すように言った。

「冗談って、何が？」

「この原稿のことよ。だってこれは盗まれたものでしょう？」

「そうだよ。盗んだのは僕じゃないが」

「オーケー。でもどうしてこれがここにあるの？」

「とても長い話になるし、いちいち細部まで話して君を退屈させたくない。それにその多くを僕は関知していないんだ。五冊分の原稿が去年の秋に、プリンストン大学のファイアストーン図書館から盗まれた。強盗団の仕業だったが、犯行直後にそのうちの二人がＦＢＩに逮捕され、残りの連中は震え上がってしまった。そして盗品を処分し、姿をくらました。原稿はひっそりブラック・マーケットに入っていって、その後原稿はばらばらに売却された。他の四冊分の原稿が今どこにあるのか、僕は知らない。おそらく国外に持ち出されたのだろうというのが僕の推測だが」

「どうしてそんなことに巻き込まれたの、ブルース？」

「込み入った話なんだが、実際のところ、僕は巻き込まれたというわけじゃない。ページに手を触れてみるかい？」

「いいえ、ここにいたくないわ。気持ちが落ち着かない」

「落ち着いて。僕はただこれを、ある友人のために預かっているだけだ」

「大した友人をお持ちなのね」

「大した男なんだ。僕らは長年にわたって取引をしてきて、僕は彼を無条件に信頼している。彼は今、ロンドンのコレクターを相手に取引の仲介をしているところだ」

「そこであなたは何を得るわけ？」

「大した金じゃない。あとでいくらかはした金をいただく程度さ」

マーサーは後ろに下がり、テーブルの反対側に移った。「はした金のために、ずいぶんなリスクを背負い込んでいるわけね。あなたは大きな価値を持つ盗品を所有している。下手をすれば長期刑をくらいかねない重罪行為よ」

「もし捕まれば重罪、ということさ」

「そしてあなたは今、私をこの犯罪の共謀者にしてしまったのよ、ブルース。私はここを出たい」

「よせよ、マーサー、君は深刻に取り過ぎている。リスクなくして報酬はない。君はどんなことにも共謀しちゃいない。誰にも知られっこないんだから。君がこの原稿を目にしたなんて、誰に証明できるというんだ？」

「わからないわ。他に誰がこれを見ているの？」

「君と僕の二人だけさ」

「ノエルは知らないの？」

「もちろん知らない。彼女はそんなこと気にもかけないさ。彼女は彼女のビジネスをおこなっているし、僕は僕のビジネスをおこなっている」

「そしてあなたのビジネスの一部は、盗品の本と原稿を売り買いすることなのね？」

「ときにはね」。彼は文書保管箱を閉じ、木製の箱にしまった。それを注意深く抽斗に収め、押し込んで閉めた。

「本当にもうここを出たい」

「オーケー、オーケー。君がそれほどに取り乱すとは思わなかったんだ。君は『最後の大君』を読み終えたと言った。だからこれを見て感銘を受けるんじゃないかと思ったのさ」

「感銘を受ける？　私は圧倒され、呆然とし、震え上がったかもしれない。何がなんだかよくわからない。しかしとにかく感銘は受けなかったわ、ブルース。これは恐ろしいことよ」

彼は金庫の鍵をかけ、それから保管庫の鍵をかけた。二人は階段を上がり、明かりを消した。一階に出ると、マーサーは入り口のドアに向かった。「どこに行くんだい？」と彼は尋ねた。

「出て行くのよ。ドアの鍵を開けてくれる？」

ブルースは彼女を掴み、振り向かせ、固く抱きしめた。そして言った。「なあ、悪かったよ。オーケー？」

彼女は強く身を引いて言った。「もう帰りたいの。この店にはもういたくない」

「そこまで取り乱すことはないだろう、マーサー。二階に行ってシャンパンを飲んでしまおうじゃないか」

「だめよ、ブルース。そういう気分じゃないの。こんなの信じられないわ」

「悪かった」

「それはもう聞いた。だからこのドアの鍵を開けて」

彼は鍵を探し、ドアの錠前を開けた。マーサーは何も言わずに早足で外に出た。そして角を曲がり、車を駐めたところまで歩いた。

14

その計画は仮説と想定のもとに立てられたものであり、少なからず希望に支えられたものだった。しかしそれが今ではしっかりと実を結んだ。彼らは今では確たる証拠を摑んでいた。彼らが必死に求めていた回答を。でも彼女はそれを彼らに手渡せるだろうか？　次なる決定的な一歩を踏み出せるだろうか？　もしそのことを彼らに知らせれば、ブルースはこれから先の十年間、刑務所に放り込まれかねないのだ。彼の転落についてマーサーは考えた。彼は破滅し、面目を失うだろう。現行犯逮捕され、収監され、法廷に引き出され、刑務所に送られるという恐怖。彼の素敵な、大きな意味を持つ書店はいったいどうなるのだろう？　彼の邸宅は？　彼の友人たちは？　彼の見事な希覯本コレクションは？　彼の財産は？　彼女の裏切りは重大な結果を引き起こすだろうし、被害を被る相手は一人には留まるまい。ケーブルは相応の報いを受けるとしても、書店の従業員たちや、友人たちに罪はない。そしてノエルにも。

真夜中にマーサーはまだビーチにいた。ショールを身に纏《まと》い、足を砂の中に突っ込んで。月に照らされた海を眺め、どうして私はイレイン・シェルビーに向かってイエスと言ってしまったのだろうと、あらためて自問した。その回答は考えるまでもなかったが、今となっては金銭なんてどうでもいいことに思えた。彼女がこれからもたらそうとしている破滅は、その背後にある金銭なんかより遥かに大きな意味を持つものだ。問題は彼女がブルース・ケーブルに対して好意を抱いているということにあった。彼の素敵な微笑みや、優雅な身のこなし、ハンサムな風貌、ユニークな身なり、そのウィットと知性、作家たちに対する熱い敬意、恋人としての技能、周囲に対する存在感、彼の友人たち、彼の評判、時として強く人を惹き寄せるカリスマ性。彼と近しくなることに、彼女は密かにスリルを感じていた。彼のインナー・サークルの一員として認められることに、そしてまた、そう、彼がものにした女性たちの長いリストに加えられることに。彼のおかげで、過去六年間に味わったよりもっと多くの愉しみを、この六週間のうちに味わうことができたのだから。

目下のところ、選択肢のひとつはただ口を閉ざし、物事を成り行きに任せることだった。イレインと彼女のチームは、そしてＦＢＩは、彼らのなすべき仕事をそのまま着々と推し進めるだろう。マーサーはそれらしいふりをして、より多くを解明できないことに対するフラストレーションを演出すればいいだけだ。彼女は地下の保管庫に入ることができたし、多くの証拠を彼らに手渡した。そして、そう、彼女はその男と寝ることさえしたし、もう一度寝ることになるかもしれない。彼女はこれまでベストを尽くしてきたし、この先もうまく調子を合わせていくだろう。おそらくブルースは、彼自身が言ったように、ブラック・マーケットの茫漠たる坩堝《るつぼ》の中に、痕跡を残すこともなく『最後の大君』を忍びこませることだろう。そして連邦警察が彼の保管庫に突入したときには、そこはすっからかんになっているだろう。ほどなく六ヶ月の任務は終了し、彼女は島を離れるだろう――素敵な記憶と共に。彼女はまたここに戻りさえするかもしれない。コテージで夏の休暇を過ごすために。あるいはうまくいけばいつの日か、新しい上出来の長編小説を手にブック・ツアーで立ち寄ることになるかもしれない。一度ならず。

彼女の結んだ口頭の契約は成功報酬ではない。計画が成功しても不成功に終わっても、報酬は支払われる。彼女の学資ローンは既に消滅し、報酬の半分は銀行に預けてある。残りの半分も、約束通り支払われることは間違いあるまい。

その夜、長いあいだ彼女は自分に言い聞かせていた。このことは黙っていよう。夏の日々はそのまま気怠くやり過ごせばいい。ボートを揺するのはよそう。ほどなく秋がやって来る。そして私はどこか別の場所にいるだろう。

道義的に正しい、正しくないという問題はあるだろうか？　彼女はその計画に加わると約束したし、計画の最終的ゴールはケーブルの世界に潜入し、原稿を見つけ出すことにあった。そして彼女はその目的を達成したわけだが、それはただ彼がとんでもないへまをしでかしたからだ。マーサーを中心に据えた作戦は、とにかく成功を収めたわけだ。今更その計画の合法性を問う権利が彼女にはあるのだろうか？　ブルースは自ら進んでその悪事——原稿を処分し、売却による利益を得て、盗品を正当な持ち主から遠ざけること——の一端を担ったのだ。ブルース・ケーブルは道義的優位を主張できる立場にはない。彼には盗品書籍の売買に手を染めているという評判があり、彼女に対して本人がそのことを認めていた。つまりリスクがあることを承知し、進んでそれを受け容れているわけだ。遅かれ早かれ手が後ろに回ることだろう。この犯罪でなくても、いつかまた別の犯罪で。

彼女は水際を歩き始めた。静かな波が、海の泡を静かに砂の上に押し出していた。雲はなく、白い砂浜が何マイルも見渡せた。フラットな水平線には、一ダースばかりの海老釣り漁船の明かりが瞬いていた。気がついたときにはノース・ピアまで来ていた。長い木製の遊歩道がずっと先の水上まで突き出していた。島に戻ってきて以来、彼女はこのあたりに来ることをずっと避けていた。テッサの遺体がこのへんの浜に打ち上げられたからだ。その孫娘がどうしてここにいるのだろう？

彼女は階段を上り、桟橋をずっと突端まで行ってみた。そして手すりに寄りかかり、水平線を眺めた。テッサならどうするだろう？ いや、そもそも彼女はこんな苦境に自らを決して置いたりはするまい。彼女が節を曲げたりすることはないだろう。お金で釣られたりするようなことはあるまい。テッサにとっては正しいことは正しいことであり、間違ったことは間違ったことだ。そこにグレー・ゾーンはない。嘘をつくのは罪であり、約束は約束であり、契約は契約だ。それがたとえどんなに不都合なことであれ。

マーサーは行きつ戻りつ、思い悩んだ。心の戦いは激しく続いた。そして夜明け前のとんでもない時刻に、彼女はとうとう判断を下した。黙っているなら、お金を返してここから立ち去るしかないと。もしそうしても、彼女は秘密を抱え込むことになるだろう。そしてその秘密は本来は他人に——正しい側の人々に——属するべきものなのだ。もし彼女がここでこそこそ逃げ出したら、テッサはきっと軽蔑することだろう。

彼女は三時前後にベッドに入ったが、とても眠れそうになかった。

五時ちょうどに彼女は電話をかけた。

15

イレインは起きて、暗闇の中でその日最初のコーヒーを静かに飲んでいた。彼女の夫はその隣で眠っていた。これから再びカミーノ・アイランドに向かうことになっていた。これでもう十回目か十一回目の旅になる。いつもと同じ、レーガン・ナショナル空港からジャクソンヴィルに向かう便だ。ジャクソンヴィルではリックかグレアムが待機している。彼らは浜辺の隠れ家で、状況の査定をおこなうことになっていた。「彼らの娘」が「彼らの標的」と共に週末を過ごしたことで、そこには興奮が生まれていた。彼女は何かしらを知り得たに違いない。彼らは午後遅くにマーサーを呼んでミーティングを開き、その成果を手にするつもりでいた。

　しかしながら午前五時一分に、すべてのプランはご破算になった。

　イレインの携帯電話がぶるぶると振動し、それが誰からの電話かを見て、彼女はそっとベッドを出てキッチンに行った。「あなたにしては朝が早いじゃない」

　マーサーは言った。「彼は私たちが思っていたほど聡明ではないみたいよ。彼は『最後の大君』の原稿を持っていて、昨夜私に見せてくれた。それは保管庫の中にある。思ったとおり」

　イレインはその意味を理解し、目を閉じた。「それは確かなことなのね？」

「イエス。あなたが見せてくれたコピーと同じだったわ。まず確実に」

　イレインは朝食用カウンターのスツールに座り、言った。「残らず話して」

16

六時にイレインはラマー・ブラッドショーに電話をかけ、彼を起こした。ブラッドショーはＦＢＩの希少資産回収班の長だ。そして彼のその日の予定もまたすべて吹き飛んでしまった。二時間後、二人はペンシルヴェニア・アヴェニューにある、フーヴァー・ビルディングの彼のオフィスで顔を合わせ、そこで全貌が説明された。彼女が予測した通り、ブラッドショーと彼のチームはその話を聞いて顔をこわばらせた。イレインと彼女の仲間たちが、ブルース・ケーブルを内偵調査している？　そのような綿密な計画を秘密裏に進めていたなんて。ＦＢＩは一ヶ月前にケーブルを容疑者の一人として、通り一遍のチェックをしただけだった。ケーブルはＦＢＩのリストに、他の一ダースほどの人々と一緒に挙げられていた。でもそれは彼が名高い人物だから、というだけの理由によるものだった。ブラッドショーは彼のことをとくに真剣には検討しなかった。ＦＢＩは民間人が並行して捜査をおこなうことを何より嫌う。しかし今は、縄張り争いをしている場合ではない。ブラッドショーはプライドをぐっと呑み込まなくてはならなかった。イレイン・シェルビーはまたもや貴重な盗品を見つけ出したのだから。速やかに休戦がなされ、平和が訪れた。そして共同作戦が立てられた。

17

ブルース・ケーブルは店の二階にあるアパートメントで六時に目覚めた。コーヒーを飲み、一時間ほど読書をし、それから階下の初版本ルームにあるオフィスに降りていった。そしてデスクトップ・パソコンのスイッチを入れ、在庫の確認を始めた。仕事の中でいちばん嫌なのは、売れそうにないので、版元に返品しなくてはならない本を選び出す作業だった。返品される本の一冊一冊が彼の側の失策だった。しかし二十年書店経営を続けてきて、さすがの彼もおおむねその作業に慣れてきた。一時間ばかり暗い店内を歩き回り、本を書棚から抜き取り、またテーブルから運び去り、いくつかの小さな悲しげな山を倉庫にこしらえた。

午前八時四十五分、彼はいつものようにアパートメントに戻り、簡単にシャワーを浴び、その日のシアサッカーに身を包み、九時ちょうどに店内の明かりをつけ、入り口のドアを開けた。最初に二人の店員がやって来て、ブルースは彼らに仕事を与えた。三十分後に彼は地下室に降りて、ノエルの店の倉庫部分に通じる金属製のドアの鍵を外した。ジェイクが既にそこにいて、古い長椅子の裏に小さな釘を打ち付けていた。マーサーの書き物テーブルは既に仕上げられ、片側に寄せられていた。

挨拶のあとでブルースは言った。「僕らの友人のミズ・マンは結局、そのテーブルを買わないことになった。ノエルはそれをフォート・ローダーデールの住所に送ってくれと言っている。脚を取り外して送り荷物にしてくれないか」

「いいとも」とジェイクは言った。「今日のうちにかね？」

「ああ。急ぎの用なんだ。大至急お願いする」

「イエス・サー」

18

チャーターされたジェット機が十一時六分にダレス国際空港を飛び立った。その飛行機にはイレイン・シェルビーと彼女の二人の同僚、ラマー・ブラッドショーと四人のFBI特別捜査官が搭乗していた。移動中にブラッドショーはフロリダの連邦検事と再び話をした。イレインは、地元の図書館にこもって執筆を試みているマーサーに電話をかけた。ベッド&ブレクファストではどうしても創作意欲が湧いてこないの、と彼女は言った。この二日ほどは書店には近づかない方がいいと思う、とイレインは言った。あそこに近づくつもりはない、とマーサーはきっぱり言った。彼女は今しばらくはブルースに会いたくなかったし、息抜きを必要としていた。

十一時二十分に、何も書かれていない一台の運搬用ヴァンが、サンタ・ローザ・ストリートの書店の向かいに駐車した。中にはジャクソンヴィル支部から派遣されたＦＢＩ捜査員が乗り込んでいた。彼らはビデオ・カメラを「ベイ・ブックス」の入り口のドアに向け、そこを出入りするすべての人を撮影し始めた。別の二人の捜査官が乗り込んだもう一台のヴァンは、サード・ストリートに駐車して監視を開始した。彼らの仕事は店に運び込まれる、あるいは店から運び出される品物を撮影し、モニターすることだった。

十一時四十分に、ショートパンツにサンダルという身なりの捜査官が入り口のドアから店の中に入り、数分間本を物色した。ケーブルの姿は見えなかった。それから『ロンサム・ダブ』のオーディオ版を現金で購入し、店を出た。最初のヴァンに乗り込んでいた技術者がケースを開けて八枚のＣＤを抜き取り、そこに小型ビデオ・カメラとバッテリーを組み込んだ。

十二時十五分にケーブルが未知の人物と共に店を出て、通りを歩いてランチを食べに行った。五分後にもう一人の捜査官（女性）が、やはりショートパンツにサンダルという格好で、『ロンサム・ダブ』のオーディオ・ケースを持って店に入っていった。彼女は二階でコーヒーを買い求め、そこで少し時間を潰し、それからまた階下に降りて、ペーパーバックを二冊選んだ。店員が奥に下がっているときに、その捜査官は

『ロンサム・ダブ』のケースをすかさずオーディオ・ラックに戻し、隣にあったひとつを取った。『ラスト・ピクチャー・ショー』だ。彼女はそれからペーパーバックとオーディオの代金を支払い、この辺でどこか美味しい昼食が食べられる店はないかと店員に尋ねた。最初のヴァンの中では捜査官たちがラップトップを見つめていた。今では彼らは車内にいて、店に入ってくるすべての人物を、正面から明瞭に見られるようになっていた。彼らとしては、『ロンサム・ダブ』を今すぐ聴きたいという人間が現れないことを祈るだけだった。

十二時三十一分にカミーノ・アイランドの小さな飛行場にチャーターされたジェット機が着陸した。サンタ・ローザのダウンタウンからは十分の距離だ。リックとグレアムがそこで、イレインと同僚たちを出迎えた。二台のＳＵＶがブラッドショーと部下たちを収容した。月曜日だったからホテルの空き部屋はあった。少なくとも数日は。港近くの数部屋が予約された。そこなら書店まで歩いて五分の距離だ。ブラッドショーはいちばん大きなスイートをとり、そこに本部を設置した。テーブルの上にはラップトップが並び、ビデオ・カメラからの映像がノンストップで流されていた。

手短に昼食を済ませた頃、マーサーがそのスイートに到着した。そして紹介が素速くなされた。それほどの人数が揃っているのを見てマーサーは驚愕した。そしてこれまでは嫌疑もかけられていなかったブルース・ケーブルに向かって、これだけの人々をけしかけてしまったのかと思うと、気が咎めた。

イレインが後ろに控える格好で、彼女はブラッドショーと、ヴァンノというもう一人の捜査官による尋問を受けた。彼女はもう一度話を繰り返した。細部まで逐一話したが、長い週末の親密なディテイルだけは省いた。ある意味ロマンティックな、そのちょっとしたいちゃつきは、今では遥か昔にあったノスタルジックな恋愛遊戯のように思えた。ブラッドショーはマーサーに、何年か前にプリンストン大学で撮影された、高解像度のフィッツジェラルドの原稿の一連の写真を見せた。イレインはそれと同じ写真を所有していて、マーサーは前にもそれらをすべて見たことがあった。ええ、そうです、私の考えるところでは、昨夜私が地下室で見せられたのは、『最後の大君』のオリジナル原稿です。

ええ、それはもちろん偽物かもしれません。あらゆる可能性は考えられますから。でもそれが偽物だとは私には思えません。だって、どうしてブルースが偽物の原稿を、そこまで厳重に保管しなくてはならないのですか？

ブラッドショーが疑いを含んだ声で三度も同じ質問をしたとき、マーサーはむっとして聞き返した。「私たちは同じチームの一員としてここにいるのではないのですか？」

ヴァンノはソフトな声でマーサーを宥《なだ》めた。「もちろんそうだよ、マーサー。我々はただ、念には念を入れたいだけなんだ」

「もうずいぶん念は入れたと思いますが」

一時間にわたるそのようなやりとりのあと、マーサーはこう確信した。イレイン・シェルビーはブラッドショーやヴァンノよりずっと頭が働くし、融通がきくのだと。しかしイレインは主導権をＦＢＩに既に委譲していたし、彼らは明らかに最後までショーを仕切るつもりでいた。

休憩時間中にブラッドショーは、ジャクソンヴィルの連邦副検事から電話を受け、それで事態は緊迫した。当地の連邦判事が、非公開の聴聞においてビデオによる「証人」の証言を認めることに異議を唱え、「証人」との直接の面談を強く主張しているということだ。これはブラッドショーとヴァンノを狼狽させたが、かといって打つ手はなかった。

二時十五分にマーサーは車に乗せられた。リックがハンドルを握り、グレアムがその隣に座り、イレインがマーサーと一緒に後部席に座った。彼らはＦＢＩの捜査員を乗せたＳＵＶの後に続いて島を離れ、ジャクソンヴィルの方向に向かった。カミーノ・アイランドを出る橋の上で、マーサーがいかにも不快そうな発言で沈黙を破った。

「さあ、教えてもらえるかしら。いったいどうなっているわけ？」

リックとグレアムはじっと前方を睨んだまま、何も言わなかった。イレインは咳払いをして言った。「連邦の側が面倒なことを言い出しているの。みんなの税金がここでもしっかりと使われているわけ。連邦捜査官のブラッドショーがこの地区の合衆国検事（彼もまた連邦職員なんだけど）に腹を立て、そしてみんなが連邦判事に腹を立てているみたいに。連邦判事が捜索令状を発行する人なの。みんなはあなたが島に残ったまま、ビデオで証言をして、それで了解が成立すると考えていたの。それはいつもやっていることだとブラッドショーは言った。ところがどうしてかはわからないけれど、この連邦判事はあなたと直接面談したいと言い出した。というわけで、私たちは裁判所に向かっている」

「裁判所？　法廷に行くなんて、ぜんぜんあなたから聞いていないけど」

「法廷じゃなく、連邦裁判所の建物よ。私たちはたぶん連邦判事と個別に会うことになると思う。奥の判事の執務室とか、そんなところで。心配することはない」

「そう言うのは簡単でしょう。私には質問がある。ケーブルが逮捕されて、裁判にかけられるということはあり得るのかしら。たとえ盗まれた原稿を手にしているところを現行犯で捕まったとしても？」

　イレインは顔を前に上げて言った。「グレアム、あなたは弁護士でしょう」

　グレアムは冗談でも耳にしたかのように鼻を鳴らした。「法学位を持ってはいるが、実際に使ったことはないよ。被告は有罪申し立てを強制されることはない。それ故に、罪を問われた者は、裁判を受けたいと主張することができる。でもこのような事件の場合、そうはならないだろう」

「どうして？」

「もしケーブルが原稿を手にしていた場合、彼に口を割らせるために、相当な圧力がかけられるはずだ。五編の小説の原稿を取り戻すことは、泥棒や悪人を罰するよりも遥かに重要な意味を持つ。彼らはケーブルに、あらゆる種類のおいしい取引条件を持ち出すことだろう。自白して、繋がりがある他の連中の名前を教えるようにね。どこまでを彼が知っているか、我々にはわからない。しかし彼はまず間違いなく、自分の身を護るために口を割るだろう」

「しかしもし万が一、彼が裁判にかけられることになったとしても、私が証人として法廷に呼び出されるようなことはないわよね？」

マーサーは答えを待ったが、三人は黙り込んでいた。居心地の悪い沈黙が長く続いたあと、彼女は言った。「ねえ、イレイン、法廷に立つなんて話、私はひとことも聞いていない。ましてや私が、ケーブルの有罪を立証する証人になるかもしれないなんてことは、あなたは一切口にしなかった。そうよね。私、そんなことしませんからね」

イレインは彼女を宥めようとした。「あなたは証言する必要なんてないのよ、マーサー。本当よ。あなたは素晴らしい仕事をしてくれたし、あなたのことをすごく誇りに思っているわ」

「子供をあやすような言い方はよしてちょうだい、イレイン」。マーサーはぴしゃりとそう言った。本人が意図したよりも強い口調で。誰も長いあいだ口をきかなかった。ぴりぴりとした空気が残った。彼らは州間高速道路95号線を南に向かい、ジャクソンヴィルの周辺地域に入った。

　連邦裁判所はモダンな高層ビルで、多くの階とガラスで成り立っていた。彼らは横手の入り口で手を振って通され、所定の狭い場所に車を駐めた。ＦＢＩの捜査員たちがマーサーを文字通りぐるりと取り囲んだ。まるで保護を必要としているみたいに。エレベーターは取り巻きで一杯になった。数分後に彼らは合衆国検事局（フロリダ州中部地区）の執務室に入った。そして会議室に導かれ、そこで待機が始まった。ブラッドショーとヴァンノは携帯電話を開いて、声を殺した会話を開始した。イレインはベセスダに連絡した。リックとグレアムには重要な電話がかかってきた。マーサーは話をする相手もなく、巨大なテーブルの前にひとりぼっちで座っていた。

　二十分ほどして、ダークスーツを着た真面目そうな若い男が——彼らは全員がダークスーツを着ているのだが——きっぱりとした目的を持った風に部屋に入ってきて、自分はジェーンウェイという合衆国検事の何らかの部門の補佐だと言った。

そして一同に説明した。今のところフィルビー判事は人の生死がかかった審理に関わっており、少しばかり時間がかかるかもしれない。もしよければ、マーサーの証言をおさらいしたいとジェーンウェイは言った。

マーサーは肩をすくめた。私に選択権なんてあるのかしら？

ジェーンウェイは部屋を出て、二人のダークスーツの男を伴って戻ってきた。彼らは名前を名乗り、マーサーは彼らと握手をした。お目にかかれてなにより。

彼らは法律用箋を取りだし、テーブルを挟んで彼女と向かい合った。ジェーンウェイは質問を始めたが、彼がこの事件についてほとんど知識を持っていないことはすぐに明らかになった。我慢強く時間をかけて、マーサーはその空白を埋めていった。

19

四時五十分に、マーサーとブラッドショーとヴァンノは、ジェーンウェイのあとをついてアーサー・フィルビー判事の部屋に入った。判事はまるで不法侵入してきた人々を迎えるように彼らを迎えた。彼は苛酷な一日を過ごして、苛立っているようだった。マーサーはまたも長いテーブルの端っこに座り、その隣に法廷速記者が座った。速記者は彼女に「真実のみを述べます」と右手を挙げて宣誓させた。三脚の上に載せたビデオ・カメラが証人にレンズを向けていた。黒いローブを脱いだフィルビー判事がテーブルの反対の端に、まるで王座に就いた王様のように座っていた。

一時間、ジェーンウェイとブラッドショーは彼女に質問をし、彼女は同じ話をまた繰り返した。朝から少なくとも三度目だ。ブラッドショーは地下室と保管庫と、そこに置かれた金庫の大きな写真を持ち出した。フィルビーは何度となく話を遮り、自ら質問をした。そして彼女の証言の多くは二度、三度反復させられた。マーサーはがんばって冷静を保った。そしてここにいる連中（善玉たち）よりも、ブルース・ケーブルの方に遥かに好感が持てると思っておかしみを感じた。

彼女が証言を終えると、彼らは会合を切り上げ、ご足労をおかけしたとマーサーに礼を言った。どういたしまして、私はそのためにお金をもらっているのですから、と彼女はもう少しで言いそうになった。彼女はイレインとリックとグレアムと共に、足早にその建物を離れた。連邦ビルが見えなくなったところで、マーサーがやっと口を開いた。「それで、これから何があるわけ？」

イレインは言った。「捜索令状を用意しているところ。あなたの証言は完璧だったから、判事は納得した」

「それで書店にはいつ手入れが入るのかしら？」

「間もなくよ」

第八章――「取引」

1

デニーは既に島に十日間滞在しており、苛立ちを募らせていた。彼とルーカーはケーブルの後を追い、彼の行動を監視していた。単調かつ単純な仕事だった。彼らはまたマーサーの後も辿って、彼女の日々の習慣も把握していたが、こちらもまた簡単きわまりない作業だった。

ボストンのオスカー・スタイン相手なら脅しが有効だったし、おそらくはそれが彼らの取り得る唯一の手段だった。直接対面し、暴力をもって脅かすのだ。スタインの場合と同じように、ケーブルも警察に駆け込んだりはするまい。もし彼が原稿を手にしているなら、取引をするよう強要することができる。もし持っていなくても、それが今どこにあるか間違いなく承知しているはずだ。

　ケーブルは通常、午後六時に店を離れ、帰宅する。五時五十分にデニーは店に入り、本を物色するふりをした。運良くケーブルはたまたま地下で忙しくしていた。そして彼の店員はそのことを明かしたりはしなかった。

　その一方でデニーの運は尽きていた。この何ヶ月かのあいだ空港や税関やセキュリティーの関門を、偽の身分証やパスポートや変装で巧妙に切り抜け、ホテルの部屋やレンタルの代金をうまく現金で支払ってきたせいで、彼は自分のことを不死身だとまではいかずとも、きわめて抜け目ない人間だと考えるようになっていた。しかしどのように聡明な詐欺師であれ、警戒心が緩んだときが年貢の納め時だ。

　ＦＢＩは歳月をかけて顔認証テクノロジーを磨き上げてきて、そのソフトウェアは「フェイス・プリント」と呼ばれていた。人物の両目と鼻と両耳との間の距離を、アルゴリズムを使って計算するもので、特定の捜査に関連する写真バンクに千分の一秒単位で照合される。「ギャツビー・ファイル」（原稿盗難事件はＦＢＩ内部においてはこのようなあだ名で呼ばれていた）においてはその写真バンクはかなり小規模なものだった。そこにはファイアストーン図書館の受付デスクにいる三人の泥棒たちの、一ダースばかりの写真が含まれている。ただしそのうちの二人、ジェリー・スティーンガーデンとマーク・ドリスコルは既に逮捕収監されている。そこにはまた、盗まれた美術品や工芸品、希覯本を取引する世界で活動していると考えられる人々の写真も数百枚収められている。

デニーが店に入ってきたとき、『ロンサム・ダブ』のケースに隠されていたカメラは彼の顔を捉えた。その日のお昼からずっと、すべての来店者の顔を捉えていたのと同じように。その画像は、書店の向かいの路上に駐められたヴァンの、後部のラップトップに送られ、それから（こちらがもっと重要なのだが）ヴァージニア州クァンティコにあるＦＢＩの巨大な鑑識ラボに送られた。合致が見られ、技術者たちは色めき立った。店に入ってから数秒もしないうちに、デニーは三人目の「ギャツビー泥棒」であると認定された。

二人は既に逮捕されていたし、四人目のトレイは、ポコノス山地の池の底で今もゆっくり朽ち果てつつある。彼が発見されることも、また関与を立証されることもあるまい。そして五人目のアーメドはヨーロッパに潜伏し続けていた。

十五分後にデニーは書店を出て角を曲がり、２０１１年型のホンダ・アコードに乗り込んだ。二台目のヴァンが距離を置いてそのあとをつけた。一度見失ったが、そのあとシーブリーズ・モーテルの駐車場で見つけた。ライトハウス・インから百ヤードほど離れた浜辺にあるモーテルだ。そのように張り込みが始まった。

ホンダ・アコードはジャクソンヴィルのレンタカー業者から借り出されていた。「レンタ・ポンコツ」という宣伝文句で営業し、現金払いでオーケーという業者だ。

申し込みの名前はウィルバー・シフレットとなっていた。レンタカー会社のマネージャーはＦＢＩに、そのメイン州発行の免許証は偽物っぽく見えたと認めた。シフレットは二週間のレンタル料として千ドルを支払い、保険は不要だと言った。

このような進展を、信じがたいほどの幸運を前にして、ＦＢＩは驚愕した。しかし強奪の八ヶ月も後に、強盗の一人がなぜその書店のまわりをうろつかなくてはならないのだろう？　彼はまたマーサーをも監視しているのだろうか？　彼はケーブルとも繋がりを持っているのか？　多くの首を捻らされる疑問があったが、それはまた後日解決すればいい。しかし目下のところ、それはマーサーの言い分が正しいという強力な裏付けになっていた。少なくとも一編の原稿は地下室にあるのだ。

夕暮れにデニーは十八号室を出た。ルーカーも隣の部屋を出た。二人は百ヤードほど歩いて「サーフ」に入った。人気のある屋外バー＆グリルだ。そこで二人はサンドイッチとビールの夕食をとった。二人が食事をしている間に、四人のＦＢＩ捜査員が「シーブリーズ」のオフィスを訪れ、支配人に捜索令状を見せた。十八号室のベッドの下に彼らはジムバッグを見つけた。中には９ミリ拳銃と、六千ドルの現金と、テネシー州とワイオミング州発行の偽造免許証が入っていた。しかしウィルバーの正体を示すものは何ひとつなかった。捜査員たちは隣の部屋では、めぼしいものは何ひとつ見つけられなかった。

デニーとルーカーは「シーブリーズ」に戻ってきたところを逮捕され、別々の車で沈黙のうちに、ジャクソンヴィルのＦＢＩのオフィスに移送された。二人は収監手続きをされ、指紋を取られた。二人の指紋一式はデータバンクに送られ、十時前には真実が明らかになった。軍隊時代の指紋により、デニーの本名はデニス・アレン・ダーバン、年齢は三十三歳、サクラメントの生まれであることが判明した。ルーカーの犯罪記録も見つかった。本名ブライアン・ベイヤー、年齢は三十九歳、ウィスコンシン州グリーン・ベイの生まれだ。両者とも協力を拒み、収監された。ラマー・ブラッドショーは彼らを数日間そこに放り込んでおいて、逮捕のニュースは公表しないことにした。

マーサーとイレインとロックとグレアムは隠れ家でジンラミーをして暇を潰していた。逮捕のことを知らされてはいたが、細部まではわからなかった。十一時にブラッドショーが電話をかけてきて、イレインに細かい事情の大方を説明した。事態は明らかに急速に進展しているようだったが、そこには多くの回答のない質問があった。明日はビッグ・デイになる。マーサーについてブラッドショーは言った。「彼女を島から遠ざけておけ」と。

火曜日ずっと、彼らはいつにもまして注意深く店を見張っていたが、とくに変わった動きは見当たらなかった。泥棒はもうあたりをうろついていなかったし、不審な荷物も運び出されなかった。一台のＵＰＳのトラックが十時五十分に、本を詰めた段ボール箱を六つ運んできたが、帰りに積み込んだ荷物はなかった。ケーブルは二階に行ったり下に降りたりして、接客をしたり、いつものお気に入りの場所で読書に耽ったりしていた。そしてもちろん十二時十五分に昼食を取りに出て、一時間後に戻ってきた。

2

五時にラマー・ブラッドショーとデリー・ヴァンノは書店に入り、ケーブルに少しお話しできないかと言った。ブラッドショーは静かな声で「ＦＢＩ」と告げた。二人はケーブルのあとをついて初版本ルームに行った。ケーブルは部屋のドアを閉めた。彼は二人の身分証明を求め、彼らはバッジを示した。ヴァンノは捜索令状を手渡して言った。「我々は地下室を捜索するためにここにいます」

そこに立ったままブルースは尋ねた。「それはかまいませんが、いったい何をお探しなのでしょう？」

「プリンストン大学図書館の所有していた、F・スコット・フィッツジェラルドの盗難原稿です」とブラッドショーが言った。

ブルースは声を上げて笑い、間髪をいれず言った。「真剣なお話ですか?」

「私たちは真剣に見えませんか?」

「確かに真剣そうだ。これを読ませてもらえますか?」、彼はそう言って令状をひらひらと振った。

「どうぞ読んでください。ところで今現在、我々を含め五人の捜査官が店内にいます」

「どうか寛いでください。二階にはコーヒーのコーナーもあります」

「知っています」

ブルースは机の前に座り、いかにもどうでもよさそうな印象を漂わせながら、時間をかけて一枚一枚ページを繰り、捜索令状を読んだ。そして読み終わると言った、「オーケー。かなり単刀直入に書かれている」。彼は立ち上がって身体を伸ばし、次に何をするかを考えた。「捜査の場所は地下室の保管庫に限定されている。そうですね?」

「その通りです」とブラッドショーが言った。

「そこには数多くの貴重なものがあります。そして、ああ、あなた方は捜索令状を持って踏み込んだときには、その場所をぐしゃぐしゃにしてしまうことでよく知られている」

「あなたはテレビ番組を見過ぎている」とヴァンノが言った。「我々は自分たちの立場を十分わきまえています。もしあなたが進んで協力してくださるなら、店内にいる他の誰も、我々がここに来たと知ることはありません」

「それはどうかな」

「さあ、行きましょう」

捜索令状を摑んで、ブルースは彼らを店の奥に案内した。そこではあと三人の捜査官が待っていた。全員がカジュアルな格好をしている。ブルースは彼らを無視し、地下室に通じるドアを開けた。明かりをつけて言った。「足元に気をつけてください」。地下室に降りると、またそこで明かりをつけ、保管庫に通じるドアの前で立ち止まり、暗証番号を打ち込んだ。保管庫の中に入り、明かりをつけた。五人の捜査官たちが全員中に入り、室内が混み合ったところで、彼は壁に向かって手を振って言った。「これらはすべて貴重な初版本です。たぶんご用はないと思いますが」。一人の捜査官がビデオ・カメラを取り出し、保管庫の内部を撮影し始めた。

「金庫を開けてください」とブラッドショーが言って、ブルースはそれに従った。扉を開けると、彼は上方のいくつかの棚を指して言った。「ここにあるのはどれもとても貴重なものです。ご覧になりたいですか？」

「たぶんあとで」とブラッドショーは言った。「まずその四つの抽斗から始めましょう」、彼は自分の求めるものを明確に承知していた。

ブルースは最初の抽斗を取り出した。マーサーが報告した通り、中には二つの杉材の箱が収まっていた。彼はひとつを取り出し、テーブルの上に載せて蓋を開けた。

「ジョン・D・マクドナルドの『琥珀色の死』のオリジナル原稿。一九六六年に刊行されました。私はこれを十年前に購入しました。それを証明する納品書もあります」

ブラッドショーとヴァンノは原稿の上に身を乗り出すようにして眺めた。「手を触れてもかまいませんか？」とヴァンノが尋ねた。二人ともこの手のものごとには馴れていたし、やり方はわかっていた。

「どうぞ」

原稿はタイプされたもので、ページは良好な状態にあり、退色もほとんど見られなかった。彼らはページを繰っていたが、すぐに興味を失った。「他のものは？」とブラッドショーが尋ねた。

ブルースは二つめの杉材の箱を取り出し、最初の箱の隣に置き、蓋を開けた。「これもまたマクドナルドの原稿です。一九八五年に刊行された『孤独な銀色の雨』。こちらにも納品書があります」

それもまたタイプされたもので、余白に書き込みがあった。場を取りなすようにブルースが口添えした。「マクドナルドはボートで生活していまして、電力が十分じゃないんです。それで旧式のマニュアルのタイプライターを使用しており、また仕事には几帳面な性格でした。彼の原稿は信じられないくらい整っています」

興味は持てなかったが、彼らはいちおう数ページをめくってみた。

いくぶん揶揄するようにブルースは言った。「あまり確信はありませんが、フィッツジェラルドのオリジナル原稿はたしか手書きでしたよね？」。返答はなかった。

ブラッドショーは金庫の前に戻って言った。「二つ目の抽斗を」

ブルースが抽斗を開けると、二人は近くににじり寄り、必死の目で覗き込んだ。それは空っぽだった。三つ目も四つ目も同じだった。ブラッドショーは愕然として、ヴァンノの方に血走った目を向けた。ヴァンノは信じられないという顔で、空っぽの抽斗をぽかんと眺めていた。

動揺しながらブラッドショーは言った。「金庫の中身を残らず出してくれますか」

ブルースは言った。「むろんかまいませんが、少なくとも私の目には、あなた方ＦＢＩの皆さんは、どこかでいい加減な情報を仕入れてこられたとしか思えません。私は盗品を扱わないし、フィッツジェラルドの原稿に近づいたりはしませんよ」

「金庫の中身を残らず出してください」とブラッドショーは彼の発言を無視して、繰り返した。

ブルースは二つのマクドナルドの原稿を一番上の抽斗に戻し、それから一番上の棚に手を伸ばし、『キャッチャー・イン・ザ・ライ』を収めたクラムシェルを取り出した。「ご覧になりたいですか？」

「お願いします」とブラッドショーは答えた。

ブルースは注意深くクラムシェルを開け、本を取りだした。彼はそれを掲げて全員に見せ、ビデオ・カメラにも向けた。そして元に戻した。「すべてご覧になりますか？」

「その通り」

「時間の無駄ですよ。これらは刊行された小説本で、原稿ではありませんから」

「承知しています」

「これらのクラムシェルは一冊一冊の本に合わせて作られた特注品で、原稿を収めるには小さすぎます」

一目見ればそれは明らかだったが、時間は重要なファクターではなかったし、求められているのは徹底した捜査だった。「次を」とブラッドショーが、金庫の棚を顎で示して言った。

ブルースは順序正しく一冊ずつ本を取り出し、クラムシェルを開け、本を示し、それらを脇に置いていった。彼は愉しげにその作業を進めていたが、ブラッドショーとヴァンノは首を振り、互いを睨みつけるように見やり、途方に暮れて目をぎょろぎょろと神経質に動かした。どう見ても、肩すかしを食った他の数名の捜査官たちに劣らず、彼らは困惑しているようだった。

四十八冊すべてがテーブルの上に積み上げられ、金庫は空っぽになった。二編のマクドナルドの原稿だけは抽斗に収まっていたが。ブラッドショーは金庫に一歩近寄った。そこに秘密の隠し場所があるのではないかというように。しかしもちろんそんなスペースは存在しない。彼は顎をぽりぽりと掻き、薄くなりかけた髪に指を走らせた。

ヴァンノが尋ねた。「あそこにあるのは？」、そして手を振って壁の本棚を示した。

ブルースは言った。「珍しい初版本です。ずっと昔に刊行されたもので、二十年かけて私がせっせと集めました。もう一度言いますが、あれらは小説本であって原稿ではない。それでもご覧になりたいのですね？」

「できれば」とヴァンノは言った。

ブルースは鍵を出して書棚の錠を外した。捜査官たちは書棚のガラスの扉を開け、そこにずらりと並んだ本を点検した。しかしそこには原稿の束らしきものはまったく見当たらなかった。ブルースは用心深く彼らを見守っていた。もし本が抜き取られたりしたら介入しようという様子で。しかし彼らは注意深く、どこまでもプロフェッシヨナルだった。一時間ほどで保管庫の調査は終了し、収穫は皆無だった。その場所の隅々までが細かく点検された。全員が保管庫から出ると、ブルースはドアを閉めたが、鍵はかけなかった。

ブラッドショーは地下室を見渡し、古い本や雑誌やゲラ刷りや見本書籍でいっぱいの棚を目にした。「見てもかまいませんか？」と彼は言った。ひょっとして何かが見つかるかもしれないという、最後のはかない希望を持って。

ブルースは言った。「そうですね、令状によれば捜査範囲は保管庫内に限られていましたが、まあいいでしょう。お好きにご覧になってください。何も見つからないとは思いますが」

「同意なさるわけですね？」

「ええ。かまいませんよ。もののついでだ。もっと時間を無駄にしましょう」

彼らはがらくたの詰まった物置のような部屋を捜索し、半時間ばかり隈無くつつき回った。まるで避けがたく訪れる事態を少しでも先延ばしにしようとするみたいに。敗北を認めることは考えられなかったが、しかし彼らもとうとう最後に匙を投げた。

ブルースは一行の後から階段を上り、出口に向かった。ブラッドショーは手を差し出し言った。「どうもご迷惑をおかけしました」

ブルースは握手をし、言った。「嫌疑は晴れましたか？　それとも私はまだ容疑者なのかな？」

ブラッドショーはポケットから名刺を取り出し、ブルースに手渡した。「明日電話を差し上げます。その質問にはそこでお答えしましょう」

「けっこうです。私の弁護士からそちらに電話をさせます」

「そうして下さい」

彼らが去ると、ブルースは振り向いて、正面カウンターの中に立っている二人の店員がじっとこちらを見ていることに気づいた。

「麻薬取締局だ」と彼は言った。「メタンフェタミンの製造所を探しに来たのさ。さあ、仕事に戻って」

3

島でいちばん古いバーは「パイレーツ・サロン」で、書店から三ブロック東にある。日が暮れてからブルースはそこで、彼の弁護士であるマイク・ウッドと会って、酒を飲んだ。彼らは角の席に座ってバーボンを飲み、ブルースは店が捜索されたことを語った。マイクは年季を積んだ弁護士だったので、ブルースに「その盗まれた原稿について君は何か知っているのかい」と尋ねたりはしなかった。

ブルースは尋ねた。「彼らが僕をまだ付け狙っているかどうか、それを知ることは可能かな？」

「明日、その人物に電話してみよう。でも答えはたぶんイエスだね」

「これからの六ヶ月の間、僕が誰かに尾行されたりするのかどうか、それを知りたいんだ。いいかいマイク、僕は来週南仏に行って、ノエルと一緒に過ごすつもりなんだ。もし連中が至る所でまだ僕をつけ回すつもりなら、そのことをいちおう知っておきたい。ねえ、僕は連中にフライト・ナンバーを教えるし、帰国したら連絡する。こちらには隠すべきものは何もないからね」

「その男にそう言おう。しかし目下のところ、君の動きはすべて見張られていると考えた方がいいね。すべての電話の会話は聞かれ、すべてのｅメールやテキストは読まれていると」

ブルースは信じられないという表情を浮かべ、顔を曇らせるふりをした。しかし実際には彼はこの二ヶ月、自分が（ＦＢＩによって、あるいは他の誰かによって）監視され盗聴されているかもしれないという仮定の下に行動していた。

翌日の水曜日、マイク・ウッドはラマー・ブラッドショーの携帯電話に四度連絡を入れたが、そのたびにヴォイス・メールに回された。メッセージを残したが、折り返しの連絡はなかった。木曜日にブラッドショーは連絡をしてきて、ケーブル氏には未だ関心は払われているが、もはや捜査の対象にはなっていないと告げた。

マイクはブラッドショーに、彼の依頼人は間もなく国を離れると告げ、飛行機のフライト・ナンバーと、彼が数日を妻と共に過ごすことになるニースのホテルの名前を教えた。ブラッドショーはその情報に対する礼を述べ、FBIはケーブル氏の海外旅行について関心は持っていないと言った。

4

金曜日にデニー・ダーバンとブライアン・ベイヤー（通称ジョー・ルーカー）は飛行機でフィラデルフィアに送られ、それから車でトレントンに運ばれ、そこで再び収監手続きを受け、別々の監房に入れられた。それからデニーは審問室に連れて行かれ、テーブルの前に座り、コーヒーのカップを与えられ、そこで待つように言われた。マーク・ドリスコルと彼の弁護士のギル・ペトロセリはマグレガー特別捜査官に、取調室の外の廊下に連れてこられた。そして素通しの鏡の奥から、そこに一人で退屈そうに座っているデニーの姿を見せられた。

「我々は君の仲間を捕まえたぜ」とマグレガーはマークに言った。「フロリダで逮捕したんだよ」

「それで?」とペトロセリは言った。

「このように我々は君たち三人全員を手中に収めている。ファイアストーン図書館に入った三人をな。とっくりご覧になったかな?」

ドリスコルは言った。「イエス」

彼らは歩いて、二つ隣にある別の取調室に入った。小さなテーブルを囲んで座ると、マグレガーは言った。「他に誰が絡んでいるか、我々はまだ掴んでいない。君たち三人が図書館の内部にいる間、誰かが外で陽動作戦を受け持っていた。誰かが大学のセキュリティー・システムと電気系統をハッキングしていた。それで五人だ。もっと他にいたかもしれない。君だけが我々にそれを教えられる。我々は原稿にじりじりと迫りつつあるし、近いうちに一連の起訴をまとめておこなうことになるだろう。そして我々はここで君に対してとびっきりの取引を提案したいんだ、ミスタ・ドリスコル。もし自白すれば、君は放免される。我々にすべてを語ってくれれば、君に対する起訴はおこなわれない。君は証人保護プログラムに入り、快適な住まいと新しい身分証明書、まっとうな職を与えられる。他に望むものは何なりと。もし裁判があれば、君は戻ってきて証言をしなくてはならない。しかし率直に言って、裁判はおこなわれないんじゃないかな」

マークは八ヶ月に及ぶ刑務所生活にうんざりしていた。デニーは危険な男だが、彼が無力化された今、大きな重圧は取り除かれた。報復の恐れは大幅に減少したわけだ。トレイは暴力的なタイプではないし、ぎりぎりの逃亡生活を送っている。もしマークが彼の実名を明らかにすれば、ほどなく逮捕されることだろう。アーメドは軟弱なパソコンおたくで、自分の影にも怯えるようなやつだ。復讐行為に手を染めるとはとても考えられない。

「少し時間がほしい」とマークは言った。

「相談をしなくては」とペトロセリは言った。

「オーケー、今日は金曜日だ。週末のあいだに結論を出してくれ。月曜日にまた戻ってくる。それを過ぎれば、もう取引の余地はない」

月曜日にマークは取引に応じた。

5

七月十九日の火曜日、ブルース・ケーブルはジャクソンヴィルからアトランタに飛行機で飛び、それからエール・フランスのパリ行き直行便に乗った。パリの空港で二時間を潰して、ニース行きの便に乗った。朝の八時にニースに到着し、タクシーで海に面したお洒落なブティック・ホテル「オテル・ラ・ペローズ」に向かった。十年前に彼とノエルが初めて一緒にフランスに行ったときに見つけたホテルだ。彼女はロビーに立って待っていた。丈の短い白のドレスに、幅広縁のスマートなストローハットという格好で、生粋のフランス人に見えた。二人はもう何年も会っていなかったみたいにひしと抱き合い、キスをした。そして手を取り合ってプールのそばのテラスに行き、シャンパンを飲み、またキスをした。お腹が減ったとブルースが言って、二人は三階の部屋に入り、ルーム・サービスをとった。そしてテラスに出て陽光を浴びた。眼下には何マイルにもわたってビーチが続き、その向こうにはコート・ダジュールが朝の太陽を受けて眩しく光っていた。ブルースはもう何ヶ月も休みをとっていなかったし、身体は紛れもない休息を求めていた。長い午睡をとったあと時差ぼけはもう消え失せており、二人はプールに向かった。

いつものようにブルースはジャン゠リュックのことを尋ね、彼は元気にしているとノエルは答えた。よろしく伝えてくれと彼が言っていた。彼女はマーサーについて尋ね、彼は一部始終を話した。僕らが彼女に会うことはもう二度とあるまいとブルースは言った。

夕方近く、二人はホテルを出て、旧市街まで五分ほど歩いた。何世紀もの歳月を経た三角地帯で、街でいちばん人気のある場所になっている。彼らは人混みと共にゆっくり移動し、賑やかな野外マーケットを覗き、自動車も通れないくらい狭い通りに沿って並んだブティックをウィンドウ・ショッピングし、あまたある通りのカフェのひとつでコーヒーを飲み、アイスクリームを食べた。横丁をあてもなく歩き回り、一度ならず道に迷いはしたが、すぐ元に戻ることができた。角をひとつ曲がるといつもそこに海が見えたからだ。二人はしばしば手を握り合い、決して遠くには離れなかった。そして時々身体を絡め合った。

6

木曜日、ブルースとノエルは朝遅く目覚めた。テラスで朝食を取り、そのあとシャワーを浴び、服を着て旧市街に戻った。花を売っている市場を回り、その見事なまでに豊富な花の種類に驚愕した。ノエルでさえその多くを知らないほどだった。前とは違うカフェに入ってエスプレッソを飲み、ロセッティ広場の大聖堂の回りにいる群衆を眺めた。正午に近くなると、二人は旧市街の端の方に移った。そちらの道路は僅かに広くなっており、数台の車がすり抜けるようにそこを通っていた。ノエルはあるアンティーク・ショップに入って、主人と世間話をした。雑用係が二人を奥の部屋に案内した。そこには小さな工房があり、それぞれに何かしら修理を必要とするテーブルやタンスが積み上げられていた。彼はひとつの木箱を示し、さっき到着したばかりのものだとノエルに言った。彼女は木箱の端にホチキスで留められた送り状を読み、箱を開くように雑用係に言った。彼はドリルを取り出し、上部の蓋を締めている二インチの長さのネジを外し始めた。ネジは全部で一ダースあり、仕事は丁寧でゆっくりしていた。これまで何十年も、そんな調子でやってきたのだろう。ブルースは作業を熱心に見守り、ノエルはそのあいだ他の古いテーブルに興味を惹かれていた。ようやく作業が終了したとき、その男とブルースは木箱の蓋を取り、脇に置いた。

ノエルが雑用係に何か言うと、男は出て行った。ブルースが木箱から分厚い発泡スチロールを取り去ると、その下から姿を見せたのは、あのマーサーの書き物テーブルだった。その表面の下には、秘密のスペースを作るために取り外された三つの抽斗の化粧面が見えた。ブルースは釘抜きハンマーを使って、その表面をそっとむしり取った。その下には五つのまったく同じ大きさの杉材の箱が入っていた。どれもブルースが寸法を指定し、カミーノ・アイランドの指物師に作らせたものだ。

ギャツビーと、彼の友人たちだ。

7

会合は朝の九時に招集されたが、それはどうみても長時間に及びそうだった。長いテーブルには既に書類が散乱していた。まるでそれまでに何時間も討議が行われてきたみたいに。テーブルの一方の端には大きなスクリーンが設置され、その隣にはドーナッツを盛った大皿と、コーヒーを入れたポットが二個置かれていた。マグレガー捜査官に加えて、三人のＦＢＩの捜査官たちがテーブルの一方の側に陣取った。合衆国検事局の副検事であるカールトンが、もう一方の側に座った。その脇にはダークスーツを着た側近たちがしっかりへばりついていた。にこりともしない年若い男たちだ。テーブルのもう一方の端の、いかにも居心地悪そうな席には、マーク・ドリスコルがいた。その左肘には、常に忠実なペトロセリ弁護士が控えていた。

　マークは既に外の自由な世界での新生活を頭に描き、その甘美な思いに浸っていた。そして何でもすらすらしゃべる気になっていた。

　マグレガーがまず口火を切った。「チームから始めよう。現在のところ、そのうちの三人が収監されている。そうだね？」

「そうです。おれと、ジェリー・スティーンガーデンと、デニー・ダーバンが」

「それ以外の者は？」

「ええ、そう、ティム・マルダナード、通称トレイが図書館の外で行動していました。どこの出身なのかはわかりません。彼の人生の大半は逃亡生活だったから。母親はアイリス・グリーンといって、インディアナ州マンシーのバクスター通りに住んでいます。会いに行くことはできますが、たぶん彼女はもう何年も息子に会っていないと思いますよ。トレイは二年前にオハイオの連邦刑務所から脱走したんです」

「どうして君は彼の母親の住まいを知っているんだ？」とマグレガーが尋ねた。

「すべて計画の一部なんです。おれたちは役にも立たないものを一式、みっちり暗記させられた。もし誰かが逮捕されても、しっかり沈黙を守らなくてはならないと叩き込むためにね。報復の脅しです。それはそのときには本当に真に迫って聞こえたものです」

「トレイを最後に見たのはいつだね？」

「去年の十一月十二日です。その日におれとジェリーはキャビンを出て、車でロチェスターに向かった。彼とデニーがそこに残った。トレイが今どこにいるのか、おれにはわかりません」

スクリーンにトレイの手配写真が映し出された。トレイは全員に向かって微笑みかけていた。「彼です」とマークが言った。

「それで彼の役目は？」

「陽動作戦です。発煙弾と花火で騒ぎを起こす。警察に電話をかけ、銃で学生たちを撃っている男がいると通報する。おれも二、三度警察に電話をしました。図書館の中からね」

「オーケー、話を元に戻そう。他に誰が加わっていた？」

「五人だけでした。五人目はアーメド・マンスール。レバノン系アメリカ人で、バッファローで作業をしており、その晩、犯行現場にはいなかった。彼はハッカーで、偽造のベテランで、コンピュータの専門家です。政府の諜報機関で長年にわたって仕事をしていたんですが、そこを追い出され、犯罪の道に入りました。年齢は五十歳前後で、離婚歴があり、バッファローのウォッシュバーン通り六六二番地に女と一緒に暮らしています。おれの知っている限り、前科はありません」

マークの話はビデオに撮られ録音もされていたが、それでも四人のＦＢＩ捜査官と、連邦検事局から来た陰気な顔つきの五人の若い男たちは、必死にすべてのメモを取っていた。そうするのが何より重要な事柄であるかのように。

マグレガーは言った。「オーケー、君たちは五人だけだった。するとこの男は誰なんだ？」。スクリーンにブライアン・ベイヤーの顔が映し出された。

「見たことのない顔です」

ペトロセリは言った。「そいつは数週間前、駐車場で私を叩きのめし、依頼人に口を割るなと言えと脅した男です」

マグレガーは言った。「我々はその男をフロリダで、デニーと共に逮捕しました。札付きの悪党で、名前はブライアン・ベイヤー、通称ルーカーです」

「その男は知りません」とマークは言った。「我々のチームの一員じゃない。デニーが原稿を捜すために、引っ張り込んだのでしょう」

「我々はこの男のことをよく知らないし、彼は口を閉ざしています」とマグレガーが言った。

「彼は強奪には加わっていない」とマークが言った。

「チームの話に戻ろう。計画について話してくれ。それはどのように始まったのか」

マークは微笑んだ。リラックスし、コーヒーをゆっくりと啜った。そして語り始めた。

8

パリの左岸の奥深く、第六区の中心にあるサン゠シュルピス通りで、ガストン・シャペル氏はこぢんまりとした書店を営んでいた。店はこの二十八年間、ほとんど様変わりしていない。そのような店は、専門分野は様々だが、市の至る所に存在している。ムッシュー・シャペルが取り扱っているのは、十九世紀から二十世紀にかけて刊行されたフランス、スペイン、アメリカの希少な小説だ。二軒先には、古い地図と地図帳だけを扱う友人の店があった。角を曲がったところには、歴史的な人物によって書かれた版画や手紙だけを扱う別の店があった。概して言えば、それらの店を出入りする人々の数はきわめて少ない。ウィンドウを眺める人はたくさんいるが、顧客は少数に限られている。彼らのクライアントは世界各地からやってくる真剣なコレクターであって、読むべき本を捜しているツーリストではない。

七月二十五日の月曜日、シャペル氏は午前十一時に店の鍵を閉め、待たせていたタクシーに乗り込んだ。二十分後にタクシーは第八区モンテーニュ通りの、とある商業ビルの前に停まり、彼はそこで降りた。彼はそのビルに入るときに、警戒するように振り向いて、背後の通りをうかがった。何か不審なものが見えるとは思ってもいなかったけれど。彼の行為には法に反する点はひとつもなかった。少なくともフランス国内の法には。

彼は美しい受付嬢に用件を告げ、彼女が上の階に連絡を取っている間、そこで待っていた。ロビーをそろそろと歩き回り、壁に掛けられた美術品を鑑賞し、その法律事務所の野望の幅広さと奥行きの深さを実感した。スカリー&パーシング、分厚いブロンズの書体がその名を告げていた。彼の数えたところでは、世界のすべての主要国の（そしてそれよりは少し劣るいくつかの国々の）四十四の都市に彼らのオフィスが設けられていた。それなりの時間をかけてウェブサイトを調べた結果、スカリーが三千人の弁護士を擁する、世界最大の法律事務所であることがわかった。

その存在が承認されるとすぐに、受付嬢は彼を三階に通した。彼は階段を上がり、トマス・ケンドリックなる人物のオフィスをほどなく見つけた。ケンドリックは上級パートナーだったが、彼が選択されたのはひとえにプリンストン大学の学部卒業生の学位を有しているからだった。プリンストン卒業後、彼は二つの法律学位を取得している。ひとつはコロンビア大学、もうひとつはソルボンヌ大学だ。ケンドリック氏は四十八歳で、出身はヴァーモント州だが、今は二重国籍を持っている。フランス人女性と結婚しており、ソルボンヌ卒業後はフランスを一度も離れたことがなかった。国際的な性格を持つ、入り組んだ訴訟問題を専門にしており、少なくとも電話では、そのへんの書店の主人との面会予約を入れることにもうひとつ乗り気ではないようだった。しかしシャペル氏は引き下がらなかった。

二人はフランス語で、どちらかというと堅苦しい初対面の挨拶をし、ケンドリック氏は早速用件に取りかかった。「さて、どのような御用向きでしょうか？」

シャペル氏はそれに答えて言った。「あなたはプリンストン大学と親密な絆を結んでおられる。一時は評議会員を務めておられた。学長であるドクター・カーライルをご存じだと思うのですが」

「ええ、たしかに私は母校と深い関わりを持っています。そのことが何か重要なのですか？」

「きわめて重要なのです。私の友人の一人はフィッツジェラルドの原稿を所持している男を知っている人物と、知り合いなのです。そしてその男は原稿をプリンストンに返却したいと望んでいます。もちろん有料ですが」

ケンドリックの「一時間あたり相談料千ドル」風の、いかにもプロフェッショナルな見かけがそこであっさり吹き飛んだ。顎ががくんと垂れ、目が飛び出した。まるで腹を思い切り蹴り上げられた人のように。

シャペルは続けた。「私はただの仲介者に過ぎません。あなたと同様に。そして我々はあなたの助力を必要としています」

ケンドリック氏が目下のところ最も避けたいと思っているのは新たな仕事だった。とりわけろくな収入にならず、彼の貴重な時間をただ奪い取っていくような仕事は。しかしながらこのとんでもなくユニークな取引に自分が関われると思うと、息が詰まりそうになった。もしこの男の言っていることが真実なら、愛する大学が何より大事にしていた宝物を取り戻す作業において、自分が中心的な役割を果たすことになる。彼は咳払いをして言った。「原稿は無事で、全部そっくり揃っているということなのですね」

「その通りです」

微笑みながら、ケンドリックの思いはずっと先へと駆けていった。「そしてその引き渡しはどこで行われるのでしょう？」

「ここ、パリにおいてです。引き渡しは注意深く計画されており、逐一指定通りに行われなくてはなりません。言うまでもないことですが、ケンドリックさん、我々が相手にしているのは、計り知れぬほど貴重な資産を手にしている犯罪者であり、逮捕されることを望んではいません。彼はきわめて頭の切れる、企みに長けた男であり、もし何か手違いや混乱や、あるいはほんのちょっとしたトラブルの徴候が見えれば、原稿は永遠に姿を消してしまうでしょう。プリンストン大学に与えられた、原稿を取り戻すチャンスはこの一度だけです。警察に通報するのは致命的な過ちとなるでしょう」

「プリンストン大学がＦＢＩ抜きでこの話に関わるでしょうか？　私にはそれはもちろんわかりかねます」

「それではこの話はなかったことにして下さい。それでおしまいです。プリンストン大学がその原稿を目にすることは二度とありますまい」

ケンドリックは立ち上がり、その上等なシャツの裾を、特別仕立てのスーツのズボンの中により深くたくし込んだ。彼は窓際まで歩いて、外に目をやったが、何も見てはいなかった。そして言った。「それで価格は？」

「一財産です」

「もちろん。しかし私はおおまかなところを先方に伝えなくてはなりません」

「一編あたり四百万ドル。価格に交渉の余地はありません」

プロとして十億ドル単位の訴訟に何度も関わってきた人間にとって、この身代金は決してひるむような金額ではなかった。プリンストンもとくに青ざめはするまい。自分の母校が、それだけの非常用現金を手元に持ち合わせているとは彼には思えなかったが、その大学には二百五十億ドルの基金があり、何千人もの裕福な卒業生が控えている。

ケンドリックは窓際を離れ、言った。「言うまでもなく、私には何本か電話をかける必要があります。次回はいつお目にかかれるでしょう？」

シャペルは立ち上がって言った。「明日です。ケンドリックさん、重ねてご注意申し上げますが、ここであれ合衆国内であれ、何らかのかたちで警察が関与すれば、すべてはご破算になりますよ」

「承知しました。わざわざ足を運んでいただき、ありがとうございました、シャペルさん」。二人は握手をし、別れた。

翌朝の十時、一台の黒塗りのメルセデスが、リュクサンブール宮殿の正面のヴォージラール通りに停まった。後部席からトマス・ケンドリックが降りて、歩道を歩き始めた。彼は錬鉄製のゲートからその高名な庭園に入り、観光客の群れと共に「八角池」の方に歩いて行った。池のまわりでは、パリ市民も観光客もみんな同じように、座りこんだり、本を読んだり、日光浴をしたりしてのんびりと朝のひとときを過ごしていた。子供たちは玩具の船を水面《みなも》に走らせていた。若い恋人たちは池の周りの低いコンクリート壁の上で身体を伸ばしたり、互いをまさぐり合ったりしていた。ジョガーのグループが話したり笑い合ったりしながら元気に駆けていった。ドラクロワの記念碑のところで、ガストン・シャペルと合流したが、挨拶はしなかった。シャペルはブリーフケースを手にしていた。二人は進み続けた。広い歩道をのんびりと歩いて、池から離れていった。

「私は監視されているのだろうか？」とケンドリックは尋ねた。

「彼らはいます。そうです。原稿を持った人物には協力者がいます。で、私は監視されているのでしょうか？」

「いいえ。あなたは監視はされていません」

「それは何より。あなた方の会話は順調に運んだようですね」

「私は二時間後に合衆国に向かいます。そして明日、プリンストン大学の人々と会うことになっている。彼らはルールを理解しています。そしてわかっていただけると思いますが、シャペルさん、彼らは証拠となるものを必要としています」

歩を止めることなく、シャペルはブリーフケースから一枚のフォルダーを取り出した。「これで十分でしょう」と彼は言った。

ケンドリックは歩きながらそれを受け取った。「中に何が入っているか、うかがってよろしいかな?」

シャペルはねじけた微笑みを浮かべて言った。「『グレート・ギャツビー』第三章の一ページ目です。私の見るところ、本物です」

ケンドリックの足が止まった。そして彼は呟いた、「なんてことだ」

9

ドクター・ジェフリー・ブラウンはほとんど走らんばかりにプリンストンのキャンパスを横切り、大学本部のあるナッソー・ホールの階段を駆け上った。ファイアストーン図書館の直筆原稿管理部門部長である彼は、このまえ学長室を訪れたのがいつのことだったか、ほとんど思い出せなかった。またこれは確かな事実だが、「緊急」と名のついた会合に彼が呼び出されたことはこれまで一度もなかった。彼の仕事がそれほど興奮させられるものになったことは一度もなかった。

秘書が待ち受けていて、カーライル学長の広いオフィスに彼を連れて行った。学長もまたそこに立って彼を待ち受けていた。ドクター・ブラウンは手短に、大学の顧問弁護士であるリチャード・ファーリーに紹介された。そしてまたトマス・ケンドリックに。少なくともブラウンには、その部屋の空気がぴりぴりと張り詰めていることが感じ取れた。

カーライルは四人を小さなテーブルの回りに集め、ブラウンに向かって言った。

「急に呼び出して申し訳なかった。しかし我々の手には、どうしても真偽を確かめなくてはならないものがあってね。昨日パリでケンドリックさんが、F・スコット・フィッツジェラルドの『グレート・ギャツビー』のオリジナル原稿の、第三章の一ページ目であるとされる紙片を手渡されたのだ。見てくれないか」

彼はフォルダーをブラウンのほうに滑らせ、それを開いた。ブラウンは大きく息を呑んで、そのページに目をやった。紙片の右上部の隅にそっと手を触れ、それから両手に顔を埋めた。

10

二時間後にカーライル学長は同じテーブルで、二つ目の会合を招集した。今回ドクター・ブラウンは除外されていた。そして彼の席にはイレイン・シェルビーが座っていた。彼女の隣にはジャック・ランスが座っていた。彼女のクライアントであり、保険会社の重役だ。そしてその会社は二千五百万ドルの保険を請け負っていた。イレインは今でもブルース・ケーブルを追い詰めるための、彼女の聡明な知能から絞り出された計画が失敗したショックからまだ立ち直っていなかったが、同時にまた原稿が再び姿を見せるかもしれないという仄《ほの》めかしに、迅速に意識を順応させていた。彼女はブルースがカミーノ・アイランドにいないことは承知していたが、フランスに行ったことは知らなかった。FBIは彼がニースに飛んだことは把握していたが、尾行はしなかった。そして彼らはその情報をイレインとは分け合わなかった。

トマス・ケンドリックとリチャード・ファーリーは、イレインとランスの向かい側に座っていた。カーライル学長はフォルダーを手渡し、言った。「これは昨日パリで我々の手に渡ったものです。『ギャツビー』の原稿のサンプルであり、実物だと検認されました」。イレインはフォルダーを開き、中身を一瞥した。ランスも同じことをしたが、二人とも何の反応も示さなかった。ケンドリックはガストン・シャペルと会ったときのことを話し、取引の条件を示した。

　彼が話し終えたとき、カーライルが言った。「言うまでもなく、我々が最も優先するのは原稿を取り戻すことです。悪党を捕まえるのは愉快なことだろうが、現今、それは大事な案件ではない」

イレインは言った。「ということはつまり、ＦＢＩは抜きでやると」

ファーリーが言った。「法的には彼らを関与させる必要はありません。私的な取引に関して、何ら不法な点はないのだから。しかし我々としてはあなた方の意見をうかがいたいのです。私たちよりも彼らのことをよくご存じでしょうから」

イレインはフォルダーを数インチ押しやって、どう答えればいいか思案した。彼女は一言ひとことを吟味しながらゆっくりと話した。「二日前に私はラマー・ブラッドショーと話をしました。原稿を盗んだ三人は現在収監されており、一人は司法取引に応じました。二人の共犯者はなおも逃亡中ですが、ＦＢＩは彼らの名前を掴んでおり、捜索が進められています。ＦＢＩにしてみれば、犯罪はもう実質的に解決されたようなものです。そのような私的取引のことを知れば、眉ぐらいはひそめるでしょうが、理解はするはずです。率直に申し上げれば、原稿が戻れば彼らもほっとするでしょう」

「この手の取引は以前にも行ったことがあるのかね？」とカーライルは尋ねた。

「ええ、何度も。身代金は秘密裏に支払われます。品物は返却され、みんながハッピーになります。とりわけ持ち主が。犯罪者もまたハッピーになっているでしょうが」

カーライルは言った。「考えどころだな。我々はＦＢＩと良好な関係を保っている。彼らは最初から一貫して卓越した仕事をしてきた。今この時点でのけ者にするというのはいかがなものだろう」

イレインは言った。「しかしＦＢＩはフランスでは何の権威も持ちません。彼らは現地の警察組織を引き込まざるを得ないでしょうし、そうなると我々にはもうコントロールしようがありません。多くの人々が首をつっこんできて、出鱈目な状況になりかねません。予測不能なことが持ち上がり、小さな失敗ひとつで、原稿はあっさり消えてしまいかねません」

ファーリーが尋ねた。「もし私たちが原稿を買い戻したとして、一件落着後にＦＢＩはどのように反応するだろうか？」

彼女は微笑んで言った。「私はラマー・ブラッドショーをかなりよく知っています。もしあなた方が原稿を無事に図書館に取り戻し、泥棒たちが刑務所に入れられたとしたら、彼は何ひとつ文句を言わないでしょう。数ヶ月は捜査を継続するでしょうし、悪党はそのうちに何かへまをしでかすでしょう。いずれにせよ遠からず、彼と私はワシントンで祝杯をあげ、笑い合っていることでしょう」

カーライルはファーリーとケンドリックを見た。そして最終的に言った。「よろしい。彼らは抜きでことを進めよう。さて、金策という気の進まない問題に取りかかろう。どうだね、ミスタ・ランス？」

保険会社の重役は咳払いをひとつして言った。「我々は二千五百万ドルを支払わなくてはならない。しかしそれは品物がそっくり失われた場合のことです。そして事態はそうではなくなりつつある」

「そのとおりだ」とカーライルは笑みを浮かべて言った。「その悪党が五編を持っているのなら計算は簡単だ。で、総計二千万ドルのうち、おたくの会社はどれくらいなら出してもいいと思っておられるのかな？」

ランスは躊躇なく言った。「半分持ちましょう。それ以上は無理です」

半分というのは、カーライルが望んでいたよりも多額だった。また学究の徒である彼は、保険会社の強面の重役と金銭の交渉をすることにあまり気乗りがしなかった。

彼はファーリーを見て言った。「残りの半分を調達してもらいたい」

11

サン＝シュルピス通りの反対側、ガストン・シャペル書店の入り口から四十フィートも離れていないところに、プルースト・ホテルがある。趣のある古い四階建てで、部屋は例によって狭苦しく、荷物を持った成人が一人乗れるか乗れないか、というサイズのエレベーターがひとつついている。ブルースは偽造のカナダのパスポートを使い、現金で支払いをして三階の部屋に入った。そして窓に小さなカメラを据えた。そのレンズはガストン書店の入り口に焦点を合わせていた。彼はセーヌ通りの角付近にあるドラクロワ・ホテルの自分の部屋にいて、ｉＰｈｏｎｅでそのライブの画像を見ていた。ノエルはボナパルト・ホテルの自室で同じ画像を見ていた。彼女のベッドの上には、それぞれ違うタイプのバッグに入れられた五編の原稿が置かれていた。

午前十一時に彼女はショッピング・バッグを手に、部屋を出てロビーに行った。そしてフロント係に、夫がまだ眠っているので、部屋にメイドを入れないでもらいたいと言った。ホテルを出て通りを渡り、足を止めてドレス・ブティックのウィンドウを見た。ブルースが歩いて通りかかり、歩を止めることなく彼女のバッグを手にとった。彼女は残りの原稿の番をするために、そしてまたガストンの店で起こっていることを見るために、ホテルの部屋に戻った。

古めかしいサン＝シュルピス教会の前にある噴水のそばをうろつき、他の観光客たちになんとか溶け込もうと必死で努め、ブルースは来るべきものに備えて気力を高めつつ、じりじりと時間を潰していた。これからの数時間で、彼の運命ははっきり明暗を描くことになる。もしこれから足を踏み入れるのが罠であれば、彼は手錠をかけられて帰国し、刑務所に長期間放り込まれることになる。しかし首尾よくやり遂げれば、彼は金持ちになる。事情を知っているのはノエル一人だけだ。彼は数ブロックを歩き、サークルを描いて元に戻り、尾行されていないことを確かめた。そしてようやく引き渡しの時刻となった。

彼は書店に入り、ガストンが古い地図の上に屈み込んでいるのを目にした。忙しそうにしているものの、目は通りに向けられていた。客はいなかった。店員は休みを与えられていた。二人は店の奥にある散らかったオフィスに入り、ブルースは杉材の箱を取り出した。それを開き、中にある文書保管箱を開いた。そして言った。「最初の原稿。『楽園のこちら側』だ」。ガストンは用心深く上の一枚に手を触れ、英語で言った。「問題ないだろう」

ブルースは店を出た。入り口のドアを開け、閉めた。そして狭い通りの左右を見渡してから、できるだけさりげない足取りで歩き去った。ノエルはプルースト・ホテルに設置されたカメラから送られてくる画像を見ていたが、不審なところは何ひとつなかった。

プリペイドの携帯電話を使って、ガストンはジュネーブのクレディ・スイスに電話をかけ、連絡係に最初の引き渡しが完了したと告げた。ブルースによって指定された通り、チューリッヒの銀行が身代金の受け皿になっていた。指示通り最初の振り込みは、チューリッヒのＡＧＬ銀行の無記名口座に電子送金され、その金は即座に、ルクセンブルクの銀行の別の無記名口座に電子送金された。

ホテルの自室のラップトップの前に座り、ブルースはその二つの取引のeメール報告を受け取った。

一台の黒いメルセデスがガストンの店の入り口に停まり、トマス・ケンドリックが降りた。彼は店に入って一分もせず出てきて、原稿を手にそこを立ち去った。彼はまっすぐオフィスに戻ったが、そこにはドクター・ジェフリー・ブラウンが、もう一人のプリンストン大学図書館員と共に待機していた。彼らは箱を開けて、その宝物に目を見張った。

忍耐が要求されたが、待機するのは拷問にも等しかった。ブルースは服を着替え、長い散歩に出た。そしてカルチェラタンのデゼコール通りにある歩道カフェで、なんとかサラダを喉の奥に送り込んだ。二つ向こうのテーブルでノエルはコーヒーを飲んでいた。彼がそこを立ち去るまで、二人は互いに知らんふりをしていた。立ち去るときに彼は、ノエルが椅子の上に置いたバックパックを持っていった。一時数分過ぎにブルースは再びガストンの店に入り、彼が一人の客の相手をしているのを目にして驚いた。ブルースは静かに店の奥に行き、ガストンのオフィスの机の上にバックパックを置いた。ガストンはうまく客から離れてやって来て、二人は二つ目の杉材の箱を開け、フィッツジェラルドのくねくねとした文字を目にした。ブルースは言った。

「『美しく呪われしもの』。一九二二年に刊行された。彼のおそらくは最も弱い作品だ」

「けっこうだ」とガストンは言った。

「電話をかけてくれ」とブルースは言って立ち去った。十五分後に電子送金が確認された。それから時を経ずして同じ黒いメルセデスが同じ場所に停まり、トマス・ケンドリックが二番目の品物をガストンから受け取った。

年代順で言えば『ギャツビー』が次の品物だったが、ブルースはそれを最後に取っておくことにした。物事はすべて順調に運んでいたが、それでも彼は最後の受け渡しについてまだ不安を感じていた。ノエルが、リュクサンブール庭園の楡の木の陰に座っているのが見えた。その隣には、パン屋の名前が印刷された茶色の紙袋が置かれ、念入りなことに、紙袋からはバゲットの先が突き出ていた。彼はガストンの店まで歩いて向かいながら、パンの先をちぎって食べた。二時半に彼は書店に入り、バゲットの残りの入った紙袋を友人に手渡した。その袋にはパンの他に『夜はやさし』も入っていた。そして急いで店を出た。

話を込み入らせるために、三番目の支払いはドイツ銀行のチューリッヒ支店に送金された。そしてそれは即座にロンドンの銀行の無記名口座に送られた。二つの振り込みが確認されたあと、彼の財産は七桁から八桁に上がった。

ケンドリックがやって来て、三番目の荷物を受け取った。彼のオフィスに戻ると、手持ちの原稿が増えていくことに、ドクター・ジェフリー・ブラウンは驚喜した。四番目の原稿は『最後の大君』だった。それはナイキのジムバッグに隠され、ノエルの手によって、サンジェルマン大通りにあるポーランド語の書籍を専門とする書店に持ち込まれた。彼女が本を見て回っている間に、ブルースはそれを持ち去り、四分ほど歩いてシャペル書店に入っていった。

スイスの銀行は五時に閉まる。四時五分前にガストンはトマス・ケンドリックに電話をかけ、あまり面白くないニュースを伝えた。彼の「知り合い」は『ギャッツビー』に関しては前払いを望んでいる。ケンドリックは冷静を保ったが、それでも「それは受け入れがたい」と反論した。我々は前もって取り決めを結び、これまでのところ双方共にそれをきちんと遵守してきたではないか。

「そのとおりです」とシャペル氏は丁重に言った。「しかし私の連絡相手は、最後の引き渡しに関して危惧の念を抱いております。最後の品物を渡したのに、あなたの側が最終の支払いをすっぽかすのではないかと」

「もし我々が最後の支払いを送金し、相手が原稿を引き渡さないと決めたら？」とケンドリックは応じた。

「申し訳ないが、それはあなた方が負わなくてはならぬリスクです」とガストンは言った。「彼は言い出したら引かない人物でしてね」

ケンドリックは深く息をつき、恐怖に引きつっているドクター・ブラウンの顔を見た。「十五分後に電話をします」と彼はガストンに言った。

ドクター・ブラウンは既にプリンストン大学に電話をかけていた。カーライル学長は五時間も前から、机を一歩も離れていなかった。実際のところ、話し合うべきことなど何もなかった。プリンストン大学は『ギャツビー』を何より必死に求めていた――その悪党が更なる四百万ドルを必要としているよりも、遥かに必死に。彼らはそのチャンスに賭けてみることにした。

ケンドリックはシャペルに電話をかけ、ニュースを伝えた。四時四十五分に最後の送金が完了し、シャペルはケンドリックに電話をかけ、自分はモンテーニュ通りの彼のオフィス・ビルディングの前に駐められたタクシーの後部席に座っており、『ギャツビー』の原稿を持参していると告げた。

ケンドリックは電光石火のごとくオフィスを飛び出し、ドクター・ブラウンと同僚は負けじとそのあとを追った。そして広い階段を駆け下り、驚いている受付嬢の前を走り過ぎ、玄関ドアの外に出た。そしてちょうどタクシーから降りてくるガストンの姿を目にした。彼は分厚いブリーフケースを手渡し、この中に『ギャツビー』がそっくり入っていますと告げた。ただし第三章の一ページ目だけは欠けていますが。

そこから五十ヤードも離れていないところで、ブルースは木に寄りかかり、愉しげに声を上げて笑っていた。

エピローグ

一晩のうちに降り積もった八インチの雪がキャンパスを覆い、午前半ばには作業員たちが除雪機とシャベルを使って、なんとか授業が行えるように通り道と玄関階段の雪かきに励んでいた。しっかりしたブーツとコートに身を固めた学生たちは、授業と授業の間の時間をほとんど浪費しなかった。気温は華氏十度台〔摂氏マイナス十度前後〕で、風は身を切るように冷たかった。

彼がオンラインで調べたスケジュールによれば、彼女はクイグレー・ホールの教室で創作講座を受け持っているはずだった。彼はその建物を見つけ、教室を見つけた。そして十時四十五分まで、二階のロビーにうまく身を隠し、温かくしていた。それから再び冬の中に戻り、建物の近くの歩道をうろついた。疑惑を招かないように、携帯電話で話をしているふりをしながら。これほど寒いと、他人のことを気に留めたり気にかけたりするような人間はいなさそうなものだが。たっぷり厚着をした彼は、一般学生のようにしか見えなかったはずだ。彼女は玄関から出てきて、群衆と共に彼から離れていった。ちょうど授業が終わったところで、他の建物から出てくる学生たちをも加えて、その人だかりはもっと膨れあがっていった。彼は距離を置いてあとをついていったが、やがて彼女が、バックパックを背負った一人の若い男と連れ立っていることがわかった。彼らはあちこちの角を曲がり、南イリノイ大学キャンパスの少し外れにある、「ザ・ストリップ」と呼ばれるショップやカフェやバーの並んだ一画に向かっているらしかった。二人は通りを横切り、そのとき連れの男は、彼女を助けるように肘を支えた。二人は更に速く歩いていったが、彼はそのままついていった。

二人は逃げ込むようにコーヒーハウスに入り、ブルースは隣のバーに入った。彼は手袋をコートのポケットに仕舞い、ブラック・コーヒーを注文した。そして十五分待った。寒気を振るい落とすには十分な時間だ。それからコーヒーハウスに入った。マーサーと彼女の連れは小さなテーブルを挟んで身を寄せ合っていた。コートとマフラーは椅子の背にかかっていた。洒落たエスプレッソ入りの飲み物が二人の前に置かれ、二人は会話に深くのめり込んでいた。ブルースは彼女に気づかれる前に、そのテーブルのそばに立った。

「やあ、マーサー」と彼は連れの男を無視して言った。

彼女はびっくりした。というか驚愕に打たれた。息が止まったみたいだった。ブルースは連れの男に向かって言った。「申し訳ないが、彼女と少し話させてもらいたい。

ずいぶん遠くからやってきたものでね」

「なんだって？」と男は言った。一戦交えようかという顔で。

彼女は男の手を触って言った。「いいのよ。少しだけ私たち二人にしておいて」

男はゆっくり立ち上がり、自分のコーヒーを持ち、そこから去るときにブルースに軽くぶつかっていった。ブルースはそれを受け流し、男の座っていた椅子に腰を下ろした。そしてマーサーに微笑みかけた。「キュートな若者だ。君の学生かい？」

彼女は自分を取り戻して言った。「何なの、それ？　あなたにはまったく関係のないことでしょう」

「まったく関係はない。君は素敵だね、マーサー。日焼けしていないだけで」

「中西部の二月なのよ。ビーチから遠く離れている。何が望みなの？」

「僕は元気にやってるよ。尋ねてくれてありがとう。君はどうしてる？」

「問題ない。どうしてここがわかったの？」

「君は別に身を隠していたわけじゃないだろう。モート・ギャスパーが君のエージェントと昼食を取ってね、彼女はウォリー・スタークがクリスマスの翌日に急に亡くなったという悲報を伝えた。彼らは大学在住作家のピンチヒッターを、この春に必要としていた。そして君がいた。この場所は気に入った？」

「悪くない。寒くて風は強いけどね」、彼女はコーヒーを一口飲んだ。どちらも目をそらさなかった。

「それで小説の進行具合は？」と笑みを浮かべてブルースが尋ねた。

「順調よ。半分仕上げて、毎日書き進めている」

「ゼルダとアーネストかい？」

彼女は微笑み、面白がっている顔をした。「いいえ。あれは馬鹿げたアイデアよ」

「たしかに馬鹿げている。でも僕が覚えている限り、君は興味を持っているみたいに見えたぜ。それでどんな話なんだね？」

マーサーは深く息を吸い込み、部屋をちらりと見渡した。彼女は彼に向かって微笑みかけ、言った。「それはテッサの話なの。彼女の浜辺での暮らし、彼女の孫娘、そして年若い男との恋愛。すべては怠りなくフィクション化されている」

「ポーターのことかな？」

「彼にとてもよく似た誰かよ」

「いいねえ。ニューヨークの誰かはそれを読んだのかな？」

「私のエージェントは前半を読んで、とても気に入ってくれた。きっとうまくいくと思う。こんなことってとても信じられないんだけどね、ブルース、あなたに会えてよかった。ショックはどうやらもう薄れつつある」

「僕も君に会えてよかったよ、マーサー。君にまた会えるかどうか、考えどころだったんだが」

「なぜ私たち、こうして会っているわけ？」

「いろんなことが片付いていないからさ」

彼女はコーヒーを一口飲み、ナプキンで口元を拭った。「ねえ、ブルース、あなたはどの時点で私のことを疑うようになったの？」

ブルースは彼女のコーヒーに目をやった。ラテの一種だが、あまりに多くの泡が立っていた。そしてその上にキャラメルがまぶしてあるみたいだ。「ちょっといいかい？」と彼は言って、それに手を伸ばした。彼がそれを一口飲んでいるあいだ、彼女は黙っていた。

「君が島にやって来た時点からさ。あの時期僕は警戒の度を高め、あらゆる新顔に神経を尖らせていた。そうするだけの理由があったんだ。君は完璧な設定と、完璧なストーリーを持ち合わせていたから、ひょっとしてこれは真実かもしれないと僕も思った。それと同時に、誰かによって練り上げられた見事な計画かもしれないとも思った。誰が考えたんだろう、マーサー？」

「それは言わないでおくわ」

「いいとも。我々が近しくなればなるほど、僕はますます疑いの念を抱くようになった。そしてある時点で僕の直観が告げた。まずい奴らが僕の身辺に近接していると。

あまりに多くの見かけない顔が来店するようになったし、あまりに多くの観光客のふりをした連中があたりをうろついていた。君が僕の疑念を裏付けしてくれ、僕は行動に取りかかった」

「うまく撤退すること」

「そうだ。僕は幸運だった」

「おめでとう」

「マーサー、君は恋人としては素晴らしいが、スパイとしては落第だね」

「どちらも褒め言葉ととりたいわ」。彼女はコーヒーをもう一口飲み、カップを彼に渡した。彼がそれを返したとき、彼女は尋ねた。「それで、片付いていないことって何かしら？」

「何故あんなことをしたのか、君にそれを尋ねたかった。君は僕を長期刑に追い込もうとしていた」

「盗品を売りさばこうとするような悪党は誰しも、そうしたリスクを背負っているんじゃないかしら？」

「僕を悪党と呼ぶわけか」

「もちろん」

「じゃあ、僕は君のことを小狡《こずる》くて可愛いビッチだと考えるよ」

彼女は笑って言った。「オーケー、それでおあいこね。他にもう私を罵る言葉はない？」

彼も笑って言った。「今のところそれくらいだ」

彼女は言った。「私の方にはあなたに関して言うべきことがまだまだたくさんあるわ、ブルース。でも良い点の方が、悪い点より多いかも」

「ありがとうと言うべきなのだろうね。さて、質問に戻ろう。どうして君はあんなことをやったんだい？」

彼女は大きく息を吸い込み、もう一度店内を見渡した。彼女の知り合いは隅のテーブルに座って、携帯電話をいじっていた。「お金よ。私は一文無しで、借金を背負って、満身創痍だった。でもそんなの、ただの言い訳よね。私はこのことを、この先ずっと後悔し続けるだろうと思う。申し訳なかったわ、ブルース」

彼は微笑んで言った。「それが僕がここに来た理由だよ。その一言が聞きたくてね」

「謝罪の言葉？」

「そうだ。僕はそれを受け入れる。気持ちは晴れた」

「どこまでも寛大な人ね」

「なにしろ僕には、太っ腹になれるだけの余裕があるからね」と彼は言って、二人はくすくす笑った。

「あなたはどうしてあんなことをしたの、ブルース？　つまり、今から振り返ってみれば、そうするだけの価値はあったにせよ、あの時点ではとんでもなくリスキーな行為だった」

「信じてもらいたいんだが、あれはきちんと計画を立ててやったことじゃなかった。僕は何冊かの希覯本を闇のマーケットで売り買いしたことがあった。そういう日々は今ではもう終わっているが、でもそのときは、僕が普通に仕事をしていたら、一本の電話があった。ひとつのことが次のことに繋がって、企みがどんどん勝手に膨らんでいった。こいつはまたとない機会だと思い、僕はそれを摑むことにした。そしてあっという間に僕は現物を手にしていた。でもそれをどうすればいいのか、まったく五里霧中の状態で、君が目の前に現れるまで、まずい連中が自分に迫っているなんて考えつきもしなかった。しかしスパイが身近に入り込んでいるとなれば、何か手を打たなくてはならない。つまり、君がものごとを前に押し進めてくれたんだよ、マーサー」

「あなたは私に感謝しているわけ？」

「そうだよ。君にはいくら感謝してもしきれない」

「どういたしまして。ご指摘どおり、私はどうせ落第したスパイだから」

二人ともその会話を楽しんでいた。そしてコーヒーを一口ずつ飲んだ。彼女は言った。「ひとつ打ち明ければね、ブルース、プリンストン大学が原稿を取り戻したという記事を目にしたとき、私は思わず吹き出してしまった。自分がもてあそばれたことで、なんだか馬鹿みたいに感じてはいたけれど、それでもこう叫ばないわけにはいかなかった。『やったね、ブルース』って」

「痛快な冒険だったが、ああいうことは一度で十分だ」

「それはどうかしら」

「偽りなく。ねえ、マーサー、僕は君に島に戻ってもらいたいんだ。あそこは君にとってずいぶん大事な場所であるはずだ。コテージ、ビーチ、友人たち、書店、ノエルと僕。ドアはいつだって開いている」

「わかった。そういえば、アンディーはどうしている？　私、彼のことをいつも考えているんだけど」

「素面になったよ。しっかり決意を固めて。週に二度、禁酒協会の集まりに通っている。そして気がふれたように書きまくっている」

「素晴らしいニュースだわ」

「僕とマイラは先週、君について話をした。どうして唐突に君が姿を消してしまったのかみんな首を捻ったが、誰もまるで手がかりを持たなかった。君はあそこの一員だし、気が向いたらいつでも戻ってきてもらいたいんだ。君が小説を書き終えたら、ひとつ盛大なパーティーを開こうじゃないか」

「それはすごく素敵だわ、ブルース。でもあなたと一緒にいると、私はいつも気を引き締めていなくちゃならないの。私はあそこに戻るかもしれない。でももう色恋沙汰はごめんよ」

彼は彼女の手をぎゅっと握り、立ち上がった。そして言った。「それはそのときのことだ」。彼は彼女の頭の上にキスをして言った。「とりあえず、さよなら」

彼がテーブルの間を抜けてコーヒーハウスから出て行くのを、マーサーはじっと見守っていた。

著者覚え書き

プリンストン大学にお詫びしたい。もしそのウェブサイトが正確であるなら（そうでないと考える理由は何もないのだが）、F・スコット・フィッツジェラルドのオリジナル手書き原稿は、ファイアストーン図書館に無事に保管されているということだ。私はそれについて直接の知識を持たない。その図書館を目にしたことは一度もないし、この小説を書いている間は心してそこに寄りつかないようにしていた。これらの原稿は地下室にあるかもしれないし、屋根裏にあるかもしれない、あるいは番兵付きの秘密の墓所に置かれているかもしれない――私に知り得るのはその程度のことだ。この点について、私は正確を期そうという努力をあえて払わなかった。その主な理由は、私の書いたもののせいで、心得違いな誰かに不穏当な考えを抱いてもらいたくなかったからだ。

最初の小説を書いたときに私は、本を書くのは本を売るよりずっと簡単なことなのだということを学んだ。私は本を販売する側について何ひとつ知識を持たなかったので、私の旧友であり、ミシシッピ州オックスフォードの「スクエア・ブックス」店主であるリチャード・ハワースを頼ることになった。彼は原稿を一読し、数えきれぬほど多くの改良すべき点を指摘してくれた。ありがとう、リッチ。

　希覯本の世界は実に興味をそそられるもので、私はそのほんの上《うわ》っ面《つら》を撫でたに過ぎない。助力を必要としたときには、私はチャーリー・ラヴィット、マイケル・スアレス、そして「ビトウィーン・ザ・カヴァーズ」店主であるトムとハイディのコンガルトン夫妻に頼った。深く感謝する。

　デヴィッド・ラウスは、チャペル・ヒルの部分に関して私を窮地から救ってくれた。

　またトッド・ドーティーはカーボンデール〔南イリノイ大学がある街〕の部分において。

訳者あとがき

二年ほど前、ポーランドを旅行しているとき、途中で読む本が尽きてしまった。それでクラクフの街の書店にふらりと入って、英語の本が並んだコーナーを物色していたら、たまたままだ読んだことのないジョン・グリシャムのペーパーバックが目についた。タイトルは“Camino Island”という、どちらかという素っ気ないものだったけれど、裏表紙に書かれている内容要約を読んで、強く興味を引かれることになった。こういうものだ。

「文学史上最も大胆不敵な強奪計画が実行された。場所はプリンストン大学の警戒厳重な地下金庫。

時価二千五百万ドル（値段のつけようがないと言うものもいるだろう）のF・スコット・フィッツジェラルドの長編小説全五作の原稿は、世界で最も価値あるもののひとつだが、それが消え失せてしまった。間を置かず一連の逮捕がなされたが、強盗団の冷酷な首謀者は原稿と共に忽然と姿を消した。

ＦＢＩの精鋭たちが頭を抱え込んだこの難事件に、スランプ中の新進女性作家マーサー・マンが挑むことになった」

この要約を読んだら、僕としては本を買わない手はない。フィッツジェラルドの生原稿がプリンストン大学の地下金庫から盗まれた？　弁護士がまったく出てこないグリシャムの新刊（実際にはちらりとは出てくるけど）？　もちろん僕はこの本を買い求め、すぐに読み始めた。そしていったん読み出したら止まらなくなった。そんなわけで、雨の降りしきる緑豊かな五月のポーランドを旅しながら、脇目もふらずグリシャムのミステリーに読みふけることになった。

実を言うと、僕は一九八三年にプリンストン大学のファイアストーン図書館を訪れて、スコット・フィッツジェラルドの生原稿を見せてもらったことがある。当時はそれほど警戒も厳しくなくて（グリシャム自身が著者覚え書きで述べているように、本書に描かれているセキュリティーの内容はすべてフィクションであるわけだが）、わりに簡単に生原稿を「ほら」と見せてもらったことを記憶している。柔らかい鉛筆で書かれたくねくねとした字で、ひどく読みづらかった。これを清書させられたタイピストはずいぶん苦労したことだろう。

本書の魅力のひとつは、物語の軸になる登場人物、ブルース・ケーブルが全米でも有数の独立系書店のオーナーであり、また同時に希覯本の蒐集家（専門は現代アメリカ文学）でもあるというところにある。おかげでアメリカにおける書店経営のあれこれや、希覯本取引の実態が詳しく紹介され、このへんの展開は本好きにとってはたまらないだろう。僕も本筋のミステリーとはべつに、そのあたりの描写についつい引き込まれて読みふけってしまった。

主人公（そして探偵役）はいちおううら若き女性作家、マーサー・マンだが、実質的な主人公はこの魅力的な書店主、ブルース・ケーブルである。ハンサムで、やり手で、知的で、業界における有名人、スマートなプレイボーイ、そしてなにより無類の本好き。マーサーの視点によって、このミステリアスな人物の素顔が次第に明らかになっていく。ちょうどニック・キャラウェイの視点によってジェイ・ギャッツビーの謎が解明されていくみたいに。このへんのストーリー・テリングの巧みさは、さすがにグリシャムと感心してしまう。すらすらと流れる無駄のない文章だ。

僕も書店好きの人間なので、アメリカに住んでいるときにはけっこういろんな書店を巡ったし、サイン会を開いたことも何度かある。そういうところでいろいろと興味深い経験もした。アメリカで暮らし始めたばかりの頃（一九九一年）、プリンストンの町の書店でサイン会を開いたのだが、三十分のあいだに三人くらいしか人が来なくて、暇を持てあましたことを覚えている。退屈なので、隣のテーブルの作家と世間話をして時間を潰した（隣の人も僕以上に暇そうだった）。だからマーサーが人の集まらないサイン会で味わわされた気持ちもいちおうよくわかる。閑散としたサイン会って、なんだかわびしいものです。かと思うと千人以上の人が集まってくれて、どれだけせっせとサインしても捌《さば》ききれなかったこともあるけれど。

　アメリカの書店のサイン会で、日本の同種のものと違うところは（この本にはそういう風景は出てこないが）、複数の作家のサイン会を同時におこなうことだ。つまり二人か三人の作家が机を並べてサインをするので、そこに並ぶ読者の数の違いによって、それぞれの人気のほどが一目でわかってしまう。日本で同じようなことをしたら、「恥をかかされた」みたいなことになって、けっこう問題になりそうだけど、アメリカの人はあまり気にしないらしく、隣の某作家（あえて名前は出さないけど）に、「おい、ハルキ、なんでおまえんところの列はそんなに長いんだよ。ちょっとこちらにまわせよ」みたいなことを冗談っぽく言われたこともある。この本を読んでいて、そういういろんなことを思い出した。

　というわけで、この本はミステリー・ファンにも、そして本好きの人たちにも、また本格的なブック・コレクターの人たちにも、たっぷり楽しんでいただけるのではないかと思う。僕自身のことを言えば、もちろん本好きではあるけれど、希覯本みたいなものにはあまり興味が持てない。本なんて初版だろうが、サイン入りだろうが、なんだろうが、ページがきちんと揃っていればそれでいいだろうと思っているような人間だ。本を蒐集することにもとくに関心がない。読み終えたら多くの本は処分してしまう。でもそういう普通の（かなりいい加減な）読書人にとっても、本書に描かれている希覯本コレクターのカラフルで奥深い世界は、ずいぶん興味深いものだった。

僕は昔からジャズ・レコードのコレクションをしているので、ＬＰレコードに関してはオリジナル盤（ファーストプレス）かどうか、盤質がどうか、ジャケットに傷がないか、どれくらい珍しいか、そういうことにはかなり深く関心を払っている。中身の音楽さえちゃんと聴ければ、そんな周辺的あれこれなんてべつにどうでもいいようなことなんだけど、コレクターとしてはついつい「かたち」にこだわってしまう。そして少しでも程度の良好なブツを求めて、せっせと中古屋を渉《わた》り歩くことになる。だからブルースを初めとする、希覯本蒐集家たちの気持ちも決してわからないではない。結局のところ人生なんて、時間をどのように無駄に費やしていくかという過程の集積に過ぎないのだから。

本書の内容について細かく書くと「ネタバレ」になってしまいそうだから、これ以上は明らかにはしない。いずれにせよ一度読み出したら、ページを繰る手が止まらなくなってくるはずだ——と推測する。少なくとも僕はそうだった。

「グリシャムのことはもうだいたいわかった、とあなたが思ったそのとき、彼はあなたを驚かせる」というのが本書の惹句《じゃっく》だが、これは決して誇大広告ではない。本書においてグリシャムは、いつもとは違う種類の新鮮なパンチを——それもコンパクトで強力なパンチを——次々に繰り出している。弁護士の出てこないグリシャムのミステリーを、じっくり楽しんでいただきたい。

ちなみに本書はアメリカ本国の読者にかなり好意的に受け入れられたようで、彼は最近になって続編の“Camino Winds”を刊行した。書店主ブルース・ケーブルが主人公として活躍するミステリーで、途中でマーサーも顔を出す。カミーノ・アイランドを巨大ハリケーンが襲い、島は大きな打撃を受ける。そのどさくさに紛れて一人の在住作家が殺害され……という展開だが、こちらも中央公論新社から翻訳刊行されることになっているので、どうかご期待ください〔編集部注・邦題『狙われた楽園』として二〇二一年に刊行〕。

『「グレート・ギャツビー」を追え』というタイトルは、なんだかクライブ・カッスラーの「ダーク・ピット」シリーズのタイトルを借用したみたいで、僕としては少しばかり気恥ずかしいのだが、どのように知恵を絞っても、これ以外のものを思いつけなかった。ご笑納いただければ幸甚です。

二〇二〇年九月

村上春樹

『「グレート・ギャツビー」を追え』二〇二〇年一〇月　中央公論新社刊

中公文庫

「グレート・ギャツビー」を追《お》え

2022年11月25日　初版発行

著　者　ジョン・グリシャム

訳　者　村《むら》上《かみ》春《はる》樹《き》

発行者　安部順一

発行所　中央公論新社

〒100-8152　東京都千代田区大手町1-7-1
電話　販売 03-5299-1730　編集 03-5299-1890
URL https://www.chuko.co.jp/

ＤＴＰ　嵐下英治
印　刷　大日本印刷
製　本　大日本印刷

Published by CHUOKORON-SHINSHA, INC.
Printed in Japan　ISBN978-4-12-207289-3 C1197